MEGAN MAXWELL

Uma última dança, milady?

Tradução
Sandra Martha Dolinsky

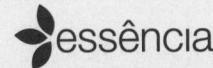

Copyright © Megan Maxwell, 2021
Copyright © Editora Planeta do Brasil, 2022
Copyright da tradução © Sandra Martha Dolinsky
Todos os direitos reservados.
Obra editada em colaboração com Editorial Planeta, S.A.- Espanha
Título original: ¿Un último baile, milady?

Preparação: Ligia Alves
Revisão: Mariana Muzzi e Diego Franco Gonçales
Projeto gráfico e diagramação: Márcia Matos
Capa: Renata Vidal
Imagem de capa: Lee Avison/ Trevillion Images

Dados Internacionais de Catalogação na Publicação (CIP)
Angélica Ilacqua CRB-8/7057

Maxwell, Megan
  Uma última dança, milady? / Megan Maxwell; tradução de Sandra Martha Dolinsky. – São Paulo: Planeta do Brasil, 2022.
  416 p.

ISBN 978-65-5535-820-9
Título original: ¿Un último baile, milady?

1. Ficção espanhola I. Título II. Dolinsky, Sandra Martha

22-2885   CDD 863

Índice para catálogo sistemático:
1. Ficção espanhola

 Ao escolher este livro, você está apoiando o manejo responsável das florestas do mundo

2022
Todos os direitos desta edição reservados à
EDITORA PLANETA DO BRASIL LTDA.
Rua Bela Cintra, 986 – 4º andar
01415-002 – Consolação
São Paulo-SP
www.planetadelivros.com.br
faleconosco@editoraplaneta.com.br

Para minhas guerreiras e guerreiros.
Como diz a lenda da linha vermelha do destino, quando duas pessoas estão predestinadas a ficar juntas, ficarão, independentemente do momento ou do lugar. O invisível fio vermelho pode se emaranhar, desgastar ou retorcer, mas nunca, nunca, nunca arrebentará.

E, claro, também dedico este livro à minha amirmã de vida e editora Esther Escoriza, pelas risadas que demos falando tanto deste romance como das séries que vemos; e também porque, "minha linda", quer você goste ou não, aquele viking, Ragnar, eu pedi primeiro!

Com amor e magia,

Megan

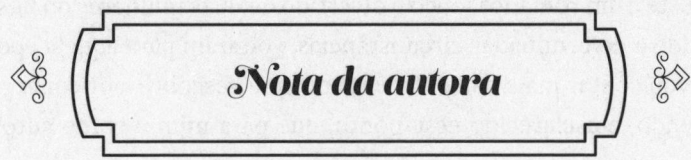

Nota da autora

Antes de mais nada: oi, gente!

E agora, se você vai ler esta história, antes quero te contar uma coisa.

Uma última dança, milady? é um livro atípico e divertido. É uma viagem no tempo!

Já imaginou passar agora mesmo do século XXI ao XIX e ter que se acostumar ao estilo de vida da época?

Uma loucura, né?

No meu caso em particular, do jeito que eu sou, se acontecesse isso comigo e com uma das minhas amigas, eu sei que, além de rirmos muito, daríamos bola fora o tempo todo.

Por quê? Porque estamos acostumadas a falar com liberdade e também às coisas e comodidades que no século XIX não existiam. Por exemplo, uma simples calcinha. Ou um absorvente. E ibuprofeno! E vou parando por aqui, pois a lista seria interminável.

Imagine o que seria viver sem o que sabemos que existe hoje em dia e sem poder falar sobre isso.

Além das coisas materiais, que são muitas, no século XXI estamos acostumados a sermos tratados sem formalidade, a tomar decisões por conta própria e, especialmente, a viver sem nos preocuparmos com o que os outros vão dizer. E essas três coisas eram simplesmente inimagináveis na época da Regência.

A etiqueta durante as conversas era obrigatória!

Uma mulher tomar uma decisão? Impensável!

Não levar em conta o que vão dizer? Inaceitável!

Como uma mulher do século XXI, decidi escrever este romance primeiro para agradecer por ter nascido quando nasci e, segundo, para me divertir. E tenho que reconhecer que adorei transgredir as normas e o protocolo que aquela época exigia.

Adorei mesmo!

Estou contando isso porque não quero que você pense que vai ler um romance ambientado em plena Regência. Não, não, não... (meu lado guerreiro não permitiu). Este é um romance louco e divertido de duas mulheres do nosso tempo que, devido a determinadas circunstâncias, voltaram para aquela época e...

Ah, não vou contar mais nada. Você vai ter que descobrir por conta própria.

Assim sendo, e esclarecido esse ponto, que para mim – como autora – era importante, sente-se, vire a página e curta!

Um beijão,

Megan

1

— Já vai tarde!

— Yaya!

— Minha linda, se eu não falo, explodo!

Quando ouço minha avó dizer isso, tenho que rir porque, como sempre, ela está *hilária*.

Acabei de contar a ela o que aconteceu com meu último ficante. Isso mesmo, "ficante", porque namorado propriamente dito nunca tive na vida, e ela, que adora um dito popular, fez esse comentário.

Estou olhando para ela, morrendo de rir, quando ouço mais:

— Esse rapaz não era para você.

— Lá vem... — respondo, rindo.

— Eu te disse no dia em que o conheci, minha linda, como falou a sua amiga Kim. Rafita é bonito, mas bobalhão, e tem menos personalidade do que aqueles bichinhos de que você tanto gostava... como se chamavam?

— Teletubbies.

— Isso — confirma, sem repetir o nome, porque ela sempre erra. — Você, sendo minha neta, merece coisa melhor!

— Um príncipe, no mínimo — brinco.

Minha yaya assente. Para ela, sou a melhor das melhores, apesar de meus trocentos mil defeitos. Vendo que estou rindo, ela sussurra:

— Um príncipe ainda seria pouco para você.

Caio na gargalhada enquanto ela continua falando.

Por sorte, minha avó é fora da curva. Apesar de ter setenta e cinco anos e enfrentar os males próprios da idade, Consuelo - esse é o nome dela - é uma mulher ativa, que sai, entra, viaja com as amigas, e não venha falar de crochê ou ponto cruz, porque ela é mais de salsa e merengue.

Além de um monte de ditos populares, com ela aprendi a me valorizar como pessoa e, especialmente, como mulher. Segundo minha avó, se for para eu me casar um dia, vou me casar, mas enquanto estiver solteira, minha única missão é curtir a vida e o sexo com total liberdade.

Palmas para minha yaya!

Sou espanhola, especificamente de Madri. De pai americano e mãe madrilense. Ambos eram biólogos com uma vida muito intensa e apaixonada. Eles se conheceram na Holanda, em um congresso de biologia celular, e em menos de três meses eu disse: "Estou chegando!". Então, eles se casaram e foram morar na Espanha.

Meses depois eu nasci, em Madri. Se de alguma coisa minha mãe tinha certeza, era de que queria que seu bebê fosse espanhol; mas, quando eu estava com dois meses de vida, nós três fomos morar no Texas, onde tive uma infância plena e feliz. Eu era apenas mais um moleque entre meus primos, todos meninos, e me transformei na menina mais bruta da história. Só que, quando eu completei quinze anos, em uma das viagens que meus pais fizeram à Índia, houve uma inundação e, infelizmente, os dois faleceram. E com isso fui morar com minha avó na Espanha.

No começo foi meio caótico. Toda a minha vida desmoronou como um castelo de cartas, mas reconheço que minha yaya, com sua personalidade arrebatadora, fez tudo e mais um pouco para que eu continuasse sendo feliz.

Ela não queria que eu sentisse saudade do Texas, e me matriculou em um colégio bilíngue muito metido a besta, onde continuei com as atividades que fazia nos Estados Unidos, como equitação e boxe – por causa do meu pai – e dança – por causa da minha mãe. E a isso minha yaya acrescentou o violão. Ela adora Paco de Lucía e queria que a sua neta aprendesse a tocar esse instrumento.

A morte dos meus pais, somada à força que minha avó insuflou em mim quando eu era adolescente, me fez tomar decisões. A primeira foi viver a vida com a mesma intensidade que meus progenitores, curtindo cada minuto do dia. A segunda foi ser uma mulher livre e independente. E a terceira, ser médica e virologista. Decidi que eu, Celeste Williams Álvarez, acabaria com os vírus do mundo.

Durante alguns anos mantive contato com a minha família texana. Mas a distância e o tempo acabaram com tudo. E, embora eu guarde uma bela lembrança deles e de suas fazendas de cavalos, minha vida agora está na Espanha.

Junto com a minha avó e nosso cachorrinho Camarón, fui imensamente feliz em nosso apartamentinho de cinquenta metros quadrados na rua Delicias, até que, quando fiz vinte anos, minha yaya me surpreendeu ao me dar de presente o apartamento da frente, que ela comprou quando a dona, sra. Almudena, faleceu.

Na opinião dela, com vinte anos eu precisava do meu espaço. Na minha opinião, ela, aos sessenta e cinco, precisava mais do que eu. Por fim, me mudei para o apartamento da frente, meio contrariada; mas foi me mudar para entender aquele ditado que diz "Quem casa quer casa". Morávamos juntas no mesmo corredor, mas cada uma em seu espaço e com suas regras.

Que maravilha! Ninguém mais me enchia o saco se eu deixava meio copo de leite sem beber.

No ano seguinte, enquanto eu cursava medicina, minha yaya me disse que tinha pensado em vender seu apartamento, comprar outro em Benidorm, na prainha, e se mudar para lá para viver com Camarón.

Sem hesitar, dei a maior força. Se minha avó queria praia, teria praia. Eu morreria de saudade, pois ela é minha única família, mas queria vê-la contente e feliz.

A partir de então, quando ela vem a Madri, fica comigo, e quando eu quero ir à praia vou a Benidorm. Tudo perfeito.

— Olha, Chati e Pacita estão vindo — aponta minha yaya.

Imediatamente me viro e vejo suas amigas. Elas se aproximam de nós sorrindo e, depois de trazer duas cadeiras para a nossa mesa, pedem duas orchatas e começam a conversar.

Estou escutando o papo em silêncio quando meu celular apita. É uma mensagem de WhatsApp de Kimberly, que pergunta:

> O que sua yaya disse?

Leio, sorrio e penso em Kim. É minha melhor amiga, que apareceu na minha vida no momento certo.

Quando minha avó foi morar em Benidorm, deixei de andar a cavalo, esqueci as aulas de dança e também desisti das aulas de violão no conservatório. Não pretendia ser jóquei, nem bailarina, nem violonista. Mas continuei com as aulas de boxe. Exercício é bom para mim, e dar socos no saco de pancadas me ajuda a desestressar.

Nos seis primeiros meses, foi estranho chegar em casa e não ter minha vó lá para sentarmos em sua sala ou na minha para ver uma série ou um filme, por isso decidi alugar um quarto do meu apartamento. Comentei com yaya e ela gostou da ideia. Por que não?

Portanto, coloquei um anúncio no mural da universidade; assim que o preguei no quadro de cortiça, Kimberly o viu e me procurou. Havia acabado de chegar à Espanha para cursar administração e aperfeiçoar seu espanhol. E, assim que nos conhecemos, nos conectamos de forma inexplicável.

Um dia depois ela se mudou para minha casa, e ainda lembro o susto que tomei quando, ao levantar na manhã seguinte, os olhos pretos da garota que eu havia conhecido no dia anterior estavam de cor violeta.

Eu nunca na vida tinha visto olhos como os seus, e ela rapidamente me explicou que, cansada de ouvir todo mundo comentar sobre isso, fazia anos que decidira usar lentes de contato.

Ora, nem morta eu usaria lentes se tivesse uns olhos desses!

Nós gostávamos das mesmas músicas, de ir a shows e a lojas de antiguidades, de ler livros românticos, e éramos loucas por cinema e séries de televisão. Em especial filmes esquisitos de magia e fenômenos bizarros.

Nem preciso dizer que, quando Kim e minha yaya se conheceram, foi amor à primeira vista. Foi tamanha a conexão entre as duas que às vezes a neta parecia ela, e não eu. E, quando queria provocá-las, bastava eu comentar isso que ambas duplicavam seu amor por mim.

Sou tão egoísta às vezes!

Para ir comigo à academia, Kim fazia aulas de aeróbica enquanto eu fazia boxe. Aguentou dois meses e no terceiro desistiu; esporte não é a sua praia. Mas Kim adorava quando, à tarde, em casa, incentivada por ela, eu pegava o violão e começava a cantar. Interpretar canções de Amy Winehouse, Dani Martín, George Michael, Melendi, Alejandro Sanz, Dvicio ou da Pausini, acompanhada por meu violão, era uma coisa que nós duas curtíamos muito, e mais ainda quando ela melhorou seu espanhol e aprendeu as letras.

É claro que as músicas de Paco de Lucía continuaram presentes em minha vida. Tocar qualquer canção dele, especialmente "Entre Dos Aguas", a preferida de minha yaya, me fazia sorrir e senti-la ao meu lado.

Descobri em Kim uma particularidade que adoro. Ela é incrivelmente intuitiva, dessas pessoas que percebem as coisas antes de que aconteçam. Ora, eu bem que gostaria de ter o sexto sentido que ela tem. Mas os números da loteria ela nunca acerta.

Como eu sei que ela adora coisas estranhas, no seu aniversário comprei dois ingressos para um *tour* noturno pelo bairro de Madrid de los Austrias, que incluía visitar casas encantadas e ouvir sobre lendas, fantasmas e mistérios.

Curtimos demais a experiência!

Foi incrível!

Depois desse *tour*, decidimos fazer muitos outros, que incluíam histórias de personagens que, segundo se dizia, haviam viajado no tempo.

Que loucura, né?

Kim e eu somos leitoras vorazes de livros de história. Adoramos descobrir como foi o mundo antes de chegar ao que é hoje. Mas o que nos emociona mesmo são livros românticos.

O amor é tão lindo... embora, por enquanto, ainda não tenha chegado para nós...

O legal de lê-los é que nós curtimos muito. O ruim é que as expectativas de encontrar um desses gatinhos por quem nos apaixonamos são tão altas que rimos pensando que, no fim, vamos mesmo ficar sozinhas.

Adoramos histórias do passado. Somos capazes de ficar até altas horas falando de personagens que viveram em outras épocas, descobrindo seus casos de amor e seus segredos sórdidos. Porque segredos sórdidos existem em todas as épocas, seja na classe social que for.

Durante essas conversas sobre milhares de coisas, um dia contei a ela que o poeta inglês Rupert Chawner Brooke, nascido no fim do século XIX – e descrito como o homem mais bonito da Inglaterra –, tinha sido meu amor platônico na adolescência. Kim achou engraçado, e depois de minha confissão, me revelou o nome do dela: um conde inglês chamado Caleb Alexandre Norwich, que viveu durante a época da Regência e que ela chama de "Boneco".

Não encontramos nenhuma foto dele em lugar nenhum, como foi o caso de Rupert, mas as descrições dela me mostravam um Caleb alto, moreno, viril e interessante. Um homão! Dá para entender por que Kim baba por ele.

Também me falou de um tal de Gael. É um garoto que ela conhece desde pequena, e com quem ela tem algo desde a adolescência, mas os dois vivem terminando e voltando. A última vez foi por culpa de Kim, quando ela veio estudar na Espanha. E, embora ela não diga nada e se faça de durona, eu sei que pensa nele. Eu sei pelo jeito como ela sorri ao falar de Gael, e ela só sorri desse jeito quando sente uma coisa especial de verdade.

Com o tempo, minha amiga passou a ser minha irmã. Como costumamos dizer, somos *amirmãs*. Eu ensinei a ela danças espanholas como as *sevillanas*, a *sardana*, o *chotis*, a *muñeira* e a *jota*, e até o *country*, que meu pai, como bom texano, havia me ensinado, e ela me ensinou danças inglesas e escocesas antigas e esquecidas.

Muito legal!

Um dado sobre mim é que, reconheço, sou louca por redes sociais. Kim não; na verdade, ela odeia. Mas eu tenho meu próprio canal no YouTube, onde, além de falar de vírus, faço resenhas de livros, filmes e séries. Também tenho Facebook, TikTok, onde posto vídeos idiotas que acho engraçados, Twitter e Instagram. Como acabei de dizer, adoro redes sociais, e minha yaya também. Ela se diverte vendo os *posts* no celular!

Também adoro tatuagens. Nisso sou muito mais corajosa que Kim, que vê uma gota de sangue e fica tonta, além de morrer de medo de doenças. Se aparece uma espinha no seu rosto, já acha que é um tumor.

A primeira tatuagem que fiz, na costela esquerda, diz "Made in Spain". Quando minha yaya viu e soube que eu tinha feito em sua homenagem, não conseguia parar de rir.

Também tatuei no meu monte de Vênus "Tell me what you want", que significa "Peça-me o que quiser".

Escandaloso... eu sei.

Fiz essa tatuagem por causa de um livro que me fez ver e entender o sexo de outro ponto de vista. Ahhh, sr. Zimmerman... onde posso encontrá-lo?

Ao longo desses anos, Kim terminou o curso de administração e eu o de medicina. Ela aperfeiçoou o seu espanhol e eu o meu inglês, pois, verdade seja dita, ele é muuuuito americano. Especialmente, aperfeiçoamos os palavrões, que nós duas adoramos.

Depois da faculdade, Kim decidiu voltar para Londres. Foi tão triste! Eu estava sozinha de novo!

Ela me incentivou a acompanhá-la. Eu poderia morar com ela e arranjar um emprego como médica lá, mas naquele momento não aceitei. Queria continuar estudando na Espanha para ser virologista. Meu propósito estava perto, e eu não queria me afastar tanto de minha yaya.

Pouco depois de se mudar, Kimberly começou a trabalhar em uma editora e, hoje em dia, anos depois, é editora-chefe de seu próprio selo. E, pelo que me conta, está indo muito bem.

Palmas para minha inglesa!

Já eu não tive tanta sorte. Depois do curso de medicina, prossegui com minha formação em virologia. Aluguei de novo o quarto para outra estudante, mas ela não passou do mês de teste. Era um horror, e logo vi que queria que eu fosse sua empregada. Nem pensar!

Quando ela foi embora, decidi não alugar mais o quarto e, para ter renda e não pedir dinheiro à minha yaya, comecei a trabalhar. Arranjei um emprego de caixa em um supermercado que durou dois anos e, quando o contrato acabou, comecei a trabalhar como diarista.

Naquela época, era sempre Kim que vinha me visitar na Espanha. Minha renda, embora não fosse ruim, não dava para viver, estudar e viajar. Em várias ocasiões minha amiga quis pagar minha passagem para Londres; queria me mostrar a casa dela. Tentou de todo jeito, mas eu recusei. Uma coisa era ficar hospedada na casa dela uns dias, e outra bem diferente era deixar que ela pagasse a minha passagem. Meu orgulho não me permitia, e ela finalmente entendeu e respeitou.

Acabei meus estudos e me tornei virologista! Havia conseguido aquilo que me propusera quando criança e estava muito feliz. E minha yaya mais ainda! Agora eu poderia ajudar o mundo curando doentes e combatendo os vírus. Só que, quando tentei encontrar emprego na área no meu país, foi impossível! Se ser médica era complicado, virologista então...

Diante disso, Kim tornou a me pedir que eu me mudasse para Londres. Lá ela poderia me ajudar, pois tinha contatos, mas de novo recusei. Minha avó estava ficando velha e eu não queria morar longe dela.

Com o passar dos meses, graças a meu nível de inglês, comecei a trabalhar com consultoria. O salário não era fenomenal, mas pelo menos eu tinha uma renda enquanto procurava emprego de médica em alguma clínica ou hospital.

Disposta a conhecer gente, e incentivada pela minha avó, que é mais moderna do que eu em determinadas coisas que poucos entenderiam, baixei o Tinder. Sempre tinha ouvido falar dele, mas nunca havia resolvido entrar.

Nesse app, subi várias fotos minhas, bem bonitas, vi outras de alguns gatinhos e dei *like*. Foi uma emoção ver que alguns deles retribuíram os *likes* e nós demos *match*.

Que jeito maravilhoso de arranjar alguém!

Mas logo descobri que esse aplicativo é uma faca de dois gumes, que tem muitos Pinóquios que mentem descaradamente e que é preciso ter cuidado. Mesmo assim, continuei brincando com os *likes*, e foi quando conheci Rafita e – que ilusão – achei ter encontrado um homem especial. Moreno, olhos escuros, alto, divertido e cheio de energia. Que sorte a minha!

Mas, depois de um relacionamento de oito meses, durante a tradicional ceia de Natal da empresa, ao entrar no banheiro feminino eu o peguei trepando – falando em linguagem bem chula – com a filha do dono da consultoria onde eu trabalhava.

No começo fiquei tão pasma que não sabia o que dizer nem o que fazer.

Rafita e Adelina? Como era possível? Sério isso?!

Como acontece sempre quando tenho que enfrentar algo que me choca, surgiu na minha mente minha heroína Amelia Shepherd, uma das médicas da minha série preferida, *Grey's Anatomy*. Lembro que ela em um episódio em que precisava enfrentar algo que a desconcertava, adotava uma postura de super-heroína: pernas separadas, mãos na cintura, peito para a frente e cabeça bem erguida. Isso lhe dava poder.

Pois bem, essa postura também me dava poder, e o soco que dei na boca do estômago de Rafita, seguido de um de esquerda no nariz, foi colossal.

O resultado? Fui demitida da consultoria e agora o bobalhão do Rafita ocupa meu cargo lá, ao lado de Adelina.

No dia seguinte a esse desastre, Kim me ligou. Suas primeiras palavras foram: "Eu senti que...", e eu terminei a frase por ela. Kim e seu sexto sentido sempre certeiro.

Dois dias durou minha tristeza. Nem unzinho a mais.

Porque, como sabiamente diz minha yaya, antes só do que mal acompanhada. E eu concordo!

Portanto, decidida a retomar minha vida, voltei ao mundo do Tinder e também tatuei sobre a costela esquerda a frase "Everything happens for a reason", ou seja, "Tudo acontece por alguma razão".

Com minha autoestima de novo em alta e meu celular cheinho de *matches* de uma infinidade de gatinhos, tomei a decisão de mudar de vida. E, mesmo me sentindo *made in Spain*, comecei a pensar na possibilidade de ir morar em outro país.

Por que não?

Conversei com Kim. Ela de novo me ofereceu ficar na casa dela e, dois dias depois, ligou e me disse que conseguia me arranjar um cargo de médica em um hospital. Quanto à virologia, depois veríamos!

Caramba, que oportunidade!

O que eu devia fazer? Ir embora? Ficar?

E aqui estou eu agora, em Benidorm, pensando em como falar sobre isso com minha yaya e ver o que ela me diz.

Estou pensando nisso tudo quando as amigas dela se levantam, se despedem e vão embora. Encantada, sorrio ao ouvir minha avó dizer:

— Quando é que você vai dizer o que tem para me dizer?

Olho para ela boquiaberta. Minha yaya, como bruxa, não tem preço. A seguir, ela pega minha mão e sussurra:

— Minha linda, eu sou a pessoa que mais te conhece no mundo. E, pelo jeito como está me olhando, eu sei que você veio me contar alguma coisa a mais que o término com aquele sonso do Rafita.

Sorrio; minha yaya é demais. E, respirando fundo, solto de um fôlego só:

— Kim consegue me arranjar um cargo de médica em um hospital, mas é em Londres, e para isso eu teria que me mudar para lá. E eu... não sei se quero viver tão longe de você, porque... porque...

— Por quê? — pergunta minha avó.

Ver seu rosto, seus lindos olhinhos, me incentiva a me abrir.

— Porque eu tenho a sensação de que vou estar abandonando você. Por isso.

Assim que falo, sinto todo o meu corpo relaxar. Minha avó me olha e assente. Depois sorri e murmura:

— Eu sempre quis conhecer Londres, e, com você lá, vai ser uma grande oportunidade.

Sorrio. Como sempre, minha yaya tenta facilitar minha vida.

— Meu bem — acrescenta —, você tem trinta anos. É uma mulher bonita, jovem, inteligente e independente que, sem sombra de dúvida, vai conquistar seu futuro. Portanto, deixe de bobagem; não diga que vai me abandonar, porque isso não é verdade.

— Mas...

— Nem "mas" nem meio "mas" — interrompe ela. — Eu mesma comprei uma casa em Benidorm e deixei você em Madri estudando; por acaso você se sentiu abandonada? — Nego depressa com a cabeça e ela insiste: — Londres é logo ali. São umas três horas de avião, e, enquanto eu puder ir ver você ou você puder vir me ver, qual é o problema? Ande, vá ser médica e feliz. Pode até ser que encontre o amor por lá.

— Yaya, você sabe que eu não curto muito os ingleses.

— Toda panela tem sua tampa — diz ela, divertida. Ambas rimos, e depois ela acrescenta: — Se você vai ficar com Kim, sei que ficará bem, assim como sei que não vai me esquecer. Então, vá para Londres, se não vou ficar brava!

Emocionada, pego as mãos dela, essas mãos que tantas vezes enxugaram minhas lágrimas, agasalharam meu corpo ou me fizeram cócegas, e murmuro:

— Tem certeza, yaya?

Com os olhos cheios de emoção, ela assente.

— Tanta certeza quanto tenho de que meu nome é Consuelo e de que sou avó da melhor neta do mundo.

Ai, vou chorar... Minha yaya é demais!

— Você é a melhor coisa do meu mundo — sussurro. — Obrigada por ser parte da minha vida.

É inevitável: nós nos abraçamos e choramos, emocionadas. Somos duas choronas!

2

Welcome to London, leio na placa do aeroporto enquanto espero minha bagagem. É Londres me dando as boas-vindas!

Emocionada, pego o celular e ligo para minha avó. Eu a conheço e sei que ficou grudada no telefone até receber minha chamada.

— Yaya!

— Minha linda, já chegou?

Satisfeita e feliz, assinto e respondo, olhando ao redor:

— Sim. Estou esperando minhas malas.

— Cuidado com a bolsa, que nos aeroportos tem muito ladrão.

— Não se preocupe, vou tomar cuidado.

Ela ri. Seu riso é minha vida, mesmo que eu não lhe diga isso todos os dias. Conversamos um pouco e ela me conta que está esperando suas amigas chegarem para descer até a praia.

Continuo falando com ela até que vejo na esteira o *case* do meu violão; me despeço depressa e prometo ligar dentro de poucos dias.

Feliz por sentir minha avó contente, vou pegar meu violão; porém, esbarro em um sujeito alto e pálido que está ao meu lado. Ele me olha e eu peço desculpas depressa, com meu inglês perfeito e meu melhor sorriso, mas ele me observa todo sério.

Nossa, como os ingleses são esnobes!

Deixo o violão no chão e olho para minha mão direita. No polegar está um anel que foi do meu pai, um anel fino de sinete que minha mãe lhe deu de presente quando eu nasci e que, depois que morreram, decidi usá-lo.

Com paciência, aguardo minhas malas; de repente chega a meus ouvidos a música que a garota que espera ao meu lado está escutando. Ela está usando fones, mas a música está tão alta que todo mundo em volta escuta, e sorrio ao ver que se trata de "Leave Before You Love Me", do Marshmello e dos Jonas Brothers. Adoro essa canção.

Estou cantarolando e batendo o pé no ritmo da música quando vejo minhas malas. Como antes, eu as retiro da esteira. Dessa vez não trombo com ninguém; penduro o violão nas costas e vou cantarolando para a saída.

Assim que as portas se abrem, vejo um mundaréu de gente. Kim disse que viria me buscar, mas não a vejo. De repente ouço:

— Putz grila!

Inevitavelmente rio; essa frase ridícula Kimberly e eu usamos quando alguma coisa nos surpreende.

— *Amirmããã!* — exclama ela quando nossos olhares se encontram.

Ouvir isso, que só ela diz, me faz rir, e, como nas propagandas, saímos correndo para nos abraçar. Só falta a musiquinha de fundo tocando.

Faz meses que não nos vemos, mas as ligações semanais e as mensagens diárias nunca faltam.

Assim como eu, Kimberly não é muito alta. É magra e muito elegante. Tem cabelo castanho, agora com mechas louras, e é bem gata!

Ela é filha única e, como eu, cresceu sem os pais. Segundo me contou, foi criada por uns parentes que adora, e acho que essa particularidade também nos uniu. É a melhor irmã que eu poderia ter!

Fisicamente, com exceção da cor dos olhos, já que os meus são verdes, e do cabelo – o meu é mais escuro –, somos parecidas. Mas eu sou mais de jeans, camiseta e tênis, e ela é de vestidinho, saia e salto alto. Nos *looks*, somos totalmente opostas.

O abraço que nos damos diz tudo; e mais ainda quando ela sussurra:

— Há certos abraços em que a gente tem vontade de ficar o resto da vida.

Fico emocionada ao ouvir essa frase que tantas vezes dissemos uma para a outra. Um dia ela me contou que quem a usava era a mulher que a criou.

— Você sabe que eu sou uma manteiga derretida — murmuro. — Se vai me fazer chorar, em dois minutos eu inundo o aeroporto.

— Ligou para yaya para dizer que já pousou?

— Sim. E ela mandou milhões de beijos para você. Vamos tirar a *selfie* da chegada!

Imediatamente posamos e sorrimos para a câmera. Foto! Tirada a primeira *selfie*, Kim comemora:

— Finalmente! Nem acredito que você está aqui. E trouxe o violão!

— Eu também nem acredito! — Eu rio e, então, noto que ela está usando as lentes pretas.

É minha primeira vez em Londres; tornamos a nos abraçar com carinho, até que ela me solta e me puxa para trás, e exclama:

— Cuidado!

Ouço isso e vejo passar entre nós, descontrolado, um carrinho cheio de malas enormes e um garoto correndo, aflito atrás dele. Coitado!

Assim que o rapaz pega o carrinho e o vejo respirar aliviado, olho animada para minha amiga.

— Estava com saudade dos seus pressentimentos — brinco.

Nós duas rimos, e depois ela comenta:

— Estou tão contente por você estar aqui!

— Eu também!

— Como você está? — ela me pergunta a seguir.

Sei que está perguntando por causa do fim do meu relacionamento. Está preocupada. Mas, com sinceridade, respondo:

— Divina!

— Esse Rafita é um idiota.

— Eu sei.

— Eu avisei!

Concordo com um movimento de cabeça. Kim tem razão.

Kim conheceu Rafa em uma das visitas que ela me fez e, só de ver como ela olhava para ele, eu percebi que ela não tinha gostado dele. Mas eu estava encantada pelo meu moreno de olhos pretos e ignorei as advertências da minha amiga. Por isso, ciente do meu erro, afirmo:

— Da próxima vez vou te ouvir com mais atenção.

Ambas sorrimos. Olhando para minhas duas malas, Kim pega uma. Mas a mala escapa das suas mãos e ela resmunga, olhando para o dedo:

— Ai, machuquei!

Não se passaram nem dois segundos e a batida da mala já lhe provocou um hematoma feio. Kim olha para o dedo e eu, que a conheço e sei o quanto fica preocupada, digo:

— Calma, não é nada.

Mas ela murmura com cara de horror:

— Tem certeza?

Coitada! Não posso evitar o riso.

— Sou médica. Calma — insisto. — Não vai precisar amputar o dedo.

Ela ri também, confia em mim. Respirando fundo, avalia o tamanho das malas e pergunta:

— Só isso?

Respondo assentindo. Nessas malas está tudo de que preciso.

— Sim.

Kim concorda e me diz contente:

— Vamos. Tem uma pessoa nos esperando com o carro na rua.

Surpresa, pego a outra mala e pergunto:

— "Uma pessoa"? Que "pessoa"?

Minha amiga sorri e dá uma piscadinha. Isso não é bom, nada bom... Eu a conheço e sei que, quando faz esse tipo de coisa, vai me surpreender.

— Não me diga que está ficando com alguém... — especulo, curiosa.

Mas Kimberly se faz de difícil, e, rindo, eu a sigo e não digo mais nada.

3

Felizes, saímos do aeroporto e paramos em frente a um lindo carro azul--escuro. O porta-malas se abre e Kim, dirigindo-se a um homem de pele morena clara alto, de cabelo grisalho, que tem um olho azul e o outro azul mesclado com castanho, anuncia:

— Esta é minha *amirmã* Celeste.

Vejo o sujeito de olhos curiosos sorrir e, sabendo que ele entendeu o lance do "minha *amirmã*", não sei o que dizer.

O homem, que tem uns trinta anos a mais que minha amiga, me olha com intensidade.

Tudo bem, eu sei que amor não tem idade, mas esse não é o tipo de homem de quem ela costuma gostar. Então, olhando para o homem alto, pergunto a Kim:

— Você chamou um Uber?

— Não — murmura ela.

Passada, não consigo nem piscar e, então, pergunto a ela em espanhol:

— Desde quando você gosta de coroa?

Kim cai na gargalhada. Eu também, e o coroa diz:

— Bem-vinda a Londres, lady Celeste. Meu nome é Alfred.

Aiii, que gracinha! Ele me chamou de lady Celeste. Acho engraçado, e respondo em meu inglês perfeito:

— Alfred, por favor, só Celeste.

Ele assente. Coloca as duas malas e meu violão no carro e responde:

— Pois não, milady.

Achando engraçado, rio.

— A propósito, você tem olhos lindos, Alfred — comento.

— Herança de família, milady — responde ele.

Sorrindo, Kimberly me puxa pela camiseta para eu entrar no carro e então diz:

— Prometo que eu explico quem é Alfred quando chegarmos em casa e estivermos sentadas na cama comendo *palmeritas* de chocolate. Você trouxe, né?

— Tem alguma dúvida?!

Minha amiga bate palmas, feliz.

Para nós, esse ritual de *palmeritas* de chocolate e fofocas na cama é a coisa mais legal do mundo. Nossas melhores conversas se desenrolam assim.

Eu me acomodo nesse carro incrível e, emocionada, sussurro:

— Posso pedir uma coisa?

— Peça-me o que quiser.

Essa frase nos faz rir, mas eu continuo:

— Antes de ir para sua casa, eu queria dar uma volta por Londres.

Kim assente, animada, e, assim que ele entra no veículo, pede:

— Alfred, vamos mostrar um pouquinho da nossa linda cidade mágica à minha *amirmã*.

— Será um prazer, milady — afirma ele, satisfeito.

Divertida por esse tratamento tão cortês, colocamos a conversa em dia, durante três horas, vejo com meus próprios olhos tudo que até este momento só havia visto na televisão ou na internet.

Em Piccadilly, o carro para em várias ocasiões para que desçamos e Kimberly me mostre alguma coisa. Estou maravilhada.

Como Londres é bonita!

Quando o carro para de novo, estou com dor no rosto de tanto sorrir. Estar com Kim é sempre sinônimo de felicidade. Descemos do carro e eu fico olhando esse lindo bairro londrino, tão bem cuidado, com suas casinhas brancas no estilo vitoriano... exatamente como as que vejo nos filmes.

— Nossa, que lugar perfeito!

Kim sorri. Faz um lindo dia de sol e até se ouve o canto dos pássaros.

— Bem-vinda ao bairro de Belgravia — anuncia —, considerado um dos mais ricos, bonitos e exclusivos do mundo. Estamos a um passo das áreas verdes do Hyde Park e dos jardins do palácio de Buckingham.

— Estou impressionada.

— É um bairro do centro de Londres, situado entre os distritos de Chelsea, a cidade de Westminster e Kensington.

Contente, olho ao redor e tiro um monte de *selfies* para postar. Tudo que ela diz parece fantástico. Tudo é tão bonito que nem sei o que dizer.

— Como sei que você gosta dessas coisas — acrescenta Kim —, vou te contar que este bairro já foi o lar de ilustres compositores como Frédéric Chopin e Mozart. Atores como Sean Connery e Vivien Leigh, políticos como Margaret Thatcher e escritoras como Mary Shelley, entre outros.

Assinto, encantada; sem dúvida, é um lugar excelente. Contemplo a linda construção que está diante de mim e que não consigo parar de admirar, e murmuro:

— Que casa maravilhosa!

— É mesmo — afirma Kimberly.

Então, vejo Alfred desligar o motor do carro e descer, o que chama minha atenção.

— Aonde ele vai? — pergunto à minha amiga.

— Pegar as malas.

— Para quê? — insisto, surpresa.

— Nós já chegamos!

Confusa, olho ao redor. Ela acabou de me dizer que este é um dos bairros mais caros e luxuosos do mundo...

— Você mora por aqui? — pergunto. Ela assente e, olhando boquiaberta ao redor, insisto: — Onde?

Com um gesto engraçado, Kimberly aponta para o lindo casarão vitoriano branco. Sem poder acreditar, digo:

— Você é rica e eu não sabia?

Ela solta uma gargalhada e responde de um jeito maroto:

— Talvez...

Quando ouço isso, insisto sem poder acreditar:

— Esta é sua casa?!

— É minha casa — afirma ela.

Boquiaberta, contemplo a mansão majestosa. Kimberly mora aqui?

Eu a conheço há tantos anos e ela jamais comentou que morava em um casarão como esse. Sempre imaginei que ela tivesse uma vida tranquila, mesmo assim... isto é alucinante!

— Mas esta é "sua casa"? — insisto, fazendo minha postura de super-heroína.

Minha amiga assente de novo. Imita minha postura e observa:

— Agora essa é a "nossa" casa.

Assinto com a cabeça, olho para a casa de novo e fico embasbacada mais uma vez.

Sério que vou morar em um casarão desses? Minha yaya vai pirar quando eu mandar fotos para ela.

À PRIMEIRA VISTA, NOTO que esta casa impressionante tem três andares, e em uma lateral há uma escadinha que, imagino, deve levar a um porão. Deslumbrada, olho para o casarão e reparo na parte mais elevada do telhado preto. Sem saber o que dizer de tão desconcertada, pergunto:

— Aquilo é um sótão?

— Sim — assente minha amiga.

Nós rimos, achando engraçado. Adoro sótãos pelas coisas que se costuma guardar neles, mas eles também me deixam meio inquieta por saber que esses lugares costumam aparecer nos filmes de terror.

— Calma, os fantasmas daqui são amigos.

Sorrio.

— O legal desse sótão — acrescenta ela — é que está rodeado por um terraço incrível que é um show à parte nas noites quentes de verão. Você vai ver.

Sem me mexer, continuo olhando para a casa e noto que, abaixo do sótão, o andar seguinte tem cinco janelões e o térreo, quatro, além de uma linda porta de acesso embaixo de um alpendre de telhas pretas sustentado por umas colunas bem imponentes.

— Gostou? — pergunta Kimberly.

Faço um sinal positivo com a cabeça. Quem não ia gostar de uma casa assim? Mas, com sinceridade, digo:

— É chocante pensar que você morou comigo no meu apartamento de cinquenta metros quadrados...

— Morar com você foi a melhor coisa que já me aconteceu — interrompe ela.

Durante alguns segundos nos olhamos nos olhos. Tenho uma infinidade de perguntas para fazer, e então Kimberly sussurra:

— Prometo que te explico tudo quando estivermos sentadas na cama comendo as *palmeritas*.

Ouvir isso me faz rir. Como sei que ela vai me dar explicações, pergunto, divertida:

— Por que você nunca me contou que morava em uma casa assim?

Ela dá de ombros.

— Porque não queria que a sua ideia sobre mim mudasse.

Sorrio. Kimberly é a menina mais maravilhosa que eu já conheci na vida. Diante de suas palavras, murmuro:

— Tudo bem. Acho que te entendo.

— Obrigada — diz ela, com um sorriso.

Ficamos alguns instantes em silêncio, e então, ao ver que estou de novo admirando o casarão, Kim revela:

— Esta casa pertence à minha família desde 1793.

— Não acredito!

— Acho que este bairro foi construído entre 1740 e 1840 — acrescenta. — Mas, com o passar dos anos, todos os moradores daqui, seja porque herdaram ou compraram as casas, foram reformando as construções para adaptá-las aos tempos atuais.

— Que demais! Imaginar que por estas ruas passaram Mozart e Chopin nas suas carruagens luxuosas, ou até o meu lindo escocês Sean Connery, é no mínimo inquietante!

— Ih, começou com os escoceses — brinca ela.

Nós rimos. E em seguida, baixando a voz, digo em espanhol enquanto lhe mostro meu celular:

— Espero que muitos deles me deem *like*.

— Venha, vamos entrar — convida minha amiga, rindo.

— Mas as malas...

— Alfred vai cuidar delas, fique tranquila.

Não estou entendendo nada, mas, de mãos dadas, depois que passam alguns carros, nós atravessamos a rua e eu reparo na grade preta e bem cuidada que contorna a construção. Sem parar, chegamos aos cinco degraus entre a casa para subir ao alpendre. Antes de tocarmos a campainha, a porta se abre e uma mulher de cabelo escuro, um pouco grisalho, com uns olhos castanhos expressivos, diz sorrindo:

— Já chegaram! Bem-vindas!

Encantada, sorrio. E então, mostrando a ela o dedo roxo, Kim diz:

— Veja o que eu fiz. Você acha que devo dar um pulo no hospital?

A mulher olha o dedo de Kim enquanto eu rio, e ela responde suspirando:

— Por mim, acho que um pouco de gelo e uma pomada resolvem.

Kim olha a mão de novo. Por que é tão preocupada?

— Lady Kimberly — prossegue a mulher —, chegaram umas encomendas que a senhorita pediu pelo computador. Estão no seu escritório. E também ligou seu primo, conde de Whitehouse, para falar com a senhorita sobre o jantar de depois de amanhã em West End.

Conde de Whitehouse? Kimberly tem um primo que é conde?

Uma vez mais minha amiga me indica com o olhar que depois me explicará e, sorrindo, declara:

— Johanna, esta é Celeste. Minha *amirmã*.

A mulher volta a me olhar enquanto Kim se vira para dizer algo a Alfred.

Imóvel, noto que Johanna me escaneia de cima a baixo, e isso me deixa arrepiada. Mas sua expressão demonstra que gostou de mim.

— Permita-me dizer que a senhorita tem lindos olhos verdes — comenta, então.

— Obrigada — murmuro, meio constrangida.

Finalmente ela sorri.

— Bem-vinda à sua casa, lady Celeste.

— Por favor, Johanna, só Celeste, ou terei que te chamar de lady também.

Satisfeita, a mulher sorri.

— Seria estranho... faz séculos que não me chamam assim — murmura.

Ambas sorrimos e, então, Johanna acrescenta:

— Lady Kimberly me falou muito da senhorita e de sua avó encantadora. Disse que se sentiu muito bem na Espanha e que vocês duas têm um grande carinho uma pela outra, e que por isso se chamam de *amirmãs*. — Ambas sorrimos, até que ela diz: — Obrigada por tudo, lady Celeste. Não sabe o quanto agradeço seu carinho por ela, e o de sua avó também.

Não sei o que dizer. Acho que eu é que devo agradecer a Kimberly, mas a vejo sorrir. Ela me conhece. Sabe que estou desconcertada e sabe que tem que me explicar muitas coisas, mas, como estou nervosa, sem pensar duas vezes me aproximo daquela mulher encantadora, a abraço e lhe dou dois beijos no rosto – desses que minha avó me dá e que eu tanto adoro.

Quando me afasto, Johanna me olha, vermelha como um tomate. Então Kim sorri e diz em espanhol:

— Lamento dizer, mas aqui não somos tão beijoqueiros como na Espanha. Dispensamos beijos e abraços! Mas Johanna não costuma se incomodar.

Isso me faz entender a expressão da mulher; então, dirigindo-me a ela, digo em meu inglês perfeito:

— Ai, Johanna... desculpe o meu momento espanhol.

— Não se preocupe, milady.

— É o costume. É que nós espanhóis somos muito beijoqueiros — insisto, aflita.

A mulher assente.

— Johanna é quem costuma me dizer isso, que "Há certos abraços que dão vontade de ficar o resto da vida" — explica Kimberly.

Satisfeita por conhecer finalmente aquela mulher a quem minha amiga ama tanto, estou sorrindo quando Alfred passa por nós com minhas duas malas. Kim, Johanna e ele começam a conversar, e eu reparo na mão direita da mulher. Quando ela tira a luva branca que está usando, vejo umas cicatrizes feias em alguns dedos.

— Onde está Jareth? — pergunta Alfred.

Nesse instante, abre-se uma porta e entram duas garotas e um garoto ruivo. Os três devem estar na casa dos trinta, como Kim e eu, e o garoto diz, dando um passo à frente:

— Bem-vindas, ladies. Vou subir com as malas e o violão.

Alfred assente, mas Johanna detém o garoto e diz com seriedade:

— Mas antes, Jareth, o correto seria nos apresentarmos todos a lady Celeste.

Estou prestes a repetir que é só Celeste quando Johanna crava os olhos em mim e diz:

— Alfred a senhorita já conheceu. É o motorista e, com Jareth, cuida da manutenção da casa e do jardim, e, em ocasiões pontuais, os dois atuam como mordomos.

— Alfred também é o sofrido e amoroso marido de Johanna — acrescenta Kim. — Um excelente dançarino que me ensinou as danças esquecidas que te mostrei em Madri. São os parentes que me criaram, e, como eu sempre te dizia, são como pais para mim.

— Ora, lady Kimberly, não diga isso! — Alfred sorri.

Encantada, vejo minha amiga pegar o braço dele e se aproximar, apoiando a cabeça no ombro do homem e sussurrando:

— Estou dizendo a verdade, Alfred, como já disse tantas vezes.

Johanna e Alfred se olham; ele murmura:

— Milady, não é apropriado que diga em voz alta que...

— Alfred... — interrompe minha amiga, abraçando-o pela cintura. — Meus pais morreram quando eu era pequena e nós morávamos em Chicago. Vocês dois me trouxeram de volta a Londres, à casa da minha família, e me criaram. E, apesar de saber que meus pais biológicos foram Connor e Amanda, vocês são meus pais de vida e coração.

Emocionada, Johanna pestaneja. O que Kim disse foi, sem dúvida, muito bonito.

— Milady — diz Johanna depois de pigarrear —, para nós é uma honra que nos tenha em tão alta estima.

Faz-se um silêncio cheio de emoção quando Kimberly dá um beijo no rosto de Alfred e este o retribui com carinho. Todos sorrimos, e então Johanna diz:

— Com Alfred, tudo é sempre muito fácil.

Rimos de novo; então, Johanna respira fundo e prossegue:

— Bem, Cristal e Juliet cuidam da casa, inclusive da cozinha e da lavanderia. Chegam às sete da manhã e vão embora às seis da tarde, de segunda a sexta, assim como Jareth. Já Alfred e eu moramos aqui, no andar de baixo. Quanto a mim, acho que lady Kimberly já comentou que...

— Que ela é uma resmungona e fica brigando comigo se não me alimento bem ou se não durmo o suficiente — brinca Kim.

Johanna sorri. Com um olhar maroto, repreende minha amiga. Nota-se que há uma excelente sintonia entre elas.

— Qualquer coisa de que precise, não hesite em me pedir, milady — acrescenta a mulher.

Assinto, de queixo caído e olhos arregalados. Nunca tive empregados. Aliás, eu mesma já fui diarista, de modo que sorrio sem saber se tenho que fazer uma reverência ou não. Apenas murmuro:

— É um prazer conhecer todos vocês.

O grupo sorri. Minha cara de perdida deve ser evidente. Jareth pergunta, com as malas nas mãos:

— Para onde levo a bagagem de lady Celeste?

Johanna dá um passo para trás para deixá-lo passar e diz:

— Para o quarto azul, que fica em frente ao de lady Kimberly.

O garoto se dirige à escada elegante, Cristal e Juliet desaparecem junto com Alfred e Kimberly pega minha mão.

— Johanna, avise quando o jantar estiver pronto, por favor — pede à mulher.

A seguir ela me puxa e nós saímos. Imediatamente vou perguntar, quando Kim me interrompe:

— Depois eu te explico!

Faço que sim com a cabeça, sem acreditar muito. Mas por que estou concordando? Não estou entendendo nada! E, sem saber por quê, digo:

— São só seis e vinte. Já vamos jantar?

Kimberly sorri.

— Aqui é a Inglaterra, não a Espanha — e, baixando a voz, acrescenta: — Você sabe que nós, gringos, como vocês nos chamam no seu país, temos horários diferentes para as refeições.

Eu sorrio. Lembro que Kim levou um tempão para se acostumar com isso. Jantar às vezes às dez da noite era um suplício para ela, mas ela se acostumou! Sabendo que agora quem vai ter que se acostumar à mudança de horários sou eu, afirmo:

— Acho que vou morrer de fome.

— Johanna não vai permitir — brinca.

Estamos de mãos dadas, felizes, e ela começa a me mostrar a casa, ou melhor, o casarão! Mãe do céu, é tudo luxo e pompa. No térreo, depois de abrir uma porta imponente de no mínimo quatro metros de altura, entramos em uma sala enorme.

Lustres de cristal no teto, espelhos dourados e rebuscados nas paredes e móveis – eu diria – vitorianos, desses que minha avó adora.

Kim olha para mim; sinto que sabe o que estou pensando. E, sem perder o sorriso, sussurra:

— Este é o salão de baile. Tem a mesma decoração desde o século XVIII; atualmente só é usado para festas e recepções.

— Meu Deus do céu!

Kim sorri e, tocando as paredes, comenta:

— Como você pode ver, o teto é ornamentado com lindas pinturas a óleo primaveris. Os gigantescos lustres são de Murano, e as paredes são adornadas com painéis de ágata de Granada, fino mármore da Noruega e grandes espelhos venezianos. E o conjunto cria uma atmosfera de esplendor e entretenimento.

— Menina, você é uma ótima garota-propaganda! — afirmo, de queixo caído.

Então, Kim abre uma porta à esquerda do salão e explica:

— Esta é a sala de jantar principal.

E que sala de jantar!

A mesa escura que domina o ambiente é enorme e sobre ela há vários vasos com lindas flores frescas.

Há também umas estantes gigantescas cheias de lindos objetos de vidro. Enquanto os admiro, Kimberly comenta:

— Meus antepassados trabalhavam com comércio de vidro. Tinham fábricas em vários lugares da Inglaterra; só que hoje em dia nada disso existe mais.

Impressionada com tudo que vejo, vou até um busto sobre uma mesa e, enquanto o toco, Kim se aproxima.

— Parece que é um filósofo — explica. — Esta peça é da Grécia clássica do século IV antes de Cristo.

Quando ela diz isso, paro de tocá-la como se queimasse. Mas minha amiga me tranquiliza, sorrindo:

— Calma, ele não morde.

Nesse instante, meu celular apita. Tiro-o do bolso da minha calça jeans e, rindo, sussurro:

— Já tenho meus três primeiros *matches* em Londres!

Kim olha depressa e, vendo algo, sussurro:

— E um é escocêsssssssss!

Nós rimos. Avançando, ela abre uma porta e diz:

— Sei que você vai gostar disto. É a biblioteca.

Essa informação chama poderosamente minha atenção. Se há uma coisa que adoro são as bibliotecas. A magia que existe nelas é difícil de descrever. Ao entrar na sala, solto um assobio de satisfação e murmuro:

— Putz grila! Que impressionante!

Se o que vi até agora é alucinante, a biblioteca é realmente coisa de filme. Aposto que tem uns dois mil livros aqui!

Que demais!

Folheamos vários exemplares. Kim tira um da prateleira e, ao ler o título, dou risada. É *Orgulho e preconceito*, de Jane Austen. É o livro preferido de minha amiga, que, mostrando-o a mim, murmura:

— É uma primeira edição.

De queixo caído, eu o pego em minhas mãos como se fosse a joia mais rara do mundo. Tocar uma primeira edição de *Orgulho e preconceito* é, no mínimo, inédito.

— Que legal que você tem isso! Se bem que, você sabe, não é meu livro preferido — digo sorrindo.

Kim ri. Já falamos mil vezes sobre esse livro. Como ela me conhece bem, brinca:

— Porque, como você diz, é um romance ambientado na época das terríveis diferenças sociais, do maldito patriarcado e machismo.

Caio na gargalhada; quantas vezes já falamos sobre isso!

— É um livro bonito, mas o machismo da época em que foi escrito me tira do sério.

— Não seja tão negativa! Pense que naquele tempo também deviam ter existido coisas boas.

— Diga uma — desafio.

Ela sorri e suspira.

— O conde Caleb Alexandre Norwich.

Ao ouvir isso, solto uma gargalhada. Esse *crush* de Kim, que a faz esquecer Gael, ainda a deixa louca. E então, tirando o livro das minhas mãos, ela diz:

— Veja: na primeira página estão escritos os nomes das jovens que o leram.

Imediatamente, olho a página que ela me mostra e leio:

— Prudence, Catherine, Abigail, Bonnie... Quem são?

— Minhas antepassadas — diz ela, orgulhosa.

A seguir, devolve o exemplar com carinho à prateleira impecável e eu, curiosa, me aproximo de alguns vasos – que decoram um canto –, sem tocá-los. São desses enormes que sempre vejo nas lojas dos chineses e que, para o meu gosto, não teria na minha casa nem que me pagassem.

— São antigos? — pergunto, curiosa.

Kim assente.

— São dois vasos franceses de estilo imperial de 1810.

Impressionada, imagino o quanto devem valer, apesar de serem feios. Então, ela comenta:

— As cozinhas e os aposentos dos empregados ficam no porão. No primeiro andar, além dos nossos quartos, que são suítes, há mais sete outros. Em um deles, eu transformei em uma salinha de TV com decoração moderna. Não pense que a casa toda é assim. Digamos que este andar é para receber as visitas e o de cima é onde eu vivo a minha vida.

Eu assinto, satisfeita, e vamos de novo ao salão de baile. Kim se dirige a uma porta de cristal abobadada e a abre.

— Este salão de baile dá para o jardim — explica.

Admiro tudo, encantada. O jardim é o máximo. Flores de todas as cores, banquinhos para sentar, tudo bem cuidado com carinho e bom gosto. Quando vou falar, Kim continua:

— Não é um espaço muito grande. Deve ter uns quatrocentos metros, mas para tomar um ar é mais que suficiente.

Faço um sinal de concordância com a cabeça. Eu bem que gostaria de ter um jardim assim na minha casa, ou uma varandinha, nem que tivesse quinze metros. Sem sombra de dúvida, é um grande luxo que todo mundo gostaria de ter.

— Antigamente, aqueles edifícios que você vê ali não existiam — prossegue Kim —, de modo que o jardim era dez vezes maior. Mas estamos em Londres, os terrenos aqui sempre foram muito valorizados, e meu bisavô vendeu as terras.

Assinto com a cabeça, olhando ao redor. Acho incrível tudo que ela me conta. E, então, ao voltarmos para o salão, Kimberly sussurra:

— Depois continuo te mostrando a casa. Venha, acho que você precisa de uma explicação.

Saímos e começamos a subir a escada. Enquanto subo, olho para a infinidade de retratos pendurados nas paredes, mas ao ver um em particular, eu paro.

— Meus pais. Amanda e Connor — explica minha amiga.

Eu já havia visto fotos deles antes. Fisicamente, Kim é idêntica ao pai, mas tem a boca da mãe.

— E de quem você puxou essa cor de olhos tão rara? — pergunto, surpresa.

— Dizem que de uma antepassada, mas não há fotos dela — explica Kim, e suspira.

Além dessa, outras fotos estão penduradas nas paredes. Quando vou perguntar, ela se antecipa:

— São meus ancestrais. Depois te apresento.

Sem poder parar de sorrir, eu me deixo levar.

— Meu quarto é nesta porta. A sala de TV é naquela, mas agora vamos ao seu.

Sem dizer nada, eu assinto, e nesse instante cruzamos com Jareth no corredor.

— Como vão as obras no bar que você e seu irmão compraram? — pergunta Kim.

Ele sorri e responde com uma naturalidade que não mostrou diante de Alfred e Johanna:

— Vão bem. Programamos a inauguração para daqui a quatro meses.

— Já escolheram o nome?

— Dagger — diz o garoto.

— Seu sobrenome? — pergunta Kim.

Jareth esboça um lindo sorriso e continua:

— Sim; achamos que é um bom nome para o bar — e a seguir acrescenta: — Vocês duas estão convidadas.

Minha amiga assente e diz, dando uma piscadinha:

— Estaremos lá!

— Legal! Gael vai gostar de saber — diz ele, antes de virar e ir embora.

Ao ouvir esse nome, olho para Kim. Gael! Antes que eu possa perguntar, ela esclarece, olhando para mim:

— Lamento dizer que, embora Jareth seja ruivo, não é escocês, é inglês.

Faço uma careta. Kim ri e eu digo:

— Ele parece legal.

Ela solta uma risada.

— E é.

— E tem Tinder?

Ambas gargalhamos, e depois minha amiga sussurra:

— O que ele tem é namorada.

— Que pena — digo.

— Conheço Jareth e o irmão desde sempre, são uma graça — prossegue ela. — A mãe deles se chamava Atina, era a antiga cozinheira da casa, até que ela morreu há seis anos. Então eles cresceram comigo. Na frente de Alfred e Johanna, Jareth e eu respeitamos o protocolo exigido pelo fato de ele ser empregado, mas, longe deles, tudo é normal entre nós. Bem, você vai ver tudo com o tempo!

— Jareth é irmão de... Gael?

Ao dizer esse nome, minha amiga assente. Eu me lembro de ter visto fotos de Gael, que também é ruivo. Comento:

— Morro de vontade de conhecê-lo pessoalmente e ver como é o cara que você tanto odeia quanto ama. Kim bufa e eu pergunto: — Estão na fase do ódio agora?

Ela assente.

— Por quê?

— Ele está saindo com outra.

— Ah, vocês dois... — debocho.

Kim balança a cabeça e depois murmura seriamente:

— Nós brigamos. Eu o mandei à merda e... bem, decidimos cada um seguir sua vida. Quando não é para ser, não é!

Ao ouvir isso, me entristeço; eu sei o quanto ela ama esse garoto. Quando vou falar, ela me interrompe:

— Chega disso. Nós falamos de Gael outra hora.

Assinto e dou um beliscão na bunda dela.

— Claro que falaremos disso outra hora.

Animada, Kim abre a porta do meu quarto.

— Putz grila... — murmuro ao vê-lo.

Ela solta uma gargalhada; acho que sabe por que eu disse isso. Meu quarto na Espanha não mede mais de três por três metros, e esse deve de ter pelo menos trinta. Mais da metade de todo meu apartamento...

Encantada, observo o quarto com móveis modernos brancos e cortinas azuis-claras. Enquanto olha para o dedo machucado, minha amiga pergunta:

— Gostou?

Olho para a cama enorme e, me jogando sobre ela, afirmo:

— Amei! E, se você parar de olhar para esse dedo, vou amar mais ainda. Meu Deus, Kim, foi só uma batidinha, por isso está inchado.

Entre risos, nós duas acabamos jogadas na cama. De repente eu me lembro de uma coisa e pergunto:

— O que são aquelas cicatrizes que Johanna tem na mão direita?

— Pelo que me explicou, ela nasceu com uma doença na mão chamada "sindac--sei-lá-o-quê" — explica Kim.

— Sindactilia? — pergunto com normalidade, afinal, de algo me serve meu curso de medicina.

Minha amiga assente e, juntando os dedos, diz:

— Ela nasceu com o indicador, o dedo médio e o anelar colados. Operou quando eu era pequena; e apesar de tudo ter dado certo, a cicatrização complicou e é por isso que ela usa aquela luva. É orgulhosa e não gosta de mostrar as marcas.

Concordo, sei do que ela está falando. Imagino que, como eu, todo mundo deve olhar para a mão dela. Então, tiro uma sacola de minha mala e anuncio, entregando-a a Kim:

— *Palmeritas* de chocolate diretamente do forno do tio Paco, como prometi!

Os olhos de Kim cintilam. Ela é louca pelas *palmeras* dessa confeitaria do meu bairro em Madri. E, como eu já esperava, avança nelas com verdadeira devoção. Mas eu as afasto e exijo:

— Pode começar a contar tudo que nunca me contou.

Kimberly sorri, finalmente pega uma *palmerita* e, depois de dar uma mordida e gemer de prazer, pergunta:

— Com anestesia ou sem?

Dou risada. Esse é o nosso jeito de falar.

— Sem.

Ela respira fundo e começa o relato.

— Meu nome completo é Kimberly Sophie Anne Marie Montgomery, sou dona da editora em que trabalho e também condessa de Kinghorne.

Imediatamente começo a rir de nervosismo. Como é que é? Condessa?! Dona da editora? Que brincadeira é essa? Rindo, pergunto:

— Você está de brincadeira, né?

Kim nega com a cabeça; eu insisto, impressionada:

— Está falando sério?

— Totalmente.

— Condessa?!

— Sim.

— Condessa tipo... "condessa"?

Minha amiga assente de novo e, suspirando, continua:

— Sim, Celeste, sou uma condessa. Mas para você quero continuar sendo apenas Kimberly.

A cada minuto minha surpresa aumenta; assinto, pego uma *palmerita*, dou uma mordidinha e, depois de sussurrar de novo "Putz grila", escuto com atenção o que minha amiga, a condessa, tem para me contar.

5

Durante o jantar, no qual mal consigo tocar na comida porque continuo impressionada com o que descobri, olho para Kimberly alucinada. Ela é uma condessa! Quando minha yaya souber, vai pirar!

Ela continua falando da sua vida e eu a escuto com atenção, até que revela:

— Mas, infelizmente, as despesas para manter este lugar são tão altas que, afinal, com grande dor no coração, no máximo em dois anos terei que vender a casa e me mudar daqui.

— Vai vender o casarão da sua família?

Kim suspira.

— Se não conseguir uma fonte de renda bem grande, vou ter que vender. Vejamos... com o patrimônio que tenho graças à herança da minha família e o que eu ganho com a editora dá para viver bem tranquila, mas não para manter esta casa nas condições de que ela precisa e que o governo exige.

Ainda surpresa, assinto e não pergunto mais nada.

Terminamos de jantar; olho para o relógio e rio ao ver que ainda são oito da noite.

— Daqui a três horas vou estar com uma fome de leão — sussurro.

— Calma — diz Kim. — Sempre tem alguma coisa para comer na cozinha.

Isso me tranquiliza. Sou dessas que não conseguem dormir com fome.

Saímos da sala de jantar e, a meu pedido, vamos à biblioteca. Lá, Kimberly me mostra exemplares antiquíssimos que eu admiro com verdadeira devoção. Ela tem primeiras edições de livros que eu jamais pensei que poderia ver com meus próprios olhos, e menos ainda tocar.

— É simplesmente maravilhoso.

Minha amiga ri – entende perfeitamente meu espanto – e eu continuo folheando tudo que cai em minhas mãos.

À meia-noite, a casa está em completo silêncio e, como era de se esperar, minha barriga ruge como um leão. Sem hesitar, minha amiga e eu descemos até a cozinha, e fico surpresa ao encontrar um cômodo atual e moderno. Que bonita!

Porém, uns sininhos pendurados em uma lateral da parede chamam a minha atenção. Olho com curiosidade e Kim me explica:

— É um antigo método para chamar os empregados, está na casa desde que foi construída. Quem vivia aqui antes o manteve, e eu decidi fazer o mesmo quando reformei a cozinha; só modernizei o resto.

— Que engraçado! — digo.

Kim sorri.

— Você viu que cada sininho tem um número? Cada um corresponde a um aposento da casa. Por exemplo, meu quarto atual era o número 4, o seu o 5, e a sala de TV era o 6. Se eu estivesse no meu quarto e quisesse que me levassem alguma coisa, bastaria puxar a cordinha que estaria ao lado da cama e o sininho número 4 tocaria na cozinha.

— Era como mandar uma mensagem!

— Mais ou menos — brinca.

Durante um tempo Kim me conta sobre a reforma enorme que fez na cozinha uns anos atrás, a primeira desde 1950. E, orgulhosa, aponta para o lindo piso de terracota, que cobre inclusive a despensa, que ela não trocou e que data de 1816.

Que coisa maravilhosa!

Rindo, encontramos um delicioso bolo *red velvet* na geladeira, cortamos dois pedaços e os levamos para o quarto.

Enquanto subimos, reparo nos retratos de seus antepassados. A casa está cheia de quadros de todas as pessoas que já viveram ali. E, parando para olhar o de uma mulher com um coque entrançado, digo:

— Esta é muito bonitona!

Kim assente.

— É lady Bonnie Pembleton. Diziam que ela usava uns penteados meio excêntricos.

Eu a observo, satisfeita. Essa mulher de cabelos claros e olhos azuis é puro glamour. Mas, ao olhar outros retratos pendurados nas paredes, sussurro, sem poder evitar:

— Não me leve a mal, mas, tirando a Pembleton e seus pais, a maioria dos seus antepassados era feinha, hein?

Kim ri, não diz nada, e eu acrescento, apontando para outro retrato:

— Esse tem cara de avestruz.

Rimos; ela diz:

— Esse avestruz é Horatio Charles Cranston, visconde de Casterbridge. Pois é... ele não era muito bonito não.

Fazendo uma piada atrás da outra, comentamos vários retratos. Morro de rir com a cara antiga de muitos. Interessante ver como os humanos mudaram com o passar dos anos, para melhor. Então, parando diante do retrato de uma mulher, Kim comenta:

— Esta é a filha de Horatio.
— O avestruz?
Ela assente, achando graça, e acrescenta:
— Lady Louisa Griselda.
— Meu Deus, é igualzinha a Cruella de Vil.
A mulher tem até o cabelo branco e preto.
— Dizem que sempre foi arrogante, e ficou ainda mais depois que se casou com o rigoroso Ashton Montgomery, conde de Kinghorne — sussurra Kim. — Um homem rígido e excessivamente formal que, a propósito, foi amigo de Chopin, o compositor.
Olho para o retrato seguinte, desse tal de Ashton, e digo:
— Tem cara de Aniceto... — Ambas rimos, e eu acrescento: — A beleza dos homens da época era muito questionável...
Gargalhamos de novo. A seguir, olhando para outro retrato, afirmo:
— Mas este é muito atraente. Que olhar ele tem!
— Sem dúvida merece um *like*.
— E este, quem é?
— É Oliver — diz Kim —, filho de Horatio e irmão de Louisa Griselda. Morreu muito jovem em uma ação militar no mar Adriático, durante as guerras napoleônicas.
— Coitadinho... — murmuro, com pena.
Kim concorda, e eu, olhando de novo para a irmã dele, comento:
— A propósito, o colar com pedra amarela da Cruella de Vil é lindo.
— Chamava-se "gargantilha Babylon" devido a esse incrível diamante amarelo, tão raro. Era uma joia da família de Louisa Griselda. Ela a herdou da mãe; essa joia era herdada sempre pela filha mais velha, que a usava pela primeira vez no dia do seu casamento. Mas alguém roubou o colar e ele nunca mais apareceu.
— Como assim?!
— Isso mesmo! — afirma Kim, e acrescenta: — Se hoje em dia estivesse em meu poder, eu te garanto que seria uma enorme fonte de renda, pois tem um valor incalculável.
— Não brinca!
— Esse diamante amarelo raro e único, originário da Índia, poderia ser exibido nos melhores museus e em exposições no mundo todo, e o dinheiro que isso me geraria daria para eu manter este "casarão", como você diz, sem me preocupar.
Durante um tempo, minha amiga continua falando desse assunto. Vejo que está preocupada com o que está por vir; portanto, tentando mudar de assunto para descontraí-la, murmuro, apontando para um dos quadros:

— Me conte mais sobre essa gente.

Kim sorri.

— Quando Cruella de Vil se casou com Ashton Montgomery, passou a ser condessa de Kinghorne. Seu primogênito, Percival, que, a propósito, era marido de lady Bonnie Pembleton... e, que além de feio era mais simples que o funcionamento de uma chupeta, herdou o título. Ele e Bonnie tiveram dois filhos, e com o passar dos anos, os homens nascidos na família obtinham o título, até que o último foi meu pai. Quando ele morreu, eu, como sua única filha, apesar de ser mulher e graças aos tempos que mudaram, herdei o título de condessa de Kinghorne.

— Olha ela, que condessa! — debocho.

Kim ri; sabe que isso não vai mudar nada entre nós. Continuamos subindo a escada e ela me mostra outro retrato.

— Louisa Griselda e Ashton tiveram cinco filhos — e, apontando vários retratos individuais, enumera: — Percival, Catherine, Robert, Prudence e Abigail.

Observo os quadros. As mulheres eram muito bonitas, mas, olhando um dos retratos masculinos, sussurro:

— Este é Percival, não é? — Kim concorda e eu continuo: — Coitadinho, realmente era meio desprovido de beleza. Mas Robert me faz lembrar seu falecido tio Oliver.

Felizes compartilhando esse momento, nós rimos. Olhando para as pinturas das mulheres, pergunto:

— São essas as moças que leram o exemplar de *Orgulho e preconceito* que você tem na biblioteca?

— Elas mesmas.

Nós sorrimos, e eu aponto, pestanejando:

— Falta um retrato. Você disse cinco filhos...

— Falta o de Catherine.

Ao ouvir isso, eu concordo, à espera de mais informação. Minha amiga explica:

— Não tem nenhum retrato dela, porque parece que ela foi a grande decepção da família.

— Coitada!

— Pelo visto eu herdei a cor dos olhos dela e algo mais.

O mistério oculto nas palavras dela captura totalmente minha atenção.

— Do que você está falando? — pergunto interessada.

— Ela também tinha um sexto sentido e um caráter indomável que lhe causaram problemas. Até que, um dia, foi embora e nunca mais se teve notícias dela.

— Como assim?

— Procurei muito, mas não encontrei nada. Ela simplesmente desapareceu!

— Nossa... adoro esses mistérios. Queria saber o que aconteceu com Catherine. Aposto que era uma mulher fantástica.

Kim sorri e sussurra:

— Vou te contar uma coisa, mas você tem que me prometer que não vai contar para ninguém.

Imediatamente, beijo o anel do meu pai que estou usando como forma de promessa.

— Prometo — afirmo. — Agora me conte.

Ela assente e, baixando ainda mais o tom, sussurra:

— Pelo que eu li, houve uma bruxa na família, e Catherine e eu herdamos dela essa cor de olhos tão rara.

— Uma bruxa! — exclamo.

Kim depressa me faz baixar a voz.

— Você é uma bruxa? — pergunto a seguir.

Ela ri e murmura, negando com a cabeça:

— Não mais do que você.

Nós duas gargalhamos.

— Seu sexto sentido também é herança dela?

— É o que parece.

Kim não para de me surpreender desde que cheguei a Londres.

— Pelo visto — acrescenta —, no século XV, um antepassado meu chamado Jacob se apaixonou loucamente por uma irlandesa chamada Aingeal, que, diziam, era neta de uma bruxa. Jacob e ela se casaram e tiveram seis filhos, cinco meninos e uma menina, cujo nome era Imogen. Pois bem, além da cor dos olhos da sua avó, Imogen herdou os poderes dela. Parece que ela sentia as coisas antes que acontecessem e usava feitiços de cura com os doentes. Isso assustava as pessoas, e ela acabou sendo enforcada.

— Ah, não...

Nesse instante, ouvimos um barulho e nos assustamos. Ambas olhamos para baixo, mas não vemos nada.

Kim me passa seu prato de bolo com total tranquilidade e explica:

— Deve ter ficado uma janela aberta no salão de baile. Vou lá fechar.

— Vou com você!

— Não precisa, fique aqui.

Devo ter feito cara de pavor, porque minha amiga murmura rindo:

— Não tem fantasmas aqui, fique tranquila.

Antes que eu possa dizer alguma coisa mais, ela se afasta de mim e eu fico sozinha na escada pensando no que ela acabou de me contar sobre as bruxas. Agora entendo melhor esse seu sexto sentido e alguns gostos estranhos dela. Com antepassadas bruxas, como não ter isso?

Com os dois pratos de bolo na mão e um tanto inquieta por me sentir observada por esses retratos, olho para as pesadas cortinas bordô e verdes que pendem junto à escada. Parecem antigas. E, como estou nervosa, faço o que minha yaya sempre me diz para fazer para espantar o medo: canto.

A primeira canção que me vem à cabeça é "Vida de Rico", de Camilo. Bem baixinho, para que ninguém me ouça, começo a cantarolar, enquanto observo esses retratos que parecem estar me questionando.

Sem parar de cantarolar, contemplo os quadros. Mulheres de olhos inocentes, algumas lindas, mas duronas, e homens autoritários com cara de sonsos e pouco sorridentes.

A pouca empatia que vejo na maioria dos rostos é desconcertante. Então, noto uma plaquinha dourada em uma das molduras que diz: "Londres, 1815". Isso foi em plena Regência!

Lembro de alguns livros românticos que li dessa época. Havia tantas normas para as mulheres e tão poucas para os homens que eu ficava louca, e acho que por isso preferia os romances escoceses. Sempre tive a impressão de que as coisas eram mais leves na Escócia.

Estou pensando nisso quando ouço:

— O que está cantando?

Tomo um susto tão grande que dou um pulo e Kim tem que pegar seu bolo no ar. Rindo, ela exclama:

— Nossa, Celeste, sou eu!

Levo a mão ao coração.

— Caramba, que susto!

Kimberly ri. Eu também. E depois ela diz:

— Resolvido! Devo ter trancado mal a porta do jardim.

Ela continua me apresentando seus antepassados e eu os observo, contente. Quando terminamos de subir a escada, vamos para o quarto de Kim.

— Estou muito contente por você trabalhar no hospital Saint Thomas — comenta.

— Bem, só vamos ter certeza depois da entrevista com o chefe do RH.

Minha amiga sorri, olha para mim e sussurra:

— O emprego é seu, já falei com ele. Portanto, considere-se contratada.

Dou risada. A segurança dela é impressionante. Mas, claro, agora que sei quem ela é, nada mais me espanta. Estar de novo ao lado dela é perfeito, e eu sorrio, feliz.

Trabalhar na minha área é um luxo, ainda mais estando perto de Kimberly!

6

Faz um mês que estou em Londres e reconheço que não poderia estar melhor. Mas ainda não gosto de chá.

Falo com minha avó quase todos os dias. Graças às chamadas de vídeo pelo WhatsApp, conversamos um pouquinho, vendo o rosto uma da outra. Sem dúvida, isso dá vida a ela. Mas o que não pode faltar entre nós é uma mensagem de boa-noite. Não falha nunca.

Na entrevista com o chefe do RH do hospital, correu tudo tranquilo, e, dois dias depois, comecei a trabalhar no meu próprio consultório de medicina familiar.

Minha formação em virologia é um diferencial, e ele me prometeu que, assim que houver uma vaga nos laboratórios, será minha. Ótimo!

Resolvido o assunto do emprego, decidi adiar a busca de uma academia para treinar boxe. Faço muitas horas no hospital, acho que preciso ir devagar.

Não foi difícil me adaptar no consultório. Embora os pacientes e meus colegas não me conhecessem e, no começo, me olhassem com certo receio por eu ser espanhola, hoje já conquistei todo mundo! E não só pelo meu jeito de ser, mas também pela minha entrega ao trabalho.

Apesar dos longos plantões no hospital, às vezes saio com Kim e seus amigos.

Enfim conheci Gael pessoalmente. É simpaticíssimo!

Fomos ao bar que ele e Jareth estão montando e eu vi como Gael e Kim se olham. Nossa, são apaixonados um pelo outro! Mas a situação complica quando chega a namorada de Gael. Kim se faz de indiferente, finge que não liga, mas eu a conheço e sei que liga sim. Eu me calo e respeito. Eles é que sabem o que querem fazer com suas vidas.

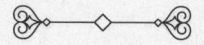

Os dias passam. Marco encontro com alguns dos meus *matches* do Tinder. É divertido conhecê-los, e, embora não encontre o amor da minha vida, tenho noites incríveis de sexo com uns e com outros só tomo uma cervejinha. Vivo minha vida.

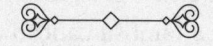

Com seus amigos Kim é apenas Kim, e eu adoro isso. Alguns são divertidos e loucos como ela, e inclusive me procuraram no Tinder e me deram um *like*.

Em contrapartida, também a acompanhei a jantares chatos devido ao protocolo exigido. Mas faço qualquer coisa por minha amiga!

※

Viver com Kimberly no casarão é uma maravilha, e cada dia me sinto mais em casa.

Desde o primeiro dia, Johanna me trata como a uma rainha; percebo seu carinho e dedicação por mim. Não só faz de tudo para eu gostar da comida, como também tenta incluir em nossa dieta diária alimentos espanhóis, e eu fico infinitamente grata a ela por isso. Não tenho nada contra a culinária inglesa, mas nada se compara à dieta mediterrânea! Kimberly não menciona mais a venda do casarão, mas a vi falando algumas vezes sobre isso com Johanna e Alfred, e percebo que estão preocupados.

Como eu poderia ajudá-los?

※

Sábado de manhã, quando não tenho que ir ao hospital, decido ir ao supermercado enquanto Kim comparece a um compromisso de trabalho. Hoje o almoço é por minha conta. Quando volto com as compras, desço até a cozinha e, diante da cara de surpresa de todos, faço um maravilhoso *salmorejo*, deliciosas *empanadillas* de atum com tomate, algumas *tortillas* de batata com cebolinha e, como prato principal, arrisco-me com um bacalhau ao pil-pil, receita do meu pai. De sobremesa, pudim de leite.

Graças à minha yaya, que me ensinou, sou uma boa cozinheira. Nesse dia, no almoço, todo mundo lambe os beiços.

※

À noite, cheias de energia devido ao almoço farto, Kim e eu assumimos nossas poses de super-heroínas e vamos para a balada.

Londres que se prepare!

Entre os amigos de Kim há escoceses e irlandeses. Todos são uns amores. Estamos a fim de nos divertir, então primeiro vamos a um bar lotado. De repente, quando começa a tocar a famosa canção dos anos 1970, "Heaven Must

Be Missing an Angel", da banda Tavares, todo mundo começa a dançar na maior animação e, claro, eu não fico de fora.

Na pista, vejo Kim conversar e rir com um amigo dela que se chama Helmet. É simpático, mas meio nariz empinado. Está dançando ao meu lado e, de repente, ouço ele perguntar a ela:

— Aquele de azul que acabou de entrar é o conde de Whitehouse?

Ela segue a direção do olhar dele e responde:

— Neste ambiente, meu primo prefere ser simplesmente Sean.

Acho engraçado. Tive o prazer de conhecer Sean e, de fato, ele é uma graça.

— E o outro, quem é? — pergunta Helmet.

Kim dá de ombros.

— Não sei.

— É o duque de Bedford — responde Ismael, que é jornalista.

— Não faço ideia — diz minha amiga. — Não o conheço.

Enquanto danço, reparo naqueles que acabaram de entrar. Um conde e um duque se divertindo como o resto da humanidade...

Que curioso!

Quando minha avó soube que Kim pertence à aristocracia inglesa, achou a coisa mais normal do mundo, mas eu continuo me surpreendendo.

O duque é mais alto que o primo de Kim. Sempre gostei de homens altos. Noto que ele está de rabo de cavalo. Uau, que moderno!

De longe, vejo-o mexer o corpo ao ritmo da música com uma taça na mão, só que, por mais que eu tente ver seu rosto, é impossível, pois o salão está muito escuro. Merda!

Por fim, me esqueço dele e continuo dançando. Essa música é demais!

Passado um bom tempo, depois de dançarmos feito loucos, decidimos ir a um bar espanhol, em minha homenagem. Os gringos adoram um flamenco, apesar de dançarem tão mal...

Lá, eu, que sou *made in Spain*, danço *sevillanas*, *rumbitas* e tudo que toca! E mais tarde, para continuar me surpreendendo, eles me levam a um lugar onde toca gaita de fole ao vivo. E claro que continuamos dançando feito doidos.

Nossa, como eu adoro isso!

Por sorte, há alguns anos Kimberly me ensinou *ceilidh*, entre outras danças tradicionais escocesas. E agora, anos depois, fico sabendo que foi Alfred quem lhe ensinou.

E entre palmas, risos e bom astral, ingleses, irlandeses, escoceses e espanhóis dançam e curtem a noite.

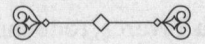

No domingo de manhã estamos destruídas. A farra da noite anterior nos passou a conta, por isso decidimos ficar em casa e curtir uma tarde de TV, sofá e cobertinha.

Johanna e Alfred, que têm o dia livre, decidem suspender seu descanso ao saber disso, mas Kim e eu não permitimos. Sabemos que eles marcaram de ir almoçar com uns amigos, por isso os obrigamos a ir. Por fim, conseguimos.

Quando ficamos sozinhas, depois de checar as nossas contas no Tinder e decidir ignorar os *matches*, comemos uns sanduíches e minha amiga propõe irmos ao sótão. Só que, assim que se levanta, pisa em falso, torce o tornozelo e cai.

Ela logo se desespera, acha que quebrou o tornozelo e que vai precisar ser operada! Na minha opinião, foi só uma entorse.

Meia hora depois já está melhor, e nós rimos do seu dramalhão.

Voltamos ao plano inicial – subir ao sótão. Fico meio inquieta; por um lado, estou louca para conhecer essa parte da casa de Kim cheia de lembranças, mas, por outro, por causa dos filmes de terror, sou meio cismada com sótãos.

Por fim, decido deixar o medo de lado. Só porque nos filmes de terror as garotas sempre são assassinadas no sótão em um dia chuvoso por um louco ou uma louca, não quer dizer que isso acontece na realidade. E hoje está um esplendoroso dia de sol.

Ao chegar à porta do sótão, sinto todos os pelos do meu corpo se eriçarem e meu coração dispara. Pego a mão de Kim, obrigo-a a olhar para mim e sussurro:

— Meu coração vai pular do peito.

— Por quê?

— Não sei — respondo com sinceridade.

Ela sorri. Em seguida abre a porta e, de repente, vejo diante de nós um aposento arejado inundado pelo sol que entra pelos janelões, cheio de lembranças silenciosas.

Curiosa, sigo Kim até o meio do sótão. Quando passamos, um dos lençóis, que cobria um móvel, cai no chão. Ao me voltar, vejo que se trata de um enorme espelho prateado.

Que lindo!

Parece antiquíssimo, e está apoiado na parede em frente a um dos janelões.

— Esse é o espelho Negomi, uma peça linda que está na minha família desde sempre. E este — diz, retirando outro lençol — é um piano Longman & Broderip, que, se não me engano, data de 1786 e é feito de mogno maciço.

— Quem tocava?

— Acho que Prudence. Mas preciso olhar os documentos da família para confirmar.

Surpresa, observo o piano quadrado original.

É maravilhoso! A seguir observo o espelho e vejo que na parte superior está gravado o nome que Kim disse.

— Como conseguiram subir o espelho até aqui? — pergunto ao avaliar suas dimensões.

— Não faço ideia, mas aqui está.

Instantes depois, minha amiga olha ao redor e pergunta:

— O que acha de tudo isto?

Estou de queixo caído, não sei o que dizer. Tudo isso... o passado, as lembranças esquecidas, chamam poderosamente minha atenção, e olho ao redor, pousando a mão no piano coberto de pó.

— Impressionante — murmuro.

Nós sorrimos. Abrindo uma das janelas para ventilar, e ela murmura:

— Não parece a feira de El Rastro, cheia de coisas velhas e curiosas?

Concordo com ela; é engraçado.

Quando ela morava em Madri, muitos domingos de manhã, nós íamos a El Rastro. Nunca entendi por que Kim gostava tanto daquelas antiguidades, mas agora, sabendo quem é, entendo. Está no sangue dela.

— Vê alguma coisa que chama sua atenção?

Faço que sim com a cabeça, muito atenta. O lugar está cheio de pó e lençóis cobrindo móveis.

— Tudo! — respondo.

Kim solta uma gargalhada e se dirige a alguns baús; nesse momento, pego meu celular, faço um vídeo para postar no YouTube e tiro fotos para publicar nas minhas redes. Tenho certeza de que as pessoas vão se apaixonar por este lugar.

Quando acabo, abro o Spotify para tocar uma música. Imediatamente, começa a tocar "Careless Whisper", e Kim sussurra:

— Ahhhh, George Michael...

Nós sorrimos. Somos apaixonadas por ele. Nós o adorávamos quando ele estava vivo e, mesmo depois morto, para nós continua sendo o número um.

Viva meu George!

Cantarolando essa canção fantástica, começo a tirar os lençóis que cobrem os velhos móveis, enquanto Kimberly abre um dos baús. Quando vejo que há roupa lá dentro, começo logo a xeretar. São espartilhos e vestidos. Sem demora, tiramos a roupa e os experimentamos.

Usando um vestido preto justo, eu me olho no enorme espelho prateado e rio. Pareço uma viúva amargurada. Experimento vários outros: azul, vermelho, verde, todos de outras épocas.

— Que lindo xale de caxemira! — sussurro, divertida.

— Veja estas luvas! — exclama ela.

Eu as admiro, encantada. São de seda branca, fina e delicada. Não poderiam ser mais bonitas.

— Olhe! — acrescenta Kim. — Dentro estão bordadas as iniciais "B. P.". Será que é o nome da dona?

Olho com curiosidade o que ela me mostra. Dando de ombros, respondo:

— Faz sentido.

— Será que eram de Bonnie Pembleton? — insiste minha amiga.

— Provavelmente — afirmo sem saber.

Depois de conjecturar durante um tempo a quem poderiam pertencer aquelas iniciais, finalmente deixamos as luvas de lado, e ao me aproximar do lindo piano de mogno, vejo que tem rodinhas. Com dificuldade, solto a trava. Está muito dura, mas consigo empurrá-lo para o lado, pois está me atrapalhando a abrir outro baú.

Kimberly e eu nos divertimos olhando tudo que encontramos. Até que toca o celular dela. Ela fala com alguém durante uns minutos e, quando desliga, diz:

— Putz grila!

— Que foi?!

— Faz três horas que estamos aqui!

— Não!

— Sim!

Fico surpresa. É verdade que, quando estamos entretidas, o tempo voa.

— Era meu primo Sean — diz Kimberly, olhando para o celular.

— O conde de Whitehouse?

Ela assente. Estou começando a decorar os nomes e títulos de todos eles.

— À noite ele vai ao clube de campo com seu amigo, o duque de Bedford — acrescenta.

— O cabeludo?

Kim ri.

— Sim. Parece que o duque veio da Califórnia e eles estão nos convidando para beber alguma coisa. O que acha?

Ai, que preguiça!

Conheço Sean; o duque não. Mas estou curtindo o que estamos fazendo. Por isso sussurro:

— Eu prefiro ficar aqui xeretando estas coisas.

Kim sorri; percebo que ela está curtindo tanto quanto eu. Depois de digitar uma mensagem, ela diz:

— Resolvido! Vamos ficar aqui!

Sorrio e, esquecendo o assunto e olhando as peças de roupa que tenho nas mãos, pergunto:

— Você nunca se fantasiou com alguma destas coisas?

Kimberly nega com a cabeça e tira uma tiara do baú:

— Não...

Fico surpresa. Se isso tudo fosse meu, até parece que não teria me fantasiado! Abro um baú em cuja tampa se lê "1800-1820". Escolho e visto um curioso vestido estilo imperial e pergunto enquanto o ajeito no corpo:

— Já imaginou se você e eu tivéssemos vivido na época deste vestido?

Assim que digo isso, Kim cai na gargalhada.

— Sendo como somos, teríamos sido presas por sermos loucas. Mas, pensando bem, teria sido divertido ir a uma daquelas festas da época em que se arranjava marido.

— Que preguiça! — bufo.

Ambas rimos. Então, eu sussurro, divertida:

— Deviam ser insuportáveis por causa do protocolo rígido. As mulheres se exibiam como meros objetos, sem voz nem voto, enquanto os homens faziam o que dava na telha.

Minha amiga assente. Já falamos sobre isso uma infinidade de vezes.

Rindo, eu me olho no enorme espelho e comento:

— Vestida assim, eu me sinto como uma das irmãs Bennet do filme *Orgulho e preconceito*. Inclusive, se me garantissem que encontraria um sr. Darcy só para mim, eu não me importaria de viajar no tempo.

Kim sorri.

— Se eu tivesse vivido nessa época, sem dúvida seria "a americana" — continuo. — Em todos os romances ambientados na Regência que lemos, elas são sempre as irreverentes, as loucas e as respondonas.

— Seria mesmo, sem dúvida. — Kim cai na gargalhada.

Durante um tempo, ficamos falando sobre isso. Até que eu murmuro:

— Imagino que, naquela época, o divertido era ir às festas dos empregados. Ali sim as pessoas deviam dançar com prazer, deixando o protocolo de lado.

De novo rimos.

— Se Johanna souber o que estamos fazendo, vai nos matar! — diz ela.

— E daí?

Kimberly coloca a velha tiara na cabeça e diz, levantando o queixo:

— Ela é muito solene com o passado, o respeita muito. E nunca gostou que eu subisse ao sótão para mexer nas coisas que têm. Lembro que, quando era pequena, subi várias vezes, e, sempre que ela descobria, brigava comigo. Segundo ela, as lembranças dos meus antepassados que descansam aqui em cima devem ser respeitadas. Só que...

Ela não continua, mas eu insisto:

— Só que...

Kim me olha e, baixando a voz, prossegue:

— Só que alguma coisa dentro de mim me diz que tem algo aqui que precisa ser encontrado.

Ver a cara dela olhando ao redor me faz sorrir.

— É o seu sexto sentido de bruxa que te diz isso? — brinco. Kim assente, sorrindo, e eu acrescento: — Então, nós vamos encontrar!

Nós duas rimos. Mas, de repente, ela exclama:

— Guarde tudo!

Sem entender, olho para ela.

— Guarde tudo — insiste. — Em menos de quinze minutos Alfred e Johanna vão estar aqui. Estou pressentindo.

Nós caímos na gargalhada. De repente, parece que estamos fazendo algo errado e escondendo as provas.

— Vamos — Kim me apressa. — Temos que sair daqui antes que Johanna nos pegue.

Morrendo de pena, olho ao redor enquanto guardo tudo e cubro os móveis com os lençóis de novo. Ao cobrir o espelho, uma estranha sensação percorre meu corpo de cima a baixo. Sem me deixar levar por ela, devolvo o piano ao seu lugar.

Adorei este lugar cheio de história e lembranças. E Kim, que como tantas vezes parece ler meus pensamentos, sussurra:

— Vamos voltar, eu prometo.

Fico feliz. Fechamos a janela, saímos do sótão e descemos para a sala de TV. Instantes depois, alguém bate na porta e Johanna nos cumprimenta.

— Já voltamos.

— Torci o tornozelo! — anuncia Kim imediatamente.

Johanna entra depressa ao ouvi-la e, olhando para ela, pergunta:

— Meu Deus, milady, está bem?

Ela assente e eu digo, divertida:

— Por sorte não foi preciso amputar.

Nós três rimos. Kim, se levanta, abraça Johanna e sussurra:

— Sou exagerada, eu sei.

Do sofá eu as observo. Johanna acaricia a cabeça de Kim com carinho e murmura:

— Há certos abraços em que dá vontade de ficar o resto da vida.

Nós três rimos. A seguir, minha amiga dá um beijinho no rosto dela, senta-se ao meu lado e pergunta:

— Vocês se divertiram?

— Sim — responde Johanna.

Kim sorri e, inclinando a cabeça, diz:

— Está querendo me perguntar alguma coisa, não é?

A mulher suspira e olha para mim.

— Ela sabe, Johanna — diz Kim. — Celeste conhece meu sexto sentido e não se assusta nem me julga.

Ela assente. Eu me meto na conversa:

— Eu vejo isso como um dom. Quem me dera tê-lo também!

Johanna balança a cabeça. Não sei se concorda comigo.

— Segundo Johanna, preciso esconder esse "dom", porque ele pode me fazer mais mal do que bem — explica Kim.

Ouvir isso me surpreende.

— É para protegê-la — esclarece a mulher. — Eu sempre lhe disse isso.

— Protegê-la de quê? — pergunto.

Enquanto digo isso, Johanna me olha, mas não responde. Ela fica incomodada e, Kim, para mudar de assunto e salvar a situação, pergunta:

— Ande, Johanna, diga. O que está acontecendo?

A mulher respira fundo e começa a falar:

— Sábado que vem é o casamento da filha dos nossos amigos e...

— E claro que vocês vão — termina Kim.

Johanna nega com a cabeça.

— Qual é o problema? — pergunta minha amiga.

— Ela vai se casar em Brighton, e teríamos que ir na sexta e voltar no...

— E daí?

— Não me agrada deixá-las tanto tempo sozinhas na casa.

Kim e eu rimos. Johanna não. E minha amiga afirma:

— Você e Alfred vão a esse casamento.

— Mas...

— Mas nada! — interrompe Kim. — Celeste e eu não somos crianças, portanto vocês vão a Brighton. Curtam um maravilhoso fim de semana fora de Londres e, quando voltarem, tudo estará bem.

A mulher assente. Não me parece muito convencida, mas acaba sussurrando:

— Está bem. Vou dizer a Alfred.

Kim a abraça de novo. Vejo uma vez mais a cumplicidade que há entre elas. Quando se soltam, Johanna dá meia-volta e sai da sala.

Assim que ela se afasta, Kim e eu sorrimos.

— Por que ela não quer que você fale do seu dom? — pergunto.

Ela dá de ombros.

— Não sei. Mas ela sempre me disse para não falar para evitar que as pessoas pensem coisas estranhas a meu respeito.

Assinto, mas não entendo.

— Nunca te perguntei sobre os olhos de Alfred, mas também são muito diferentes — digo, então. — É raro uma pessoa ter um olho de cada cor.

Kim sorri e me mostra as palmas das mãos.

— Pelo que me contou há anos, ele herdou os olhos do pai — diz.

Eu assinto. Jogadas no sofá da salinha de TV, começamos a ver séries.

Em certo momento, maravilhada com as paisagens que vejo, comento:

— Preciso ir às Highlands... imediatamente!

Kimberly ri. Planejamos passar uns dias em Inverness daqui a dois fins de semana.

— Não vá pensando que todos os escoceses são altos, bonitos e românticos, viu? — sussurra ela.

— Ora, cale a boca!

— Você viu que Conrad e Moses, que são escoceses, são normaizinhos!

— Bem... normaizinhos, normaizinhos... — zombo.

Ambas rimos, e ela acrescenta:

— Sinto muito, Celeste, mas a realidade é assim! Bonitos, feios, espertos e idiotas há em todo lugar.

Nego com a cabeça; para mim, ingleses e escoceses são totalmente opostos.

— Não me leve a mal, mas prefiro um *highlander* quente, grosseirão e romântico a um inglês rude e frio — digo.

— Você está muito enganada! — ela brinca.

Estamos rindo quando ela me mostra uma mensagem que recebeu de um amigo. Leio e imediatamente murmuro:

— Sério que você gosta desse Helmet?

Kimberly dá de ombros.

— É bonitinho.

Tudo bem, admito, é bonitinho!

Fomos ontem para a balada com ele e os outros, mas sua intolerância em determinados aspectos me provocava certa rejeição.

— Mas ele é tão... tão sério — digo —, e tão inglês que...

— Celeste, pare de ver os ingleses como inimigos e de idealizar os escoceses. Tem homens legais aqui e ali. Basta dar uma oportunidade para eles. Quanto a Helmet, ele é apenas um cara legal com quem eu posso me divertir. Só isso. Não faz meu tipo! Nunca vou ter nada sério com ele.

— E com Gael?

Kim não responde. Eu sei que é porque isso dói nela. Murmuro:

— Vocês foram feitos um para o outro, só não querem admitir.

Ela suspira e, respirando fundo, sussurra:

— Eu sei, e meu sexto sentido diz o mesmo. Só com ele sinto meu coração bater a um ritmo que não é normal. Mas... mas, como eu disse, nós decidimos cada um seguir o seu caminho. É complicado, Celeste.

— Querer é poder — afirmo.

Kimberly assente. Como estamos ficando sérias demais, pergunto, sabendo como levantar o ânimo dela:

— Como é Gael na intimidade?

Ela solta uma gargalhada e me assegura:

— Nota dez.

— Jura? — brinco.

Minha amiga assente.

— Ele é doce, romântico, gentil, nada egoísta no sexo... Nota dez! Maaaas... esse dez saiu da minha vida e eu não quero mais falar sobre ele, entendeu?

Suspiro. Como Kim é boba!

Se um desses aparecesse na minha vida, com certeza não o deixaria escapar. Mas não é minha vida, é a dela!

— Aliás — diz ela, então —, amanhã, às sete da noite, temos um encontro na biblioteca com meu grupo de leitura.

— A biblioteca do seu amado? O seu Boneco? — brinco ao vê-la mudar de assunto.

Kim leva a mão ao coração e suspira. Essa biblioteca que leva o nome do seu amor platônico, o duque Caleb Alexandre Norwich, sempre foi sua preferida. Ela diz:

— Você vai pirar quando vir o lindo quadro que tem dele lá. Mais bonito não poderia ser. Juro, às vezes vou lá só para me sentar no banco que está em frente e ficar olhando para ele sem piscar.

Sorrio. Pegando na mesinha ao lado do sofá um romance histórico escocês, ela acrescenta:

— Depois que discutirmos este livro, vamos escolher o próximo. Quer participar?

Lembro que saio do trabalho às seis e, sorrindo, afirmo:

— Quero participar de tudo. Quero ver o retrato do seu *crush* e ler. A propósito — acrescento apontando o livro que ela tem nas mãos —, adoro esse livro. Brodick é demais!

— Ele tinha que ser escocês! — ela provoca.

Rimos. A seguir, anuncio:

— Vou participar do clube para discutir o próximo livro.

Estamos rindo disso quando ouvimos umas batidinhas na porta. Instantes depois, ela se abre; Alfred entra e diz, todo formal:

— O motorista do seu primo, conde de Whitehouse, deixou este recado para a senhorita, milady.

Ele entrega a Kim um envelope fechado. Quando, depois de mais uma inclinação de cabeça, ele sai, pergunto para minha amiga:

— Por que Alfred e Johanna são tão formais com você?

Kimberly dá de ombros.

— Porque não tem outro jeito — responde. — A vida toda venho pedindo a eles para me chamarem pelo meu nome, mas eles se recusam. Já desisti, é impossível.

Sem saber o que dizer, apenas confirmo com a cabeça. Ela, abrindo o envelope, lê o bilhete e explica:

— Vai ter uma festa em Hyde Park no sábado à noite. Sean está perguntando se nós queremos ir.

Quando ouço isso, bufo. Que horror! Protocolo, protocolo e mais protocolo. Já fui a alguns eventos desses desde que cheguei a Londres e morri de tédio! Mas não vou falar nada.

— Vou responder que sim — sussurra ela. — O que acha de ele passar para nos pegar às nove?

— Eba... — respondo, fazendo-a rir.

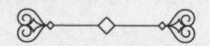

À noite, quando vamos nos deitar, estou esgotada. Adormeço assim que me deito, mas não sei quanto tempo passou quando acordo assustada.

Em silêncio, eu me levanto da cama. Vou até a janela, no escuro, e, afastando a cortina, vejo que a rua está solitária e tranquila.

A seguir, pego meu celular e, ligando a lanterna, vou até a porta. Sem barulho, abro e dou uma olhada. Não há ninguém no corredor. Como o quarto de Kim fica em frente ao meu, depois de hesitar um pouco, eu me armo de coragem e vou até lá. Abro a porta e, ao ver que ela está dormindo, decido dar meia-volta e voltar para o meu quarto.

Contudo, antes de entrar, uma coisa brilhando ao pé da escada que leva ao sótão chama minha atenção. Incapaz de controlar a curiosidade, eu me aproximo e vejo que se trata do anel do meu pai.

Mas o que ele está fazendo aqui?

Imediatamente, me agacho para pegá-lo. Ainda bem que não o perdi!

Esse anel antigo é muito especial para mim. Coloco-o no dedo. Depois volto ao meu quarto. Entro na cama e, fechando os olhos, adormeço novamente.

7

Na segunda-feira, depois de um dia corrido no hospital, eu me encontro com Kim às dezoito e quarenta e cinco na porta da biblioteca Conde Caleb Alexandre Norwich, onde o clube de leitura se reúne.

Assim que entramos, Kim me pega pela mão e me leva até uma lateral para me mostrar um quadro enorme:

— Este é Caleb... o meu Boneco!

Satisfeita, observo o enorme quadro do conde Caleb Alexandre Norwich que está diante de nós. Ele não só era atraente, como também tinha um sorriso simpático e penetrantes olhos escuros.

— Que boneco... — murmuro.

Kim assente e, então, eu pergunto, curiosa:

— Por que você o chama desse jeito?

— Porque ele é tão perfeito que parece ter sido fabricado. Se é verdade que a linha vermelha do destino existe, espero que um dia me leve até ele.

Ouvir isso me faz sorrir. Kim e eu falamos muitas vezes sobre a lenda japonesa da linha vermelha do destino.

— Dizem que foi um grande mulherengo... — ela suspira a seguir.

— Normal... com essa cara!

Kim concorda e, olhando para o quadro, sussurra:

— Pelo que eu sei, já maduro se casou com lady Godiva de Schusserland, mas não teve filhos. Também dizem que não foi muito feliz, porque ela gostava de colecionar amantes.

— Nãããããããããão...

Kim assente.

— Como alguém tendo a seu lado um homem tão bonito, atraente e perfeito pode colecionar amantes? — pergunto.

Minha amiga dá de ombros e sussurra:

— Eu também não entendo — e, suspirando, murmura: — Entre os livros que eu leio, a rejeição de Gael e este homem bonito, como vou conseguir encontrar o amor?

Nós nos olhamos rindo e decidimos sair dali. Depois de entrar em uma sala onde se pode falar em voz alta, Kim me apresenta a vários integrantes do clube de leitura. Imediatamente percebo que é um grupo diverso, de todas as idades e de diferentes condições sociais, e isso me agrada. Comentado por pessoas tão diferentes, um livro é sempre mais interessante.

Meia hora depois, o grupo cresceu para vinte e duas pessoas e começa o debate. Como estamos discutindo um livro que eu li mil vezes por ser um romance escocês, presto atenção às impressões dos outros. Fica claro que cada pessoa entende a história à sua maneira; sem falar, escuto com interesse.

Uma hora depois, quando termina o debate, procedemos à votação da leitura seguinte. Alguém põe em uma mesa vários exemplares de outros livros e os presentes votam para escolher.

Sobre a mesa há dez livros de literatura romântica. Encantada, vejo que quatro são romances medievais escoceses (Legal!). Três da Regência inglesa (Nããão!). Um é de uma viagem no tempo (Ótimo!). E dois deles são ambientados no oeste americano (Não é minha praia!).

As votações começam e meu sorriso não poderia ser mais amplo. Um medieval escocês que eu ainda não li (*Yeeeees!*) está ganhando. Mas, de repente, tudo começa a mudar (Merda!) e o escolhido acaba sendo um da Regência inglesa (Quero morreeer!).

Ai, que preguiça, que preguiça!

Toda a vontade que eu tinha de ler desapareceu.

Nunca senti atração por essa época por causa da quantidade de normas e limitações que as mulheres enfrentavam. Na minha opinião, livros são para ser lidos com prazer, mas a Regência inglesa, embora eu não duvide de seus incríveis atrativos, não é a minha praia. Eu gosto de vikings e escoceses. Por quê? Porque as mulheres desses livros vivem aventuras, são descaradas, selvagens e enfrentam o homem mais feroz mesmo arriscando a vida, e as dos livros da Regência são umas santinhas que, em geral, só desejam se casar e cujas histórias são dominadas pelo puritanismo, enquanto os homens fazem o que querem.

É uma merda!

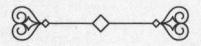

À noite, enquanto voltamos para casa com o livrinho da Regência na bolsa, vou calada no carro. Kim, que me conhece muito bem, murmura:

— Da próxima vez vai ser um de escoceses ou vikings.

Sorrio enquanto toco o anel do meu pai.

— É bom mesmo, se não vou largar o clube de leitura.

Ela solta uma gargalhada. Quando começa a tocar no rádio "Careless Whisper", do nosso maravilhoso George Michael, nós duas começamos a cantar, sorrindo. Adoramos George!

Então, recordando uma coisa que Kim me contou há anos, pergunto, sabendo que vou cutucar uma ferida:

— Esta não era a sua música e a de Gael?

Sem parar de cantar, minha amiga assente e eu rio da sua cara de apaixonada. Não sei se a linha vermelha do destino a levará até o conde, mas algo me diz que, até Gael, é certeza.

8

A SEMANA PARECE VOAR, e eu não toco no livro da Regência.

Kim e eu andamos trabalhando muito e estamos tão esgotadas que, quando chegamos em casa, a última coisa que estamos a fim de fazer é subir ao sótão.

Na sexta à tarde, depois de uma semana maluca, ela vai me buscar no hospital. Enquanto ouvimos no carro "Morning Sun", de Robin Thicke, minha amiga pergunta, apontando ao longe com o dedo:

— Está vendo o que nos cerca?

Olho ao redor. Vejo um parque e muitas casas. Ela prossegue:

— Este lugar se chamou Jardins de Vauxhall desde meados do século XVII até meados do XIX. As damas e os cavalheiros da época, entre os quais estava meu Caleb, usavam aqui como local de lazer e diversão. Um lugar para ser visto em boa companhia, para as mães exibirem suas filhas que estavam em idade para casar, ou para fazer passeios românticos a pé ou de carro, mas, é claro, sob vigilância.

Ambas rimos, e eu replico:

— E ficar se pegando pelos cantos, tirar *selfies* ou se beijar apaixonadamente, nem pensar!

Kim brinca.

— Um escândalo! Se bem que tenho certeza de que um ou outro fazia isso.

— Eu! Só para quebrar as regras eu faria — afirmo, convicta.

De novo rimos. Paramos no semáforo.

— Os Jardins de Vauxhall se transformaram em um verdadeiro negócio — prossegue Kim. — Havia tanto público que, no fim, passaram a cobrar ingresso para curtir atrações como andar de balão, ver espetáculos de magia e equilibristas e até assistir a um ou outro show da época. Ah... se não me engano, em 1817 houve aqui uma encenação da batalha de Waterloo com a participação de uns mil soldados.

— Que demais!

Quando o semáforo fica verde, ela continua contando:

— Infelizmente os proprietários tiveram que fechar os jardins quando foram à falência e, embora os terrenos tenham sido leiloados e abertos de novo, nunca mais funcionaram como no início. No fim, as terras foram vendidas para incorporadores imobiliários... Hoje, desse jardim incrível, só resta o parque público Spring Gardens.

Adoro quando Kim me conta essas coisas históricas. Quando ela morava em Madri comigo, era eu quem ia lhe contando coisinhas da Porta de Alcalá, de El Rastro, do Palácio Real...

Ficamos batendo papo no carro durante um bom tempo, até que, ao passar por uma rua, minha amiga aponta para um edifício e comenta:

— Estamos em frente ao número 49 do Pall Mall, e ali onde agora fica esse enorme edifício, era onde ficava o lendário Almack's.

Sei do que ela está falando. O Almack's aparece em muitos livros que lemos ambientados na Regência.

— Como você sabe, foi um dos primeiros clubes de Londres onde homens e mulheres podiam se encontrar sem problemas.

Concordo com a cabeça e ela prossegue:

— O clube foi presidido por um comitê de damas muito influentes da alta sociedade. Entre elas estava a condessa Claire Simpson, filha da irmã de Horatio e, portanto, da minha família.

— Nãããão...

— Sim — afirma Kim, e continua: — Marquesas, condessas, baronesas ou princesas, talvez muito à frente do seu tempo, levaram adiante o projeto. Sabe como elas eram conhecidas?

— Como?

— As padroeiras do Almack's.

— Nossa, "padroeiras"! — brinco.

— Essas mulheres vendiam um vale anual cujo preço era de aproximadamente dez guinéus para participar das exclusivas noites de quarta, onde tudo era luxo. Mas não pense que todos podiam ir ao Almack's. Ali só entrava quem as patronas quisessem, e muitos dariam de tudo para fazer parte dessa sociedade elitista e exclusiva.

— Essas mulheres tinham poder mesmo.

Kim assente.

— Mais do que você imagina. Pelo que se conta, às segundas-feiras, durante a temporada social em que as mães procuravam maridos para suas mocinhas casadoiras, essas mulheres se reuniam para decidir quem entraria nos bailes, independentemente de terem comprado o ingresso ou não. Você nem imagina o poder que isso dava a elas para formar ou separar casais.

Rindo, Kim continua me contando coisas sobre o Almack's. Sem dúvida ela sabe muito sobre o assunto.

Pouco tempo depois, minha amiga entra com o carro em um estacionamento e, ao sair do carro, paramos em frente à vitrine de uma enorme loja de eletrodomésticos. Nas TVs está passando um programa que fala sobre a importância das fases lunares e, especialmente, da lua cheia.

Atentas, escutamos uns astrônomos falando sobre o assunto.

— Não sabia que a influência da lua era tão importante — murmuro.

Kim assente e comenta, interessada:

— Sim... a lua tem muitos mistérios.

Nós nos olhamos surpresas, e o homem que está vendo o programa ao nosso lado aponta:

— A lua cheia e os espelhos são dois grandes aliados de bruxas e bruxos, pois dizem que seus feitiços ou encantos se cumprem inevitavelmente. Quando eles lançam uma conjuração à grande lua cheia, o mundo gira mais devagar sem que as pessoas percebam. As horas do presente se transformam em minutos do passado e a magia faz o resto.

Minha amiga assente, encantada, mas eu pergunto:

— Você acredita nessas coisas de verdade?

O homem olha para mim, depois para Kim e, por fim, sussurra com um sorriso:

— É preciso acreditar na magia da grande lua cheia.

Kim e eu sorrimos; como não estamos a fim de contrariá-lo, concluo:

— Vamos ficar atentas à magia da lua.

Então, nós nos despedimos dele e seguimos nosso caminho.

O celular de Kim toca. Ela atende depressa e, depois de conversar alguns minutos, quando desliga, diz:

— Era Johanna. Já foram para Brighton. Espero que se divirtam!

Eu também espero. Então, Kim olha para mim e sugere:

— O que acha de jantarmos no Bixies?

Ao ouvi-la, bufo. Bixies é um restaurante inglês muito elitista, coisa que não curto muito. Murmuro:

— Não estou a fim. Prefiro pizza. O que você acha?

Desta vez é Kim quem nega com a cabeça.

— Prefiro uma coisa mais saudável.

Enquanto caminhamos, tanto ela quanto eu sugerimos lugares, mas não chegamos a um acordo. De repente, vemos no fim da rua um restaurante de comida espanhola chamado La Mediterránea. Sem hesitar, nós nos olhamos e sorrimos.

Finalmente entramos num acordo!

Estamos andando pela St. James's Street quando Kim, parando diante de um lindo edifício antigo, afirma:

— Você não vai gostar do que vou te contar agora.
— Por quê? — pergunto, sorrindo.
— Porque eu te conheço!
Acho engraçado, mas minha amiga aponta para o lindo edifício e diz:
— Este lugar é o Brooks's.
Sei do que ela está falando. Nos livros ambientados na Regência que li, costumam se referir a ele como um clube privado fundado em 1764, exclusivamente por e para homens, onde estava proibida a entrada de mulheres.
— Pois é, as mulheres ainda não podem entrar — brinca Kim.
Com certo receio, olho para o elegante edifício enquanto, inconscientemente, separo as pernas, ponho as mãos na cintura e ergo o queixo. Passam muitas coisas pela minha cabeça, entre elas entrar de penetra, quer esses machos gostem ou não. Mas, ao ver as câmeras de segurança no exterior e o leão de chácara, zombo:
— No dia em que eu entrar, vai ser uma revolução!
Kim solta uma gargalhada. Seguimos nosso caminho. Vamos jantar!

9

Esta noite, quando voltamos ao casarão, sorrio ao chegar ao lindo bairro de Belgravia. É tão bonito!

Kim estaciona e nós descemos do carro. Nesse instante, outro carro para na nossa frente, no número 22, e dele desce uma mulher com um chihuahua. Observo-a com curiosidade, até que Kim, olhando para mim, explica:

— É a baronesa Genoveva Camberry, uma mulher encantadora.

Quando ela diz isso, a mulher para e olha para nós. Tem lindos olhos escuros e, sorrindo, acena para nós. Fazemos o mesmo e seguimos nosso caminho. Mais tarde, depois de trocar de roupa e pegar duas Cocas zero, vamos para a salinha de TV, onde, depois de fazer uma chamada de vídeo com minha yaya, Kim me incentiva a tocar violão. Durante um tempo nos divertimos interpretando músicas de que ambas gostamos: de George Michael, Amy Winehouse... e encerramos cantando "Emocional", de Dani Martín, porque nós duas adoramos.

Da primeira vez que vimos juntas o videoclipe dele, acabamos chorando como duas manteigas derretidas. Adoramos um drama! A letra e a história que conta tocaram diretamente nosso coração.

Depois de um tempo curtindo essas canções que tanto adoramos, trocamos um beijinho e cada uma vai para sua cama. Estamos cansadas.

Adormeço em questão de segundos e sonho com os Jardins de Vauxhall. Mas, no sonho, não os vejo como os vi durante o dia. Eu os imagino como Kimberly me contou que eram.

De repente, ouço uma batida forte e acordo assustada.

Sento rapidamente na cama e acendo a luz.

Olho ao redor e, é lógico, estou sozinha no quarto. Mas vejo que o anel do meu pai está em cima da cama.

Outra vez caiu do meu dedo?

Eu o coloco de novo e decido que vou comprar uma correntinha para pendurá-lo no pescoço.

Desligo a luz e tento dormir para continuar sonhando a mesma coisa, mas nada; não consigo.

Fico revirando na cama e, no fim, acendo a luz outra vez, levanto e vou ao banheiro.

Cinco minutos depois, volto e vejo o livro do clube de leitura que descansa sobre a mesa de cabeceira; sem dormir, decido dar uma oportunidade a ele.

Assim que começo, já vejo o nome Almack's e sorrio quando leio sobre um elegante baile de máscaras no qual jovens em busca de marido fofocam enquanto comem finas fatias de pão com manteiga fresca.

Me esforçando para não abandonar a leitura, mergulho nela. De repente, ouço um barulho. Levanto a cabeça e presto atenção. Mas o silêncio é total, de modo que volto a ler.

Pouco depois, ouço de novo um barulho sobre minha cabeça. Será que há alguém no sótão?

Rapidamente me levanto da cama, alarmada. Kim e eu estamos sozinhas na casa, e penso: *Será que entrou ladrão?*

Respirando fundo, pego meu celular e uso a lanterna para sair do quarto escuro. Sem hesitar, vou ao quarto de Kim para alertá-la; mas, ao ver que ela não está na cama – onde vejo o livro do clube de leitura aberto –, de repente intuo que pode ser ela quem está no sótão.

A passo de tartaruga e com certo receio, subo a escadinha. É uma e dez da madrugada, tudo está escuro. Não acendo a luz para não delatar minha presença, mas, se a protagonista de um dos filmes de terror que costumo ver subisse ao sótão a uma hora dessas, e no escuro, depois de ouvir barulhos estranhos e sem chamar a polícia, eu já estaria censurando-a.

Então, o que estou fazendo?

Os barulhos parecem cada vez mais perto e meu coração acelera cada vez mais. Mas não posso parar, não consigo parar de subir a escada.

Quando chego, o sótão está escuro, e sussurro:

— Kim!

Durante alguns segundos que me parecem eternos, ninguém responde. Sem me mexer, insisto:

— Kimberly!

Barulho; só ouço barulho. Até que ouço:

— Você vai pirar!

Tudo bem, é a voz dela. Respiro aliviada, e então uma luz vem em minha direção. É ela com seu celular:

— Posso saber o que você está fazendo aqui? — pergunto, nervosa.

Kim me olha, sorri e sussurra, olhando-se no enorme espelho prateado, que está descoberto.

— Estou... conversando com meus antepassados.

Fico bem séria, e minha amiga, divertida, brinca:

— Meu Deus, Celeste, estou zoando!

Fecho os olhos. Ainda bem! Respirando fundo, quero soltar a primeira bobagem que me passa pela cabeça quando minha amiga pergunta:

— Começou a ler o livro do clube de leitura?

Li umas vinte páginas, não mais.

— Sim.

Kimberly me olha, por fim acende a luz do sótão (Ufa!) e, com um sorriso, acrescenta:

— E não tem nada para me dizer?

Pestanejo; não sei do que ela está falando. Dando de ombros, digo:

— Parece bem chato.

Ela solta uma gargalhada e, a seguir, murmura:

— Você não vai acreditar, mas uma das personagens do livro tem umas luvas de seda brancas com suas iniciais bordadas.

— E?!

— E eu subi para ver as iniciais bordadas nestas para ver se eram iguais, mas não, não têm nada a ver!

Olho para ela de queixo caído. Das duas, uma: ou ela fumou uns baseados que não bateram bem ou está maluca.

— Por que está me olhando assim? — pergunta ela.

Sem saber o que responder, por fim rio e sussurro:

— Porque com certeza você tem um parafuso a menos.

Nós duas rimos e eu me olho no espelho enorme. Estou com a aparência terrível de quem acabou de levantar. Me aproximando mais do espelho, sussurro:

— Que merda! Estou com uma espinha enorme na testa!

Kim, que está remexendo no baú de novo, não responde. Então, ao me apoiar no velho piano de mogno, ele desliza e eu caio de bunda no chão. O piano acaba metido na parede depois de uma imensa pancada.

Mãe do céu!

Ao ver o tombo que levei, minha amiga se assusta. Eu não.

Ela quer chamar uma ambulância, acha que posso ter quebrado alguma coisa, mas eu a detenho. Só penso no estrago que causei. Com a bunda doendo, murmuro:

— Com a pressa, no outro dia não coloquei a trava nas rodinhas e agora acho que quebrei a bunda.

— Ai, meu Deus! Vai ter que operar? — pergunta ela, assustada.

Rio, não posso evitar. Estendendo as mãos para a frente, digo:

— Ande, me ajude a levantar.

Nossa mãe, que bundada!

Ainda bem que Alfred e Johanna não estão em casa. Se estivessem, teriam ouvido o barulho e nos pegariam em flagrante!

Já em pé, com a bunda dolorida pelo golpe, fico olhando para a parede na qual o piano bateu. Ao vê-lo incrustado nela, murmuro:

— Ai, meu Deus...

— Johanna vai nos matar — sussurra Kim.

Chegamos mais perto para olhar o estrago que causamos e, ao ver que a parede cedeu, pergunto:

— Você sabia que atrás desta parede havia outra?

— Não.

Sem nos mexermos, olhamos para o piano embutido. Então, ao notar que dá para ouvir o vento lá fora, digo:

— Estava ventando desse jeito antes?

Kim, que como eu também notou, nega com a cabeça, mas pede:

— Me ajude a desencaixar o piano da parede.

Obedeço, sentindo-me culpada.

Nós seguramos o piano pelas laterais e o puxamos com todas as nossas forças, até que atingimos nosso propósito. Depois que conseguimos deixá-lo de novo no lugar, ver que não estragou nada e pôr a trava nas rodas, Kim e eu voltamos à parede. Acendendo a lanterna do celular, iluminamos o vão que ficou e murmuramos em uníssono:

— Putz grila!

Acabamos de descobrir um aposento oculto no sótão, e reconheço que a minha curiosidade me diz para não sair daqui. Agora entendo por que morre tanta gente em alguns filmes... por causa da curiosidade!

Pelo vão, vemos diante de nós alguma coisa que parece uma caixa e um quadro. Ficamos entusiasmadas e, deixando os celulares de lado, caladas, começamos a retirar pedaços do gesso que fazia as vezes de parede.

Instantes depois, quando o vão já está grande o suficiente para que possamos entrar por ele – e apesar do vento que sopra cada vez mais forte na rua –, trazemos a caixa e o quadro para o amplo sótão.

Estamos muito animadas!

Nos sentamos no chão e observamos o quadro, que é o retrato de uma mulher com os olhos fechados, sorrindo, vestida de branco dos pés à cabeça.

O vento fica mais forte, bate nas janelas. Kim pergunta:

— Quem é esta mulher?

Durante um bom tempo procuramos na pintura alguma pista de quem poderia ser. Como não encontramos nada, eu sussurro:

— Antepassada sua. Se não, não estaria aqui.

A seguir, examinamos a caixa, que está fechada com um cadeado. Passamos de novo pelo vão da parede para procurar a chave. Deve estar por aí, mas não a encontramos. Então, Kim diz, olhando para mim:

— Eu não vou ficar sem saber o que tem aí dentro. Vamos arrombar.

— Lembre-se de que Johanna vai nos matar.

— Alguma coisa me diz que vai valer a pena — afirma minha amiga.

Durante um bom tempo, fazemos tudo que nos passa pela cabeça para abrir o cadeado, mas não conseguimos nada; é impossível. Ele resiste!

Por fim, esgotadas de tanto tentar e não conseguir, nós nos sentamos novamente no chão do sótão e especulamos sobre quem poderia ser a mulher do quadro. Então, em um canto, depois de limpá-lo com o dedo, vemos uma data: "1503". Nos encaramos e dizemos em coro:

— Imogen!

Assim que pronunciamos o nome da antepassada de Kim que foi bruxa, o lustre do teto começa a piscar e surge um fulgor de luz branca do enorme espelho prateado.

Acho que o grito que demos foi ouvido até na Austrália... Caramba, que susto!

Olhando o espelho, que de novo escureceu, ouvimos o vento forte que sopra lá fora. A luz elétrica pisca de novo e se apaga. Assustadas, nós nos levantamos.

— O que é que está brilhando debaixo do espelho? — murmura Kim.

Com mais medo que qualquer outra coisa, nós nos aproximamos e eu sussurro, pestanejando:

— O anel do meu pai!

Rapidamente o pego, coloco-o de volta e murmuro:

— Deve ter caído quando eu me estatelei no chão.

Minha amiga assente. Vejo a perplexidade em seu rosto. Embora não seja cagona, meu primeiro instinto é sair correndo daqui, mas não posso: Kim está me segurando pelo braço.

A respiração de ambas está acelerada; neste momento, a luz elétrica volta. Kim, olhando para mim, está prestes a falar, quando eu, ao ver que a mulher do quadro agora está com os olhos abertos e que são cor violeta como os de Kim, sussurro:

— Putz grila!

Minha amiga olha para a pintura e vê o mesmo que eu.

— É... é... a bruxa! — murmuro.

— Sem dúvida nenhuma — ela confirma.

— Es... estou me cagando de medo — murmuro.

Isto é uma loucura! Não pode estar acontecendo!

Sem afastar o olhar da mulher do retrato, que parece estar com os olhos fixos em mim, peço:

— Me belisca.

Kim obedece; com isso, sei que estou acordada.

— Vamos sair daqui! — peço.

Mas quando estamos prestes a fazer isso, a luz se apaga de novo e ouvimos alguma coisa cair no chão. A luz volta, e vemos que a caixa está aberta e o cadeado no chão.

Nenhuma das duas se mexe; não conseguimos. Kim, tão surpresa quanto eu, sussurra olhando para mim:

— Não me pergunte como isso aconteceu, mas aconteceu.

— Vamos sair daqui! — exijo, assustada.

O vento está soprando na rua, batendo com força nas janelas fechadas.

Vamos até a caixa e olhamos dentro dela. De olhos arregalados, vemos dentro uma pilha de folhas soltas. Quando Kim vai tocá-las, eu a detenho, sem poder afastar o olhar do quadro da mulher.

— Tem certeza? — pergunto.

Ela assente, olhando também para o quadro.

— Absoluta — diz.

Em silêncio, ela finalmente pega uma folha e lê o título:

— "Feitiço de viagem no tempo".

Nós nos encaramos, de queixo caído.

Atraída como um ímã, eu me agacho diante do pequeno cofre e tiro uma antiga caixinha de metal. Abro-a e vejo umas flores secas dentro e duas correntinhas com uma pérola maravilhosa em cada uma.

— Que lindas!

Kim e eu olhamos para as joias, e ela, pegando uma, passa-a pela cabeça.

— Bem, já têm donas! — afirma.

— O quê?! — protesto.

Minha amiga ri; é claro que só eu estou com o estômago embrulhado.

— Isto está aqui abandonado. Ninguém o reclamou em anos.... Por que não deveríamos ficar com elas? Como são duas, uma para você e outra para mim.

Suspiro. Sinto um calorão. Por fim, como vejo ela insiste, pego a outra correntinha com a pérola e a ponho no pescoço.

Instantes depois, vejo na caixa também um objeto de nácar em forma de borboleta.

— O que é isto?

Kim se agacha.

— Parece uma caderneta de baile.

— Tem as iniciais gravadas: "C. M.".

Com curiosidade, abrimos a caderneta e lemos nomes como sir Craig Hudson, visconde Evenson, duque de Bedford...

— Este último não é o que estava com seu primo Sean? — sussurro. — O cabeludo?

Kim assente.

— É mesmo! — ela exclama, e continua lendo. — Veja, o conde de Whitehouse também está aqui. Sem dúvida, todos esses são os antepassados dos condes e duques de hoje em dia.

Kim continua lendo, até que, de repente, murmura:

— Acho que é a caderneta de baile de Catherine, neta de Horatio. As iniciais coincidem: Catherine Montgomery.

— Aquela que desapareceu? — desejo saber.

Kim assente e, olhando para mim, afirma emocionada:

— Até que enfim encontrei alguma coisa dela!

Quando ela diz isso, o vento para. E as pérolas em nosso pescoço se iluminam.

Meu Deus, que cagaço!

Nós nos encaramos de novo, surpresas, e imediatamente afirmo, à beira de um infarto:

— Lamento dizer, mas continuo me cagando de medo.

Kim concorda. A luz das pérolas reflete diretamente no espelho Negomi, até que, pouco a pouco, se apaga. Não sei se devo tirar a minha. Minha mente assim ordena, mas as mãos não se mexem.

Ficamos alguns instantes em silêncio, até que, atraída como um ímã, vou até o enorme espelho e passo os dedos por ele. Desde que entrei no sótão pela primeira vez, esse espelho prateado antigo chamou minha atenção. Sussurro, tentando aplacar meus nervos:

— Espelhinho... espelhinho... Será que você é mágico e não sabemos?

Rio, acho que meu nervosismo está me dominando, e então minha amiga propõe:

— E se levarmos estas coisas para o seu quarto ou para o meu e, com calma, olharmos o que mais tem aí?

Observo novamente o retrato de Imogen, que parece não tirar os olhos de mim. Então concordo, e, como estamos sozinhas na casa, passamos à ação.

Com a pulsação acelerada, chegamos ao quarto de Kim. Deixamos a caixa em cima da cama e o quadro sobre uma cadeira e os observamos durante um bom tempo, enquanto sinto minha bunda doer por causa do tombo.

— "Feitiço de desterro... Viagem no tempo... Feitiço de reparação..." — Kim vai lendo nas folhas soltas que há na caixa. — Não acredito...

Estou tão surpresa quanto ela e não sei o que dizer.

— "Dia e noite. Luz e escuridão" — leio em voz alta. — "Instante e..."

— Pare com isso, Celeste! — Kim tira a folha de mim.

Acho engraçado e pergunto:

— Agora é você quem está com medo?

Ela deixa a folha em cima da cama e, olhando para mim, sibila:

— Não brinque com essas coisas. Nunca se sabe o que pode acontecer.

É, ela tem razão.

— Desculpe, desculpe — digo. — Eu me deixei levar pelo momento.

Kim ri, e eu também. Pegando outra folha, leio o título:

— "A lua, o espelho, a pérola e sua magia".

Isso chama minha atenção, e eu continuo:

— "A lua ilumina, o espelho reflete, a pérola abre o portal e a magia transporta a outras épocas em noites de lua cheia...".

Paro. Olho para minha amiga e pergunto pasma:

— Amanhã à noite não será lua cheia?

Kim assente. Olha para o papel que tenho nas mãos e, tão convicta quanto eu, murmura:

— Não é por acaso que amanhã vai ser noite de lua cheia e que nós encontramos isto justo um dia antes.

Ficamos nos olhando em silêncio. Temos inúmeras perguntas ainda sem resposta. Examinando o retrato de Imogen, pergunto em voz alta:

— Você vai nos ajudar ou vai continuar nos olhando com essa cara de sonsa?

Como era de esperar, o quadro não diz nada, ainda bem. Se tivesse falado, acho que eu teria tido um infarto aqui mesmo.

Então, dirigindo-me de novo à minha amiga, pergunto, tocando a pérola em meu pescoço:

— Por que nós encontramos isto?

— Não sei.

Ficamos uns instantes em silêncio.

— O que aconteceu no sótão? — insisto.

— Não sei dizer, Celeste. Mas sem dúvida foi mágico!

Nisso estamos de acordo. Eu não poderia ter resumido melhor.

— Se você pudesse viajar no tempo — digo a seguir —, para onde iria?

— Teria que pensar.

— Não iria conhecer o Boneco? O do retrato da biblioteca?

Quando digo isso, Kim sorri.

— Excelente escolha!

Ambas rimos. Então, minha amiga declara, risonha:

— Não me diga... Você iria para a Escócia. — Morro de rir quando ela acrescenta: — Você não ia durar nem dez minutos nessa época. Com o seu gênio e a bronca que tem do patriarcado, acabaria na fogueira. Não consigo imaginar você vivendo no meio da sujeira, sem banheiro, sem celular, sem suas redes sociais e acatando as decisões de um *highlander*, por mais bonito que fosse.

Rio. Sei que ela tem razão, mas exclamo:

— Não estrague meu sonho!

Olho de novo no interior da caixa. Embaixo das folhas há um caderno.

— Você não vai acreditar!

Kim me olha. Mostrando a ela o que encontrei, digo:

— Aqui está escrito "Lady Catherine Montgomery" e, pelo que estou vendo, parece um diário.

Deixando o resto de lado, Kim se aproxima. Ficamos alguns instantes em silêncio avaliando o que temos diante de nós. Por fim, comento enquanto o abro:

— Hoje em dia, com esse negócio de direito à intimidade, fazer o que vamos fazer é quase um sacrilégio. Mas vou te dizer algo: vamos ler isto aqui de qualquer jeito. Não vou aceitar um "não" como resposta.

Kimberly assente, concorda comigo. E, sem mais delongas, começamos a ler o diário de Catherine e mergulhamos em sua história.

10

Harewood House, 3 de abril de 1816

O casamento de Vivian com o visconde Anthonyson foi uma maravilha. Se de algo tenho certeza é do amor que minha amiga professa por ele, e vê-la tão radiante com seu marido, como ela não para de dizer, deixou-me muito feliz.

Mas minha felicidade se anuvia ao pensar que nunca poderei ter um casamento como o dela. Nem minha mãe, nem meu pai, nem toda a aristocracia londrina jamais aceitariam meu amado, e, diante disso, nada posso fazer.

Quando terminamos de ler, olho para Kim e pergunto:
— Quem era o amado de Catherine?
Minha amiga nega com a cabeça.
— Não faço ideia. Como eu disse, ela desapareceu, e nunca, até agora, havia encontrado nada dela.
Surpresas, continuamos a leitura.

Londres, Belgravia, 28 de abril de 1816

Minhas irmãs e eu fomos fazer compras hoje. Segundo minha mãe, precisamos de mais alguns vestidos para a temporada. Meu pai protestou, mas, no fim, ela conseguiu o que queria.

Antes, passamos por Cheapside para encomendar uma peça que precisamos para o piano de Prudence, pois está meio desafinado. Depois, dirigimo-nos ao estabelecimento da srta. May Hawl, a loja de moda mais movimentada de Londres.

À porta, encontramos nossos amigos e vizinhos do número 22, o visconde Michael Evenson e seu amigo Craig Hudson.

Com a morte dos pais, Michael ficou à frente dos negócios navais e durante anos viveu em Nova York, onde se casou e posteriormente enviuvou. Ao voltar, trouxe Craig Hudson, seu sócio americano e irmão de sua mulher. Craig é um homem divertido e encantador, muito diferente do caráter inglês. Trabalha com Michael, e, embora seja discreto e ninguém saiba nada sobre ele, sei que tem um caso com uma mulher casada chamada lady Alice, condessa de Standford.

Durante um bom tempo, enquanto Abigail e Prudence olhavam tecidos para seus vestidos, eu me distraí conversando com eles. Como sempre, nossa conversa foi alegre e descontraída. E eu soube que, na próxima temporada, umas sobrinhas de Craig virão de Nova York visitá-lo.

Isso é tão emocionante! Eu daria tudo para conhecer Nova York...

— Acha que Catherine pode ter ido para lá?
— É uma opção — responde Kim. — Talvez ela tenha fugido com seu amado porque Michael e Craig conseguiram umas passagens em algum navio, e por isso ninguém mais teve notícias dela.

Concordo com a cabeça. Isso explicaria seu desaparecimento. Continuamos lendo.

Londres, Belgravia, 1º de maio de 1816

Hoje meu amado me deu de presente de aniversário lindos brincos de safira. Sei que ele não pode se permitir isso, mas trabalhou tanto para comprá-los que não pude recusá-los. Mas nunca poderei ostentá-los. Que explicação eu daria para sua existência?

— Bem — digo, olhando para minha amiga. — Agora sabemos que o amado de Catherine não tinha o mesmo poder aquisitivo que ela.
— Mas era alguém que a amava muito — afirma Kim.

Sorrimos e continuamos lendo.

Londres, 12 de maio de 1816

Junto com minha mãe, acompanhei Prudence a Manchester para iniciar um novo tratamento para seu mal.

Ao voltar, fomos diretamente a Bedfordshire. Mais uma vez, a encantadora duquesa Matilda dará uma festa de aniversário para sua neta, Donna, assim como faz no dela, em agosto, e sempre nos divertimos. Mas meu momento preferido é a festa dos criados. É o único momento em que posso dançar com meu amado diante de todos.

O barão Randall Birdwhistle estará presente. É um homem que agrada a Prudence, mas minha mãe o descarta como pretendente porque é um simples barão, e não um conde ou um duque. Minha mãe é assim...

— Cruella de Vil era uma classista preconceituosa!
Quando digo isso, Kim sorri e, dando de ombros, responde:
— Não esqueça que na Londres da Regência se dava muita importância à hierarquia social. Toda mãe queria que sua filha se casasse com alguém que tivesse um bom título de nobreza.
— Fico doente de saber que davam prioridade ao título, e não ao amor — insisto.
Kim assente.
— Para você entender, depois dos reis e dos príncipes vêm os duques, depois os marqueses, seguidos dos condes, viscondes e, por último, os barões.
— Repito: era uma classista preconceituosa!
Kim sorri e não diz mais nada, e nós continuamos lendo.

Londres, Belgravia, 18 de maio de 1816

Esta noite, durante o jantar, minha mãe e meu pai repreenderam Robert. Exigem que ele formalize o compromisso com lady Fina, filha da duquesa de Burrey, ou com Henriette, filha da condessa de Surrey.

Meu irmão, ao ouvi-los, olhou para mim e eu intuí de imediato o que estava pensando. Por que Percival, sendo o mais velho, não era pressionado assim? Mas já sabemos a resposta: Percival é tão estranho em todos os sentidos que, certamente, ficará solteiro, pois nenhuma mulher se aproxima dele.

Robert e eu conversamos muito no sótão, de madrugada, compartilhando um cigarro. E tanto a lânguida lady Fina quanto a enfadonha lady Henriette estão muito longe do que ele deseja como mulher.

Robert espera encontrar uma esposa que anseie viajar com ele e conhecer o mundo, e não como aquelas que só aspiram costurar, tocar piano e se encher de filhos.

Por fim, meu irmão anunciou que dentro de poucos dias irá para Nova York em um dos navios de Michael. Como era de esperar, aos prantos, minha mãe acabou desmaiada e todos nós muito preocupados com ela.

— Que mulher dramática! — murmuro.
Kim cai na gargalhada e nós continuamos.

Londres, 22 de maio de 1816

Robert já partiu, e o baile de sábado em casa foi um sucesso. Meu irmão Percival, que eu adoro, mas que é o homem mais insosso e entediante que conheço, recebeu a gentil atenção de lady Bonnie Pembleton, recém-chegada da corte.

Barões, viscondes, condes e todos os homens presentes no baile queriam conhecer a mulher, mas ela parecia ter olhos só para Percival. Pelo que vi, meu pai ficou encantado com isso, mas meu sexto sentido me diz que é preciso ter cuidado com ela.

Vi Michael, como sempre, observando lady Magdalene. Sei que ele adora essa jovem, mas não se atreve a cortejá-la por medo da rejeição. Pobre homem...

Durante a festa, ao ver meu amado cruzar o salão para oferecer bebida aos convidados, eu me aproximei dele. Nossos olhares se encontraram por alguns segundos e, para mim, essa foi a melhor coisa que me aconteceu em toda a noite. Mas, quando o vi se afastar, uma tristeza inconsolável partiu meu coração.

Acaso amar e ser amado não é algo especial?

Minha amiga e eu nos olhamos.
— O amado de Catherine é um criado da casa?
Kim assente com os olhos arregalados.
— Quem seria? — pergunta.
Nem desconfiamos, portanto continuamos lendo.

Londres, Belgravia, 27 de maio de 1816

Hoje foi aniversário de casamento de meus pais, de modo que minha mãe deu uma pequena recepção em casa e ostentou a gargantilha Babylon, a grande joia da família tão valorizada pela sociedade londrina devido a seu raro diamante amarelo e seu incalculável valor financeiro.

Surpreendentemente, meus pais convidaram Bonnie Pembleton. É evidente que o fato de ela ser recém-chegada à corte os impressionou, e de novo fui testemunha de como ela se deleitava com Percival, enquanto meu pai sorria e os observava.

Também esteve na recepção o barão Randall Birdwhistle, e Prudence, ao vê-lo, engasgou. Sempre que o vê, seu coração acelera, e é tamanho o nervosismo dela que começa a fazer movimentos estranhos com o corpo. Por fim, angustiada, ela decidiu ir embora da recepção.

Seu sofrimento me aflige. Não é justo que minha irmã tenha que passar por isso. Preciso ajudá-la.

— Qual era o problema de Prudence?
Kim dá de ombros e responde:
— Não sei. Só sei que sofria dos nervos, mas nunca foi dito que mal era.

Londres, Belgravia, 1º de junho de 1816

Estou desolada.

Meu pai e minha mãe estão outra vez zangados comigo porque ontem à noite, enquanto nós estávamos em um jantar privado na casa de lorde e lady Hadley, tive um de meus estranhos pressentimentos em relação a Georgina, filha do casal, e comentei.

Como sempre, meu pressentimento se realizou; durante o jantar, chegou uma carta informando que Georgina, que estava grávida, havia perdido o bebê.

Ao voltar para casa, meu pai gritou comigo, muito zangado. Ele não me suporta. Sou proibida de falar de minhas sensações em público. Segundo ele, elas o envergonham e me fazem parecer louca.

Mas o mais estranho é que esta noite, quando saí do quarto, ouvi minha mãe dizer que isso que acontece comigo eu claramente herdei de uma antepassada de meu pai que foi bruxa... Bruxa?!

Embasbacadas, Kim e eu nos olhamos e, a seguir, cravamos o olhar no quadro da mulher que nos observa.

É evidente que Catherine havia acabado de saber de algo muito importante sobre seu passado; sem dizer nada, continuamos lendo.

Londres, Belgravia, 6 de junho de 1816

Hoje, minha mãe recebeu seus produtos de Paris e se sente a mulher mais feliz do mundo.

Não me surpreende muito ver que minha mãe e meu pai estão radiantes porque Percival decidiu cortejar Bonnie Pembleton. Mas isso me entristece. Não é preciso ser muito inteligente para notar que essa mulher só quer ser condessa, uma vez que meu irmão herdará o título, por ser o primogênito.

Triste, mas verdadeiro.

Londres, 26 de junho de 1816

O rumor de que me viram passeando com um homem chegou aos ouvidos de meu pai por meio de Bonnie Pembleton. É evidente que essa mulher, que enganou o tonto Percival e meu pai, nunca será minha amiga.

Meu pai, que é muito rigoroso em termos de normas sociais, já não me chama só de "louca". Hoje, zangado devido a esse rumor, chamou-me de "rameira", para horror de todos, e não falou mais comigo.

Isso me magoou, deixou-me arrasada, e Abigail e Prudence saíram em minha defesa. Não admitem que meu pai diga algo tão terrível de mim. Desnecessário acrescentar que ele acabou muito zangado com as três.

Preocupadas com o que acabamos de ler, Kim e eu nos olhamos e ela diz:
— Estou com sede. Vamos pegar alguma coisa para beber?

Deixamos o diário em cima da cama e, juntas, saímos do quarto. Descemos até a cozinha e, no caminho, fito o quadro de Louisa Griselda, mãe de Catherine.

— Pelo que estou vendo, você não se parece apenas com Cruella de Vil por causa de seu cabelo — murmuro. — E você — aponto para o marido de Griselda —, tem mesmo cara de Aniceto, insosso e bobo!

Kim solta uma gargalhada enquanto seguimos nosso caminho até a cozinha. Ao chegar, olho para o relógio do forno.

— Putz grila! — exclamo. — São cinco e dez da manhã!

Kim abre a geladeira e pega duas Cocas.

— E algo me diz que hoje não vamos dormir — comenta.

Assim que saímos da cozinha, na escada reparo no retrato da Pembleton; Kim murmura, fitando-o:

— Que decepção você está me provocando, Bonifacia!

Instantes depois, ao chegar ao quarto de Kim, deixamos nossas bebidas em cima da mesa de cabeceira, pegamos de novo o diário de Catherine e continuamos lendo.

Londres, Belgravia, 29 de junho de 1816

Percival e Bonnie marcaram a data do casamento para o outono, no fim da temporada, e, incentivado por meu pai, meu irmão deu a ela uma linda pulseira de diamantes que a deixou muito feliz.

Encantada com a notícia, minha mãe organizou um jantar para alguns amigos, em casa, para celebrar a boa-nova.

Durante o jantar, Bonnie se divertia muito com meu pai, que ria de todas as graças que ela fazia. Nunca na vida meu pai riu assim comigo ou com minhas irmãs. E em dado momento, ao falar do casamento, Bonnie afirmou que usaria a gargantilha Babylon.

Ao ouvir isso, Abigail e Prudence responderam que essa gargantilha passava de mãe para filha e que, por ser a mais velha, quem deveria usá-la ao se casar seria eu. Minha mãe me fitou com certo desprezo e não disse nada. É evidente que não sou a filha que ela queria, e não sei por que senti vontade de rir. Sem dúvida, isso incomodou meu pai, e, para me calar, ele afirmou que Bonnie seria a próxima a ostentar a gargantilha!

Abigail e Prudence me fitaram horrorizadas. E, eu, para que elas não se metessem em mais problemas, disse a meu pai o que pensava sobre isso. O resultado foi desastroso. Ele definitivamente deixou de falar comigo depois de minha ousadia de dizer o que penso.

Prudence, nervosa, começou com seus movimentos e minha mãe a repreendeu diante de todos, zangada, enquanto meu pai ratificava com convicção que Bonnie usaria a gargantilha no casamento.

Por sorte, a noite acabou bem. Meu amado e eu nos encontramos de madrugada no sótão. Eu lhe contei o que estava acontecendo e ele me consolou. Sinto que nos braços dele o tempo para e tudo vale a pena.

Sorrindo feito bobas, Kim e eu nos olhamos.
Adoramos uma história de amor!

Londres, Belgravia, 2 de julho de 1816

O baile de máscaras celebrado no salão do Almack's estava fantástico, até que Prudence mordeu a língua quando o barão Randall Birdwhistle se aproximou para cumprimentá-la e, assustada com o sangue que começou a brotar em sua boca, desmaiou e tivemos que voltar para casa.

Por que Prudence é tão dramática?

Sorrindo ao ler isso, comento com Kim:

— Hum, já sabemos de quem você herdou o medo de sangue e seu lado alarmista quando sente qualquer dorzinha. De Prudence! Ela ri e eu insisto: — Parece que ela era hipocondríaca como você.

— Cala a boca, sua chata!

Rindo, continuamos lendo.

Londres, Belgravia, 9 de julho de 1816

Descobri algo terrível que me fez entender muitas coisas. Como viver sabendo o que sei?

Kim e eu nos olhamos.

— O que será que ela descobriu?

Minha *amirmã* dá de ombros.

— Não sei.

Londres, Belgravia, 12 de julho de 1816

Imogen! Esse é o nome da antepassada da família que foi bruxa.

Sem que eu saiba como, na madrugada passada apareceram ao lado do enorme espelho da família um retrato, uma caixa e vários papéis. Olhando para o retrato, por fim, sei de quem herdei esta estranha cor de olhos que tanto chama a atenção.

Mas de onde saiu tudo isso? Quem o colocou aí?

Londres, Belgravia, 19 de julho de 1816

Estou fascinada com que descobri sobre Imogen, mas ontem à noite minha mãe me encontrou no sótão e, ao ver o que eu tinha nas mãos, enlouqueceu e mandou queimar tudo.

Sem poder evitar, vi aquelas coisas queimando e meu coração se partiu.

Mas aconteceu algo inexplicável. Hoje, quando subi de novo ao sótão, encontrei em frente ao espelho tudo que havia sido queimado.

Será que magia existe?

Ao ler isso, Kim e eu nos olhamos.
— O espelho é mágico? — pergunto.
Rimos. Mãe do céu, como estamos nervosas!

Londres, Belgravia, 4 de setembro de 1816

A temporada de caça aos maridos acabou, e minha mãe está muito zangada com Prudence e comigo.

Não entende por que os homens que ela escolheu para nós não nos querem, e nos ameaçou dizendo que ano que vem, depois do debut de Abigail na sociedade, me casará com lorde Justin Wentworth e Prudence com lorde Anthon Vodela, dois homens mais velhos que meu pai sabe que certamente não nos rejeitarão. Ao saber disso, Prudence teve febre e mal-estar.

Tudo a afeta em grande medida. Pobrezinha... sofro por ela e por Abigail. Quero ajudá-las. Preciso fazê-lo antes que eu vá embora daqui em busca de minha felicidade.

— Tudo bem, Prudence é estressada como eu — diz Kim, e sorri.
Eu rio e prossigo a leitura.

Londres, Belgravia, 22 de setembro de 1816

Houve chuvas terríveis em Londres e metade da cidade está inundada. Nossa cozinha foi afetada, e meu pai não teve remédio senão fazer obras antes do casamento de Percival. Está com um humor péssimo. As obras da cozinha e o casamento de Percival vão lhe custar muito dinheiro.

Bonnie Pembleton perdeu a pulseira de diamantes que Percival lhe deu e, surpreendentemente, Martha, a criada de minha mãe, encontrou-a em uma gaveta do meu quarto.

Como pode ter ido parar ali?

Essa descoberta fez meu pai e minha mãe me chamarem de "ladra", e eu, totalmente desconcertada, fiquei sem saber o que dizer.

Londres, Belgravia, 2 de outubro de 1816

Roubaram a gargantilha Babylon do porta-joias de minha mãe!

O fato de uma joia como essa ter desaparecido representa um grande problema para minha família, em especial para meu pai. Em casa, quase todos me olham e não dizem nada. À sua maneira me acusam, acham que fui eu, mas não são capazes de dizer em voz alta o que lhes passa pela cabeça.

Tento me concentrar para descobrir quem roubou a joia, mas meu sexto sentido nem sempre está comigo, e nesta ocasião não quer cooperar.

Por sorte, Prudence e Abigail estão do meu lado. Recusam-se a acreditar no que todos murmuram e eu lhes sou grata de coração.

Sem poder acreditar, Kim e eu sacudimos a cabeça:
— Quem será que a roubou? — digo.
— Bonnie. Tenho certeza — garante ela.

Londres, Belgravia, 15 de outubro de 1816

O casamento de Percival e Bonnie já é um fato.

Durante o evento, apesar do desgosto que me provoca o fato de essa mulher insuportável já pertencer à minha família, tentei me divertir com meus irmãos. Mas meu coração se despedaçava ao ver meu amado servir os convidados e saber que ou fazemos algo ou nunca chegará nossa hora.

Comovidas, Kim e eu nos olhamos.
— Coitadinha — murmuro.
Ela assente e nós continuamos lendo.

Bibury, 12 de dezembro de 1816

Na casa de campo de Bibury usufruo de uma liberdade que em Londres não tenho, mas sinto falta de minha amiga Vivian e de suas risadas.

Escondidos entre minhas roupas, trouxe os papéis de Imogen; não sei por quê, mas isso me faz sentir poderosa.

Aconteceu algo que ninguém pode saber; meu amado e eu, depois de muito tempo evitando, deixamo-nos levar pela paixão. Seu corpo e o meu foram um só pela primeira vez para ambos, e nos amamos mais que nunca.

Em Bibury, podemos nos encontrar em muitos lugares sem que ninguém nos veja. O campo dá privacidade para nosso romance. Depois de um novo arroubo de paixão no galpão, eu lhe falei de Imogen, de tudo que descobri sobre ela; e, embora ele tenha se surpreendido, escutou-me sem questionar. Ele é assim.

— Ai, que bonitinhos. Perderam a virgindade! — sussurro ao entender.
Kim assente e murmura:
— Foi uma indiscrição ter lido isto.
— E daí? Eles não vão saber!

Manchester, 10 de janeiro de 1817

De novo viajo com minha mãe e Prudence a Manchester, para o tratamento de minha irmã. Desde que meu amado e eu nos entregamos, não sei o que há comigo, mas desejo mais seus beijos e seu corpo, e não vejo a hora de voltar a Bibury para estar com ele.

Ler isso me faz rir, e afirmo:
— É evidente que Catherine descobriu o prazer do sexo!

Bibury, 15 de janeiro de 1817

Há duas noites, lendo um dos papéis de Imogen, decidi experimentar um de seus feitiços contra Bonnie. Não a suporto. Consegui um grampo de cabelo dela e, sob a luz da lua, sussurrei seu nome junto com as palavras que li no papel, demandando que se coçasse sem parar.
No dia seguinte, quando me levantei, não pude deixar de rir ao saber que Bonnie havia comido algo que lhe caíra mal e estava com o corpo todo empipocado.
Adorei saber disso. De repente, entendi que a magia de Imogen é minha grande aliada.

De queixo caído, Kim e eu nos olhamos, e eu sussurro, empolgada:
— Depois vamos procurar esse feitiço para lançar contra o meu ex e a namorada dele.
Rimos.

Londres, Belgravia, 20 de janeiro de 1817

Estou inquieta, nervosa. Um dos papéis de Imogen diz que a magia da pérola, junto com o espelho do sótão e a lua cheia, pode me fazer viajar no tempo. Posso viajar para o passado ou o futuro...
Terei coragem?

Que loucura!
Imensamente interessadas, minha amiga e eu nem sequer nos olhamos; continuamos lendo.

Londres, Belgravia, 3 de fevereiro de 1817

Ninguém acreditaria no que aconteceu ontem à noite. Inexplicavelmente, viajei no tempo e vi que o coração comercial do bairro de Cheapside já não era o que conheço. Dele só restava a igreja de Santa Maria, e vi que a rua estava cheia de altos edifícios com grandes fachadas de vidro. Vidro!
Também visitei a praça Piccadilly, mas, como aconteceu com o bairro de Cheapside, estava muito diferente: tudo era agitação e luzes coloridas, estava cheia de pessoas de diversas etnias caminhando com total liberdade e mulheres usando calças e fumando.
Gostei do futuro. Tenho certeza de que posso viver nele com meu amado. E o melhor é que ainda me restam três pérolas.

— O quê?! — exclamo, alucinada.
Kim pestaneja; está tão surpresa quanto eu.
— Ela viajou para o futuro? — pergunta.
Dou risada. Isso é uma loucura...

Londres, Belgravia, 7 de março de 1817

Todo mundo fala do esperado início da temporada social, e minha mãe avisou a Prudence, Abigail e a mim que ou encontramos marido ou ela decidirá.
Minhas irmãs me pedem ajuda, horrorizadas. Sempre recorrem a mim, e não sei o que fazer. A única coisa que sei é que tenho que ajudá-las antes de partir definitivamente daqui com meu amado.

Londres, Belgravia, 10 de abril de 1817

Meu irmão Robert voltou de Nova York cheio de presentes; encontrá-lo de novo me deixou muito feliz. Contudo, ao ver seu rosto quando ele conheceu Bonnie, sei que pensou o mesmo que eu: como uma mulher como essa pode estar casada com Percival?

Mesmo assim, ao ver a alegria de minha mãe e a felicidade de meu pai, Robert decidiu se calar. Como eu, guarda para si o que pensa.

Craig e Michael esperam ansiosamente pelo dia 30 de agosto. Nesse dia, chegarão as sobrinhas de Craig de Nova York, e estão muito animados com a visita.

Meu amado e eu mal podemos nos ver, exceto quando nos cruzamos pela casa. Não podermos nos tocar, amar ou beijar é desesperador.

Londres, Belgravia, 21 de maio de 1817

Como sempre, o baile no Almack's foi divertido, até que minha mãe obrigou a mim e a Prudence a suportar os homens com quem quer nos casar.

Prudence, nervosa, começou a fazer seus movimentos estranhos; diante daquela situação absurda, eu me desesperei. Quero que minha irmã seja feliz, que tenha uma vida linda com alguém que a ame e a respeite, e sei muito bem que esse homem nunca lhe dará isso.

O que eu poderia fazer para que o barão Randall voltasse a se interessar por ela?

Londres, Belgravia, 26 de agosto de 1817

Esta é a noite. Fiz todo o possível por minhas irmãs, mas parto com a sensação de que poderia ter feito muito mais.

Ao ler isso, Kim e eu viramos a página e vemos que não há nada mais escrito no caderno.

— Está me zoando?! — protesto. — Acaba aqui?!

Minha amiga olha folha por folha e assente:

— Mas o que aconteceu? Para onde eles foram?

Ela não responde. Sei que tem a mesma sensação estranha que eu no estômago. Afastando a franja do rosto, ela se recosta na cama e sussurra, olhando para o teto:

— Não sei.

— Como não? — exijo. — Seu sexto sentido não te diz nada?

Kim suspira e nega com a cabeça.

— Absolutamente nada.

— Você acha que eles viajaram no tempo?

— Não faço ideia.

Olho para o relógio que fica na mesa de cabeceira. São seis e cinquenta da manhã. Passamos a noite toda lendo o diário de Catherine. Esgotada, eu me deito na cama com Kim e, depois de um minuto em silêncio, murmuro:

— Espero que, seja lá o que tenham feito, tenha dado tudo certo.

Minha amiga assente e murmura, fechando os olhos:

— Eu também.

Fecho os olhos como Kim e, pouco a pouco, adormeço.

11

O CHEIRO DE CAFÉ me acorda; ao abrir os olhos, a primeira coisa que vejo é o teto.

Logo me dou conta de que estou deitada na cama de Kim. Quando olho para o lado, minha amiga, que já está em pé, pergunta sorrindo e apontando para uma bandeja com xícaras:

— Quer um cafezinho?

Rapidamente me espreguiço e me sento na cama. Ao vê-la tão desperta, pergunto:

— Faz tempo que você levantou?

Kim, que inclusive já está de jeans e camiseta, olha para mim e diz:

— Ia te propor uma coisa.

— Já topei! — respondo, entusiasmada.

— É uma loucura.

Ao ouvir isso, me levanto da cama e, respirando fundo, sussurro:

— Então, diga o que é depois que eu tiver tomado banho.

Rimos; eu me dirijo à porta.

— Volto em vinte minutos — aviso.

Pouco depois, enquanto a água quentinha desliza pelo meu corpo, relembro o que lemos horas antes e fico inquieta por não saber o que aconteceu com Catherine. Ao mesmo tempo, estou indignada por imaginar Prudence casada sem amor com aquele velhote.

Mais tarde, quando volto ao quarto de Kim, encontro-a sentada na cama olhando os papéis que descobrimos ontem; vou até a bandeja, pego uma xícara e me sirvo um café.

Tomo-o em silêncio e, por fim, pergunto:

— O que você queria me propor?

Kim me olha e se levanta.

— Está a fim de fazer compras na Piccadilly?

Adorei a ideia.

— Nossa, excelente ideia! Claro que sim — afirmo, encantada.

Duas horas mais tarde, depois de entrar em uma loja e comprar um Nike vermelho de cano alto maravilhoso, caminho feliz com ele pela rua.

Durante um bom tempo, Kim e eu nos permitimos alguns caprichos. Quando saímos de uma loja, onde comprei uma câmera Polaroid que sempre quis ter, digo, feliz:

— Minha yaya me deu uma como essa quando fiz a primeira comunhão. Eu adorava essas fotos instantâneas. Vamos tirar uma!

E zás! Imortalizamos o momento. Então, meu celular apita. Olhando para a tela, digo:

— Vou ficar sem bateria... mas, veja, ganhei outro *like*. O que acha dele?

Minha amiga e eu olhamos a foto na tela do meu celular.

— Sinclair Burman — ela lê. — Trinta e quatro anos. Solteiro. Personal trainer. Interessante...

— Para um inglês, está muito bom! — brinco.

Kim ri e, tocando a pérola no meu pescoço, que não se iluminou mais, murmura:

— Acho que ela é mágica.

Caio na gargalhada, não posso evitar. E afirmo, tocando a dela:

— Para eu dizer isso de um inglês, deve ser mágica mesmo!

Estamos nos olhando quando eu guardo o celular.

— O que eu queria te propor não era fazer compras — diz ela, então.

Eu espero.

— Quer que eu diga com anestesia ou sem?

Dou risada.

— Sem anestesia — respondo.

Kim assente e continua:

— Hoje é noite de lua cheia.

— E...

— Como temos as pérolas e o espelho... pensei em fazer o feitiço para viajar no tempo.

Quando ouço isso, caio na gargalhada. É tudo muito surreal.

— O quê?!

— Isso mesmo que você ouviu.

— Mas você acredita nessas coisas? — brinco.

Kim sorri.

— Talvez funcione — ela argumenta depois de um suspiro. — Talvez não, mas não seria incrível viajar no tempo?

— Demais! — afirmo, e tiro outra foto nossa com minha câmera instantânea.

Quando vejo a expressão dela, exclamo:

— Meu Deus, Kim! Você está falando sério?

Minha amiga sorri; já imaginava minha reação. Balançando a foto para secar, ela acrescenta:

— Celeste, cheguei à conclusão de que possuir essas pérolas é ter magia.

— Sim, claro... magia do tipo abracadabra!

Kim me entrega a foto, que guardo no bolso de trás da calça, e insiste:

— Já que temos as pérolas, hoje é noite de lua cheia e o espelho Negomi continua no sótão, por que não tentamos viajar no tempo?

— *Amirmã*... acho que você está ficando louca — rio.

Mas Kim prossegue:

— O papel diz que cada pérola permite uma viagem de ida e de volta, então nós poderíamos...

— Kim, você está se ouvindo?

O que Kim está dizendo é uma verdadeira loucura. Mas ela insiste:

— Acredite em mim, Celeste, alguma coisa me diz que a magia pode nos surpreender.

Estou quase dizendo coisas de que Kim não vai gostar, mas ela continua:

— Eu sei que é uma loucura...

— Uma grande loucura — acrescento.

Kim fica andando de um lado para o outro, inquieta.

— Li com muita atenção os papéis que nós encontramos, e o feitiço para viajar no tempo diz que nós podemos escolher o momento para onde queremos ir durante a fase lunar.

— Pelo amor de Deus!

— Para que você entenda melhor — ela insiste —, a viagem dura um mês, nem um dia a mais. E depois a magia das pérolas nos permite voltar.

Dou risada. O que ela está dizendo não tem pé nem cabeça.

— Ah, claro, vamos viajar como se estivéssemos indo passar férias nas ilhas Baleares!

Kimberly ignora meu sarcasmo.

— Nós vamos juntas, e podemos voltar quando quisermos, desde que estejamos de acordo.

Rio de novo, é inevitável, e então replico:

— Primeiro: como vou ficar sem sinal de celular um mês sem que yaya fique histérica?

— O papel diz que, quando se viaja para o passado, cada minuto em tempo real são vinte e quatro horas no tempo irreal. E, quando viajamos para o futuro, cada minuto em tempo real equivale ao mesmo período no tempo irreal.

Nem respondo e prossigo:

— Segundo: você e eu quase nunca estamos de acordo.

— Não diga isso...

— E terceiro e extremamente importante: estamos no século XXI, não existem mais bruxas nem magia... como você pode acreditar em uma coisa dessas?

Kimberly assente; sua tranquilidade me inquieta:

— Porque entre as minhas antepassadas existiram bruxas, e eu acredito em coisas em que metade da humanidade não acredita.

— Mas, Kim...

Acho que minha amiga já esperava minha reação.

— Eu entendo o seu ceticismo e o respeito — ela continua. — Faremos o seguinte: esta noite eu vou fazer o feitiço em frente do espelho e tentar viajar no tempo com minha pérola. Quero...

— Ei! Aonde você vai sem mim?

Kim sorri:

— *Amirmã*, você não é obrigada a ir comigo. Só preciso que você saiba o que eu vou a fazer, por...

— Nem pensar! Aonde você for eu vou!

Rindo, vou andando pela rua iluminada pelos néons das lojas. Tiro várias outras fotos, que ficam ótimas. Depois de guardá-las no bolso da calça, olho nos olhos de minha amiga, que agora estão pretos por causa das lentes de contato, e estou prestes a falar quando ela se antecipa:

— A ideia é viajar para o dia 26 de julho de 1817. A última entrada de Catherine no diário foi dia 26 de agosto daquele ano. Nós vamos chegar um mês antes de ela desaparecer, assim podemos conhecê-la e saber para onde ela foi com seu amado. Eu chequei as fases da lua de 1817, e a lua cheia aconteceu no dia 26 de agosto. Portanto, podemos voltar sem nenhum problema.

— Você está ouvindo o que diz?

Kim assente. Tem certeza de que isso é possível. Suspirando, murmuro:

— Tudo bem, eu me rendo!

Minha amiga sorri, feliz.

— Não ria — acrescento —, porque eu quero estar ao seu lado para que, quando não acontecer nada, eu possa dizer "Eu avisei!".

— E se acontecer?

— Não vai acontecer — insisto, convicta.

— E se acontecer?

Dou risada. É tudo muito surreal. Gesticulando, repito com segurança:

— Não vai acontecer.

Nós rimos. O que ela está dizendo é um absurdo sem pé nem cabeça. Tiro meu inseparável celular do bolso da calça e proponho:

— Vamos fazer uma *selfie* para imortalizar este momento absurdo.

12

Às NOVE E VINTE da noite, Kim e eu subimos ao sótão. A lua cheia está linda, majestosa. Se não fosse pelos altos edifícios do fundo, o campo de visão seria muito melhor.

Faço várias *selfies* com a linda lua de fundo e posto nas minhas redes sociais. Deixo o celular em cima da mesa, enquanto estamos sentadas no terraço tomando Coca-Cola. Kim diz, acariciando sua pérola:

— Daqui a pouco vamos pôr os vestidos que escolhemos para fazer o feitiço à meia-noite em ponto.

É engraçado... pouco antes, estávamos revirando os baús e encontramos dois vestidos que nos caíram muito bem! Como diz minha amiga, se vamos aparecer na época da Regência, temos que nos vestir de acordo. Mas eu, ainda zoando, digo:

— Não posso esquecer de pegar uma calcinha, porque, como diz minha yaya...

E as duas dizemos em uníssono:

— Faça o que fizer, não esqueça de vestir uma calcinha!

— E eu não posso esquecer o kit de lentes para viagem — acrescenta Kim enquanto me mostra um estojinho.

Animadas, nós rimos. Então, eu me levanto e, entrando no sótão, olho para o enorme espelho que, segundo Kim, servirá como um portal para viajarmos no tempo; toco os três brincos que uso na orelha direita e sussurro:

— Espelhinho mágico... quem é a mais bela do reino?

Ao me ouvir, Kim, que me seguiu, ri. Um pouco de humor sempre cai bem.

Durante um tempo, falamos do que supostamente poderia acontecer, e eu não paro de rir. Não é uma loucura o que ela pretende que aconteça?

Morrendo de sede, voltamos para a varanda. Bebemos nossos refrigerantes e eu me sento no chão para olhar a lua. Kim se acomoda ao meu lado e sussurra:

— Já imaginou se funcionar?

Sorrio. O que ela está dizendo é um completo absurdo. Certa de que não vai acontecer nada, digo:

— Vou morrer de rir quando não funcionar.

— Por que você tem tão pouca fé?

Olho para ela e meneio a cabeça.

— Porque estamos no século XXI e esse tipo de magia não existe mais!

Kim resmunga; não entendo o que ela diz, mas logo me olha e pergunta:

— Você não tem vontade de conhecer a Londres de 1817?

Eu assinto; claro que sim. Mas respondo:

— Preferiria a Escócia de 1817. Além disso, eu me conheço e sei que, na Regência, faria coisas nada apropriadas.

Ambas rimos. A seguir, pegando os papéis que decidimos não levar, os olhamos. Há coisas incríveis e difíceis de entender.

— "Feitiço de formosura" — lê Kim.

— Esse me interessa! — afirmo.

— "Conjuro de fertilidade."

— Esse eu passo — sussurro, brincando.

Falamos e rimos. Kim deixa os papéis no chão e, olhando para mim, propõe:

— Vamos jogar?

— O quê?

Kim aponta para as folhas, que o vento balança, e murmura:

— Vamos jogar alguma coisa sobre os papéis e ver qual seria a nossa conjuração ideal.

Eu aceito. Gosto de jogos.

Rapidamente tiro o anel do meu pai e, quando o vento balança as folhas, jogo-o para cima para que caia sobre elas.

Curiosas, olhamos o papel sobre o qual caiu.

— "Reencontro depois de viagem no tempo" — lê minha amiga.

Imediatamente nos olhamos. Mas eu rio e, pegando o anel, declaro:

— Essa não valeu. De novo.

E, do nada, as folhas se mexem e eu lanço de novo o anel. Olhamos com curiosidade e, rindo, Kim lê:

— "Reencontro depois de viagem no tempo".

— De novo?! — protesto.

Minha amiga assente e lê alto:

— "Se o amor verdadeiro encontraste, nem o tempo nem a distância podem dele afastar-te, pois a linha vermelha do destino tenderá a solucioná-lo".

— Linha do destino? — rio.

— "Um agrado com o coração dado fará que esse amor torne a ser encontrado" — prossegue. — "Mas isso só ocorrerá se as palavras sussurrares e nessa pessoa voltares a pensar."

— Ai, que lindoooo! — exclamo, entusiasmada, e ponho o anel. Mas pergunto, intrigada: — Quais são as palavras?

Kim, acreditando em tudo isso, lê:

— "Não quis perder-te. Tu não me esqueceste. Tua vida e a minha vida tornarão a encontrar-se".

Quando ela termina, inexplicavelmente, eu me arrepio inteira; então, minha amiga abre o diário de Catherine, emocionada, e afirma:

— Vou anotar, nunca se sabe!

Rio de novo. O que estamos fazendo é uma loucura.

De repente, porém, Kim franze o cenho e exclama:

— Não acredito!

— Que foi?

— Johanna e Alfred estão chegando.

— Putz, adeus plano! — digo, rindo de nervoso.

Mas Kim, que está muito séria, se levanta sem soltar o diário de Catherine e anuncia:

— Tem que ser agora!

— O quê?

— O feitiço!

Ao ver a pressa dela, caio na risada.

— Mas eu não peguei calcinha! — reclamo.

— Celeste, vamos! — ela me apressa, enquanto guarda o kit de lentes no bolso da calça.

Levanto do chão; a pressa é inimiga da perfeição. Replico:

— Dissemos que faríamos à meia-noite, a hora das bruxas.

Mas Kim, acelerada, insiste:

— Pode ser feito em qualquer momento, desde que tenhamos as pérolas e a lua cheia se reflita no espelho. Como você vê, aí está.

Concordo. E, olhando meu celular, que está em cima da mesa, toco para que a tela acenda e vejo que são onze e três.

— Vamos, não temos tempo a perder! Alfred e Johanna vão estar aqui em menos de cinco minutos.

Ao vê-la andar de um lado para o outro pelo sótão, olho para nossas roupas. Estamos de camiseta, tênis e jeans. Insisto:

— Mas nós nem estamos vestidas para a ocasião!

— Não faz mal... Venha! — ela diz, e me puxa.

— Meu celular! — exclamo, vendo-o na mesinha do terraço.

— Deixe aí!

— O quê?!

— Deixe aí! — grita.

— Mas é o meu celular!

— Celeste!

No fim, para não contrariá-la, o celular fica onde está. Afinal, não vai acontecer nada!

Sem acender a luz do sótão, rapidamente Kim traça um círculo de água inacabado diante do enorme espelho Negomi. Como ela me explicou, deixá-lo aberto serve para que, caso funcione o que vamos fazer, possamos voltar.

Rio de novo, não consigo evitar.

A seguir, ela deixa a garrafa de água de lado e me pede:

— Venha. Fique aqui comigo, no centro do círculo.

Sem hesitar, faço o que ela pede. Encarando-a, provoco:

— Tomara que a viagem não tenha muitas curvas, você sabe que eu fico tonta...

Kim solta uma gargalhada. Então, ela me dá um beijo carinhoso no rosto e, segurando minha mão, abre o diário de Catherine, onde anotou o feitiço que temos que dizer, e começa a ler:

— "Reflexo, luz, pérola e lua. Cristal e eternidade. O tempo passa mais devagar, pois vamos falar com ele. Uma viagem ao passado invocamos na mesma casa e no mesmo lugar. A lua cheia nos leva e em trinta dias a magia da pérola nos devolverá. Leve-nos à noite de 26 de julho de 1817 e deixe a porta aberta para que possamos voltar".

Nada acontece... Lógico! O que ela esperava?

Insistindo, Kim me pede para repetir com ela:

— "Reflexo, luz, pérola e lua. Cristal e eternidade. O tempo passa mais devagar, pois vamos falar com ele. Uma viagem ao passado invocamos na mesma casa e no mesmo lugar. A lua cheia nos leva e em trinta dias a magia da pérola nos devolverá. Leve-nos à noite de 26 de julho de 1817 e deixe a porta aberta para que possamos voltar".

Desta vez noto algo acontecer. De repente o cristal do espelho Negomi se mexe. Mãe do céu!

Nós nos olhamos, surpresas, e eu murmuro:

— Estou me cagando de medo.

Kim aperta minha mão e indica.

— Não pare. Continue dizendo o feitiço.

Como sou muito obediente, repito o que minha amiga anotou no diário de Catherine:

— "Reflexo, luz, pérola e lua. Cristal e eternidade. O tempo passa mais devagar, pois vamos falar com ele. Uma viagem ao passado invocamos na mesma casa e no mesmo lugar. A lua cheia nos leva e em trinta dias a magia da pérola nos devolverá. Leve-nos à noite de 26 de julho de 1817 e deixe a porta aberta para que possamos voltar".

O vidro do espelho se transforma em algo líquido que parece com mercúrio e se mexe como as ondas do mar.

Estou sonhando?

Mãe do céu! Mãe do céu, estou tontaaa!

Deus do céu, parece que fumei uns vinte baseados!

As pérolas se iluminam muito... muito, enquanto sinto que uma estranha auréola proveniente do espelho nos banha.

Olho para Kim.

Está me zoando que isso vai funcionar...

Sério que vai acontecer alguma coisa?

Caramba, deixei o celular e não avisei minha yaya!

Quero protestar, mas ela, olhando para mim, nega com a cabeça. Temos que continuar o que começamos; não podemos parar agora. Então, conscientes de que, ao nosso redor, um vendaval arranca as folhas que cobrem os outros móveis, continuamos repetindo o feitiço. Até que o vento sopra também o diário de Catherine que Kim tem nas mãos e ele cai fora do círculo de água.

O piano quadrado de mogno sai voando pelos ares e de novo volta para a parede (caraca!), enquanto a luz se acende e se apaga, como no filme *Poltergeist*.

Minhas pernas tremem. Estou apavorada. Não esperava por isto!

De repente, de onde estamos, vemos a porta do sótão se abrir.

São Johanna e Alfred!

Em suas expressões vejo surpresa e desconcerto. Lutando contra o vento que os impede de avançar, tentam se aproximar de nós.

Por suas expressões, intuo que gritam nossos nomes, e, por seus movimentos, acho que estão nos pedindo para parar e sair do círculo.

Kim me olha exigindo que não pare, que continue repetindo o feitiço; até que, de repente, no centro do espelho se abre o que certamente é um portal do tempo.

Deus do céu!

Sem conseguir parar de olhar, percebo que do outro lado do portal está o sótão. E então, como se um ímã nos atraísse, damos um passo à frente e entramos diretamente no portal.

13

Meu nariz está coçando.

Sentando-me no chão, olho ao redor e vejo que ainda estamos no sótão. Afasto o cabelo do rosto e sussurro, tocando o anel do meu pai:

— Eu disse... eu disse que não ia funcionar.

Kim não para de sorrir, e sussurra:

— Você vai pirar!

— Por quê?

Minha amiga aponta para as pérolas que ambas levamos ao pescoço.

— Só ficou a metade — explica.

Surpresa, olho para a minha e vejo que é verdade! Da redonda e linda pérola que coloquei no pescoço, só resta metade. Quando vou falar, olho para o espelho e vejo do outro lado Johanna e Alfred angustiados.

Por alguns momentos, nós quatro nos olhamos, perplexos. Eles estão de um lado do espelho e nós do outro.

Mas como é possível? Será que estou sonhando?

Rapidamente toco o espelho. Johanna também. Bato nele.

Alfred me imita. Não nos ouvimos; só nos vemos.

— Ai, Deus! Ai, Deus! — exclamo. — Mas... como... como é possível que estejamos do outro lado?

Kim sorri. Não consegue parar.

Acho que enlouqueceu!

Ela gesticula para eles ficarem calmos, pois tudo vai dar certo. Mas a expressão de Johanna e Alfred mostra que estão assustados. Então, de repente, a imagem deles vai desaparecendo aos poucos, até que não os distinguimos mais e só vemos nosso reflexo.

Durante alguns minutos, Kim e eu ficamos em silêncio. Eu não esperava nada disso que aconteceu e, com a voz trêmula, murmuro:

— Johanna, eu não sei, mas acho que eu vou matar você. Não avisei minha avó, e, se eu passar três dias sem mandar uma mensagem de boa-noite, pode ter certeza de que ela vai pegar um avião e virar Londres de ponta-cabeça até me encontrar.

Kim, que parece estar em seu mundo colorido, nem me olha. Ao levantar a cabeça, noto a parte superior do espelho.

— Meu Deus, você viu isso? — exclamo.

Ela pestaneja, seguindo a direção do meu olhar.

A palavra "Negomi" que antes víamos agora se lê "Imogen" deste lado do espelho.

— É o espelho de Imogen? Da bruxa?

— Sim!

— Por isso é mágico!

Concordo; não tenho mais a menor dúvida.

— O feitiço funcionou — comemora Kim.

— Vou matar você...

— *Amirmã*, viajamos no tempo!

— E eu deixei meu celular lá — sussurro, sem poder acreditar.

Aflita, sem entender o que realmente aconteceu, olho para minha amiga; mas ela insiste:

— Nossa passagem de volta é a metade restante da pérola, portanto não a perca, ouviu?

Faço que sim com a cabeça, mas rio para não chorar. Sou um desastre, perco tudo!

E, quando acho que vou ter um ataque de ansiedade, Kim pega minha mão e murmura:

— Calma, aqui a médica é você e a histérica sou eu.

Estou com falta de ar; ela insiste:

— Celeste, por favor, não temos como ir ao pronto-socorro aqui e não tenho nenhum saquinho para você respirar dentro.

Encho o peito e tento respirar normalmente.

— E se uma de nós, ou ambas, perder a pérola? — pergunto.

— Não vamos perder.

— Mas e se perdermos? E se não voltamos? Minha yaya vai morrer.

Kim suspira, olha para mim com uma expressão tranquila e diz:

— O papel dizia que cada minuto do tempo real são vinte e quatro horas no tempo irreal. Este é o tempo irreal para nós. Portanto, quando voltarmos, terão se passado apenas trinta minutos.

— Kim, vou matar você!

— Por favor, Celeste, acredite em mim! — pede ela.

— Isto... isto é uma loucura... uma loucura.

Minha amiga bufa; acho que minha negatividade a está deixando agoniada.

— Quanto às pérolas — acrescenta —, não vamos perdê-las porque vamos ter cuidado, ouviu?

Eu assinto. Preciso encontrar minha positividade.

— Tenho que ir ao banheiro — digo.

— Não é hora para isso.

— Estou apertada! — exclamo.

Kim bufa. Eu também. E, me lembrando de algo, pergunto:

— Nesta época existia vaso sanitário?

Mãe do céu, mãe do céu... Do jeito que sou fresca para certas coisas, não me vejo de cócoras sobre um buraco negro de jeito nenhum.

— Não sei, Celeste — replica Kim.

— Como não sabe? Você é quem sabe tudo dessa época.

— Devia existir penico — arrisca.

Entro em desespero. Não. Não. Isto não pode estar acontecendo!

— Sem calcinha para trocar e com penico... — murmuro —, isto vai ser horroroso!

Kim cai na gargalhada. Vou matá-la!

Eu suspiro, bufo. Tentando me acalmar, me olho no espelho e, de repente, não sei por quê, começo a rir.

Que loucura é esta?

Estou rindo e não consigo parar. Vou fazer xixi nas calças!

Rio, rio e rio e me sento no chão, quase sem fôlego por tentar rir sem fazer barulho para que não nos ouçam. Kim gargalha também.

Somos duas loucas!

Momentos depois, quando conseguimos parar, murmuro, encarando-a:

— Acho... acho que estou rindo de nervoso.

Kim assente, sabe do que estou falando. Estendendo a mão, ela me ajuda a levantar do chão. De mãos dadas, vamos à varanda. Um pouco de ar vai nos fazer bem.

Quando saímos, imediatamente percebo que o ar não cheira a poluição; cheira simplesmente a ar! Olho para o céu. Por sorte, continua como sempre, não mudou. Continua azul-escuro com estrelinhas; consigo, inclusive, ver a grande lua cheia.

— Não está vendo nada estranho? — pergunta Kim.

Estranho, estranho... na verdade, acho tudo estranho! Então, entendo a que ela se refere:

— Putz grila! — sussurro.

Ela cobre a boca com a mão e começa a dar pulinhos, e eu pergunto, apontando para a frente:

— Onde estão os prédios que estavam ali?

Kim se aproxima do parapeito.

— Não existem! Agora, olhe para baixo — pede.

Sem hesitar, olho.

Caraca! Vou ficar tonta.

Não há um só carro estacionado na rua, que, em vez de ser de concreto, agora é calçada de pedras. Não vejo postes altos e elegantes, porque em vez disso há iluminação a gás e, na porta da casa, uma carruagem fechada puxada por quatro cavalos.

Como disse... estou ficando tonta!

De queixo caído, olho para minha *amirmã*, que continua dando pulinhos. Então, ouço umas vozes e, quando olho para baixo, vejo duas mulheres e dois homens com roupas da época que entram na carruagem e partem.

— São eles! — afirma Kim.

— Quem? — pergunto em um fio de voz.

— Meus antepassados!

Ah... é impossível que eu esteja acordada!

Acho que estou sonhando, isso não pode ser verdade!

Entro no sótão depressa. Tudo está escuro ao meu redor. Apalpo a parede para acender a luz.

— Cadê o maldito interruptor? — pergunto.

Minha amiga, que entrou atrás de mim, responde:

— Não existe interruptor, assim como não existe luz, nem carros, nem internet, nem Tinder, nem...

— Ai, meu Deus. Isso foi um erro... vamos voltar! — exijo com a pulsação a mil.

Kim me olha e nega com a cabeça.

— Não podemos voltar agora, você sabe.

— Claro que podemos!

Ela sorri e, com sua expressão característica de "tire o cavalinho da chuva", acrescenta:

— Para voltar, nós duas temos que estar de acordo, lembra?

Sem abrir a boca, xingo todos os seus antepassados, por mais "realeza" que sejam. Já começamos a discordar. Encarando-a, toco a meia pérola que uso ao redor do pescoço.

— Juro que vou matar você se nos acontecer alguma coisa. Juro! — sibilo.

— Vou correr o risco — ela garante, toda metida.

Ando pelo sótão e tiro a camiseta. Não sei o que fazer. Não sei o que dizer. Tentando me acalmar, pergunto:

— Jura mesmo que nós viajamos no tempo?

— Juro. Não é emocionante?!

Acho que vou ter um troço. Emocionante ou não, meu coração está a mil. Olho meu Apple Watch para checar meus batimentos cardíacos, mas está desligado:

— Era só o que me faltava. Quebrou.

Kim meneia a cabeça.

— Não, mulher, não quebrou. É que aqui não tem sinal.

Putz, putz, putz...

— Pense bem — sussurra. — Estamos vivendo uma coisa única e mágica. Uma coisa que poucos têm a oportunidade de experimentar...

— E sem celular!

— Quer parar de pensar nisso?

— Não posso!

— E para quem você ia ligar aqui?

Quando ouço isso, concordo. Ela tem razão.

— Mas e se não conseguirmos voltar? — insisto. — Já pensou nisso?

Kim sorri, acaricia meu rosto com carinho e afirma:

— Não se preocupe com isso. O feitiço dizia que depois de uma fase lunar, no máximo, nós voltamos para a nossa época e você vai poder voltar a seu amado celular, aos encontros pelo Tinder, a postar seus vídeos no seu canal e a curtir suas redes sociais. — Suspiro, olhando ao redor. — Temos que aproveitar essa aventura — acrescenta Kim. — Pense bem!

Assinto, horrorizada, e olhando para minha calça jeans e meu tênis vermelho, murmuro:

— O que acha que vão pensar se nos virem com este *outfit*?

Kim observa minha roupa, depois a dela, e ri.

— Acho que vão pirar com seu Nike vermelho novo!

Rio; é tudo muito surreal.

— Temos que sair daqui — diz Kim. — Temos que ir à casa da frente e nos fazer passar por amigas das sobrinhas americanas de Craig Hudson.

Parece uma boa ideia, mas, sem deixar de olhar para meu Nike vermelho, digo:

— E como vamos sair vestidas assim?

— Vamos procurar alguma coisa por aqui — diz minha amiga.

Tentando não fazer muito barulho, procuramos pelo sótão. Até que Kim sussurra, desesperada:

— Não tem roupa nenhuma aqui. Só móveis velhos.

— Vamos pegar nos quartos, então.

— Impossível. Só vimos quatro pessoas saírem, e mora mais gente aqui.

Caraca... caraca... está tudo contra nós! Estou pensando quando Kim sugere:

— Vamos usar os lençóis que cobrem os móveis.

Ao ouvir isso, bufo.

— Ah, claro! Por acaso estamos na Roma antiga?

Kim dá de ombros.

— Prefere sair pelada?

Olho para o teto. Conto até vinte e seis, porque se contar até vinte e cinco vou matar alguém! Por fim, eu me rendo.

— Tudo bem. Vamos vestir estes lençóis empoeirados da melhor maneira possível e sair daqui.

A primeira coisa que fazemos é tirar a camiseta e a calça para amarrá-las ao corpo de modo que ninguém possa vê-las. A seguir, tiramos os tênis e as meias. Com os cordões, juntamos os tênis e os amarramos na cintura para que não caiam.

Que gambiarra!

Descalças e com essa pinta, nos examinamos. Kim brinca, referindo-se à minha tanguinha preta:

— Bem condizente com a época.

Sorrio. Diante do espelho, começo a enrolar o lençol sobre o corpo. Fica um horror, mas é o que se tem para hoje.

Quando terminamos, descemos do sótão em completo silêncio.

— Seu sexto sentido não te diz quantas pessoas tem na casa?

Kim para, olha para mim e sussurra:

— Não é como se eu fosse um dispositivo de visão noturna.

Rio.

— Venha atrás de mim e não se preocupe com nada — sussurra a seguir.

Eu assinto. Depois de abrir a porta de dois dos quartos e ver que não tem ninguém, ela me diz que cada uma vai tocar o sininho conectado com a cozinha. Assim, os criados vão subir.

Sem hesitar, contamos até três, tocamos os sininhos e nos escondemos atrás das pesadas cortinas junto à escada. São bordô e verdes, curiosamente as mesmas que continuam lá na época atual.

— Isso é que é cortina de boa qualidade — murmuro.

Kim ri.

Como esperávamos, alguns criados sobem a escada correndo.

Que bonitinhos, uniformizados e com o cabelo impecável!

Assim que passam acelerando por nós, Kimberly e eu nos lançamos escada abaixo. Por sorte, ninguém aparece no nosso caminho; logo chegamos à porta da casa e saímos para a rua.

Uma vez lá fora, um cheiro estranho inunda nossas fossas nasais. Aqui já não cheira mais a ar fresco. Ambas nos olhamos e Kim murmura:

— Isso não cheira a rosas.

Nego com a cabeça. Que fedor!

A apenas dois metros de nós, há enormes cocôs dos cavalos que esperavam os antepassados de Kim. Olho para aquilo e sussurro, consciente de que estamos descalças:

— Dizem que dá sorte pisar em bosta, mas é melhor não...

E de mãos dadas, olhamos para a casa da frente, de número 22.

14

Aliviadas ao ver que a rua está escura e em silêncio, atravessamos depressa. Paradas diante da porta do número 22, pergunto, tentando seguir nosso plano inicial absurdo:

— Como se chamam as sobrinhas de Craig?
— Não sei — murmura Kim.
— Não dizia isso no diário de Catherine?

Minha amiga dá de ombros. Que desastre!

— Caramba, Kim! — resmungo.
— Que foi?!
— Que merda de plano é esse?!
— Lamento dizer que, sem roupa adequada, não temos plano nenhum!

Minha amiga ri. Ela ri de qualquer coisa, e eu só bufo.

— Caramba, viu?
— Lembre em que ano estamos. Nesta época as mocinhas são comedidas e educadas. Portanto, pode ir esquecendo esse "caramba!".
— Caramba!
— Celeste!

Tudo bem... eu sei que música a banda toca...

— E seu sexto sentido não te falou se elas poderiam se chamar Karen, Dámaris, Rodolfa? — pergunto.
— Rodolfa?

Ambas soltamos uma gargalhada. A situação é cada vez mais absurda.

— Que ideia entrar nessa sem um plano B!

Quando digo isso, a porta que está diante de nós se abre e dois homens de uns quarenta anos, elegantemente vestidos de preto, ficam nos olhando, surpresos.

Agora fodeu!

Durante alguns segundos, nós quatro nos observamos em silêncio. Até que, sem saber por quê, pergunto, recordando que devo ser comedida e educada:

— Perdão, cavalheiros, por acaso os senhores são o visconde Michael Evenson e o sr. Craig Hudson?

Em silêncio, os homens assentem, surpresos. Arriscando tudo, porque não temos um plano B, olho para aquele que intuo ser Craig e digo:

— Somos Celeste e Kimberly, amigas de suas sobrinhas que virão de Nova York.

Eles se entreolham, surpresos. Kim, que parece ter perdido a língua, também me olha. Continuo, já não consigo mais parar:

— Antes de mais nada, pedimos que nos desculpem por nossa repentina e inoportuna aparição vestidas desta maneira. É que nossa carruagem chegou de Plymouth a Londres esta manhã, procedente da Espanha, anteriormente de Nova York, porque estamos viajando pela Europa. Confiamos na boa índole das pessoas que nossos pais contataram e que foram nos buscar para nos acompanhar ao que seria a nossa residência – murmuro em um fio de voz –, mas nos roubaram!

— Como?! — exclama o mais alto dos dois.

Vendo que consegui a atenção dele, libero meu lado dramático:

— Uns desalmados, aproveitando-se de duas damas sozinhas, estrangeiras e indefesas, nos intimidaram e... e levaram tudo. Nossas bagagens, nossas roupas, nosso dinheiro... e quando já temíamos por nossa virtude, em um descuido conseguimos pegar esses lençóis empoeirados e escapar e... e... Oh, céus! Foi horrível! Horrível!

Eles se olham, boquiabertos. Sei que minha história não é nada crível, por isso continuo chorando desesperadamente. Os homens ficam confusos diante das lágrimas.

— Suas encantadoras sobrinhas, antes de nos despedirmos no porto de Nova York, comentaram que o tio vivia no número 22 da Eaton Square, no bairro de Belgravia, com o visconde Evenson. Havíamos combinado de nos encontrar quando elas chegassem, mas...

— Por todos os santos, miladies, que barbaridade! Vocês estão bem? — pergunta o mais alto, preocupado, sem questionar o que digo.

Finjo secar as lágrimas. A mentira que inventei parece surtir efeito! Como diz minha avó, como atriz, não tenho preço. E então, o outro, de cabelo mais claro, que intuo ser Craig, afasta-se de lado e diz:

— Por favor, entrem imediatamente e sintam-se em casa. É inaceitável o que aconteceu com vocês. E, por favor, milady, não chore mais.

Sem hesitar, Kim e eu entramos, e o mais alto diz:

— Craig, avisarei Winona para que prepare um quarto e providencie uma sopa. Também mandarei avisar Frederic Stuart, o chefe de polícia, para que venha e você possam falar com ele.

— Muitíssimo obrigada por sua gentileza — sussurra Kim, entrando no jogo, enquanto eu choramingo como uma tola. — O senhor é muito amável.

Acompanhadas por Craig, entramos em uma sala de estar abafada e cheia de velas acesas. Cheira a tabaco e a *brandy*; nota-se que é uma casa onde vivem homens. Olho para ele, que nos observa, e sussurro, mostrando que sou uma donzela em apuros:

— Senhor, não sei como lhe agradecer por...

— Por favor, pode me chamar de Craig. As amigas de minhas sobrinhas Kate e Samantha são como de minha família. Além disso, sou americano como vocês, e nós não somos tão formais.

Ao ouvir isso, sinto vontade de abraçá-lo. Que bonitinho!

Maravilha! Já sabemos que as sobrinhas dele se chamam Kate e Samantha, e não Rodolfa!

— Muitíssimo obrigada, Craig — murmura Kim.

Sentadas, ainda envoltas com os lençóis ao estilo romano, Kim e eu estamos olhando para aquele homem, quando ele pergunta, coçando a cabeça:

— Onde ficariam alojadas?

— Não... não sabemos.

— Mas aonde as levaram aqueles desalmados? — insiste.

Kim e eu trocamos um olhar. Diante da incapacidade de responder, sei que temos que nos fingir de tontas. Mas tontas bem tontas! De modo que solto tamanho lamento que o coitado se apressa a dizer:

— Calma, milady. Não as esgotarei mais com minhas perguntas.

Fico chorando um pouquinho mais para tornar tudo mais crível. Sinto-me como a Dama das Camélias com tanto choro e tanto teatro. E então ele murmura:

— Acho que o mais inteligente a fazer, para que possam ficar nesta casa com Michael e comigo até que solucionemos a questão de contatar seus familiares, é dizer que são minha sobrinha e sua amiga. Isso evitará rumores e perguntas indiscretas.

— Será uma boa ideia? — pergunta Kim.

Craig – já fui com a cara dele! – afirma:

— É a única coisa que podemos fazer para não escandalizar esses ingleses cheios de protocolos.

Nós três rimos. A seguir ele pergunta, acendendo um cigarro:

— De que parte de Nova York são?

— De Manhattan — responde Kim, depressa.

Craig sorri; vemos que ele gostou de saber disso. Então, ele comenta:

— Não vejo minhas sobrinhas há uns dez anos. Não posso nem imaginar como devem estar grandes.

Kim e eu trocamos um olhar.

— Kate e Samantha são duas jovens lindas, finas e elegantes — informo. — Garanto que, quando as vir, sentirá orgulho delas.

Isso agrada a Craig. Estou pronta para brindar seus ouvidos com tudo que me ocorra sobre suas sobrinhas quando uma porta se abre e aparece uma mulher mais velha, acompanhada de Michael, e uma mocinha.

A mulher carrega uma bandeja, que rapidamente põe diante de nós, e murmura, solidária:

— Oh, miladies, o que foi que lhes aconteceu?!

Kim e eu repetimos a história que inventamos, acrescentando mais dramaticidade. Fingimos ser donzelas acaloradas e desamparadas, e nos saímos muito bem!

— Tomem esta sopa quentinha; isso as confortará, enquanto lhes preparamos o quarto — diz a mulher.

Ambas assentimos. Minha vontade de ir ao banheiro desapareceu. E então Michael diz:

— Winona, por favor, vá à casa dos condes de Kinghorne. Fale com Martha, a criada da condessa, e conte-lhe o que aconteceu...

— Diga que uma delas é minha sobrinha e a outra sua amiga. Isso é importante — insiste Craig.

Michael olha para seu amigo, que está surpreso, e, quando vê que o outro assente, prossegue:

— Peça roupas de dormir de lady Catherine para que nossas convidadas possam descansar.

Ao ouvir esse nome, Kim e eu nos olhamos.

— Lady Catherine? — pergunta minha amiga.

Michael assente e nos informa, todo galante:

— Os condes de Kinghorne vivem na casa em frente. Eles têm três filhas adoráveis, mas creio que só as roupas de lady Catherine poderão lhes servir, devido à sua altura.

Satisfeitas, assentimos e rapidamente digo:

— Amanhã mesmo agradeceremos a lady Catherine.

— Não creio. Ela, a mãe e a irmã Prudence se encontram em Manchester; mas regressarão em poucos dias.

Ora... por essa não esperávamos.

Então, Winona faz uma reverência diante de nós e murmura, antes de sair com a mocinha:

— Faremos o que nos pede, visconde.

Com um sorriso, agradecemos sua gentileza. Se bem que eu, em vez de uma sopa, preferiria uma cervejinha bem gelada.

— Para evitar rumores — diz Craig quando elas saem, dirigindo-se a Michael —, e para que ladies Celeste e Kimberly possam ficar conosco sem que se espalhem por Londres inteira disparates sem fundamento que possam prejudicar sua integridade, pensei que seria melhor se disséssemos que elas são uma sobrinha minha e sua amiga e que vieram nos visitar. O que lhe parece?

Michael pensa um pouco.

— E quando chegarem suas sobrinhas verdadeiras? — pergunta.

Craig sorri - adorei seu sorriso de canalha - e explica:

— Diremos que também são minhas sobrinhas. Minha família é muito extensa. De fato, tenho três irmãs em Nova York.

Michael assente depois de uns segundos.

— Sem dúvida, é a melhor opção.

Craig sorri, aproxima-se de Michael e, satisfeito pela cumplicidade, comenta:

— Celeste e Kimberly são de Manhattan, como eu.

— Que agradável coincidência! — exclama Michael. Sem afastar o olhar de nós, pergunta: — E o que fazem duas jovens damas viajando sozinhas pelo mundo?

Kim e eu nos olhamos. Espero que ela responda, mas, ao ver que não vai falar, solto sem pensar:

— Eu precisava de uma mudança de ares depois que o homem com quem ia me casar me deixou plantada diante do altar.

Meu Deus, o que acabei de inventar! Plantada no altar!

— Lamento, milady! — sussurra Michael, surpreso.

Eu assinto. Finjo enxugar uma lágrima com a borda do lençol e vejo Kim morder o lábio para não rir. Então, baixando minha voz para um sussurro, acrescento:

— Por sorte, disposta a consolar meu tremendo sofrimento, Kimberly decidiu me acompanhar nessa viagem... e aqui estamos!

— Mas, infelizmente, nossa chegada a Londres não poderia ter começado pior — declara minha amiga, pesarosa.

Ao ouvir isso, os dois homens assentem. Então, Craig pergunta, curioso:

— Qual é o nome do ousado que lhe desdenhou?

Ora, ora, o que digo agora? Sem pensar, respondo:

— Henry. Henry Cavill... da tradicional família Cavill. Acaso o conhece?

Craig leva a mão à têmpora, pensativo. Se disser que sim, eu morro! Mas, por fim, responde:

— Não. Felizmente para ele, não o conheço.

Assinto com uma expressão sofrida. Mãe do céu, que mentira deslavada! Largada no altar! E por ninguém menos que o lindíssimo Henry Cavill!

Kim, cuja expressão me faz sentir que vai soltar uma gargalhada a qualquer momento, afirma, para mudar de assunto:

— Confiando em nós e nas pessoas que uns amigos nos recomendaram, nossos pais organizaram esta viagem na esperança de que passássemos um tempo aqui para depois retomar nossa vida em Nova York.

Michael e Craig assentem, e este último pergunta:

— Que fazem seus pais?

Kim e eu nos olhamos. É complicado inventar as coisas na hora, mas minha amiga e eu somos apaixonadas por história, e para algo tem que servir ter lido tantos livros sobre o assunto!

— Papai — começa Kim —, junto com o pai de Celeste e outros corretores, fundou a Bolsa de Nova York...

— Oh, que interessante! Tenho um amigo que também participou.

— Então, tenho certeza de que se conhecem.

Ela sorri enquanto eu xingo por dentro.

Durante um tempo, falamos sobre Nova York, seu crescimento como cidade e sua indústria. Kim e eu mentimos como verdadeiras profissionais.

Como era de esperar, o sotaque de minha amiga, tão diferente do meu, que é americano, faz Craig perguntar:

— Kimberly, seu sotaque não é muito americano, não é?

Ela sorri. Seu sotaque londrino a delata, quer queira, quer não. Depressa ela responde:

— Minha mãe é britânica, mas meu pai é americano. Eu nasci em Nova York, mas imagino que o sotaque da minha mãe ao falar comigo foi o que prevaleceu em mim.

Os dois não questionam; Craig, muito mais curioso que Michael, pergunta:

— E seu pai é...

— Leonardo DiCaprio.

Ao ouvir isso, tenho que olhar para o outro lado para não soltar uma gargalhada. Sério? Minha amiga louca disse mesmo que seu pai é o Leonardo DiCaprio? O visconde assente com a cabeça.

— E o nome de sua mãe? Talvez eu tenha a honra de conhecê-la, visto que é britânica.

Sem pestanejar, ela solta:

— Catherine Zeta-Jones. Conhece minha mãe, visconde?

Hahahaha, Kim é genial!

Minha amiga está curtindo suas mentiras. Obviamente, as minhas têm que estar à altura das dela.

Ela está fazendo isso para não dizer o sobrenome de sua família, pois isso provocaria muitas perguntas de difícil resposta.

Michael, que está pensando no que ela disse, responde por fim:

— Não, milady. Não tenho a honra de conhecer sua mãe.

A seguir, todos olham para mim. Lá vai minha mentira, e eu a solto com total normalidade, realçando meu sotaque americano:

— No meu caso, são ambos americanos. Meu pai é John Travolta e minha mãe, Scarlett Johansson.

Kim solta uma gargalhada. Maldita!

Michael e Craig se olham. Acho que vão perguntar algo, mas alguém bate na porta.

Salvas pelo gongo!

Instantes depois, a porta se abre e entra Winona acompanhada por um homem com um bigodão da época. Ele nos analisa e Michael apresenta:

— Lady Travolta, lady DiCaprio, este é sir Frederic Stuart, chefe de polícia da cidade de Londres. Frederic, estas são uma sobrinha de Craig e sua amiga.

Lady Travolta e lady DiCaprio? É para mijar de rir! No entanto, contendo-nos, Kim e eu assentimos sem nos levantar. Obviamente, temos que repetir o que aconteceu conosco.

Frederic nos escuta com atenção. Toma nota em uma espécie de caderneta e, quando acabamos, diz:

— Lamento pelo que aconteceu, miladies. Infelizmente a imoralidade está cada vez mais presente na cidade de Londres. Tentaremos encontrar os malfeitores que perturbaram sua tranquilidade e recuperar, se for possível, seus pertences.

Assinto com um sorriso comedido. A seguir, Michael diz, dirigindo-se a ele:

— Como é lógico, tanto a sobrinha de Craig, lady Travolta, quanto sua amiga, lady DiCaprio, ficarão hospedadas conosco. Se precisar de algo, Frederic, elas estarão aqui.

O policial assente e, depois de uma sóbria inclinação da cabeça, desaparece tal como apareceu.

Eu piro ao ver como todos são crédulos! Acreditaram em nós desde o início sem questionar nada. Se na porta da minha casa aparecessem duas loucas seminuas contando o filme que nós contamos, eu não acreditaria nem ferrando! E muito menos eu as receberia sob meu teto sem mais nem menos.

Mas, claro, estamos no século XIX e, pelo que estou vendo, as pessoas confiam porque não existe tanta maldade.

Ficamos só os quatro de novo na sala. Sem saber o que fazer ou dizer, eu me concentro na sopa que Winona nos trouxe. Está uma delícia, e, com naturalidade, exclamo:

— Mãe do céu, está deliciosa!

Michael e Craig soltam uma gargalhada, e este último diz:

— Devo confessar que sinto falta desse frescor ao falar. — Eu sorrio e ele acrescenta: — Às vezes o protocolo inglês é exaustivo.

Michael não diz nada, apenas sorri. Diferentemente de seu amigo, ele mantém seu jeito solene de falar.

— Visconde, amanhã sem falta escreveremos para nossas famílias — diz Kim. — Quanto antes receberem nossas cartas, antes poderão nos ajudar e não mais os incomodaremos.

Michael e Craig, que engoliram nossas mentiras, entreolham-se, e o primeiro afirma:

— Não há pressa, milady.

— Obrigada — digo. E, recordando algo, pergunto: — Seria muito incômodo consultar se no dia 26 de agosto partirá algum navio para Nova York? Assim que souber de nossa situação, meu pai terá grande prazer em lhes enviar o dinheiro das passagens.

— Consultarei amanhã a companhia naval, com muito prazer. Mas por que tanta urgência?

Imediatamente sorrio. Sempre ouvi aquele ditado que diz que tanto o peixe como as visitas começam a feder após três dias... E ele, que não nos conhece, acha pouco um mês?

— Visconde — diz Kim —, não queremos incomodar. Estão sendo imensamente gentis nos acolhendo desta maneira em sua casa.

Craig, com um sorriso encantador, mostra que podemos confiar nele. E Michael, que, como bem dizia Catherine em seu diário, é caridoso e amável, responde com uma expressão simpática:

— Não tenham pressa, miladies. Tudo se resolverá de forma satisfatória, e o que aconteceu com esses meliantes passará a ser uma simples anedota que contarão ao regressar ao seu lar.

— É o que esperamos! — concorda Kim.

— Amanhã bem cedo pedirei à srta. May Hawl, dona de uma famosa loja de tecidos e roupas femininas, para vir e lhes fornecer tudo de que precisem.

— Mas não temos dinheiro — sussurra Kim.

Os homens se olham. Vejo na expressão deles que querem nos ajudar, que lhes despertamos verdadeira compaixão. Murmuro, comovida:

— Não queremos abusar.

Craig sorri. Michel também.

— Será um prazer ajudá-las enquanto for necessário, miladies. Precisam de tudo, posto que o que tinham desapareceu, e duvido que a polícia o recupere. Não se preocupem com nada. Craig e eu ficaremos encantados em lhes proporcionar o que desejem.

— Para minha sobrinha e sua amiga, o melhor! — brinca Craig.

— Que cavalheiros de bom coração! — exclama Kim.

Craig sorri.

— Para mim é uma imensa alegria ter em nossa casa alguém do meu país, e estou disposto a desfrutar da oportunidade ao máximo. Especialmente porque se trata de minha sobrinha e sua amiga.

Nós quatro rimos. A seguir, puxando um cordão que há em uma lateral da sala, Michael explica:

— Embora sua companhia seja muito agradável e ficaríamos felizes em ficar conversando, miladies, se não se importam, estávamos saindo para jantar com uns amigos. Winona e Anna lhes mostrarão seu quarto e providenciarão tudo de que precisarem. Espero que descansem.

Nesse instante, a porta se abre; as mulheres entram. Esboçando um agradável sorriso, Michael e Craig partem.

Kim e eu nos levantamos. Seguimos Winona e Anna até um quarto no andar de cima. Ao entrar, vemos duas horrorosas e enormes camisolas em cima da cama. As duas repetem que se precisarmos de qualquer coisa basta chamá-las e saem. Quando fecham a porta, eu me rebelo:

— Não vou vestir isso!

Ambas examinamos os camisolões cheios de rendas e lacinhos. Pego um.

— Nem minha avó usa uma roupa assim tão exagerada — afirmo.

Nós rimos, divertidas. Então, Kim murmura:

— Seu pai... John Travolta?

— E o seu? Leonardo DiCaprio?

Sem conseguir parar de rir, tiramos do corpo os lençóis empoeirados. Depois de caírem no chão, nossas roupas são descobertas e caem também.

Utilizando uma bacia em um jarro com água, passamos um pano na pele para tirar o pó. Quando terminamos, vestimos os camisolões de tataravó que Winona deixou sobre as camas, pegamos uma espécie de sacola de pano que encontramos e, depois de enfiar nossos pertences dentro, guardo-a no armário, onde ninguém pode vê-la.

— Henry Cavill te deixou plantada no altar?!

Dou risada. Adoro esse ator. Enquanto Kim tira as lentes pretas e as guarda no estojo que tirou do bolso da calça, comento.

— Que fantasia maluca, menina!

Tudo que inventamos do nada dá para escrever um livro bem louco.

— E estamos sem calcinha para trocar — murmuro.

E com isso, nós duas nos jogamos na cama e rimos durante horas, sem conseguir parar.

15

Como prometeram Craig e o visconde, assim que nos levantamos, uma mulher encantadora já está nos esperando na sala da casa. Logo descobrimos que se trata da srta. May Hawl, a modista!

Ficamos pasmos ao ver que ela e sua jovem ajudante encheram a sala com tudo de que uma mulher da época poderia precisar.

A roupa íntima – que não provamos na frente dela para que não visse nossas tatuagens – no período da Regência, era composta por uma camisa de linho ou algodão e uma espécie de bermuda samba-canção de pano fino que pode chegar até o tornozelo ou abaixo do joelho, que elas chamam de *bloomers*. Se minha avó a visse, diria que são ceroulas antigas.

Não são lá muito sexy...

E, sinceramente, menos ainda práticas. Preciso de uma calcinha, não de uma ceroula.

Por cima da camisa vai o espartilho, que pode ser comprido ou curto, para realçar os seios. Kim e eu escolhemos o curto. É mais parecido com os sutiãs atuais e menos sufocante.

Os vestidos da Regência são de corte imperial, de modo que não é a cintura que se destaca, e sim os seios. E apertam tanto os meus seios que tenho a sensação de que vão explodir. Caramba, nem mesmo o Wonderbra!

Sobre o espartilho são colocadas várias anáguas para dar volume às saias. Entre risos, a srta. May sussurra que as damas mais atrevidas e descaradas só colocam uma anágua, para que o tecido cole no corpo e, assim, ressalte suas curvas.

Claro que eu vou ser a atrevida!

A srta. May também nos mostra vários tipos de meias de seda e algodão, bordadas ou lisas. Umas chegam à metade das coxas e outras acima do joelho, e todas são presas com ligas.

Uma gracinha, mas desconfortáveis!

Concluído o tema da roupa íntima – peças que a srta. May já tinha confeccionadas em seu ateliê ou que haviam sido devolvidas por clientes –, ela entrega a cada uma de nós um vestido matutino para usar em casa, bem simples, dois vestidos vespertinos de musselina, cujo decote fica oculto por trás de um lenço, e dois de noite, de cetim e seda, com decotes bem acentuados nas cores azul pastel e branco. Não é algo que eu vestiria, mas reconheço que são finos e delicados.

A isso, acrescenta três pares de luvas de seda, vários chapéus e adornos de cabeça e três pares de sapatos que, quando vejo, rio de tão feios que são.

Sério que elas usavam isso?

Sem que a mulher perceba, com a maior cara de pau, escondo vários pedaços de tecido. Kim, que me vê, não entende nada, até que lhe explico que são para fazer calcinhas para nós. Minha amiga morre de rir e não me censura mais.

Quando a modista vai embora, promete voltar dentro de alguns dias com mais roupas especialmente confeccionadas para nós. Com toda a gentileza, agradecemos.

Depois que estamos sozinhas, examino as peças que aquela mulher deixou para nós. Certo, tudo é muito elegante e exclusivo, mas imensamente repolhudo. Lacinhos, rendinhas, enfeitinhos... Nada a ver comigo!

Mesmo assim, eu daria tudo para ter meu celular à mão e tirar fotos para postar nas minhas redes sociais. Ia ficar um arraso!

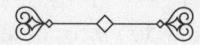

Nesse mesmo dia, depois de almoçar com Craig e Michael, que são encantadores, quando nos retiramos para descansar, Anna – que é sobrinha de Winona – nos avisa que será a encarregada de ajudar a nos vestir. Ora, isso é um grande problema. Se a garota nos vir nuas, verá nossas tatuagens, e que explicação vamos dar?

Por isso, aproveitando nossa fama de americanas excêntricas e divinas, aceitamos a ajuda de Anna, mas com reservas. Dizemos a Winona que sua sobrinha nunca deve entrar no quarto sem nossa permissão (Que metidas!) e que nos sentimos desconfortáveis que nos veja nuas. Sem perguntar o motivo, pois devem pensar que somos duas grandes imbecis, elas aceitam.

Kim logo se acostuma com tudo isso. Sem dúvida, nascer em uma família burguesa e refinada como a dela a faz ver as coisas de outra maneira. Para mim é um pouco mais difícil. A vida inteira me vesti sozinha. Com exceção de minha yaya quando eu era pequena, nunca ninguém me vestiu. Mas, na sociedade burguesa em que estou, tenho que deixar que me vistam como se fosse uma tonta, querendo ou não.

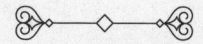

Passam-se dois dias e mal saímos de casa. Penso em minha yaya. Caso o tempo não transcorra como Kim disse, ela aparecerá em Londres se eu passar uma semana sem dar sinal de vida. E, conhecendo-a, sei que vai armar o maior barraco. Também sinto falta do meu celular e das minhas redes sociais. Será que estou mais viciada do que pensava?

Aproveito as horas vagas para fazer calcinhas. Isso mesmo, calcinhas!

Não há um filme chamado *Nunca sem minha filha*? Pois um sobre mim poderia se chamar *Nunca sem minha calcinha*.

Meu Deus, eu e minhas manias.

Não tenho tudo que é necessário para isso, mas me viro com o tecido e as cintas e consigo fazer três para cada uma, amarradas nas laterais como se fossem biquínis. Mas as escondemos para que ninguém as veja e faça perguntas. Todas as noites lavamos a que usamos e a estendemos estrategicamente diante da janela. E como Anna, a criada, tem que bater na porta antes de entrar, Kim ou eu nos levantamos para tirá-las da vista. Por enquanto o problema das calcinhas está resolvido!

Nossa roupa, junto com a pérola que representa a volta à nossa época, também está muito bem escondida. Admito que toda vez que entro no quarto vou olhar se está lá. Sinto pânico de pensar que pode desaparecer.

Sorte a nossa que a residência do visconde é muito confortável. Não só temos camas maravilhosas onde dormir e comemos maravilhosamente bem, como também temos um quarto de banho com vaso sanitário que, quando vi, só faltou me agachar e o beijar.

Pode parecer bobagem, mas a questão de ter ou não privada era uma das coisas que mais me angustiavam quando chegamos. Não me via agachando de cócoras em cima de um buraco do qual sabe-se lá o que poderia sair. E, embora o vaso sanitário do visconde seja o único da casa, apesar de muito brega, de porcelana branca com gravuras azuis, estou feliz. Afinal de contas, é uma privada!

Chuveiro não existe, mas há uma linda banheira de madeira e metal. Logicamente não podemos enchê-la todos os dias, mas pelo menos há sempre água à nossa disposição na bacia e podemos nos lavar. Como diria minha yaya, banho de ratinho! Um pouquinho aqui, um pouquinho ali.

Escovas de dente não existem, de modo que, todos os dias, Kim e eu, por pertencermos à aristocracia, esfregamos os dentes e a língua com uma mistura de limão e bicarbonato em um paninho de algodão e depois enxaguamos a boca com água.

Morro de ânsia!

Como médica, sei que essa mistura danifica o esmalte, mas na verdade é melhor do que mastigar raízes de alcaçuz, que é só o que as classes mais baixas podem se permitir.

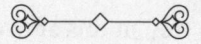

No terceiro dia, incentivadas por Michael e Craig, que engoliram todas as nossas mentiras, saímos vestidas como duas perfeitas donzelas da época para um pequeno passeio. Não querem que nos cansemos. Coitadinhos, tão inocentes!

Na rua, eu me sinto como um pato tonto. O maldito gorro me faz lembrar aquele negócio que os burros usam para olhar só para a frente, e a cada dois passos piso na maldita barra do vestido e só não caio de cara no chão porque Craig me segura.

Preocupado com minha instabilidade, ele faz um comentário, e eu, que já me acostumei a mentir como se nada fosse, digo que ainda estou um pouco tonta com o susto que levamos no dia que nos roubaram. Sem questionar, ele acredita em mim. Reitero: como as pessoas dessa época eram inocentes!

Ao voltar, cruzamos na rua pela primeira vez com Aniceto. Perdão, perdão, Ashton Montgomery, conde de Kinghorne e antepassado de Kim. Craig nos apresenta e o conde nos examina, curioso, e nos cumprimenta sem mais delongas. Como diria minha yaya, o sujeito é um pão sem sal.

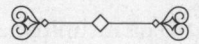

No quarto dia, Michael nos comunica que fomos convidadas a tomar chá na casa da condessa Wildemina Lorraine Cowper Sant German. Que nome! Essa mulher – e Londres inteira – soube de nossa desafortunada chegada de Nova York e quer nos conhecer.

Para a visita, Anna nos aconselha que usemos uns vestidos vespertinos repolhudos. OK, são bonitos, mas eu me sinto uma couve-flor com o meu. Digo isso a Kim e ela cai na gargalhada. Ela, claro, independentemente do que vista, fica maravilhosa. No entanto, não penso o mesmo de mim. Segundo Anna, estamos elegantes; mas, para mim, parecemos duas *couveflornianas*.

Quando chegamos, divinas e montadas, ao lindo casarão da condessa, entramos em um salãozinho de ornamentação carregada de dourado e rosa, em cujas paredes – como não! – há retratos de familiares.

Sobre o retrato do avô da condessa, se me disserem que é o conde Drácula, eu acredito. Que olhos injetados de sangue! E que cara de coisa-ruim!

Estou rindo com Kim quando vejo uma poltrona muito repolhuda.

Nossa, eu daria tudo para tirar uma *selfie* nessa poltrona dourada ridícula e postar nas minhas redes! Ia ganhar muitas curtidas!

Enquanto ainda estou rindo com minha amiga, aparece, de repente, uma mulher de cabelos claros e olhos azuis. É uma inglesa típica, alta e pretensiosa, vestida com requinte e austeridade. Ela rapidamente sorri para nós como se fôssemos duas menininhas indefesas e nos consola pelo que aconteceu.

Se ela soubesse que é tudo mentira!

Com prudência, cientes de que esse convite é uma honra para nós e pode nos abrir ou fechar as portas da sociedade burguesa, exibimos todos os nossos encantos à mulher – a quem eu batizo com o apelido de "lady Pitita" –, que acha que sou a sobrinha de Craig acompanhada de minha amiga. Pela maneira como olha para nós e reage ao que dizemos, notamos que estamos caindo em suas graças.

Como é fácil atuar! E eles engolem tudo!

Kim, que domina o protocolo melhor que eu, maneja a situação. Sei que poderia estragar tudo por causa da minha intensidade, por isso fecho a boca com zíper e decido que ela será nossa carta de apresentação.

Quando deixamos a casa de lady Pitita, vejo que Michael e Craig estão muito contentes. Curiosa, pergunto porque estão tão felizes, mas eles apenas riem e respondem que logo saberemos.

Esta noite jantamos nós quatro na intimidade do lar de nossos anfitriões. Na verdade, o jantar que Winona preparou para nós estava demais! E a companhia de Michael e Craig, maravilhosa!

A prudência e a gentileza deles são incríveis. Nota-se de longe que são boas pessoas. De certa maneira, eu me sinto mal por enganá-los desse jeito.

❧──◇──❧

No dia seguinte, Anna está me penteando em nosso quarto quando diz:

— Milady, posso lhe perguntar algo? Faz dias que desejo saber.

— Claro, Anna.

— É moda na América isso que milady usa?

Olho para ela, pois não sei a que se refere. Então, pelo espelho, vejo-a apontar para meus três brincos na orelha direita.

Caraca! Nem me lembrava deles!

Sem perder o sorriso, troco um olhar com Kim.

— Sim, Anna, é moda na América — afirmo.

A jovem assente e sussurra, impressionada:

— E não doeu?

Rapidamente nego com a cabeça. Alguém explique a essa coitada que, em nossa época, as pessoas não só furam suas orelhas para pôr mais brincos, mas também os mamilos e outras partes. Não digo nada. Se eu disser, acho que ela vai se assustar.

Olho para ela com carinho. Anna é uma menina encantadora. É divertida, curiosa, esperta e trabalhadora.

— Quantos anos você tem? — pergunto.

A jovem sorri.

— Semana que vem faço dezenove, milady — diz.

— Ah... ainda é uma *yogurina*.

— *Yogurina*? — repete ela, surpresa.

Imediatamente percebo que falei bobagem. Como pude usar uma palavra dessas? Kim, que está perto da janela, sorri, e eu me corrijo depressa:

— Desculpe, Anna. Usei uma palavra espanhola.

Ela assente; acredita em qualquer coisa que digamos. Vendo que ela espera uma explicação, acrescento:

— *Yogurina* significa "muito novinha". Quase uma menina.

— Milady deve ter mais ou menos a mesma idade que eu — sussurra ela.

— Quem dera!

— Ora, milady, por quê?!

Ai, vou morrer!

Acabei de receber um dos maiores elogios que já ouvi na vida, pois tenho trinta! Mas, claro, entendo que, pelos cuidados com a beleza que têm as mulheres de nossa época, pareçamos mais jovens que elas. Quando vou falar, no entanto, Kim intervém:

— Anna, lady Celeste é muito exagerada.

Todas rimos, e eu replico:

— Nós americanas somos assim mesmo.

Instantes depois, quando Anna acaba de pentear meu cabelo e sai, olho para Kim e sussurro, divertida:

— Somos umas *yogurinas*!

— Vamos aproveitar enquanto dure — sugere ela, rindo —, e tire esses brincos antes que alguém mais pergunte.

— Nem pensar! Os furos vão fechar.

— Mas...

— Nem "mas" nem meio "mas"! — insisto, decidida.

Estamos rindo quando batem na porta. Winona abre e anuncia:

— Miladies... os senhores as esperam na sala.

Assentimos, satisfeitas. Levantamo-nos e saímos.

16

Assim que entramos na sala, Michael e Craig se levantam, com sua habitual formalidade inglesa.

— Agrada-me vê-las sorrindo, miladies — comenta o primeiro.

— Isso é sinal de que a cada dia estão melhor — afirma Craig.

Kim e eu acenamos com a cabeça. Escolhendo bem as palavras, digo:

— Tudo graças à bondade de ambos.

Os dois assentem e Craig diz:

— Passei pela loja da srta. Hawl e ela me informou que amanhã virá com as peças confeccionadas especialmente para vocês.

Isso é um despropósito! Replico:

— Oh, não! Realmente, com o que ela nos deu, já temos mais do que o suficiente.

Eles se olham e, sorrindo, Michael murmura:

— Isso não é típico nas mulheres londrinas, lady Travolta. Elas nunca têm vestidos suficientes para ostentar. É evidente que vocês são americanas.

— Eu sempre lhe disse, Michael — afirma Craig. — As mulheres americanas e as inglesas têm pouco em comum.

Nós quatro rimos. A seguir, dirigindo-me a Michael, peço:

— E se, em vez de lady Travolta, milorde me chamar simplesmente de Celeste? Como você já deve ter visto, Craig me chama assim...

— Lamento, milady — interrompe Michael. — Sou inglês, não americano, e é difícil para mim fazer o que pede. No máximo, poderia chamá-la de lady Celeste.

Craig ri, e eu o acompanho. Até o seu jeito de se mover é diferente do de Michael.

— Esses ingleses cheios de protocolos... — diz Craig, debochado.

No fim, nós quatro rimos mais.

— É uma honra que nos chame como deseje, visconde — diz Kim, conciliadora.

O visconde parece satisfeito e fica tudo esclarecido.

Então, Michael pega uns envelopes e os entrega a nós.

— Isto chegou hoje para vocês.

Surpresas, trocamos olhares. Quem nos escreveu, se não conhecemos ninguém aqui?

Curiosas, pegamos os envelopes. Ao abri-los e ver o que contêm, Craig anuncia:

— Depois que tomaram chá com ela, a condessa Wildemina Lorraine Cowper Sant German, na condição de uma das patronas do Almack's, concedeu-lhe dois convites para entrar no salão às quartas-feiras.

De queixo caído, olhamos os passes que lady Pitita nos deu. Michael sussurra:

— Sem dúvida, miladies, impressionaram a condessa. Saibam que não é fácil agradá-la logo de início.

Sem poder evitar, ambas sorrimos.

— Ela é bem... estranha, para não dizer exigente... — comenta Craig, divertido.

— Craig! — censura-o Michael, mas de brincadeira.

Todos rimos.

— Hoje é quarta-feira, noite de baile no Almack's — anuncia Craig. — Gostariam de ir?

Assim que ouvimos isso, eu aceno, claro que sim! Mas Kim, depois de trocar um olhar cúmplice comigo – que logo entendo –, pergunta:

— Almack's? Que lugar é esse?

Michael nos atualiza sobre esse clube social. Diz que é um lugar onde muitas jovens casadoiras encontram um esposo e, especialmente, onde os caçadores de fortuna e os libertinos desta época, graças ao crivo das patronas, não podem entrar. Nós os ouvimos fingindo-nos de sonsas. Supostamente, se viemos de Nova York, como vamos saber o que é Almack's?

<hr />

Uma hora depois, emocionadas, quando subimos ao nosso quarto para nos arrumar para o baile, reconheço que estou empolgada.

Meu Deus do céu, estou na Londres da Regência e vou ao Almack's!

Por sorte, nossas tatuagens estão escondidas sob nossas roupas e ninguém pode vê-las. Isso nos deixa mais tranquilas. Se alguém as visse, seria muito complicado fazê-los acreditar que é uma moda nova-iorquina.

Anna nos ajuda com os cabelos; comenta que as damas costumam usá-los presos nos bailes, e que agora a moda é dividir o cabelo no meio e fazer uns cachos sobre as orelhas.

Decido experimentar o segundo; mas quando me vejo no espelho...

Pareço um troll!

Assim não saio de casa!

Estou tão horrorosa que nem sequer tiraria uma *selfie* para nem ter que me lembrar disso.

No fim, ela prende meu cabelo que, para meu gosto, fica bem melhor. Ao ver umas margaridas brancas no vaso, peço que coloque algumas em minha cabeça. Ficaram demais! Por fim, conseguimos parecer duas donzelas virginais e decentes da época e nossos *outfits* estão perfeitos; mas estamos muito nervosas.

Mãe do céu, com certeza vamos encontrar Catherine no Almack's!

17

Com Michael, que é inglês, mas encantador, e Craig, que é americano e extravagante, Kim e eu estamos no landau fechado deles, puxado por quatro cavalos pardos, rumo ao baile no Almack's.

É realmente incrível a sensação de passear pela Londres de 1817 em uma carruagem assim, cruzando com tílburis e cabriolés, outros coches da época.

Ao chegar às imediações do bairro de St. James's – onde sei que fica o Almack's –, um mundo diferente se abre diante de nós. Mulheres e homens elegantemente vestidos caminham pelas calçadas com rostos sorridentes, e eu os observo encantada.

— O que acha do que está vendo, lady Celeste? — pergunta Michael.

— *Mola un montón!*[1] — digo sem pensar.

Imediatamente sinto o chute de Kim. Ainda bem que falei em espanhol!

Ao ver como ele me olha, toco o anel do meu pai – que está sobre minha luva de seda – e respondo, desta vez em inglês:

— É tudo muito excitante, visconde.

Sorrimos. Minutos depois, o landau para e um homem abre a porta para nós. Craig e Michael descem e, muito cavalheiros, oferecem-nos a mão para descermos. Ainda bem, porque eu já ia pular.

Já com os dois pés no chão, noto como meu coração bate forte.

Estou tão nervosa!

Respirando fundo, paro para olhar tudo ao redor, com as pernas separadas, as mãos na cintura e a cabeça erguida. Essa é minha postura de quando sei que vou enfrentar algo que me desconcerta. Então, Craig para ao meu lado e sussurra:

— Se não quiser que Londres inteira amanhã fale de você, corrija essa postura.

Embasbacada, olho para Craig, e ele ri.

— Segundo o protocolo, uma dama nunca deve pôr as mãos na cintura em público.

Então sou eu que rio. Por mais que eu explique, ele não entenderá minha postura de super-heroína. Portanto, baixo os braços.

— Maldito protocolo — sussurro.

---

1. "Legal pra caramba." (N.T.)

Craig solta uma gargalhada. Olhando para mim, murmura:

— Isso que você disse também não é muito formal.

— Cá entre nós, tio Craig, os protocolos não são o meu forte — brinco.

Rimos, divertindo-nos, e seguimos nosso caminho até entrar no local. Com paciência, fazemos fila. Dirigindo-me a Kim, zombo:

— Certas coisas nunca mudam!

Esperamos nossa vez e, ao passar por uma mesinha baixa, Michael e Craig mostram uma espécie de ingresso. Dirigindo-se a uma das mulheres, que nos observa com curiosidade, Michael mostra nossos passes e informa:

— Wildemina Lorraine Cowper Sant German gentilmente proporcionou passes a lady Travolta, sobrinha de Craig, e a lady DiCaprio, amiga de lady Travolta.

A mulher concorda e, depois de nos entregar umas cadernetas de baile lindíssimas, com um lapisinho amarrado, sussurra:

— Aproveitem o baile, miladies.

Ambas agradecemos com um movimento de cabeça e seguimos nossos acompanhantes.

Como era de esperar, o lugar é majestoso, impressionante e cheio de luz. Lustres de cristal decoram o enorme salão, tapeçarias e espelhos nas paredes e, no fundo, há umas cadeiras onde imagino que ficarão os músicos.

Estamos cercadas de luxo e glamour e da aristocracia da época. Michael e Craig, depois de nos apresentar a algumas pessoas – que nos sorriem com simpatia –, começam a conversar com alguns homens.

— Putz grila... — sussurra Kim em meu ouvido. — Estamos no Almack's!

— Que demais!

Impressionadas, olhamos tudo ao nosso redor.

— Eu daria tudo para ter meu celular, tirar uma *selfie* e postar nas minhas redes sociais — murmuro. — Todo mundo ia pirar!

— Veja só quanta pose — ela murmura, achando engraçado.

Ela tem razão. Aqui não há celulares, nem câmeras, nem nada, mas há muitas poses. Basta ver como todos os presentes se movem e se esticam para se fazer notar.

— Também há trolls aqui — brinco.

Vemos um grupo de mulheres ao fundo cochichando e criticando sem piedade uma jovem que está tranquilamente conversando com um homem. Redes sociais digitais não existem, mas fica claro que as redes da época são este lugar em que estamos. E, sem sombra de dúvida, aquelas são trolls!

Continuamos olhando ao redor, digerindo tudo aquilo.

— Será que aqui se dança algo mais além da valsa? — pergunta Kim.

Dou risada e, sabendo que só ela me entenderá, respondo:

— Waka e Macarena certamente que não.

Rimos. A seguir, Craig nos oferece umas taças e, satisfeitas, aceitamos. Mas a minha começa a escorregar por causa das luvas, de modo que, sem hesitar, eu as tiro antes que a taça acabe no chão.

Algumas damas me olham. Parecem me criticar.

— O que está fazendo? — pergunta Kim.

Não entendo. Eu a encaro e ela diz:

— Ponha essas luvas agora mesmo.

— Por quê?

— É inapropriado tirá-las em público.

Bufo, e estou prestes a protestar quando minha amiga insiste:

— Nem uma palavra. Ponha já!

Vendo sua expressão, coloco as luvas para não discutir. Então, Craig diz, aproximando-se:

— Acabo de ver lady Catherine entrar no salão com suas irmãs.

Ao ouvir isso, Kim e eu nos olhamos, na expectativa. Sei que o coração dela está tão acelerado quanto o meu.

Vamos conhecer Catherine!

Durante alguns minutos que parecem eternos, olhamos ao redor, ansiosas para vê-la, até que um grupo de mulheres se aproxima e Craig se dirige a elas.

— Miladies, permitam-me dizer que hoje estão especialmente belas.

As jovens, uma mais elegante que a outra, sorriem. E então uma delas se antecipa e diz, com a voz manhosa:

— Prudence, esse elogio não poderia provir de outro além de Craig.

— Lady Catherine, como você me conhece bem — brinca ele, beijando a mão da moça.

Todos sorriem enquanto Kim e eu ficamos paralisadas. Diante de nós está Catherine, aquela que escreveu o diário que lemos no sótão, e, por alguma estranha razão, seu rosto nos parece familiar.

Usando um lindo vestido branco de musselina e luvas de seda que chegam até o cotovelo, Catherine sorri segurando um lenço; de repente, crava os olhos em Kim. Michael diz:

— Lady Catherine, lady Prudence, lady Abigail, esta é a sobrinha norte-americana de Craig, lady Celeste Travolta, e sua amiga, lady Kimberly DiCaprio, também norte-americana. Miladies, estas são as irmãs Montgomery, filhas dos condes de Kinghorne.

Catherine e as outras duas mulheres a seu lado assentem. Sei que são irmãs, mas não poderiam ser mais diferentes. Abigail é morena de olhos azuis, Prudence loura de olhos azuis também e Catherine é morena de olhos cor violeta.

Seus olhos são incríveis, idênticos aos de Kim! E, como aconteceu comigo no dia em que conheci minha amiga, sem poder evitar, murmuro:

— Seus olhos são maravilhosos, lady Catherine.

— Muito obrigada, lady Celeste.

Kim, que esconde essa mesma cor de olhos atrás das lentes de contato pretas, não diz nada; está em choque. De repente, aproxima-se uma jovem e, estendendo a mão, comenta:

— Vejam o que meu marido me deu!

Todas nós observamos uma linda pedra preciosa em seu dedo. É um anel que, sem dúvida, merece ser admirado. Ela fica saltitando, encantada pelo presente do marido.

— Lady Travolta, lady DiCaprio — diz Catherine —, esta é Vivian, minha melhor amiga. Vivian, esta é uma sobrinha de Craig — diz indicando-me —, e esta é amiga dela — acrescenta, referindo-se a Kim. — Ambas vieram de Nova York.

Nós as cumprimentamos, calorosamente, e Vivian prossegue, emocionada:

— É um prazer conhecê-las. Meu marido esteve em Nova York em uma ocasião e sempre diz que um dia iremos para lá.

Kim e eu sorrimos enquanto ela não para de falar do marido. É "meu marido isso", "meu marido aquilo"... Não diz uma frase na qual seu marido não apareça. Então, baixando a voz, eu me aproximo de Kim e sussurro:

— Lady Meumarido é cansativa, hein?

Nós rimos, e logo nos integramos ao grupo e começamos a conversar.

Noto que Catherine nos observa. Em especial a Kimberly. Se ela tem esse sexto sentido que minha amiga diz, deve estar sentindo alguma coisa. Mas, quando Kim vai falar com ela, Catherine dá meia-volta e se afasta.

De queixo caído, Kim olha para mim. Rindo, sussurro:

— Lamento dizer, mas sua antepassada acabou de deixar você falando sozinha.

Ela gargalha.

— Pois é, ela me ignorou completamente.

Precisamos beber alguma coisa refrescante e comentar a postura de Catherine; quando nos afastamos do grupo, pergunto:

— Você acha que ela sabe quem somos?

Kimberly nega com a cabeça, mas, olhando para Catherine, que está no fundo e também nos observa, responde:

— Não. Mas, pelo jeito como ela olha para nós, acho que desconfia de alguma coisa.

Eu tenho a mesma impressão.

— O que você achou dela? — pergunta.

— Não sei dizer...

Sem poder afastar o olhar, insisto:

— Você não tem a sensação de que a conhece?

Kim assente.

— Sim, mas não sei de onde.

— Ai, menina! Use o seu lado bruxa! — incentivo, excitada.

— Celeste!

Rio e insisto:

— Quantas pessoas você conhece que têm olhos violeta como você?

— Só Imogen e ela — murmura. — Não queria te dizer isto, mas...

— Que foi? — pergunto, alarmada.

Minha amiga toma um gole de sua bebida e, olhando para mim, sussurra:

— É como se eu tivesse perdido meu sexto sentido desde que chegamos aqui.

— Está me zoando!

— Não...

— Você está sem sinal?

— Não se assuste, mas sim — admite ela. — Desde que cheguei, não capto nada.

Horrorizada, olho para minha direita e vejo se aproximar um homem que poderia ser facilmente nosso avô. Ele sorri. A seguir, Aniceto, o conde de Kinghorne, junta-se a ele. Ao nos ver, ele nos reconhece e comenta:

— Miladies, que alegria vê-las por aqui!

Nós apenas sorrimos; e então o vovô que havia chegado primeiro pergunta, dirigindo-se a ele:

— Ashton, quem são estas jovens adoráveis?

Rapidamente, Aniceto faz as apresentações. O velho é o conde Jack Moore, e durante uns minutos insuportáveis Kim e eu temos que conversar com eles. Sinto nojo ao notar como olham para nossos seios.

Se estivéssemos no século XXI, do jeito que eu sou, já teria mandado que eles falassem comigo olhando para os meus olhos, não para os meus peitos. Mas, claro, tenho que me calar e ser fina e comedida.

Kim, que deve ter notado meu desconforto, de repente me pega pelo braço e diz, depressa:

— Conde de Kinghorne, conde Moore, perdão, mas o tio de lady Celeste está nos procurando.

A seguir, sem olhar para trás, nós nos afastamos deles.

— Conde Moore deveria se chamar... — sussurro.

Ambas rimos e prosseguimos em nosso caminho depressa. Encontramos lady Pitita. Ao nos ver, a mulher se alegra e logo nos apresenta a três senhoras: a condessa Josephine McDermont, a marquesa Lucinda Anthonyson e a baronesa Candance Fellowes. A eles se juntam outras, e são tantos nomes e títulos de nobreza que já não consigo lembrar todos... lamento!

Instantes depois, elas nos apresentam algumas de suas filhas, um grupo de jovens casadoiras que eu, particularmente, acho engraçadas. Quando nos afastamos delas, decido batizá-las de *Pepi, Luci, Bom e outras garotas de montão*.[2] Kim e eu caímos na gargalhada. Que mania a nossa de pôr apelido em todo mundo!

De braços dados, como duas donzelas, caminhamos pelo lindo e elegante salão enquanto observamos alguns convidados dançando uma valsa. Nossa, que porte e elegância!

Entre eles está Catherine, que dança maravilhosamente bem.

Curiosas, paramos um pouco afastadas para observá-la. O rosto dela nos é imensamente familiar.

Mais tarde, vemos ponche em uma mesa e decidimos nos servir. Um criado se dirige a nós:

— Perdão, miladies, mas este ponche é só para os cavalheiros.

Sem poder acreditar, nós nos entreolhamos e Kim pergunta:

— Por que só para os cavalheiros?

— Tem álcool, miladies — explica o criado. — O ponche para as damas está na mesa seguinte.

De queixo caído, nós nos olhamos de novo. É sério isso? Aqui vamos nós com as bobagens que nunca suportei. Quando vou falar, Kim murmura:

— Nem pense nisso. Vamos para a outra mesa.

Mas eu me recuso. E, olhando para o criado, digo:

— Obrigada por nos avisar, mas, se não se importa, vamos nos servir um pouco deste ponche com álcool.

O homem pisca; ele não sabe o que dizer. Pego dois copos, encho-os generosamente, entrego um a Kim e olho para o criado:

— Será nosso segredo — sussurro.

---

2. Referência a *Pepi, Luci, Bom e outras garotas de montão* (*Pepi, Luci, Bom y otras chicas del montón*), o primeiro filme dirigido pelo espanhol Pedro Almodóvar, lançado em 1985. Ambientado na década de 1970, conta a história de três amigas que vivem aventuras inacreditáveis. (N.T.)

O coitado assente, não diz nada e se retira. Quando tomamos um gole, digo, sorrindo:

— Uau... forte, hein?

Kim bebe e sorri.

— E é bem gostoso.

— Se bem que eu prefiro uma cervejinha bem gelada — comparo.

Estamos rindo quando passa uma mulher e eu sussurro, alfinetando:

— Meu Deus! As mulheres na Regência eram muito decentes, mas os peitos de algumas vão explodir todos a qualquer momento.

— O conde Moore iria adorar! — Kim ri.

Curtindo a festa, durante um bom tempo ficamos observando as mulheres que elegantemente passam por nós com seus delicados vestidos e movimentos refinados. Na verdade, ficamos criticando as coitadas!

Viva a fofoca!

Um sujeito muito alto e magricela convida Kim para dançar e ela aceita. Aproveito para me afastar uns passos, pois esse maldito espartilho que estou usando para que meus peitos subam até a garganta está me matando. Não vejo a hora de tirá-lo.

Que desconforto!

Olhando para o fundo do salão, estou girando o anel do meu pai no dedo. De repente, ele sai disparado.

Merda!

Cai no chão e rola. Vou atrás sem me importar com quem levo pela frente. No entanto, ao me agachar para pegá-lo, alguém o pega antes. Enquanto me levanto, advirto sem medir as palavras:

— Isso é meu, dê aqui!

Quando acabo de dizer isso, sinto o coração quase parar.

Meu Deus! Como é parecido com Ragnar, meu viking favorito!

O homem que está diante de mim é alto, de cabelos claros, bem inglês – a julgar por sua aparência toda aprumada –, e tem uns olhos incrivelmente azuis que parecem me transpassar.

Meu Deus, é paixão à primeira vista! *Crush* total!

Ele está vestindo um fraque azul-escuro, uma camisa branca e uma calça preta que não poderia lhe cair melhor.

— É seu, milady? — pergunta ele, então.

Ah, Deus, que voooooz!

Ao me recuperar do meu atordoamento inicial, instintivamente tiro o anel da mão dele e, quando o tenho em meu poder, digo:

— Claro. Se não fosse, por que eu te diria que é meu?

Vejo que, depois de olhar para seus dois amigos, que riem, ele levanta as sobrancelhas. Ele se surpreende com o que acabei de dizer. Esboçando um sorriso meio arrogante, pergunta:

— E a senhorita é...

Quem ergue as sobrancelhas agora sou eu. Esboçando um sorrisinho tão arrogante quanto o dele, respondo com a mesma educação dele:

— Vou lhe dizer quem sou.

E, sem mais, dou uma piscadinha descarada, giro sobre os calcanhares e saio.

Já que é para ser arrogante...

18

À MEDIDA QUE ME afasto, vejo pelo espelho ao fundo que os homens que estão ao lado dele dão tapinhas nos seus ombros e riem. Ele também. Acabo percebendo que a piscadinha e minhas palavras foram desnecessárias. Xingo por dentro. Por que não penso duas vezes antes de agir?

Ao chegar à mesa onde está o ponche para mulheres, não sei se volto à do ponche para homens... mas, no fim, decido me comportar como se espera de mim. Sirvo-me um copo e, quando o provo, quero morrer! É doce demais!

Enquanto deixo o copinho em cima da mesa, penso no homem que acabei de conhecer. Nossa, que olhos! E de novo meu coração acelera. Realmente ele me impressionou!

Instantes depois, encantada depois da dança, Kim se aproxima. Diz que se divertiu na pista. A seguir vemos Catherine conversando, descontraída, do outro lado da sala. Notamos que ela nos observa; por alguma razão, chamamos sua atenção.

Enquanto rio ao ver a cara de Kim quando prova o ponche das mulheres, vejo entre a multidão Louisa Griselda, mãe de Catherine. Sua expressão séria e severa, como aparece nos retratos que Kim tem em sua casa, dá a impressão de que ela não deve ser uma mulher fácil.

— Cuidado com lady Cruella de Vil — sussurro, supondo que é Kim quem está ao meu lado. — Dá vontade de sair correndo...

Mas, quando digo isso, ouço:

— Lamento dizer que não conheço lady Cruella de Vil, e, mesmo que a conhecesse, duvido que saísse correndo.

Essa voz não é de Kim... Ao olhar, comprovo que onde antes estava minha amiga agora está o sujeito de cujas mãos tirei o anel do meu pai.

Minha Nossa Senhora, que olhos! Estou sorrindo quando ele comenta:

— O que é tão engraçado, milady?

— Sua cara.

Pronto, falei.

Imediatamente sei que cometi um erro e tento me corrigir:

— Digo... não. Acho que me expliquei mal. Queria dizer...

— Minha cara é engraçada? — pergunta ele.

Impossível não sorrir. Esses olhos azuis e essa seriedade me fazem lembrar de Travis Fimmel de cabelo curto. Nossa, quantas fantasias eróticas já tive com esse ator! Mas ele, sem dizer mais nada, dá meia-volta e vai embora.

Meu Deus, eu o ofendi!

Tadinhoooo!

Sorrindo, vejo-o se afastar contrariado e parar ao lado de Pepi, Luci e Bom. Elas vão à loucura. Se não se mijaram nas suas ceroulas de prazer, faltou pouco.

— Tolinhas!

Estou olhando isso quando Kim se aproxima de novo e pergunta:

— Que foi?

Sem deixar de observar o rapaz – que não tornou a olhar para mim – e as mulheres que o cercam, conto a ela:

— Já arranjei um *crush*: aquele ali.

Kim olha e o escaneia de cima a baixo.

— Amor à primeira vista? — pergunta a seguir.

Assinto, não vou negar.

Ele me ignora totalmente; deve achar que sou uma imbecil. Mas eu senti o clima entre nós. Ao ver aquelas mulheres pestanejando e flertando com ele, murmuro:

— Ainda bem que eu vivo no século XXI, onde as mulheres não ficam cacarejando como peruas no cio diante de um cara para conseguirem se casar. Olhe para elas! Todas tentando chamar a atenção dele e ser a escolhida.

Kim morre de rir.

— Lamento dizer, mas no século XXI ainda existem peruas no cio — ela replica.

Tem razão. Eu mesma já vi algumas.

— Quem é esse homem que vai fazer cair os cílios de todas elas de tanto agitá-los? — pergunto, curiosa.

— É o capitão Rawson — responde Abigail, aproximando-se de nós.

Uau, um capitão! E eu adoro um homem de uniforme...

Ao vê-lo sorrir, incapaz que sou de fechar minha maldita boca, murmuro:

— Pois o capitão é um gato.

Kim me dá um cutucão nas costas me avisando do que acabei de fazer. Abigail pergunta:

— O que significa ser um "gato"?

Kim e eu nos olhamos.

De novo disse algo que não devia. Como ela espera uma resposta, invento:

— Na América, quando um homem é interessante e atraente, dizemos que é um "gato".

A jovem sorri e, baixando a voz, diz:

— Então, poderíamos dizer que o conde Edward Chadburn é um gato.

Ao dizer isso, ela aponta para um homem ao fundo, um moreno muito bonitinho.

— Sim, um gato — confirmo.

Nós três rimos. Abigail, olhando para o primeiro gato, diz:

— O capitão se chama Kenneth Rawson e é o duque de Bedford, grande amigo de meu irmão Robert. Nossas famílias sempre tiveram muito carinho uma pela outra.

Olho para Kim. Caramba, esse nome me é familiar!

Quando vou dizer o que penso, um homem se aproxima de nós e, todo galante, diz a Abigail que a próxima dança é dele.

Assim que ela sai, volto o olhar para trás e... Rá! Pego o duque olhando para mim. Mas ele rapidamente olha para longe e eu sussurro, entusiasmada:

— O duque de Bedford não era o cabeludo que estava com seu primo conde de Whitehouse?

Kim assente.

— Aquele era do ano 2021, e este, de 1817.

Olho para ele sem conseguir acreditar. O duque de Bedford que recordo, embora não tenha visto seu rosto, usava rabo de cavalo e se mexia ao ritmo da música do bar. Não era como esse, que tem cabelo curto, postura rígida e o molejo de um poste.

Eu o observo em silêncio durante alguns minutos. Ao vê-lo sorrir para as damas, sussurro:

— É um gato interessante!

— Seu *crush* é uma graça — afirma Kim.

— Parece com o cabeludo?

Ela dá de ombros.

— Para dizer a verdade, não sei, pois não o conheço. Mas lembro que meu primo Sean, em suas mensagens, me dizia que o duque de Bedford havia vindo da Califórnia.

Faço que sim com a cabeça.

— O duque do futuro não sei — acrescenta minha amiga —, mas esse, pelo pouco que vejo, é inglês e formal demais para você. Portanto, esqueça o que eu sei que está pensando!

— O que estou pensando?

Ela levanta uma sobrancelha. Eu rio e sussurro:

— Acho que você tem razão.

Animadas, damos um *high five*, como já fizemos milhares de vezes. Mas imediatamente percebemos que esse gesto tão pouco feminino não pertence a um lugar tão refinado. Vendo que algumas mulheres nos observam, nós nos viramos e nos servimos de mais ponche melado. É o melhor a fazer.

19

O BAILE CONTINUA, E muitos dos olhares desses homens estão dirigidos a nós. Somos a novidade no salão, as americanas! Em várias ocasiões, Michael ou Craig se aproximam com algum deles para nos apresentar.

De vez em quando busco com o olhar o duque que chamou minha atenção, mas não o encontro. Que decepção! Será que foi embora?

Durante horas, alguns dos homens que nos foram apresentados nos convidam a dançar, e nós, como se fizéssemos isso desde sempre, rapidamente os anotamos em nossas cadernetas.

Muito engraçado isso!

Dançamos uma porção de valsas. Eu até que danço direitinho, mas não tão bem quanto Kim. Nota-se que ela já dançou isso muito mais que eu, que só dancei em algum casamento, e só de zoeira com algum amigo. Eu e minha amiga estamos curtindo a noite e o momento quando, de repente, ouvimos ao nosso lado:

— Eu soube pelo visconde Michael Evenson o que aconteceu com vocês ao chegar a Londres. Sem dúvida, um ultraje terrível.

Rapidamente nos voltamos e comprovamos que é Catherine que está ao nosso lado.

— Sim, foi uma fatalidade — diz Kim. — Por sorte, o visconde e o sr. Hudson estão resolvendo o problema.

Tanto ela quanto eu assentimos. A seguir, Catherine me pergunta sem rodeios:

— Você é sobrinha de Craig de verdade?

Ai, ai, ai!

— Sim — respondo depressa.

— E se chamam Celeste e Kimberly?

E por que todas essas perguntas?

— Tão certo quanto que a senhorita se chama Catherine — afirma Kim.

Ambas se olham com intensidade, até que, de repente, Catherine pergunta baixando a voz:

— Quem são vocês realmente?

Isso me faz sorrir. É claro que o sexto sentido dela é bem afiado. Então, Kim rebate, me surpreendendo:

— Essa pergunta tem algum motivo especial, lady Catherine?

— Que tal deixarmos de formalidades, assim como se faz em sua época, Kimberly? — murmura Catherine.

Putz grila!

Por essa não esperávamos.

É mais que evidente que de tonta Catherine não tem nada. Ela me olha e afirma, deixando de lado a formalidade:

— Celeste, seus três brincos na orelha direita são muito bonitos.

Sem saber o que responder, olho para Kim, e Catherine prossegue:

— Você poderia dizer que está na moda em Nova York, como o que minha irmã Abigail me contou sobre os "gatos"... Mas tanto vocês quanto eu sabemos que não é verdade, não é mesmo?

Incrível!

Catherine vai direto ao ponto. E Kim, tão direta quanto ela, entrega:

— A magia de Imogen nos trouxe aqui.

Catherine leva a mão ao pescoço, arregala os olhos e murmura num sussurro:

— Santo Deus! Eu sabia!

Kim assente. Eu também. Nós duas percebemos que tentar enganar Catherine é totalmente impossível, especialmente ao lembrar o que lemos no diário. A seguir ela murmura, aflita:

— Vocês fizeram...

— Fizemos o quê? — pergunto, curiosa.

Catherine olha ao redor para se assegurar de que ninguém nos ouve e, por fim, declara:

— Fizeram uma viagem no tempo!

Kim e eu assentimos sem hesitar. Estamos completamente nuas diante de Catherine.

— Eu também viajei uma vez durante algumas horas — sussurra ela, então —, mas viajei para o futuro.

Com um gesto, Kim lhe pede que não continue falando. Sem dúvida é complicado contar algo assim em um lugar como esse.

— Podemos nos encontrar amanhã para conversar? — propõe minha amiga.

Catherine concorda imediatamente. Não consegue parar de sorrir. De repente, ouvimos alguém perguntar:

— Catherine, o que está acontecendo? Suas bochechas estão coradas!

Nós nos voltamos e vemos que Cruella de Vil está ao nosso lado.

— Quem são estas jovens tão encantadoras? — pergunta, observando-nos.

Catherine se recompõe da surpresa inicial e esclarece:

— Mamãe, essas são lady Celeste Travolta e lady Kimberly DiCaprio. — Depois olha para nós e acrescenta: — Miladies, esta é minha mãe, a condessa Louisa Griselda Kinghorne.

Kim e eu fazemos uma reverência e Catherine acrescenta:

— Elas são convidadas do visconde Evenson, e lady Celeste é sobrinha do sr. Hudson, mamãe.

Louisa Griselda nos escaneia de cima a baixo. Sua maneira de olhar parece nos questionar.

— Oh, céus — murmura —, já sei quem são! — e, levantando o queixo, acrescenta: — Minha criada Martha me contou o que aconteceu com vocês ao chegar a Londres. Winona, a criada do visconde Evenson, esteve em nossa casa para pedir algo apropriado para que vocês pudessem descansar.

— Condessa, agradecemos muito a sua gentileza — diz Kim.

— Foi terrível o que aconteceu — afirma Catherine, sem sorrir.

Cruella de Vil assente e, com cara de quem chupou limão, pergunta:

— São americanas, então?

Sem hesitar, Kim e eu dizemos que sim. Sabemos que o fato de sermos americanas, para essa inglesa classista, já é um rebaixamento de nível. Mas, disposta a conquistá-la para podermos nos aproximar de Catherine, murmuro:

— Condessa, permita-me dizer que seu penteado está impressionante. Nunca vi um cabelo tão espetacular nem cachos tão perfeitos.

Ao dizer isso, seu rosto muda. Pelo diário de Catherine, eu sei que Cruella adora seu cabelo e ama ser elogiada. Ela responde, levando a mão à cabeça:

— Lady Travolta, a senhorita é muito gentil.

Sorrio. Ela sorri também, orgulhosa, e, baixando a voz, explica:

— Minha criada Martha cuida de meu cabelo com um óleo especial trazido diretamente da Índia, e os cachos magníficos se devem a umas pinças que meu marido comprou em sua última viagem a França.

Finjo surpresa. Kim entra no jogo e, vendo como aquela mulher gosta de ser bajulada, diz:

— Adoraríamos que nos falasse de seus segredos de beleza, condessa. Sem dúvida, escutar uma mulher tão sábia, distinta e elegante seria um verdadeiro prazer.

Ela fica se achando! Catherine a encara com um meio sorriso, intuindo que estamos dizendo isso para adulá-la. E rapidamente acrescenta:

— Mamãe, eu estava convidando-as para virem à nossa casa.

— Pois venham amanhã pela manhã e fiquem para almoçar conosco — diz Cruella de Vil. — Lady Travolta e lady DiCaprio serão sempre muito bem recebidas em nosso lar encantador.

Satisfeitas, sorrimos como duas autênticas senhoritas ingênuas da época. Nesse momento, outra mulher com um intrincado penteado se aproxima.

Caraca, é Bonifacia!

Kim e eu nos olhamos; Catherine diz, com certo pesar na voz:

— Lady Travolta, lady DiCaprio, esta é lady Bonnie, esposa de meu irmão Percival.

De novo a cumprimentamos como duas donzelas. Ao vivo a recém-chegada é ainda mais bonita que nos retratos, apesar de seu difícil, mas curioso, penteado. Coçando uma mancha de nascença que ela tem no pescoço, pergunta:

— São as americanas, não é?

Assentimos. Sem dúvida, já estamos estigmatizadas.

— Sim, querida. Mas são duas jovens encantadoras — afirma Cruella. — E, pelo jeito como os cavalheiros do salão as observam, imagino que suas cadernetas de baile estejam cheias.

Sorrimos; então, lady Louisa agarra o braço de Bonnie e, antes que esta diga qualquer outra coisa, declara:

— Vi a duquesa de Thurstonbury e a condessa de Liverpool indo em direção à saída. Vamos até lá, querida, certamente devem ter algo a contar.

Bonnie, que, como Cruella, também nos escaneou de cima a baixo, está pronta para ir quando Louisa, olhando para sua filha, troca sua expressão amável por uma mais séria e murmura:

— Vá buscar suas irmãs e vão para a carruagem. E, por favor, melhore essa postura e exiba-se!

Dito isso, ela nos dedica um sorriso ácido, dá meia-volta e sai com a Pembleton.

Quando ficamos as três sozinhas, pergunto, sem poder me calar:

— Ela é sempre assim?

Catherine assente; sabe que me refiro à mãe dela. E, quando está prestes a falar, chega Craig.

— Quanta preciosidade junta — comenta.

Nós três rimos.

— Queridas, o baile acabou. Vamos indo? — diz ele.

— Oh, que pena, estava tão divertido! — murmura Kim.

Rio. Vendo que Craig está conversando com Catherine, sussurro:

— Um *after* com uma cervejinha para comentar tudo o que aconteceu cairia bem demais.

Ao dizer isso, começo a rir. Kimberly me empurra, e eu, perdendo o equilíbrio, bato em alguém e murmuro:

— Ai, que gente grossa!

— Acabou de me chamar de "grosso", milady?

Ao ouvir isso, sorrio. Sei de quem é essa voz.

O duque dos lindos olhos azuis me olha contrariado, esperando uma resposta. Como uma idiota, ao sentir meu coração se acelerar, sorrio de novo.

Ele arqueia as sobrancelhas.

— Está rindo da minha cara de novo? — pergunta.

Ouvir isso me faz rir ainda mais. Por que sorrio sempre que o vejo?

Meu jeito atrevido o deixa desconcertado. No entanto, vendo a cara de repreensão de Kim, engulo a besteira inapropriada que ia soltar e digo, antes de me afastar:

— Desculpe, duque, estou com pressa!

Aperto o passo ao lado de minha amiga; sem olhar para trás, sussurro:

— Não me diga que não é um Homem de Gelo em potencial.

Nós rimos. A seguir ela murmura bem baixinho em espanhol:

— Pare com essas bobagens e lembre-se de onde estamos.

Ela tem razão. Preciso me controlar.

Saímos do Almack's e estamos esperamos na rua a chegada da carruagem de Michael quando Catherine se aproxima.

— Michael, amanhã às dez espero lady Celeste e lady Kimberly em minha casa. Depois elas almoçarão com minha família.

— Elas estarão lá — afirma ele.

Então, Catherine sorri e murmura, antes de se afastar com as irmãs:

— Como vocês sabem, vivemos do outro lado da rua.

Kim e eu assentimos, satisfeitas. E, então, vejo sair pela porta o antepassado do duque de rabo de cavalo.

Meu Deus, que gato!

A elegância desse homem e a sensualidade que exala por todos os poros são demais. E, quando nossos olhos se encontram, nossa... que calor!

Durante uma fração de segundo, olhamos um para o outro. Vejo em seus olhos o mesmo descaramento que sei que há nos meus. Então, ouço Craig dizer que a carruagem chegou e, sem poder fazer nada, dou uma piscadinha marota.

O duque arqueia de novo a sobrancelha. Sem dúvida, minha cara de pau o deixa surpreso. Entro na carruagem sorrindo.

20

A VISITA À CASA dos antepassados de Kimberly na manhã seguinte ao baile no Almack's está sendo insuportável.

Lady Cruella de Vil está falando de seus absurdos e ridículos segredinhos de beleza; tentamos escutar com atenção e fazendo uma cara boa, mas tudo que ela diz é bobagem! Ela pensa que está dando uma *masterclass*.

Insiste em nos fazer acreditar que três golinhos de água morna de manhã sentada na cama, ao acordar, é o que torna possível que seu cabelo seja saudável e brilhante. Ou bobagens do tipo lavar o rosto com água da chuva recolhida em uma vasilha de cerâmica branca faz seu rosto brilhar com mais luz.

Mas como contrariá-la?

Aqui nem imaginam que no futuro haverá cremes anti-idade com colágeno, antioxidantes e iluminadores, elaborados com vitaminas e ácido hialurônico, ou cremes para firmar a pele feitos com polifenóis de folhas de videira, retinol ou aminopeptídeos. Aliás, que nomezinhos, hein?

Enquanto ela fala sem parar, Kim e eu disfarçadamente observamos tudo à nossa volta. O casarão onde estamos é o mesmo que, no futuro, será de Kim. Satisfeitas, reconhecemos várias peças, que atualmente, continuam intactas.

Incrível como aguentaram a passagem do tempo!

Por sorte, mais tarde, chegam outras três mulheres. São amigas de Cruella, que ela nos apresenta como a baronesa de Somerset, a duquesa de Thurstonbury e a condessa de Liverpool. Três gralhas velhas que imediatamente começam a fofocar. Cochichando, Kim e eu as batizamos de lady Facebook, lady Twitter e lady Instagram.

Quando por fim Cruella sai com elas e nos deixa a sós, Prudence, Abigail e Catherine que nos convidam para outra sala.

— Gostariam de ouvir música? — pergunta Abigail.

— Ah, sim — afirma Prudence, encantada.

Kim e eu contemplamos o piano – esse que está reluzente e é o mesmo que nós batemos contra a parede do sótão. Trocando um olhar, nós rimos.

Ao me sentar em uma poltrona confortável, vejo um violão espanhol em uma lateral da sala. Que maravilha!

— Esse violão meu pai trouxe da Espanha — comenta Abigail.

Encantada, assinto. Só me falta gritar "Olé!".

Tocar esse violão deve ser como comer presunto cru de primeiríssima qualidade. Examinando-o, pergunto:

— Posso tocar?

— Você sabe?

Rapidamente assinto, mas Kim se aproxima de mim e murmura baixinho:

— Que diabos você vai fazer?

Como se despertasse de um sonho, eu me dou conta de meu erro; mas é tarde demais. Abigail põe o violão nas minhas mãos, Catherine se senta e Prudence me incentiva:

— Queremos muito ouvi-la!

Hum, o que vou tocar para elas?

Quando pego um violão, sempre começo com uma rumba, um pop inglês ou espanhol. Mas, claro, não posso fazer isso aqui!

Se eu cantar "Despacito", vão pirar! Se cantar uma rumba, também! Independentemente do que eu toque, vão pirar!

Ai, meu Deus, o que eu faço?

A cara de Kim é impagável. Deve estar querendo me matar. Mas então eu pego o violão, sento e, lembrando algo que meu professor me ensinou, começo a tocar uma espécie de valsa. Não a toco desde que saí do conservatório.

Por sorte, não me saí tão mal. Quando acabo, as garotas me aplaudem, encantadas, e pedem outra. Kim sorri. Seu ar de alívio demonstra que eu me safei com dignidade, mas eu, apoiando a mão sobre as cordas do violão, proponho:

— Querem ouvir algo mais animado?

Elas assentem. Kim, que me conhece muito bem e sabe que quando pego um violão não solto mais, sugere, olhando para o piano:

— Vamos deixar que Prudence ou Abigail nos mostrem sua arte. Não monopolize tudo.

Entendo sua indireta e desisto.

Deixo o violão onde estava. Abigail se senta em frente ao piano, levanta a tampa e propõe:

— Algo de Schubert?

— Sim! — aplaude Prudence.

— Nossa, que loucura! — digo em voz baixa, fazendo Kim rir.

Instantes depois, Abigail começa a tocar o piano com maestria enquanto nós a observamos em silêncio. Vejo Prudence fazer certos movimentos estranhos com a cabeça de vez em quando. Isso chama minha atenção. Quando Catherine me entrega um copo com limonada, pergunto:

— O que aconteceu com sua mão?

Ela, olhando para sua mão direita enfaixada, responde apressada:

— Eu me cortei com um pedaço de vidro.

Escutamos várias peças musicais, tão entediantes ao meu gosto que estou prestes a bocejar, até que Catherine, vendo que suas irmãs se divertem com isso, levanta-se e inventa:

— Tenho em meu quarto o lindo vestido que usarei esta noite no baile de que comentei. Vamos subir para vê-lo?

Rapidamente Kim e eu nos levantamos e saímos da sala.

Finalmente podemos conversar nós três sozinhas!

Ao subirmos as escadas, notamos os quadros ali expostos: Aniceto, Cruella de Vil e outros que não conheço. Mas então ouvimos:

— Aonde pensam que vão?

Nós três paramos imediatamente. Ao nos voltarmos, vemos a Pembleton, ou Bonifacia. Essa garota parece mais bonita cada vez que a vejo. Agora está com um coquezinho simples no cabelo.

— Ao meu quarto; alguma objeção? — replica Catherine, com secura.

Bonifacia e ela se olham. É evidente que nunca serão melhores amigas. Catherine, aproximando-se dela, diz algo que não ouvimos.

Kim e eu as observamos, paralisadas. Então, minha amiga sussurra:

— Que ideia foi essa de tocar violão?! Já estava vendo você cantando uma música de Dani Martín.

Como ela me conhece bem!

— Céus... é Prudence cantando? — protesta Bonnie de repente.

E, sem mais, ela se afasta de nós em direção à sala. Catherine olha para nós e diz:

— Vamos sair daqui antes que minha irmã estoure nossos ouvidos ou que aquela tola apareça de novo.

— O que há entre você e sua cunhada? — pergunto, curiosa.

Catherine suspira. Vejo em seu olhar que quer dizer algo, mas não diz. Apenas sussurra:

— Simplesmente não nos suportamos.

Nós três subimos apressadas para o andar de cima e entramos no quarto de Catherine, que curiosamente, é o de Kim no século XXI.

— Ainda não acredito que estão aqui! — diz, fechando a porta.

— Nem eu — digo, empolgada.

Catherine sorri.

Kim e eu nos sentamos na cama. Temos muito o que conversar. Mas, quando Catherine está prestes a abrir a boca, minha amiga sussurra:

— Antes de começar a falar, acho que é justo que você veja uma coisa.

Olho para ela, sei o que ela vai dizer, e ela continua:

— Mas não se assuste, está bem?

Catherine assente. Kim, levando a mão ao olho direito, tira uma das lentes e, quando vai falar, Catherine desaba no chão.

— Ai, coitadinha.

— Como você é bruta! — eu protesto e me levanto.

— Lamento, fiz sem anestesia — murmura Kim, pondo de novo a lente.

Levantamos as pernas de Catherine para ajudá-la. Olhando para minha amiga, digo:

— Ela precisa de uma boa depilação.

— Celeste! — grunhe Kim.

Tudo bem, essa não é a hora de reparar na mata que Catherine tem nas pernas.

— Que ideia foi essa de tirar a lente? A coitada deve ter achado que você estava arrancando seu olho — sussurro.

— Caramba, tem razão! — afirma minha amiga.

Abanamos Catherine e damos uns tapinhas nas suas bochechas. Depois de alguns minutos, por fim, ela volta a si. Olhando para Kim, sussurra com cara de assustada:

— Como... como você conseguiu arrancar seu olho sem doer?

Sorrimos.

Fica claro que, diante do susto, a última coisa em que reparou foi na verdadeira cor dos olhos de Kim.

Quando ela se recupera, fazemos que se sente na cama para não desmaiar outra vez.

— Eu não tirei o olho. Uso lentes de contato — explica minha amiga.

— Lentes de contato?! — repete Catherine.

— Em nossa época, as lentes de contato servem para ver melhor — esclareço. — É como os óculos, mas dentro dos olhos. — Horrorizada, Catherine assente. — Também podem ser usadas para mudar a cor dos olhos, se a pessoa quiser.

— Mudar a cor dos olhos? — pergunta ela, sem poder acreditar. Kim e eu assentimos. E Catherine, abanando-se com a mão, murmura: — Mas não dói tamanha ousadia?

Kimberly nega com a cabeça.

— Se me prometer que não vai se assustar de novo, vou tirar as lentes para você ver que não dói e para que entenda por que eu as uso. Posso?

Catherine concorda, não sei se muito convicta. Kim repete o mesmo movimento de antes.

Dessa vez, apesar da expressão de horror inicial, Catherine não desmaia. E quando por fim repara na cor original dos olhos de Kim, murmura:

— São... são idênticos aos meus e aos de Imogen.

— Somos parentes! De épocas diferentes, mas parentes — afirma Kim, sorrindo. E, depois de colocá-lo de volta, acrescenta: — E, pelo que imagino, você e eu não herdamos só a cor dos olhos dela, mas também o sexto sentido, não é mesmo?

Rapidamente Catherine assente e, baixando a voz, pede:

— Minha mãe não pode ouvi-la dizer isso, vai se assustar.

— Calma — murmuro —, aqui o sexto sentido de Kim está desligado ou fora da área de cobertura.

Ao dizer isso, imediatamente percebo que Catherine não entendeu nada.

— Desde que chegamos a esta época, o sexto sentido dela não funciona — explico.

— Aconteceu o mesmo comigo quando viajei para o futuro — comenta Catherine.

Nós três nos olhamos. Ao ver como ela me observa, digo:

— Eu não tenho sexto sentido e não sou parente de sangue; só de coração.

— Celeste é minha *amirmã* — declara Kim.

Intuo que Catherine vai perguntar, então já explico:

— *Amirmã* é a união das palavras "amiga" e "irmã".

Nós três sorrimos, e Kim acrescenta:

— Claro, Celeste não é sobrinha de Craig. Michael e ele estão mentindo por nós para facilitar nossa vida em Londres, mas também não sabem que viemos do futuro e que inventamos tudo. — Catherine assente e Kim continua: — Uso lentes de contato para que ninguém me faça perguntas que não posso responder. Sei que uma cor de olhos como a nossa não costuma passar despercebida.

Kim continua lhe contando quem somos. Diz que viemos do ano 2021 e que encontramos os papéis de Imogen e o retrato dela escondidos no sótão desta mesma casa; mas não diz que também encontramos o seu diário.

Quando falamos das pérolas, ela imediatamente se levanta e nos mostra a dela e diz que gastou outra em sua viagem no tempo. A dela está intacta, não como as nossas, que estão pela metade e escondidas.

Durante um bom tempo, ela escuta com atenção o que contamos, até que pergunta:

— Mas por que viajaram no tempo? Estão fugindo de alguma coisa?

Kim e eu nos olhamos. Realmente não sabemos por que estamos aqui, mas sabemos que não podemos revelar que lemos seu diário. Então, dando de ombros, e eu respondo:

— Estamos aqui porque somos duas loucas imprudentes. Encontrar as coisas de Imogen fez Kim acreditar que isto poderia ser possível. Eu não acreditei, mas aqui estamos!

Catherine assente e, baixando a voz, explica:

— Quando eu viajei para o futuro...

— A que ano você foi?

— A 1980 — Catherine sorri. — Foi incrível ver o quanto o mundo mudou! Mas, embora estivesse feliz, só conseguia pensar que precisava voltar. Por sorte, quando pronunciei o feitiço, a metade restante da pérola me trouxe para casa.

Ao ouvir isso, rio e murmuro:

— É melhor que funcione mesmo quando nós quisermos voltar, porque, se não, juro que vou matar alguém despedaçada. — Catherine leva a mão à boca, assustada, e eu tenho que esclarecer: — É brincadeira, mulher. É brincadeira.

Já mais tranquila, ela pergunta:

— E como sabiam de minha existência?

Kim suspira. Não pode revelar muita coisa, por isso mente:

— Porque, pelo livro familiar que há na biblioteca, assim como você sabe da existência de seus antepassados, eu sei da existência dos meus.

Assinto. É melhor contar isso que a terrível verdade de que sua família a deixou de lado.

— Na verdade, isto que aconteceu foi uma surpresa! — digo. — Pode acreditar, Catherine, que eu ainda não acredito que aconteceu. Mas, já que estamos aqui, Kim e eu queremos desfrutar desta experiência com você. E, se pudermos ajudá-la de alguma maneira, ajudaremos.

Ela assente, emocionada. Levantando-se para trancar a porta, abre um armário e murmura:

— Tenho em meu poder os papéis de Imogen.

Kim e eu assentimos também. Já sabemos disso.

Catherine pega uma caixa de metal – a mesma que nós encontramos com o cadeado –, abre-a e, mostrando-nos o que nós encontramos mais de dois séculos depois, diz:

— Nos anos que nos separam, o mundo mudou muito, mas fico feliz por saber que as mulheres teremos uma ousadia que é impensável nos dias de hoje.

— Kim e eu somos ousadas — eu zombo. — E o pior é que às vezes eu sou uma *bocachancla* e...

— *Bocachancla*? — pergunta Catherine.

— É que eu falo demais — explico. — Primeiro ajo e depois penso, sendo que deveria ser o contrário. Agora pouco mesmo, quando peguei o violão, Kim teve que me salvar do desastre que eu poderia ter provocado. Mas é que meu tempo e este não têm nada a ver um com o outro, às vezes esqueço onde estou e... nossa, sou muito imprudente!

— Pois acho você encantadora e natural — afirma Catherine.

— Eu também acho — diz minha amiga. — Mas precisamos ter cuidado com o que fazemos e dizemos e, principalmente, não esquecer de onde viemos.

Com certa cumplicidade, nós nos entreolhamos. O que estamos vivendo e compartilhando é algo incrível.

— Vou ajudá-las em tudo que puder — afirma Catherine.

— E nós a você — sussurro, grata.

Rimos. Depois, recordando algo, pergunto:

— Tenho uma curiosidade... nesta época vocês não se depilam?

Catherine me olha. Eu insisto:

— Quando você desmaiou, ao erguer suas pernas, vi toda aquela mata e... nossa, você parece o Tarzan!

Sua expressão diz tudo. Não sabe do que estou falando, assim como não sabe quem é Tarzan. Então, levantando meu vestido, eu lhe mostro minhas pernas perfeitamente depiladas a laser.

— O que pergunto é se não raspam os pelos das pernas — acrescento.

Ela fica vermelha como um tomate e nega com a cabeça.

— Nem das axilas?

De novo ela nega. Quero perguntar mais, e Kim me interrompe:

— Nem se atreva a...

Catherine pestaneja.

— Atreva-se sim — diz —, pergunte o que quiser!

Kim e eu rimos. Então, baixando a voz, prossigo:

— Em 2021, nós também tiramos os pelos de lá.

— De lá onde? — pergunta Catherine.

De novo rio. O "lá" tem uma infinidade de nomes. Minha yaya a chama de "periquita", mas só para ser fina. Já eu uso cada nome... Então, levantando mais meu vestido, abaixo as malditas ceroulas e...

— Céus... Em 2021 vocês se raspam assim?

— Fica tão fresquinho! E é muito higiênico — afirmo.

Quando vou prosseguir, Catherine pergunta, de olhos arregalados:

— Por que se pintam aí?

Kim solta uma gargalhada. Catherine viu minha tatuagem. Levantando mais o vestido para lhe mostrar melhor, respondo:

— Isso se chama "tatuagem", e dura para sempre, a não ser que a pessoa tire com laser — e, antes que me pergunte o que é laser, acrescento: — Algumas mulheres de nossa época usam tatuagens onde querem, simplesmente porque gostam ou porque têm um significam especial.

Catherine não cabe em si de tanto espanto. Depois de ver meu púbis sem um pelo e a tatuagem, não consegue parar de pestanejar.

— E por que essa frase? — pergunta a seguir.

— É de um livro — afirma Kim.

Catherine assente. Acho que pensa que sou louca.

— Por causa de um livro você tatuou isso?

— Sim.

— E o que significa essa frase para você?

Kim e eu nos olhamos. Falar dessa saga erótica que, para nós, significava ver o mundo do sexo de outro jeito, é algo que nos faz sorrir. E, cheia de segurança, respondo:

— Para mim, significa sexo e liberdade!

Catherine assente. Curiosa, faz uma pergunta atrás da outra e nós respondemos a todas. Nem preciso dizer que ela quase desmaiou quando lhe contamos sobre a temática do livro. Coitadinha, acho que é muito desconcertante para ela.

— Quer saber qual é a situação das mulheres no século XXI?

Ela assente.

— Somos independentes — respondo sem hesitar. — Usamos calças, dirigimos, votamos nas eleições, fazemos tatuagens, depilamos, escolhemos com quem casar, e até pedimos o divórcio quando a coisa não dá certo.

— Verdade?

Kim e eu assentimos com a cabeça, e depois minha amiga acrescenta:

— Trabalhamos, mas ainda não chegamos à igualdade profissional. Mas administramos nosso patrimônio, podemos herdar os títulos de nobreza de nossos pais, fumamos em público se quisermos, fazemos faculdade, está em nossas mãos decidir ter ou não ter filhos, desfrutamos do sexo com liberdade e celebramos o casamento entre duas mulheres ou dois homens com normalidade.

Catherine pestaneja, espantada.

É mais que evidente que nada do que ela está ouvindo é sequer imaginável em seu mundo. Por isso, continua a nos fazer centenas de perguntas, às quais nós respondemos com prazer.

De repente, ouvimos umas batidinhas na porta e alguém diz no corredor:

— Lady Catherine, sua mãe está chamando para o almoço.

— Oba! Estou morrendo de fome.

Catherine me olha e explica, baixando a voz:

— Jamais diga isso na presença de outras pessoas, porque seria considerado uma vulgaridade.

Assinto. Catherine diz, erguendo a voz:

— Karen, diga à minha mãe que estamos indo agora mesmo.

Então, ela se levanta da cama e guarda os papéis de Imogen na caixa. Esconde tudo dentro do armário e sussurra:

— Não vamos fazer a minha mãe esperar.

Ao nos olhar no espelho, para ver se nossa aparência está apropriada, sinto que o lacinho de minha calcinha desmanchou e murmuro:

— Um minuto.

De novo levanto o vestido na frente de Catherine, que pergunta, horrorizada:

— O que está fazendo?

Assim que localizo a fitinha que soltou, respondo, olhando para mim mesma no espelho:

— Amarrando bem a calcinha.

De queixo caído, Catherine olha o que ela antes nunca tinha visto em sua vida; dentro da ceroula, e que tinha passado despercebido. E eu, sem vergonha nenhuma, dou meia-volta e esclareço:

— É uma tanga que eu mesma fiz.

— Céus! Isso é uma total indecência.

Kim e eu rimos. Fazendo o laço, argumento:

— Indecência é essa ceroula de velha que vocês usam. E saiba que as tangas são muito confortáveis, e se quiser seduzir seu parceiro, ajudam muito!

Catherine assente, impressionada. Quando por fim acabo e abaixo o vestido, reclamo, me olhando no espelho:

— Eu poria fogo...

— Poria fogo em quê? — pergunta Catherine.

— No laço, não é? — brinca Kim.

Mas eu rio e digo:

— Nas suas roupas. Esse seu jeito de se vestir é *couveflorniano* demais para meu gosto.

— *Couveflorniano?* — repete Catherine.

Kim ri.

— Sabe o que é uma couve-flor? — Catherine faz que sim. — Pois, é assim que eu me sinto, como uma verdadeira couve-flor, com tanto lacinho e rendinha!

Nós três rimos. E depois, olhando para Catherine, acrescento:

— Vá à casa de Michael e Craig mais tarde. Nossa roupa está escondida lá. Quando a provar, você entenderá por que me sinto como uma couve-flor.

Ela assente alegremente e, então, depois de abrir a porta, nós nos dirigimos para a sala de jantar.

21

Enquanto descemos a escada, Kim pergunta os nomes das pessoas de uns retratos que ela não reconhece e Catherine responde.

Quando chegamos ao último degrau, Cruella de Vil aparece, impecavelmente vestida como sempre, e se dirige a nós.

— Minhas amigas já se foram. Vamos, meninas, entrem na sala de jantar.

Achando engraçado ela nos chamar de "meninas", Kim e eu rimos. Ao entrar, Catherine anuncia com formalidade:

— Miladies, este é meu irmão Robert. Estas são lady Celeste Travolta e lady Kimberly DiCaprio.

O irmão, que se parece muito com ela, sorri para nós e, depois de uma solene inclinação de cabeça, diz:

— É um prazer conhecê-las, miladies.

Satisfeitas, sorrimos como duas tontas. Eu teria lhe dado dois beijinhos, mas, claro, isso seria um escândalo! De modo que simplesmente nos sentamos nos lugares que um dos criados nos indica.

Estamos todos em volta da linda mesa florida quando Abigail pergunta, dirigindo-se a sua mãe:

— Papai não vem almoçar?

Ela nega com a cabeça e, graciosamente, responde:

— Seu pai e Percival foram para o País de Gales; estão pensando em ampliar o negócio das fábricas de vidro. Eu soube pela duquesa de Clyde que seu cunhado, o marquês de Lanark, está vendendo uma fábrica e os incentivei a visitá-la. Se a comprarem, talvez seu irmão e Bonnie acabem indo morar lá.

— No País de Gales? — replica Prudence.

Sua mãe assente; Bonnie, franzindo o cenho, murmura:

— Deus queira que não.

Cruella a fita.

— Querida, por mais que me pese ser privada de sua encantadora companhia, é melhor você se acostumar com a ideia. Se meu marido comprar essa fábrica, Percival, e não outro, a dirigirá. E você terá que o acompanhar.

— Minha mãe tem razão. É seu dever como esposa — afirma Catherine, convicta.

Bonnie não diz nada. E então vejo Prudence começar a piscar rapidamente e sacudir a cabeça.

— Prudence, você já tomou seus remédios? — pergunta lady Cruella.

— Sim, mamãe.

Como médica, tenho vontade de perguntar o que ela tem, e, especialmente, de que medicação estão falando. Mas desisto depois de ver Kim me pedindo silêncio com o olhar.

— Mamãe — intervém Abigail —, lady Celeste sabe tocar violão espanhol.

Sorrio. Cruella de Vil me olha e eu, para me fazer de humilde, sussurro:

— Só um pouquinho.

— Não é verdade, mamãe — insiste Abigail. — Lady Celeste toca muito bem. Ela nos mostrou antes e foi um prazer escutá-la.

Isso parece agradar a matriarca, que, sorrindo, comenta:

— Pois então, querida, uma noite dessas terá que nos oferecer um recital.

Meu Deus do céu... em que confusão eu me meti! Por que não fico muda às vezes?

Robert, que é o único homem à mesa, ao me ver concordar, constrangida, comenta:

— Mamãe comentou que vocês vêm de Nova York.

Kim e eu assentimos, enquanto me sirvo de um pedaço do que parece ser uma torta de carne que está com uma cara linda.

— Somos de Manhattan, especificamente — aponta minha amiga.

Robert assente e, sem trégua, começa a falar de Nova York. Enquanto todas escutam, Kim e eu, que conhecemos a história dessa cidade norte-americana daquela época, conversamos com Robert. Até que, por fim, lady Cruella murmura:

— Robert, você está cansando nossas convidadas. Insisto que lhes permita respirar.

Todos rimos, exceto Bonnie, que murmura:

— Tenho certeza de que Robert, esta noite, convidará vocês para uma dança na festa dos Stembleton.

— E, se ele não o fizer, eu mesma o convidarei — afirmo.

Ao sentir o olhar de todos sobre mim, explico:

— É brincadeira... sou muito brincalhona.

Parece que minha explicação deixou todos mais tranquilos. E então Robert pergunta, olhando para sua cunhada:

— Bonnie, pelo que sei, sua família viveu durante muitos anos no bairro de Mayfair, não é?

— Sim. Mas se mudaram.

— Para onde? — insiste ele.

Bonifacia coça aquela manchinha de nascença que tem no pescoço. Todos esperamos que ela diga algo, mas a porta da sala se abre. Entra um homem maduro, que imagino ser o primeiro mordomo da casa, e se dirige a Robert:

— Chegou isto para o senhor.

A seguir, aproxima-se da matriarca e, inclinando-se, sussurra:

— Esta carta é para a senhora, condessa.

Depois de limpar-se com o guardanapo, Robert, que me pareceu um canalha adorável, abre o bilhete e, depois de lê-lo, diz, levantando-se:

— Lorde Clayderman requer minha presença. Com licença, miladies.

Quando ele sai e a porta se fecha, sua mãe, que leu a carta que recebeu, também se levanta.

— É da duquesa de Mansfield — explica.

— Aconteceu algo, mamãe? — pergunta Abigail.

Lady Louisa nega com a cabeça e, sorrindo, responde:

— Nada importante, mas requer minha visita.

Em silêncio, nós a vemos desaparecer pela mesma porta que o filho.

Imediatamente, Bonnie, sentindo-se a dona da casa, pergunta enquanto me sirvo de mais batatas assadas com especiarias (que, a propósito, estão deliciosas!):

— Lady Celeste, lady Kimberly, quanto tempo ficarão em Londres?

— Não sabemos, lady Bonnie. Eu diria uma pequena temporada — responde Kim.

Bonnie assente. E depois, olhando para mim, pergunta:

— Lady Celeste, não acha que já comeu batatas demais?

Olho para ela de queixo caído.

Sério isso?

Nunca gostei de gente que fica reparando no que os outros comem, e replico:

— Não, lady Bonnie. Quando repito, é porque acho que ainda não comi o suficiente. E certamente tornarei a me servir. — Diante de sua expressão de incredulidade, coloco uma na boca e murmuro, gesticulando: — Uma delícia.

Todas sorriem diante de minha ousadia, exceto a Pembleton, que pergunta:

— Em Nova York há algum cavalheiro as esperando, além de suas famílias?

— Centenas — zombo.

Bonifacia pestaneja e Kim me ajuda, sussurrando:

— Como Celeste disse antes, ela é muito brincalhona.

Bonnie, que nitidamente não vai com a minha cara, está prestes a falar novamente quando Catherine intervém:

— Não seja impertinente, Bonnie.

Bonnie me olha e eu, ciente de que ela já sabe que fui largada no altar, pestanejo, fingindo tristeza, e murmuro com a voz lastimosa:

— Fique tranquila, Catherine, estou bem...

Ficamos uns instantes em silêncio, até que a jovem, que mais tonta não poderia ser, comenta, olhando para Kimberly:

— Vocês chegaram a Londres em plena temporada social. Quem sabe não encontrarão um marido adequado aqui?

— Duvido. Não gosto muito de ingleses.

Kim me dá um chute debaixo da mesa e eu, sorrindo, murmuro:

— Brincadeira de novo, lady Bonnie. Mas a verdade é que sou uma mulher muito exigente, e não é qualquer um que vai servir para mim.

— Oh, que ousadia! — murmura ela, enquanto os demais sorriem. — Que bom que mamãe não está aqui para ouvi-la, lady Celeste. Sem dúvida suas palavras não a teriam agradado.

— Por quê? Por que não a agradariam? — pergunto, e levo outro chute de Kim debaixo da mesa.

Lady Bonifacia bebe um pouco de vinho de sua fina e delicada taça antes de responder.

— Porque uma jovem solteira não deve ser exigente, e sim complacente com os homens que eventualmente a cortejem. E seu comentário dá lugar a más interpretações e beira a indecência.

Ao ouvir isso, abro a boca para falar, mas Catherine intervém:

— Há tantas coisas que beiram e, inclusive, ultrapassam a indecência...

Ela e Bonifacia se olham. A primeira sorri. A segunda não. Todas as olhamos à espera de que digam algo, até que a sonsa grunhe:

— Por Deus, Prudence! Não coma mais ou seu vestido vai estourar esta noite durante o baile. Pelo andar da carruagem, nem lorde Anthon Vodela vai querer se casar com você.

Logo a pobre Prudence solta o garfo e começa a fazer movimentos estranhos com a cabeça. Isso chama de novo minha atenção. Catherine pega a mão da irmã e sussurra:

— Calma...

Prudence assente. Então, vejo que também tem um tique nos olhos. Mas então a imbecil Bonifacia grita:

— Prudence, pare com isso!

Catherine se levanta, bate a mão na mesa e exclama, com uma expressão agressiva:

— Pare você com isso!

Bonifacia, porque para mim já se chama assim, a encara com ódio.

— Nunca mais fale comigo dessa maneira — rosna.

Mas Catherine, sem se acovardar, replica:

— Para seu próprio bem, nunca mais na vida grite assim com Prudence.

Kim e eu nos entreolhamos; essas duas não se suportam.

Abigail, levantando-se, faz Catherine se sentar.

— Por favor, vamos acalmar nossos ânimos.

Bonifacia e Catherine se olham como duas rivais.

— Você sabe que, quando Prudence fica nervosa, não consegue controlar esses movimentos — sussurra Abigail. — Portanto, faça o favor de se calar para que ela se acalme.

Bonifacia - que, como diria minha yaya, só não é mais idiota porque não treina - responde:

— Eu entendo, Abigail, mas...

— Pois, se entende, deixe estar — sentencia Catherine.

Um silêncio constrangedor toma conta da sala. É mais que evidente que as irmãs não vão muito com a cara da cunhada. E a trouxa retruca:

— Prudence não deve esquecer que está procurando um bom casamento, e muitos homens não gostam de mulheres roliças. Se bem que suponho que acabará se casando com lorde Anthon Vodela, um homem que eu honestamente não acho que se importe com isso.

Tenho que morder a língua com força depois de ouvir o que ela acabou de dizer.

Notei, pelos tiques de Prudence, que possivelmente ela sofra da síndrome de Tourette, uma doença que, claro, não foi ainda identificada no século em que elas vivem.

— Macaco, olhe o seu rabo — replico, dirigindo-me a Pembleton.

Bonifacia me olha. Não sei se entendeu o que eu quis dizer.

— Julgar-se superior aos outros nunca foi uma virtude — continuo e, antes que ela responda, acrescento da maneira mais educada que consigo: — Sob meu ponto de vista, lady Bonnie, uma dama de boa família, sabendo que pode acabar com o nervosismo de Prudence dando-lhe paz e sossego, não a privaria disso.

Minhas palavras a deixam pasma; ela não as esperava.

— Mas... — sussurra.

— E, quanto às mulheres e à aparência de cada uma — interrompo —, você deveria saber que há altas, baixas, louras, morenas, pobres, ricas, corpulentas ou...

— Lady Celeste, o quer dizer com essas palavras? — ela me interrompe.

— Quero dizer que há gosto para tudo, e que nem todos os homens gostam dos mesmos tipos de mulheres, assim como nem todas as mulheres gostam dos mesmos tipos de homens. Portanto, bom seria se cuidasse do que tem em seu prato e parasse de questionar o que Prudence, eu ou qualquer outra come.

Catherine, Abigail e Kim sorriem. E eu, olhando para Prudence, que parece mais tranquila, peço:

— Passe-me as batatas, por favor, Prudence. Vou me servir de mais!

Prudence sorri abertamente e eu dou uma piscadinha.

Bonifacia imbecil...

22

Chegar ao baile com Craig e Michael é, como sempre, delicioso. Os marqueses de Stembleton nos recebem com satisfação, e, encantadas, entramos naquela casa elegante e bonita.

Durante um tempo que me parece eterno, os anfitriões nos apresentam a todos os homens que se aproximam, jovens ou idosos. Fico horrorizada ao conhecer o tal lorde Anthon Vodela, com quem querem que Prudence se case.

Pelo amor de Deus, ele poderia ser bisavô dela!

Vestidas com nossos finos e delicados vestidos de donzela, estamos caminhando pelo lindo salão de baile cheio de luzes quando vemos que Michael observa uma mulher. Isso chama nossa atenção, e eu pergunto:

— Quem é essa jovem tão bela?

Craig sorri, mas Michael não. Então, o primeiro diz:

— Lady Magdalene, filha dos marqueses de Bartonfells.

— Pois ela é muito linda — afirma Kim.

Michael não olha na direção dela; está nervoso por causa do nosso comentário, por isso é melhor nos calarmos. O coitado parece constrangido.

Continuamos observando tudo ao nosso redor, até que ouvimos:

— Ah, vocês estão aqui!

Nós nos viramos e vemos Catherine, Prudence, Abigail e Vivian, ou melhor, lady Meumarido. Todas estão elegantíssimas.

— Meu marido me deu este pingente de presente — comenta Vivian, de cara.

Todas olhamos para ele, é lindo, e eu elogio:

— Maravilhoso!

Então Vivian, com uma carinha de safada muito engraçada, sussurra:

— Ontem à noite, quando fomos dormir, meu marido sugeriu que eu me deitasse usando apenas o pingente para o ato...

Dou risada. Kim e Catherine também, mas Prudence, toda vermelha, sussurra:

— Céus!

— "Ato"? Você quis dizer "sexo"?

Quando digo esta última palavra, todas dão um pulo, só falta cobrirem minha boca com a mão.

— Não é bem-visto dizer essa palavra — censura Catherine. — Mas sim... é isso.

Divertida diante de tanto recato – se bem que fica claro que, quando a pessoa quer, sabe se divertir na cama, como faz Vivian –, vou perguntar de novo, quando Abigail se antecipa:

— E você aceitou, Vivian?

Ela assente com um ar travesso.

— Diga que sim, garota — incentivo. — Vai deixar tudo para os vermes comerem? A vida é muito curta!

Imediatamente todas me olham. Kim quer me matar, e eu, levando a mão ao pescoço como uma donzela, explico:

— Oh, céus, eu me deixei levar pelo momento!

Todas ficam um pouco envergonhadas, e eu não digo mais nada. Melhor ficar calada.

A partir desse instante, somos apresentadas a todos que passam por nós ou que olham para nós. Começamos a ouvir nomes como duque de Nortwood, condessa de Chelsey, barão Ivory ou marquesa Barbour, entre outros. Há tantos nomes que é impossível para mim, em particular, recordá-los.

Estamos tomando uma limonada quando vemos lady Facebook, lady Twitter e lady Instagram, as amigas de Cruella. Como sempre, estão cochichando, falando de notícias reais ou inventadas sobre o resto dos convidados. Sorrio. Será que vão falar de mim também?

Mas, em dado momento, chama minha atenção o nome de lady Alice, condessa de Stanford. Essa mulher jovem e bonita, que está acompanhada de seu avô, tem um estilo maravilhoso; é com ela que Craig está envolvido. Ora, meu americano tem bom gosto!

Sem sair do lugar, eu me informo sobre ela e rio ao descobrir que o homem que eu julgava ser seu avô é seu marido, um conde com quem a família a fez casar. Sinceramente, posso entender que ela esteja tendo um caso com Craig. Casada com esse velhote, o que esperavam?

— Veja, ali estão Pepi, Luci, Bom e outras garotas de montão — brinca Kim.

Eu sorrio. Cada vez que aparece um homem que acham interessante, as mocinhas casadoiras, acompanhadas das respectivas mães, vão atrás dele como se fossem *groupies*. Graças a Deus não nasci neste século!

De onde estamos, Kim e eu rimos enquanto observamos os diversos bandos. Se há algo que não mudou com o passar dos anos, é o fato de que toda festa tem o grupo das bonitas e populares, o das que não estão nem aí e o das tímidas que se acham feias e não são, mas as populares e suas próprias mães assim as fazem acreditar. Coitadinhas!

Começa a música e vários homens se aproximam de nós para solicitar, como é o protocolo, que seus nomes sejam incluídos em nossas cadernetas de baile. Kim e eu ficamos de olho nas outras mulheres e as imitamos. E, depois que anotamos o nome na caderneta, após uma inclinação de cabeça, o sujeito se retira.

Curiosa, olho ao redor em busca do homem de olhos azuis que me encantou dias atrás, mas não o vejo. Não quero perguntar por ele. Se perguntar, com todas essas fofoqueiras aqui, aposto que logo vão querer me juntar com ele e, definitivamente, não curto ingleses.

Kim e eu sorrimos, intrigadas, quando Prudence, que está ao nosso lado, murmura:

— Oh, oh... o conde Moore chegou!

Dou um sorriso. Lembro que Aniceto, pai de Prudence, nos apresentou. Kim, ao ver como o sujeito olha para as mocinhas, sussurra:

— Ao ataque!

Gargalhamos, divertidas. Vou sair daqui com as bochechas doendo de tanto rir! Estamos apreciando o ambiente quando Kim sussurra:

— Estou pensando uma coisa.

— O quê?

— E seu eu encontrar o meu "Boneco" em algum baile?

Sorrio. Ela se refere ao conde do quadro da biblioteca.

— Já imaginou?! — murmuro.

Kim finge que vai desmaiar e eu rio. Ela é uma figura!

De repente, vejo Prudence ficar vermelha como um tomate e se virar de costas. O que está havendo?

Rapidamente noto que um homem de olhos castanhos e cabelo louro nos observa. Na verdade ele olha para Prudence com o maior interesse.

Ah... agora entendo a aflição dela.

Discretamente, observo que ele disfarça, sem saber se deve se aproximar ou não. Sem poder evitar, sorrio para lady Pitita e pergunto:

— Quem é aquele homem?

Todas olham. Catherine, que está ao meu lado, se apressa a sussurrar:

— É o barão Randall Birdwhistle.

Ao ouvir esse nome, Prudence abre seu leque, se abana e começa a respirar com dificuldade. Incrédula, pergunto:

— Você está nervosa desse jeito por causa daquele moço?

Ao nosso lado, Abigail sorri e murmura:

— O coração de Prudence acelera só de ouvir o nome dele.

— Abigail! — protesta Prudence.

Eu assinto, achando engraçado. Se de ouvir o nome dele já ela fica assim, não quero nem pensar no que aconteceria se ele se aproximasse dela. É impossível comparar o barão com este tal Anthon Vodela. O primeiro é bonito e apenas alguns anos mais velho que Prudence, e o segundo é completamente enrugado e parece seu avô.

Prudence continua se abanando, acalorada. E eu, incapaz de me calar, sussurro:

— Notou que o barão não tira os olhos de você?

A curiosidade de Prudence a faz olhar. O barão sorri (Que bonitinho!), mas ela, afastando de novo o olhar, pisca bem depressa e murmura:

— Oh, céus! Oh, céus!

Kim e eu nos olhamos, em divertimento. E então o homem vem em nossa direção e eu digo, sem mexer os lábios:

— Ele está vindo para cááááá!

Catherine, ao notar o que está acontecendo, aconselha a irmã.

— Prudence, você deveria cumprimentá-lo.

— Não... não posso — sussurra ela, angustiada.

Surpresas, Kim e eu nos olhamos de novo. É sério que ela fica assim só de cumprimentar um homem?

Instantes depois, ele chega até nós. Não é um sujeito que chame a atenção, mas algo em seu rosto diz que vale a pena conhecê-lo.

— Miladies — cumprimenta ele, depois de fazer uma protocolar inclinação de cabeça —, estão se divertindo?

É claro que nós, bem certinhas, o cumprimentamos com a mesma formalidade. Enquanto seguro Prudence disfarçadamente para que ela não saia correndo, Catherine diz:

— Barão Birdwhistle, é um prazer vê-lo. E, quanto à sua pergunta, está sendo uma noite muito agradável.

O homem olha para nós com um lindo sorriso e assente. A seguir, Vivian comenta:

— Barão, gostaria de lhe apresentar lady Celeste Travolta, sobrinha de Craig Hudson, e sua amiga, lady Kimberly DiCaprio. Ambas vieram de Nova York para passar uns dias com o tio.

O homem, que tem cara de bonachão, sorri e nos cumprimenta.

— É um prazer conhecê-las, miladies.

Kim e eu retribuímos. Então, dirigindo-se a Prudence, que está olhando para o outro lado, ele pergunta:

— Lady Prudence, poderia reservar uma dança para mim?

Oowwnn, que gracinha!

— Lamento, barão Birdwhistle, mas minha caderneta está completa — responde ela.

Ao ouvir isso, olho para Prudence. O que ela está dizendo?

O homem não questiona. E, sem perder o sorriso, murmura antes de dar meia-volta:

— Espero que continuem tendo uma noite agradável.

Com um sorriso, nós agradecemos. E, quando ele sai, puxo o vestido de Prudence e digo:

— O que deu em você?

Ela não responde.

— Se gosta dele, vai afastá-lo se comportando dessa maneira — insisto.

Prudence, que continua vermelha como um tomate, não consegue nem falar. Então, Vivian murmura:

— Já dissemos isso muitas vezes, mas parece que ela não nos ouve.

Prudence está tremendo, seu peito sobe e desce na velocidade de uma locomotiva. Sem dúvida entende o que estamos dizendo, mas, depois de um tique com os olhos, declara:

— Não quero que o barão me veja assim.

Suspiro. Acabei de entender que ela se esconde dele por causa de seus tiques. Então, Catherine se aproxima da irmã e sussurra com carinho:

— Tente se acalmar.

Ela obedece; fecha os olhos para respirar. Me sentindo culpada, murmuro:

— Desculpe pelo que eu disse.

Prudence abre os olhos, assente e sorri. Nesse momento, Vivian pega sua mão.

— Venha — diz —, vamos pegar um pouco de limonada.

Quando se afastam, Catherine se volta para Kim e para mim.

— Prudence ama esse homem em silêncio, mas seus medos e a vergonha não permitem que ela se aproxime dele. Sinceramente, não sei o que fazer para ajudá-la, mas, se não fizer alguma coisa, minha mãe vai casá-la com lorde Anthon Vodela e ela vai ser muito infeliz!

Assinto. Eu mesma não gostaria de vê-la casada com um sujeito que tem o triplo de sua idade.

— Na primeira temporada social de Prudence — continua Catherine —, entre outros homens, o barão tentou cortejá-la. Mas meus pais o descartaram e a outros todos por serem simples barões ou banqueiros, e não condes ou duques. O problema é que esta é a última temporada de minha irmã, ela vai fazer vinte e dois anos, e, como ninguém mais se interessou por ela exceto Anthon Vodela, acho que agora meus pais aceitariam Randall. Só que ela fica tão nervosa que não consegue demonstrar seu interesse por ele.

Kim e eu assentimos, morrendo de dó. Já sabíamos de tudo isso pelo diário.

— Prudence não pode se casar com lorde Anthon Vodela — acrescenta Catherine, preocupada.

— Não consentiremos — sentencio.

Catherine sorri e Kim murmura:

— Também é sua última temporada, já que tem vinte e um, não é?

— Sim.

— E seus pais não vão arranjar um marido para você, como já fizeram com Prudence?

Catherine assente de novo e, apontando para uma lateral do salão, responde:

— Escolheram lorde Justin Wentworth para mim.

De queixo caído, observo outro velhote, anão e grisalho, que ri com o pai da jovem, Percival e a Pembleton.

Isso me irrita. É um absurdo essas garotas não terem o poder de decidir com quem desejam se casar!

— Por acaso os pais de vocês não querem vê-las felizes? — protesto.

Acho que minha pergunta surpreende Catherine, que responde:

— Arranjar um bom casamento é mais importante para eles do que saber que vamos ter um bom marido.

Kim, que me conhece, olha para mim. Sem dizer nada, suplica que eu feche o bico e não diga o que penso.

— Não me preocupo comigo — acrescenta Catherine—, mas com Prudence sim, porque...

De repente, ela para. E Kim, calando o que sabe, pergunta, vendo que Abigail não nos ouve:

— Você tem um amor, não tem?

Catherine assente sem hesitar.

— Não vou me casar com quem meus pais escolherem. Antes que isso aconteça, meu amado e eu vamos fugir para onde for ou... ou vamos para Gretna Green, na Escócia, onde podemos nos casar livremente.

A palavra "Escócia" é como uma música celestial para meus ouvidos. No entanto, quando estou prestes a intervir, Kim pergunta:

— Posso perguntar quem é seu amado?

Catherine nega com a cabeça e não diz. Caraca, ela sabe guardar segredo!

Estou pensando em fazê-la falar quando Abigail se aproxima.

— O conde Edward Chadburn acabou de chegar.

Todas olhamos para onde ela indica. Reconhecendo-o, murmuro:

— Ora... esse não é o seu gato?

Nós quatro rimos.

— Eu daria tudo para que ele me notasse e me convidasse para dançar — murmura Abigail.

Não passam nem dois minutos e o jovem bonito, alto e moreno se vê cercado por uma infinidade de mães e filhas que pestanejam sem parar. As *groupies*! É evidente que muitas delas desejam o mesmo que Abigail.

— Então, vamos fazer alguma coisa para que ele repare em você — sugere Kim.

— Como? — Abigail ri. — Não tenho o lindo rosto de lady Jane Wispley, nem sou duquesa como lady Rachel McEvans.

Sorrio, e Kim diz:

— Vamos encontrar uma maneira de fazer com que ele repare em você, sendo simplesmente você mesma. A primeira coisa a fazer é não ir atrás dele como estão fazendo lady Jane e lady Rachel. Garanto que uma mulher que não se atire aos pés dele vai chamar mais sua atenção do que essas chatas que não o deixam nem respirar.

Catherine sorri. Tomando o braço de Abigail, sussurra, diante da surpresa de sua irmã:

— Elas são americanas. Vejamos o que podem nos ensinar. E agora vamos buscar Vivian e Prudence. Quero saber como está nossa irmã.

O baile continua, e diversos cavalheiros vêm nos solicitar uma dança.

Cruella de Vil e lady Pitita, assim que nos veem, começam a se aproximar. Por sorte, Michael e Craig surgem em nosso auxílio e nós nos afastamos.

Em dado momento nos servimos de ponche – que, a propósito, está muito bom – e, a seguir, decido experimentar uma coisa que parece um bolinho e quase pulo de alegria ao ver que é de chocolate. Óbvio que Prudence, Kim e eu comemos metade da bandeja.

— Prudence, querida, já está comendo como uma esfomeada?

Kim e eu nos olhamos ao ouvir a voz de Bonifacia.

Que mulherzinha desagradável...

Vermelha como um tomate, Prudence para de comer imediatamente, mas Catherine replica:

— Que tal tentar ser um pouquinho mais gentil, Bonnie?

Bonifacia, que, diga-se de passagem, mais bonita não poderia ser, ergue o queixo, olha para Catherine de cima a baixo e dispara:

— Preocupe-se em encontrar um marido que queira se casar com você, ou lembre-se de que no fim da temporada você vai se casar com lorde Wentworth.
— Ui, que medo... — solto, divertida.
Essa frase faz todas olharem para mim, surpresas. Então, dirigindo-se à mulher de seu irmão, Catherine murmura entre dentes:
— Bonnie, você é...
— Não seja insolente e modere essa língua se não quiser que papai e mamãe a repreendam quando eu lhes contar o quanto você me trata mal. Você sabe que eles me amam e me adoram como se eu fosse filha deles. E, a julgar pelo modo como estão as coisas com você ultimamente em casa, isso não lhe servirá de nada, e menos ainda porque ainda não apareceu aquilo que você roubou.
Ao ouvir isso, aperto o cenho.
— Não vou repetir mais uma vez que não roubei nada — murmura Catherine.
Ah, agora entendo que estão falando da gargantilha Babylon, que foi roubada. Prudence e Abigail se colocam ao lado da irmã e a primeira grunhe:
— Se Catherine disse que não roubou, é porque não roubou.
— Claro que não — reforça Abigail.
Bonifacia sorri – seu ar de superioridade me deixa enjoada.
— Por que deveria ser Catherine e não você? — rosno.
Ao ouvir isso, a expressão de Bonifacia muda. Kim, percebendo que eu já falei demais, pergunta:
— Do que vocês estão falando?
— Minha família possui há muito tempo uma joia de valor incalculável chamada "gargantilha Babylon", um diamante amarelo que as primogênitas sempre usavam no dia de seu casamento, mas...
— Foi roubada! — interrompe Bonifacia. — Que coincidência ter desaparecido antes do meu casamento com Percival, o futuro conde...
Bem, agora podemos falar. Agora já sabemos de uma coisa que antes não deveríamos saber.
— E por que você a usaria, se quem deve usá-la em seu casamento é Catherine, que é a primogênita? — pergunta Kim, contrariada.
— Isso mesmo! — murmura Prudence.
A Pembleton sorri, leva a mão ao cabelo e responde, olhando para Catherine:
— Porque eu conversei com mamãe e papai e, como sou como uma filha para eles, eles decidiram assim, já que Catherine parece não desejar se casar. Só espero que, mais cedo ou mais tarde, peguem a ladra que a levou e a joia volte ao porta-joias de mamãe.

Catherine fecha os olhos com força. Mesmo estando em outro século e em outra época, eu sei que ela está contando até dez.

Então, a Pembleton se afasta com um sorriso de superioridade e eu sussurro:

— Bonifacia é nojenta.

Todas me olham e Abigail diz, rindo:

— Gostei desse nome.

Rindo, todas começam a chamá-la assim. Então, olhando para Catherine, pergunto:

— Ninguém sabe quem roubou a joia?

Ela nega com a cabeça.

— Não se sabe nada de nada — sussurra Prudence.

Durante um tempo falamos sobre o assunto, até que vários homens se aproximam para reivindicar suas danças. Por sorte, para esta canção não tenho ninguém agendado e posso continuar comendo bolinhos, que estão maravilhosos.

Engulo o último e decido ir procurar o banheiro. No caminho, observo as pessoas com quem cruzo, mas ainda não vejo o duque que conheci dias atrás. Que pena!

No banheiro há várias mulheres se ajeitando, se olhando nos espelhos, tal como continuam fazendo duzentos anos depois. Ao sair, cruzo de novo a linda porta que leva ao salão de baile.

Curiosa, avanço entre as pessoas e, de repente, descubro à minha direita um corredor e, ao fundo, uma porta entreaberta. Ao olhar com mais atenção, vejo uma estante com livros e percebo que se trata de uma biblioteca. Então, depois de comprovar que ninguém está me observando, vou até lá disfarçadamente.

Ao entrar no aposento, contenho um assovio. É uma biblioteca enorme, com prateleiras abarrotadas de livros. Com cuidado, fecho a porta em busca de privacidade e, suspirando, olho ao meu redor.

É maravilhoso!

Há livros de vários assuntos e tamanhos. Interessada, começo a ler as lombadas.

De repente, ouço a porta se abrir e, antes que eu possa reagir, diante de mim está o duque que andei procurando a noite toda.

Ele é como a Pembleton: cada vez que o vejo está mais bonito!

23

Meu Deus, que olhar! E como essas roupas lhe caem bem!

Com esse porte, Kenneth Rawson poderia muito bem ser modelo de cuecas Armani.

Estou pensando nisso, feito uma boba, quando o bonitão diz, apoiado na porta.

— Lady Travolta, a festa não é aqui.

Flagrada em um lugar onde não deveria estar – nem ele –, replico:

— Ah, não?

O duque nega lentamente com a cabeça e, antes que ele possa falar, eu digo:

— Pois devo lhe dizer a mesma coisa: a festa não é aqui.

Minha resposta o faz erguer uma sobrancelha. Sem dúvida, sou bem cara de pau.

Nós nos olhamos em silêncio durante uns instantes; ele deve estar pensando em minha ousadia enquanto eu o escaneio.

O fraque preto, a camisa branca e o lenço no pescoço lhe dão uma aparência viril e distinta.

Como sempre quando o vejo, rio, e, ao ver sua expressão de desconcerto, arrisco:

— Posso perguntar em que você está pensando?

Ele sai andando pela biblioteca com uma segurança que começa a me deixar nervosa. Parando em frente a uns livros, toca neles de leve e responde:

— Fico pensando, lady Travolta, por que uma jovem tão graciosa como a senhorita, que, imagino, deve ter a caderneta de baile cheia, se esconde em uma biblioteca.

Gostei. Do jeito dele, ele me chamou de bonita. Murmuro:

— Obrigada pelo "graciosa". O senhor também não está nada mal.

Vejo a sobrancelha dele se erguer de novo. Com um meio sorriso, ele sussurra:

— A senhorita é um tanto descarada.

— Estou totalmente de acordo. Sou muito descarada.

Agora quem ri é ele. Meu Deus, que sorriso lindo! Acomodando-se onde está, ele murmura:

— Reconhecer isso não é algo que geralmente agrada às mulheres.

— Sou americana, duque, e, para sorte de ambos, o que pensam de mim não me tira o sono.

Ele ri de novo, e desta vez seu sorriso é mais amplo.

— Esse anel que usa... — pergunta ele, surpreendendo-me.

Olho para o anel de meu pai, que estou usando por cima da luva de seda.

— O que tem ele?

Kenneth continua a me fitar sem se aproximar.

— Me lembrou um que meu pai usava quando eu era pequeno — responde.

Que engraçado... Olho para o anel e murmuro:

— Minha mãe deu este anel de presente a meu pai há muito tempo.

O duque assente e sorri com certo pesar. Depois de uns instantes em silêncio, digo, seguindo o protocolo:

— Posso lhe perguntar o que está fazendo aqui na biblioteca?

Com um porte que... ai, minha Virgem Maria, como me excita, ele volta a andar pela biblioteca.

— Posso ser sincero, milady? — o duque para e pergunta.

— É o mínimo que espero do senhor.

Ele assente e, a seguir, cravando o olhar em mim, explica:

— Eu a vi e a segui até aqui.

Sem poder acreditar, abro a boca e sussurro:

— Céus, duque... isso é escandaloso!

A ironia em minha expressão e, especialmente, em minhas palavras deixa claro que estou levando isso na brincadeira.

— Escandaloso para outras — replica —, mas posso ver pelo seu olhar que para a senhorita não é.

Entusiasmada, concordo com um sinal de cabeça. Vendo ao fundo da biblioteca uma bandeja com copos e uma garrafa, ofereço como se estivesse em minha casa:

— Deseja beber alguma coisa?

Kenneth segue a direção de meu olhar e assente. Satisfeita, vou até a bandeja, abro uma das garrafas e cheiro o conteúdo, comprovando que é uísque. Sirvo dois dedos em cada copo e me viro, estendendo um para ele. Quando ele se aproxima para pegá-lo, disparo:

— Só lhe darei o copo se me chamar de Celeste e eu puder chamá-lo de Kenneth.

A surpresa em seu rosto é considerável. No mínimo ele deve pensar que tenho vários parafusos a menos por ignorar o protocolo desse jeito. No entanto, murmura:

— Isso que pretende beber é uísque; não é ponche nem limonada.

— Sorte minha — replico.

Ele sorri com seu meio sorriso e diz, baixinho:

— Além de descarada, é ousada.

Concordo com um movimento de cabeça e continuo me recusando a lhe entregar o copo. Por fim, ele cede.

— Pois muito bem... Celeste.

Feliz, estendo a mão. Ele pega o copo e, antes que o leve aos lábios, bato o meu no dele para brindar.

— Ao nosso segredinho — exclamo.

Ambos tomamos um gole da bebida. Sem tirar os olhos de mim, Kenneth comenta:

— Por sua expressão, vejo que não é a primeira vez que bebe uísque.

Achando engraçado, nego com a cabeça. Curto mais Gin Puerto de Indias de morango, mas, como não tem isso por aqui...

— De fato. Não é a primeira vez nem será a última — respondo.

— Essa resposta não é digna de uma dama.

— Sim, imagino que sim, mas é simplesmente a minha resposta.

A cada palavra que digo, percebo que chamo mais e mais sua atenção. É evidente que ele jamais conheceu uma mulher tão descarada como eu.

— O que faz na biblioteca, Celeste? — pergunta a seguir.

Com um pulinho, eu me sento em cima de uma mesa, e, depois de beber outro gole do meu uísque, respondo:

— Vi a porta aberta e, como adoro bibliotecas, entrei apenas para conhecer.

Minha resposta parece agradar o rapaz. Por um tempo, falamos sobre os livros das prateleiras, e percebo imediatamente que ele leu muitos deles. Ele gosta de ler... que fofo!

Continuamos conversando até que, de repente, vejo uns livros que chamam minha atenção. Desço da mesa e me aproximo; pego um exemplar, abro-o e murmuro, impressionada:

— Céus, Kenneth... é de William Shakespeare!

Ele assente e, aproximando-se de mim, está prestes a falar quando eu sussurro, observando a coleção:

— *Romeu e Julieta*, *Muito barulho por nada*, *Sonho de uma noite de verão*... Mas... mas isto é fantástico! São as primeiras edições, Kenneth!

Ele me olha, divertindo-se, e dá de ombros.

— Em Bedfordshire também temos vários livros de Shakespeare — comenta.

— Primeiras edições?

— Possivelmente. Minha avó é uma grande leitora.

— Isso é que é uma mulher inteligente.

Ambos rimos.

— O que é Bedfordshire? — pergunto.

— A casa de campo da minha família.

Imagino que deve ser o típico casarão de campo de duques, cercado de trocentos mil hectares.

— Gosta muito de Shakespeare? — pergunta ele depois que devolvo os livros à estante.

Rio. Explicar certas coisas a ele seria uma loucura, de modo que, fitando-o, respondo:

— Acho que ele foi simplesmente genial.

— Genial...

Afirmo com a cabeça e acrescento, sentando-me de novo em cima da mesa:

— Um magnífico escritor de língua inglesa.

Durante um tempo falamos sobre Shakespeare e sua obra; mas avalio muito bem o que digo, para não dar bola fora.

Não sei quanto tempo se passou quando me dou conta de que Kim deve estar preocupada comigo. Deixando o copo de uísque vazio sobre a mesa, murmuro:

— Preciso ir. Certamente devem estar me procurando.

Ele assente e, colocando o copo ao lado do meu, lamenta:

— É uma pena.

Nós nos olhamos em silêncio; meu radar feminino me diz que nós dois amamos este tempinho sozinhos. Então, aproximando-se de mim, que continuo sentada em cima da mesa, ele sussurra:

— Antes que vá embora, quero que saiba que me agrada muito ouvir o som do meu nome em seus lábios.

Isso me faz sorrir. Reconheço que adoro o jeito como ele flerta comigo...

— Não quero parecer um papagaio imitador — digo —, mas sinto o mesmo.

Ambos sorrimos. Tomando minha mão para beijá-la, ele murmura:

— Celeste, foi um verdadeiro prazer passar este tempo com você.

Mãe do céu, que tentação!

Em circunstâncias normais, esse seria um sinal inequívoco de que ele está a fim de me beijar. Mas, claro, não há como eu me pegar com ele na Regência, não é?

Penso: beijo ou não beijo?

Finalmente, decido que não. Uma vez na vida serei comedida. Não posso pular no pescoço dele ou ele vai pensar que sou uma louca.

Mas então, para minha surpresa, ele se inclina em minha direção e me beija com sutileza.

Poxa, e eu me segurando esse tempo todo!

Gentilmente, ele apenas pousa sua boca sobre a minha. Me beija e não exige mais. Seus lábios são suaves, doces... E eu que, a esta altura do campeonato, não consigo mais ficar de braços cruzados, agarro suas lapelas e o puxo em minha direção. Passo a língua por cima de seus lábios para provocá-lo até ele não aguentar, e, quando ele abre a boca, não hesito e ataco.

Assumindo o controle da avalanche de emoções que esse homem provoca em mim, curto o beijo inesperado. O jeito de beijar de Kenneth é bem viril e primitivo. Um tipo de beijo que me deixa louca, que faz meu corpo se rebelar e desejar mais. Muito mais.

Kenneth me aperta contra seu corpo e posso sentir sua ardente sensualidade através do meu vestido de musselina. Mãe do céu! Animada, jogo os quadris para a frente, mas percebo que estou perdendo a capacidade de pensar com clareza.

Desejo puro e simples é o que nós dois sentimos. Mas, de repente, risos vindos do lado de fora da biblioteca nos trazem de volta à realidade e o beijo acaba.

Caracaaa!

Durante alguns segundos nos encaramos, em silêncio, tentando entender o que aconteceu. Não sei como esses beijos o afetaram, mas sei como me afetaram.

Quero mais!

Então, dando-me um último beijo fugaz nos lábios, ele sussurra:

— Eu sei que isso não deveria ter acontecido, mas...

— Aconteceu — finalizo a frase.

Suas mãos soltam minha cintura. Ele dá um passo para trás e diz, levantando o queixo:

— Lady Travolta, espero que possa perdoar minha ousadia. Eu me deixei levar pelo momento, e torno a lhe pedir perdão.

Hum, de volta ao protocolo. Respirando fundo, murmuro:

— Não se preocupe, duque de Bedford. Se aconteceu, foi porque ambos queríamos que acontecesse. Não somos mais crianças para não saber como parar algo assim.

Ele assente, não me contraria. Olha para mim com seus impressionantes olhos azuis e, dando meia-volta, dirige-se à porta da biblioteca e sai.

Ele foi embora!

Acalorada, desço da mesa. Só nos beijamos e encostamos um no corpo do outro, mas o desejo que isso me provocou foi incrível. Depois de beber mais um golinho de uísque para me acalmar, e de ajeitar minha aparência, abro a porta e saio.

Como se flutuasse em uma nuvenzinha de algodão, chego ao lugar onde estão as garotas, que me perguntam onde estava. E eu, como boa atriz que sou, digo que tinha ido ao banheiro, e que estava lotado.

Elas acreditam; santa inocência. Kim ergue uma sobrancelha, mas não pergunta nada.

Instantes depois, vejo Kenneth passar diante de mim. Está conversando com alguns homens, e várias mulheres com suas filhas os seguem – as *groupies*. Que inconvenientes!

Ele não me olha, mas sei que me viu, e isso me excita.

Tento me divertir o resto da noite, mas nada mais é igual. Kenneth e eu não nos aproximamos mais, só que em mais de uma ocasião nos olhamos com intensidade.

De repente, vê-lo dançando com as *groupies* de plantão me faz sentir uma coisa estranha; só espero que, quando ele me vir dançando com outros homens, sinta o mesmo.

◊

Naquela noite, quando chegamos à casa com Michael e Craig, nos despedimos deles e vamos para nosso quarto. Kim não perde tempo:

— Pode me contar tudinho.

Dou um sorriso. Eu sabia que Kim não engoliria minha explicação. Sem hesitar, murmuro:

— Eu e o antepassado do cabeludo nos beijamos...

— O duque de Bedford?

Assinto, e minha amiga começa a rir. Nós duas nos jogamos na cama e eu conto tudo que aconteceu, nos mínimos detalhes.

24

No dia seguinte, vamos à casa de Catherine. Ao entrar, encontramos Prudence tocando piano na salinha de música.

Eu a ouço, surpresa. Ela canta muito mal, mas toca piano com excelência. É maravilhoso! O problema é que, assim que nota nossa presença, começa a errar e, no fim, para de tocar.

Coitada! O nervosismo e a baixa autoestima acabam com ela.

Após passar um tempo com a insuportável lady Cruella de Vil e sua amiga lady Instagram, que não param de fofocar, as três irmãs Montgomery, Kim e eu subimos para o quarto de Catherine. Ficamos conversando sobre amenidades até que esta última diz, dirigindo-se a Prudence:

— Da próxima vez que Bonnie insistir que as roupas dela sejam lavadas antes das suas, você deve se impor. Eu não posso estar atenta a tudo.

Prudence sussurra, contraindo o rosto:

— Eu sei... Eu sei...

Catherine olha para a irmã com carinho. Ao ver Prudence morder o lábio, pergunto:

— Está brava por causa de Bonnie?

Sem hesitar, ela faz que sim com a cabeça.

— Eu adoraria poder assá-la com uma maçã na boca — afirma.

— Prudence! — Catherine a repreende, rindo.

Achando graça da resposta de Prudence, que eu não esperava, eu me levanto e, socando o colchão da cama com todas as minhas forças e digo:

— Faça isto. Vai fazer você relaxar.

Todas, exceto Kim, olham surpresas para mim; mas Prudence nega com a cabeça e sussurra:

— Não. Não quero fazer isso.

— Por quê? — insisto.

— Porque dar socos como um homem não é coisa que uma dama faça — responde ela.

Kim e eu rimos. Como os tempos mudaram! Penso no que posso sugerir para que ela consiga expulsar a raiva que tem dentro de si. Acabo pegando uma almofada e proponho:

— Então, coloque uma almofada no rosto, aperte-a e grite.

De novo todas me olham. Levo uma almofada ao rosto, pressiono-a contra minha boca e grito com todas as minhas forças. Como era de esperar, o grito é abafado pela almofada e, quando eu a afasto, indico a Prudence:

— Agora é sua vez.

Ela olha para as irmãs, vermelha como um tomate. As duas assentem, e, então, Prudence coloca a almofada no rosto e solta um gritinho tímido que não me convence. Eu a encorajo a dar outro. E na quinta tentativa ela grita com toda a sua vontade. Grita bem forte. Quando retira a almofada, pergunto:

— Está melhor?

Com um sorriso tímido, ela faz que sim com a cabeça. Encorajadas, Abigail e Catherine imitam o experimento. Desnecessário dizer que todas caímos na gargalhada. De repente vejo Abigail coçar as pernas. Ao ver seu vestido levantado, murmuro:

— Meu Deus, como consegue deixar as pernas assim?!

Ela se olha e pergunta:

— Qual é o problema com minhas pernas?

Kim levanta o olhar para o teto e balança a cabeça. E eu, que sou incapaz de me calar, pergunto:

— Não acha horrível deixar as pernas cheias de pelos?

As irmãs se entreolham sem entender nada. Então, levanto meu vestido, ergo as ceroulas de vovó e mostro a elas minhas pernas depiladas.

— Não acham melhor assim?

Catherine sorri, enquanto Abigail e Prudence observam minhas pernas com atenção. Imagino que é a primeira vez que veem pernas sem pelos. Kim também mostra as dela.

— Por que vocês não se depilam? — pergunto.

Minha amiga ri, e Catherine, que já está a par do assunto, explica:

— Isso é moda na França, não na Inglaterra.

— Bonifacia se depila — entrega Abigail.

Eu rio e Prudence murmura:

— Se Bonnie a ouvir chamando-a assim, vai arder de raiva.

— Que bom! Com um pouco de sorte, talvez ela se queime toda — acrescento.

Todas gargalhamos.

— Eu sei que Bonnie se depila porque um dia a ouvi gritar e, quando fui ver o que estava acontecendo, vi que ela estava arrancando umas tiras das pernas — acrescenta Abigail.

Isso chama minha atenção.

— Que tiras? — pergunto, curiosa.
— Umas faixas de pano impregnadas de resina — informa Catherine.
Prudence sussurra, franzindo o cenho:
— Isso deve doer.
Concordo com a cabeça, deve doer. Mas replico:
— Depilar as pernas e as axilas é um sinal de feminilidade, não acham?
As três se olham e por fim Catherine declara:
— Feminilidade ou não, é um sofrimento desnecessário.
— Pois eu quero depilar as minhas.
— Abigail! — exclama Prudence.
— Não pedi a vocês porque sabia que não iam querer me ajudar. Mas, se Kim ou Celeste me ajudarem, eu...
— Claro que ajudamos! — afirmo, encantada.
Então, Abigail dá um pulo e sai do quarto.
Aonde ela vai?
Instantes depois, ela aparece com um pote escuro. Deixando todas nós de queixo caído, anuncia:
— Peguei no quarto de Bonifacia sem que ela visse. Vamos lá!
— Agora? — pergunto, surpresa.
— Sim, claro. — Abigail ergue o vestido.
Prudence protesta e Catherine tenta tirar essa ideia da cabeça da irmã, enquanto Kim e eu rimos.
Como Abigail é atrevida!
Fechamos a porta com o trinco para que não nos incomodem nem nos flagrem. Cortamos tiras de um tecido que Catherine arranjou e, a seguir, abrimos o pote de resina, uma pasta nojenta que tem um cheiro terrível.
— Tem certeza? — pergunta Kim a Abigail.
De novo ela assente. Com uma espécie de palito de madeira, pegamos a resina e impregnamos com ela uma tira de tecido.
Abigail, que está sentada em uma poltrona com o vestido erguido, nos apressa, animada:
— Vamos, façam logo!
Kim e eu nos olhamos. Com o tanto de pelo que ela tem nas pernas, vai doer. Mesmo assim, acatando sua ordem, colamos a tira impregnada na perna peluda.
— Agora, quando secar, temos que puxar — aviso.
— Céus! — murmura Prudence, horrorizada.

Passam os segundos e a expressão de Abigail vai mudando. Parece que ela percebeu que vai doer mais do que pensava.

— Acho... acho que vou deixar para outro dia — murmura.

E então Abigail se levanta e tenta fugir. Mas como pode fugir com a tira de resina colada na pele?

A garota é ágil. Corre pelo quarto, sobe na cama de Catherine e nós vamos atrás, enquanto Prudence faz o sinal da cruz.

Por fim, conseguimos pegá-la. Ela não pode ficar com esse negócio colado nela, de modo que Catherine, Kim e eu, à força, conseguimos deitá-la na cama, levantar seu vestido e, antes que escape de novo, Kimberly põe uma almofada sobre a boca de Abigail e eu puxo a tira de pano com todas as minhas forças.

O grito que ela solta é impressionante. Coitadinha! Ainda bem que Kim colocou a almofada, senão teríamos sido detidas por escândalo público.

Retiramos a almofada da boca de Abigail. Ela está com os olhos cheios de lágrimas. Nossa... que dor, coitadinha! Ela olha para a tira, coberta de pelos. E, ao se sentar na cama, murmura, observando a parte depilada de sua perna:

— Catherine tem razão: é uma dor desnecessária.

Imediatamente nos olhamos e começamos a gargalhar.

Que cena!

Depois de um tempo, quando Abigail devolve o pote de resina ao lugar de onde o tirou, decidimos ir até o jardim da casa, que é lindo.

No caminho cruzamos com Bonifacia, que pergunta, olhando para Abigail:

— Por que está tão agitada?

A coitada ainda está se recuperando da depilação.

— Por nada que lhe interesse — replica ela.

Bonifacia pestaneja ao ouvir essa resposta. Olha para nós com ar de censura e, colocando um xale nos ombros, diz:

— Vou comprar luvas novas para esta noite.

Ninguém perguntou nada, mas ela insiste:

— A duquesa de Pittsburg acabou de me escrever pessoalmente para convidar Percival e eu para uma noite de ópera hoje em sua casa. Não é emocionante?

— Emocionantíssimo — debocha Kim.

Todas sorrimos. Então, Bonifacia lança, dirigindo-se a Prudence:

— Querida, esse seu vestido não lhe cai nada bem.

Pronto! Ela é muito malvada, uma víbora, e sempre ataca a mais frágil das irmãs.

Prudence fica vermelha como um tomate imediatamente, e eu não consigo me calar:

— Pensei justamente nisso quando vi você. Esse penteado deixa sua cabeça enorme.

Ao ouvir isso, ela leva a mão ao cabelo e, sem mais, dá meia-volta e sai apressada. Pensando em minha yaya, provoco:

— Se pretende ofender, querida Bonifacia, prepare-se, porque eu sou a pior.

Todas estamos sorrindo quando Prudence murmura, feliz:

— Obrigada por me defender da Bonifacia.

Com prazer, eu a pego pelo braço. Das três irmãs, ela é a mais baixinha e a que mais curvas tem. Olhando para seus lindos olhos azuis e seu cabelo louro, sussurro:

— O mérito é seu, bonitona.

— Oh, Celeste, você diz cada coisa! — ela sorri.

— Você sabe que é linda e que tem muito valor como mulher, não é?

Ela nega com a cabeça. É terrível ver isso.

— Obrigada por suas palavras, mas...

— Catherine e eu sempre dissemos a Prudence que ela é bonita e graciosa — diz Abigail —, mas ela não acredita.

— Pois você faz muito mal, Prudence! — censura Kim. — Muito mal.

Durante um tempo, conversamos sentadas em um banco do jardim; eu curto o jeito como as irmãs se comportam quando a mãe ou Bonifacia não estão presentes. Como eu já sabia, Catherine é aberta, curiosa e atrevida. Prudence, como o nome indica, é prudente e tímida, e Abigail é uma mistura das duas. Gosto dela porque é decidida.

Enquanto conversamos, fico sabendo das poucas coisas que elas podem fazer sem pedir permissão. Saber que até mesmo para dar um passeio no parque elas têm que ir acompanhadas é desesperador para mim. Mas, claro, quem sou eu para mudar essas normas? Por sorte, estou só de passagem.

Abigail nos fala do conde Edward Chadburn, o jovem que virou a cabeça dela, e então me lembro de que foi ele quem vimos na noite anterior.

Ela conta que uma vez ou outra ele sorriu para ela, mas nunca a convidou para dançar. Isso a deixa muito chateada.

— Quando o vejo, meu coração acelera.

— Porque você gosta muito dele — provoco com um empurrãozinho.

— Que minha mãe não a ouça! — Abigail ri.

Solto uma gargalhada; acho engraçada a malícia no rosto dela.

— No próximo baile vamos fazê-lo olhar para você e a convidar para dançar — garanto.

— Isso é possível?

— Claro que é. Deixe que eu cuido disso — garanto.

— Oh, céus! O que vai fazer? — sussurra Prudence.

— Alguma coisa inapropriada, com certeza! — brinca Kim.

Olho para ela, achando graça, e Catherine acrescenta:

— As pessoas vão falar de você durante meses se fizer algo inadequado.

— Não se preocupem — replico. — Vocês sabem que nós americanas temos fama de excêntricas, e inclusive de atrevidas.

— Meu Deus, Celeste, não diga isso!

— Mas é verdade ou não? — insiste Kim.

As três irmãs se olham, sorriem e por fim Catherine afirma:

— Sim, é verdade.

Kimberly e eu rimos. Se elas soubessem que somos nós que tomamos a iniciativa em nossa época, e não os homens, ficariam escandalizadas.

— Para ser sincera, o que as pessoas pensam ou deixam de pensar não me interessa. Minha estadia em Londres será curta, por isso duvido que os comentários afetem a mim ou à minha família.

Elas se entreolham, compreendendo.

— E o coração de vocês, bate por alguém? — pergunta Catherine, curiosa.

Minha amiga e eu trocamos um olhar. A verdade é que existe um certo viking, bonito e sexy, de uma série que faz acelerar mais do que apenas nossos corações, mas, rindo, respondo:

— Kim tem uma pessoa que ela chama de Boneco...

Kimberly cai na gargalhada.

— Sua vagabunda! — replica.

— Céus! — exclamam as três em uníssono, horrorizadas.

Kim e eu rimos. Nosso jeito de falar choca as irmãs.

— Nunca digam isso em público — adverte Catherine.

— Mas é brincadeira! — Kim está rindo.

— Vocês se chamam de "vagabundas"? — Abigail parece transtornada.

— E de coisas piores — afirmo, divertida.

Prudence e Abigail se olham, espantadas, enquanto Catherine sorri.

— Chamar uma mulher de "vagabunda" é imensamente ofensivo — murmura Prudence. — É um vocabulário que uma donzela nunca deve usar.

Achando engraçado, olho para Kim. Dessa vez foi ela a linguaruda.

— Está bem, Prudence, não repetirei isso — diz.

Eu rio e Abigail pergunta:

— Quem é esse homem que vocês chamam de "Boneco"?

Kim e eu nos olhamos e ela esboça um sorriso. Sei que está pensando em Gael, mas, respirando fundo, ela responde:

— O conde Caleb Alexandre Norwich.

Assim que ela diz esse nome, percebo que pisou na bola. Como é que duas nova-iorquinas recém-chegadas a Londres poderiam conhecer esse conde se não o encontramos em nenhum baile ou evento? Minha cabeça trabalha depressa e eu crio uma mentirinha.

— E isso porque ela só o viu uma vez, quando passeávamos com meu tio.

Kim me agradece com o olhar. Ainda bem que ninguém questiona as coisas que nós inventamos.

— Céus! — exclama Prudence escandalizada, e Catherine sussurra:

— Lamento dizer, mas ele é um homem cercado por escândalos. É um mulherengo!

Quase digo "muito apropriado para Kim", mas ela mesma pergunta:

— Não me diga... Por quê?

Rapidamente as três nos contam que o tal Caleb é um tipinho que mora nos arredores de Londres. Também nos informam que ele é amigo do irmão delas, Robert, e que não há mulher que ele corteje que não caia a seus pés, mas até agora nenhuma conseguiu levá-lo ao altar.

É engraçado saber disso em primeira mão. E, em um momento em que as três irmãs estão distraídas conversando, eu me aproximo de Kim e sussurro:

— Esse Boneco, hein?

Ela sorri.

— Deve ser um canalha encantador.

Eu assinto e, quando vou falar, Kim acrescenta:

— Adoraria conhecê-lo.

— Só conhecer?

Nós rimos e não dizemos mais nada.

Depois de falar durante um tempo sobre o conde, Catherine se dirige a mim.

— E você, tem alguém que faz seu coração se agitar? — pergunta.

Penso em meu duque, que agita mais que meu coração, mas minto:

— Atualmente ninguém.

— E no passado? — instiga Prudence.

— Dizer que não seria mentir — afirma Kim.

Eu concordo, com ar malicioso.

— Aquele que deveria ser meu marido, Henry Cavill — digo. — Alto, bonito, com uns olhões e um rosto lindo de super-homem que me deixava louca!

As três irmãs ficam vermelhas como tomate diante de minhas palavras, e eu sussurro:

— Não vou negar que outros homens também já aceleraram meu coração e outras partes...

— Oh, céus! — murmura Prudence, acalorada.

Todas sorrimos, e, olhando para ela, é minha vez de perguntar:

— E quem acelera o seu coração e outras partes?

Prudence fica vermelha de novo. Mas Kim se adianta:

— Evidentemente, o barão Randall Birdwhistle.

— Kimberly! — protesta Prudence.

— Ela sonha com ele, mas, quando o vê, já sabem como ela reage — sussurra Catherine.

— Por quê? — pergunta Kim.

A pobre Prudence, ainda vermelha, dá de ombros.

— Porque, quando noto que ele me olha, fico tão nervosa que sinto que vou desmaiar. E, bem... eu... eu não quero decepcioná-lo.

— E por que o decepcionaria? — pergunto.

Prudence, perturbada, começa a tremer os olhos. Sem poder evitar, acrescento:

— É por causa disso que você acha que poderia decepcioná-lo?

A pobrezinha assente.

— Não quero que ele se envergonhe de mim. Com tantas outras jovens saudáveis e bonitas, por que ele repararia em mim?

— Porque ele está interessado em você, e não nas outras — aponta Kim.

Essa conclusão óbvia deixa Prudence surpresa.

— Desde quando esses movimentos acontecem? — pergunto.

— Começou quando fiz dez anos, e é algo que não posso controlar — explica ela.

— Minha mãe e eu a acompanhamos a um médico em Manchester de vez em quando — explica Catherine.

Isso me interessa; e como médica, pergunto:

— Me conte o que ele diz.

Prudence bufa.

— Ele me põe umas ventosas que não me agradam muito. E todas as manhãs tenho que tomar duas colheres de um remédio que tem um sabor horrível.

Ouvir sobre as ventosas me deixa louca. A síndrome de Tourette – que, imagino, é o que ela tem – é um transtorno complexo. Acredita-se que seja desencadeado por uma combinação de fatores genéticos e ambientais. No século XXI, muitas pessoas que sofrem dessa doença levam uma vida plena e ativa. Mas, claro, não posso ignorar que agora estamos em pleno século XIX.

Sendo médica, eu pediria exames de sangue e uma ressonância magnética para poder avaliar. Mas como pedir uma coisa que aqui ainda não existe?

Sabendo que sua autoestima é muito afetada por esse problema, pego sua mão e minto:

— Em Nova York, tenho um conhecido que sofre de algo parecido. Sabe o que ele faz?

— O quê?! — exclamam em uníssono as três irmãs.

Kim me encara; como sempre, pede que eu meça minhas palavras. O que vou dizer a essa garota é a única coisa que posso fazer:

— Existem plantas tranquilizantes, como a hortelã-pimenta, a camomila e a flor de laranjeira, que ajudam com isso quando tomadas em infusão. E exercícios de respiração também funcionam. Puxar o ar pelo nariz, prender alguns segundos e depois soltar pela boca. Isso várias vezes ao dia, e ao mesmo tempo manter a calma, pode ajudar você com os tiques.

— "Tiques"?! — pergunta Prudence.

— Movimentos involuntários — explico, para que ela entenda.

As três irmãs assentem. Prudence, interessada no que eu disse, agradece.

— Tentarei fazer o que você disse. Obrigada, Celeste.

— Quanto ao barão — insisto —, você acha que ele já não se deu conta do que acontece com você?

Prudence não responde. Mas Kim, assumindo meu lugar, prossegue:

— Claro que sim. Mas o barão se aproxima de você porque para ele isso não importa. E ele não se importa porque quem realmente importa para ele é você. E só você, tolinha.

Prudence sorri e fica vermelha como sempre.

— Vocês acham mesmo?

Kimberly e eu assentimos.

— Achamos — afirmo —, mas quem precisa achar é você.

— Mas...

— Nada de "mas" nem meio "mas", Prudence! — interrompe Kim. — Você não viu que ontem à noite, quando ele veio falar conosco, convidou apenas você para dançar? Ninguém mais lhe interessa. E o que você deve fazer, se realmente quiser ficar com ele, é mostrar que também está interessada. Portanto, na próxima vez que se encontrarem, deixe de tremores e medos, sorria e converse.

— Não... não sei se consigo.

— Consegue sim! — replico, convicta.

— Quer acabar casada com o velho lorde Anthon Vodela? — ameaça Kim.

Prudence nega com a cabeça depressa, e minha *amirmã* insiste:

— Então, como disse Celeste, você vai conseguir!

Catherine sorri. Ver que sua irmã está por fim falando abertamente de seu problema é, sem dúvida, um grande passo para ela.

— O barão é muito mais bonito e sedutor que lorde Anthon — comenta.

— Muito mais — concorda Prudence.

— Pois então — diz Kim —, da próxima vez que o vir, com movimentos involuntários ou não, sorria e demonstre que está tão interessada nele como ele em você, está bem?

Prudence nos encara, e eu afirmo:

— Acho que é uma ideia excelente. E pode ficar tranquila: estaremos todas a seu lado para ajudar.

Feliz, a tímida Prudence respira fundo e por fim declara:

— Está bem. Que assim seja.

Ficamos felizes por ouvir isso. Kim, tentando adivinhar, pergunta:

— E você, Catherine? Há alguém que acelera seu coração?

Catherine sorri, mas Abigail se levanta:

— Há sim — responde. — Sabemos que ela suspira por alguém, mas ainda não adivinhamos quem é.

— Abigail! — protesta Catherine.

Todas rimos. Abigail deixa o jardim e Prudence aponta:

— Catherine, Abigail e eu a conhecemos muito bem e temos olhos. E às vezes, quando você fica olhando para a lua, é porque está pensando em alguém.

Instantes depois, com a mesma pressa com que saiu, Abigail volta:

— Pedi a Karen que preparasse uma bandeja de limonada para nos refrescar. O que acham?

— Maravilhoso! — comemoro, satisfeita.

Continuamos falando da temporada londrina e suas fofocas até que Michael e Craig se juntam a nós. Animados, continuamos conversando sobre o mesmo assunto.

— Quanta animação! — exclama alguém.

Ao me virar, vejo que é Robert, irmão das garotas, que chega com... Kenneth!

E meu coração, além de outras coisas, acelera.

25

Imediatamente, nossos olhares se encontram e zás! Dou um sorriso. Não posso evitar! Surpreendentemente, ele sorri para mim também.

Hummm... que gatooo!

Com um porte que me parece muito *sexy* para um inglês do século XIX, ele se aproxima com Robert, cada um com um copo de uísque na mão.

— Kenneth — diz Robert —, minhas insuportáveis irmãs você já conhece...

— Robert! — murmura Prudence, vermelha, enquanto Abigail e Catherine riem.

Robert dá uma piscadinha carinhosa para Prudence e prossegue:

— Estas são lady Celeste Travolta, sobrinha de Craig Hudson, e lady Kimberly DiCaprio, amiga dela. Ambas chegaram de Nova York há poucos dias.

Com um movimento de cabeça calculado, Kenneth nos cumprimenta fingindo que não nos conhece. Robert prossegue:

— Miladies, este é um grande amigo meu, Kenneth Rawson, duque de Bedford.

Sem hesitar, nós dirigimos uma saudação a ele. Se soubessem que Kenneth e eu já nos conhecemos e nos beijamos, ficariam chocados! Mas me calo. É o melhor a fazer.

Ambos disfarçamos, e logo vejo Kenneth conversando com Catherine. Basta ver como sorriem um para o outro para entender que há uma boa amizade entre eles. Meio inquieta, sussurro, dirigindo-me a Kim:

— Será que o amado de Catherine é o duque?

Ela nega com a cabeça e, olhando para os dois, replica:

— Impossível. Ele é um duque, então Cruella o adoraria para a filha, e no diário Catherine dá a entender o contrário. Além disso, se ela também não nos disse nada, deve ter seus motivos!

É, minha amiga tem razão.

— Mas nem pense em repetir... — murmura ela. Olho para ela, que acrescenta, com um sorriso: — Eu conheço esse seu olhar...

Eu rio.

— Calma — murmuro. — No máximo uns pegas.

— Celeste!

— Se Caleb em pessoa aparecesse, você ficaria só olhando para ele?

Kim sorri e afirma:

— Eu pegaria, com certeza!

Sem poder evitar, solto uma gargalhada. Nós duas somos daquelas que vão atrás do que querem. De rabo de olho, noto que o duque me observa. Eu sei que a atração é recíproca.

Durante um tempo, todos conversamos animadamente. De repente, no jardim, aparece um jovem criado de pele morena clara e Catherine indica, afastando-se uns passos:

— Barney, por favor, deixe a bandeja com limonada nesta mesinha redonda.

O doce tom de voz da jovem faz com que Kim e eu o olhemos com curiosidade. O criado coloca cuidadosamente a bandeja na mesa que ela indicou e, pegando a jarra de limonada, pergunta, com uma gentileza extraordinária:

— Lady Catherine, deseja uma limonada?

Ela assente devagar e, pacientemente, sem se mexer, fica olhando para o criado que a está servindo.

Kim e eu sorrimos sem dizer nada. A seguir, o jovem criado se volta para as outras e pergunta:

— Desejam limonada, miladies?

Ao ouvir isso, minha amiga e eu mal conseguimos respirar.

Caraca! Caraca! Caraca! Ora, ora...

Nós conhecemos esse homem! E de repente, em décimos de segundo, entendemos por que o rosto de Catherine nos era tão familiar.

Nós nos olhamos, de queixo caído. Não pode ser... mas tudo se encaixa!

— Putz grila! — murmuro.

Kim tosse. Acho que engasgou com a própria saliva.

— Está pensando o mesmo que eu? — sussurra.

Assinto, assinto e assinto, e ela diz em voz baixa:

— Preciso de uma bebida, não de uma limonada.

— Duas!

— Me belisque! — ela exige.

Eu belisco e sussurro:

— Não acredito!

— Nem eu!

Ficamos nos olhando em silêncio, totalmente transtornadas. Ao ver as particularidades dos olhos desse criado, murmuro:

— Johanna e Alfred... Eles são Catherine e Barney?!

Não podemos acreditar; não sabemos o que pensar. Acabamos de descobrir que o criado chamado Barney é Alfred e Catherine é Johanna, as duas pessoas que criaram Kim com carinho desde menina.

No século XXI eles têm uns trinta anos a mais, mas sem dúvida são eles! Estamos pensando nisso quando o criado se aproxima.

— Limonada, miladies? — oferece.

Ambas assentimos como duas bobas.

Mãe do céu! É Alfred, bem mais novo!

Agora entendemos muitas coisas. A faixa que Catherine sempre usa na mão direita para esconder a deformidade de seus dedos, que será operada no futuro, o medo de Johanna de que Kim deixasse que conhecessem seu sexto sentido, o estrito protocolo que tanto ela quanto Alfred seguem, mesmo estando no século XXI...

Tudo se encaixa!

Com a segunda pérola que Catherine pegou da caixinha, ela e Barney fizeram uma viagem sem volta, por isso nunca se soube deles.

Que babado!

Estou pensando nisso quando ouço Kim dizer, em um sussurro:

— Seus olhos são muito interessantes, Barney.

Ele agradece e, com um sorriso tímido, igualzinho ao que nós conhecemos, murmura, afastando-se de nós:

— Herança de família, milady.

Ao ouvir isso, bebemos a limonada de um gole só. Estamos com a boca seca. Vejo que o duque me observa, surpreso com nosso movimento rápido. Sussurro em direção a minha amiga:

— É por isso que Catherine usa sempre luvas ou uma faixa; para que ninguém veja sua sindactilia.

Kim assente; está branca como um papel.

Nesse momento, Catherine se aproxima e olha para Kim.

— O que você tem, Kimberly? Está muito pálida!

Ao ouvi-la, os olhos de minha amiga se enchem de lágrimas.

Ai, coitadinha!

Imagino que ela não saiba o que fazer ou dizer. E, de repente, dando um abraço em Catherine, murmura:

— É que... é que... acabei de me lembrar dos meus pais. Fico emocionada ao pensar neles e morro de vontade de abraçá-los de novo.

Catherine sorri, aperta-a com carinho em seus braços e, olhando para mim, dá uma piscadinha e sussurra, tocando com carinho a cabeça de Kim:

— Há certos abraços em que dá vontade de ficar o resto da vida, não é?

Ao ouvir isso, fico emocionada como minha amiga. Essa frase de Johanna nos dá a certeza de que é mesmo ela.

— Sim, o resto da vida — replico, sorrindo.

Instantes depois, Kim se recupera e pede licença para ir ao banheiro.

Quando vou acompanhá-la, ela me avisa de que precisa ficar uns minutos sozinha. Em silêncio, vejo-a se afastar. E, enquanto todos conversam, para me recompor da surpresa, vou até a mesinha e me sirvo de mais limonada. Preferiria algo mais forte, mas é o que se tem!

Estou bebendo quando noto a presença de alguém atrás de mim. Sem precisar me virar, meu sexto sentido feminino me diz quem é. Ouço:

— Você está bem?

Voltando-me para ele, faço que sim com a cabeça.

Nossa, como esse homem é gato!

Seus olhos azuis enormes e esses lábios carnudos, que parecem desenhados de tão perfeitos, me excitam demais. E, sem dizer nada, olho para o copo que ele tem na mão, pego-o, bebo seu conteúdo e, quando termino, respondo:

— Melhor agora.

Atônito, ele ergue as sobrancelhas. Sei que acabei de fazer algo pra lá de inapropriado.

— Que ninguém nos ouça, duque — murmuro —, eu sei que não é adequado o que acabei de fazer, mas, às vezes, beber algo mais forte que limonada cai muito bem. A propósito, é um uísque excelente.

Seu sorriso se alarga, e isso me agrada. Então ele deixa na mesa o copo vazio, serve dois copinhos de limonada e, me entregando um deles, diz enquanto bebo:

— Seu tio me contou que você foi deixada no altar. É verdade?

Imediatamente a limonada vai para o lado errado e sai pelo meu nariz.

Rapidamente me viro de costas e tusso. Limpo a limonada que escorre pelo meu rosto. Que mico! Mas ele, segurando meu braço, me obriga a encará-lo e pergunta, preocupado:

— Está tudo bem?

Respiro. Paro de tossir. Nossa, que sufoco! De algum jeito, consigo afirmar:

— Sim. Sim, estou.

Ele está olhando para mim fixamente quando Catherine se aproxima.

— Você está bem? — Ela também ficou preocupada. Já recomposta, eu sorrio. Então, ela diz: — Dia 23 de agosto será o aniversário de lady Matilda, avó de Kenneth. Mas uma semana antes iremos todos a Bedfordshire, como todos os anos, para celebrar.

Sem saber por quê, eu assinto e sorrio. Não sei onde diabos fica Bedfordshire.

— Com licença um instante — intervém Catherine. — Michael está me chamando.

Quando ela se retira, olho para o duque, que não tirou os olhos de mim, e comento:

— Tenho certeza de que se divertirão muito.

Ele assente e, baixando a voz, explica:

— Serviremos algo mais que ponche e limonada.

— Que maravilha!

— E também temos uma biblioteca com livros de William Shakespeare.

Isso me faz sorrir.

— É evidente que milady e a srta. DiCaprio também estão convidadas — acrescenta.

Fico contente; sempre gostei de festas de aniversário, mas respondo:

— Lamento não poder aceitar seu convite, duque.

Vejo que isso o deixa contrariado, e ele pergunta:

— Por quê?

Acho engraçado seu repentino interesse em mim.

— Porque pretendemos partir para Nova York no dia 26 de agosto — respondo —, e não sei se então poderíamos...

O duque delicioso olha para mim com intensidade e depois se vira.

— Craig, pode vir aqui um instante? — pede.

Craig se aproxima e Kenneth se dirige a ele:

— Em breve será o aniversário de minha avó. Como você sabe, a celebração familiar dura uma semana e minha avó adoraria estar com vocês. Estarão lá, como todos os anos, não é?

— Claro. Eu não perderia por nada o aniversário de lady Matilda nem essa semana com ela — garante Craig.

O duque sorri e a seguir acrescenta:

— Desnecessário dizer que sua sobrinha e a amiga estão convidadas.

Craig sorri, satisfeito, e, quando vou dizer algo, o duque se despede com uma inclinação de cabeça.

— Bem, se me dão licença, preciso cuidar de uns assuntos. A propósito, Craig, amanhã à tarde vou me encontrar com o conde de Whitehouse no Brooks's. Michael e você estarão lá?

— Claro. Estaremos lá.

Dito isso, meu duque crava seus lindos olhões em mim e, tomando minha mão com delicadeza, dá um beijo nela, me fazendo tremer feito vara verde.

— Se não nos virmos antes, espero vê-la em Bedfordshire, lady Travolta.

Satisfeita, emocionada e encantada por sentir o toque de seus lábios na minha pele, eu assinto e zás! Dou uma piscadinha. Kenneth esboça um leve sorriso e se afasta com todo o seu porte másculo.

Acalorada, eu o sigo com os olhos. O *sex appeal* que esse sujeito exala está me deixando louca. Já imaginando o que ele esconde por baixo da roupa, sussurro sem pensar:

— Meu Deus, que homem...

O riso de Craig me faz voltar à realidade. O que foi que eu disse?!

Como sempre, eu me deixei levar pelos meus instintos.

— Oh, Deus... — choramingo. — Perdão por não conter meus pensamentos.

Craig assente e sorri.

— Os pensamentos são livres, querida Celeste. Mas meu conselho, se não quiser escandalizar os outros, é que os pense, mas não os diga.

Dou um sorriso. Adoro Craig.

— Por que contou a ele que fui largada no altar? — pergunto a seguir.

— Porque Kenneth se interessou por você. Queria saber se era solteira ou casada.

— Sério?

Nós rimos. Mudando de assunto, faço uma pergunta, embora já saiba a resposta:

— Craig, o que é o Brooks's?

Ele bebe um gole de sua taça e responde:

— Um dos clubes de cavalheiros mais exclusivos de Londres.

Sinalizo que entendi e, com fingida inocência, acrescento:

— Então, as mulheres não podem entrar?

Craig sorri de novo.

— Não, querida. É proibida a entrada de damas. Digamos que o Brooks's é um lugar que os homens frequentam para apostar verdadeiras fortunas jogando uíste[3] ou dardos e para falar de coisas interessantes.

Com o mesmo sorriso com que ele me olha, concordo com um movimento de cabeça e não acrescento mais nada. Se disser o que penso sobre esse clube cheio de testosterona, vou arranjar confusão!

---

3. Jogo de cartas popular nos séculos XVIII e XIX, ancestral do *bridge*. (N.T.)

— Você claramente impressionou o duque tanto quanto ele impressionou.

Dou um sorriso. Pelo que vejo, não fui só eu que percebi. Curiosa, sussurro:

— Posso perguntar se há alguém que te impressiona?

Craig franze o cenho, divertido. Algo me diz que está pensando em lady Alice.

— Tenho alguém no coração há anos — responde.

Aaai, que bonitinho!

— E posso saber quem é? — insisto.

Craig nega com a cabeça.

— Por enquanto é segredo — sussurra.

Ambos sorrimos. Ficamos durante uns instantes em silêncio, até que ele comenta, desviando o foco da conversa.

— Tanto Kenneth como você passaram por situações complicadas.

— Como assim?

Craig, que no fundo é tão fofoqueiro quanto eu, chega mais perto e sussurra:

— Ele enviuvou, e você foi deixada no altar.

Isso chama minha atenção. Kenneth é viúvo?

— A esposa dele, lady Camelia, morreu há três anos.

— Que horror!

Ele assente.

— Foi muito triste para todos, especialmente para ele e os filhos.

— O duque tem filhos? — pergunto.

— Charles e Donna — diz Craig. — Duas crianças encantadoras, que, depois da morte de lady Camelia, estão sendo criadas em Bedfordshire, com lady Matilda, pois o duque, que é considerado um dos capitães mais audazes da Marinha Real, passa praticamente todo o tempo em alto-mar.

Eu assinto, de queixo caído, sem conseguir acreditar no que estou ouvindo. Mas logo Catherine e suas irmãs se aproximam e nós mudamos de assunto.

26

No dia seguinte, quando nos levantamos, Craig nos informa de que fomos convidados para uma recepção na casa dos barões de Middleton esta noite.

Uma coisa é evidente: os aristocratas londrinos eram bem festeiros na chamada "temporada social".

Que energia!

Durante a manhã, Kimberly conversa com Michael. Muito interessados, eles folheiam uns mapas. Quando percebo que Craig vai sair para fazer compras, pergunto se posso acompanhá-lo e ele concorda. Como sempre, estar com ele é divertido. Não tem a rigidez de Michael nem a pose de muitos dos que conhecemos. Craig é simplesmente o amigo atemporal que todo mundo gostaria de ter, e me divirto caminhando pelas ruas de Londres a seu lado.

Em nosso caminho, encontramos com a duquesa de Thurstonbury, para mim, lady Twitter. Ela nos cumprimenta e, antes que possamos abrir a boca, comenta que viu a srta. Adelaida Pringles na porta de uma loja falando com o comandante Gustav Camberland... Que escândalo!

Quando conseguimos nos livrar dela, Craig e eu caímos na risada. Essa mulher é que é um escândalo, e ele me diz que, se eu quiser que Londres inteira saiba de algo, basta contar para ela ou para uma de suas amigas.

Anotado!

Entramos em umas lojas de luxo, onde ele compra várias coisas de que precisa. Vamos também ao estabelecimento da srta. May Hawl, onde, todo galante, ele compra um par de luvas de seda para Kim e outro para mim. Esse homem é um querido.

Continuamos caminhando pela rua. Em dado momento, ele diz:

— Agora, se quiser, posso providenciar uma charrete para levá-la para casa.

Surpresa, olho para ele.

— Mas por quê?

Craig sorri e indica uma rua mais adiante.

— A loja de chapéus à qual me dirijo fica em um bairro que não tem nada a ver com este. Por lá não passam damas com vestidos elegantes nem cavalheiros de cartola.

Será que é verdade? Pode ser que ele tenha marcado de se encontrar com a amante, e não quero estragar seu plano. Portanto, sussurro:

— Se tem compromisso, vou embora. Fique tranquilo.

— Não, é sério, Celeste. Não tenho compromisso com ninguém. É que não quero levá-la a um bairro que talvez lhe desagrade.

Isso chama minha atenção. Quero conhecer a Londres da época, com suas luzes e sombras.

— Mas qual é o problema? — pergunto, curiosa.

Craig prossegue, sem abandonar seu lindo sorriso:

— Para muitos, incluindo Michael, a Londres que continua a partir daquela rua não é digna de se visitar. Tenho um grande amigo inglês que, por causa do jogo de sua afeição à bebida, não tem uma vida fácil. Faz uns chapéus incríveis, para mim os melhores de Londres, mas sua loja fica em um bairro pobre que nem todos gostam de frequentar.

Entendo o que ele quer dizer. E, como sou de um bairro operário em Madri, decreto:

— Pois bem, vou com você.

— Tem certeza?

— Absoluta — afirmo.

— Celeste, talvez não lhe agrade...

— Craig — interrompo —, ambos somos de Nova York e sabemos que há bairros bons, melhores e piores em todo lugar, e que não é por ter nascido em um bairro humilde que a pessoa tem maldade na cabeça e no coração. Como diria a mãe da minha mãe, há de tudo nas vinhas do Senhor.

— Muito inteligente a mãe da sua mãe — Craig sorri.

— Você nem imagina! — exclamo, pensando em minha yaya.

Continuamos andando, satisfeitos, até que Craig sussurra:

— Se eu tivesse o porte e a juventude de certo duque que a deixa acalorada, sem dúvida a cortejaria para que se casasse comigo.

Solto uma gargalhada.

— Corteje-me, se quiser — brinco —, porque ainda não nasceu o duque que me faça querer casar.

Nós rimos. Passo meu braço pelo dele e murmuro:

— E agora vamos à loja de seu amigo e me conte tudo que saiba desse lugar. Quero conhecer Londres em todas as suas formas.

Atravessamos várias ruas e entramos em uma área onde o luxo desaparece por completo e um cheiro avinagrado enche nossas narinas. Craig me conta que estamos no East End londrino, especificamente na área de Spitalfields. Aqui, luxo não existe. As ruas são sujas e fedorentas. As pessoas jogam urina e fezes pelas janelas junto com o lixo, e são todas muito pobres.

Curiosa, pergunto pelo entorno, e ele me conta que aqui só há miséria. Prostitutas, bêbados e crianças que brincam na rua dividem o mesmo espaço. É muito triste.

Sempre existiram ricos e pobres, mas as diferenças sociais tão impressionantes que vejo neste século nada têm a ver com as do meu. Por sorte, em alguma coisa conseguimos avançar.

Chegamos à humilde loja de chapéus, e, enquanto ele faz sua encomenda, decido ficar na rua esperando. A princípio Craig não quer permitir, mas eu lhe prometo que não sairei da porta e que não me acontecerá nada. Está um dia bonito, e é tão raro o sol brilhar com bravura espanhola que quero senti-lo na pele.

Estou olhando atenta ao redor quando, ao fundo, vejo se abrir uma porta pela qual sai uma mulher. Ela caminha bem depressa até uma carruagem, e suas roupas elegantes chamam minha atenção. A porta pela qual ela saiu se abre novamente e aparece uma mocinha com o rosto sujo que, correndo, grita:

— Lili... Lili... espere!

Ao ouvi-la, a mulher para. Olha para trás e, abrindo as mãos, reclama. Não sei o que está acontecendo, mas, de onde estou, vejo a jovem chorar. Olho para elas emocionada, até que de repente... de repente... Ora, mas é Bonifacia!

Pisco, de queixo caído. Lili? Essa garota chamou Bonifacia de Lili?

Putz grila!

O que é que está acontecendo?

Ciente de que estou testemunhando algo que não deveria ter visto, rapidamente entro na loja do chapeleiro. Craig está conversando com seu amigo – imagino –, um homem alto e magro que me dá a impressão de não estar muito bem de saúde.

Ele nos apresenta e, a seguir, disfarçadamente, pelo vidro sujo da vitrine, observo Bonnie discutindo com a jovem. Vejo Bonifacia tirar os brincos de má vontade e os entregar à garota. A seguir, dá meia-volta e, ignorando a moça, que continua chamando, entra na carruagem e vai embora.

Surpresa diante do que acabo de presenciar, vejo que a mocinha está olhando para o que ela está segurando na palma da mão, ainda chorando. Coitadinha, seu choro me parte o coração. Quando a carruagem desaparece pela rua, saio da loja, corro até a garota, que caminha cabisbaixa, e me aproximo.

— O que aconteceu? — pergunto.

A garota, que tem uns lindos olhos azuis, responde, apressada:

— Nada, milady.

Mas não acredito em sua resposta, e insisto:

— Se não aconteceu nada, por que está chorando?

Desta vez ela nem sequer responde. Preciso saber, então disparo:

— De onde conhece aquela mulher que partiu na carruagem?

A garota arregala os olhos. Sua expressão muda e, negando com a cabeça, ela responde:

— De... lugar nenhum, milady.

Ela está mentindo, eu sei. Se eu não a pressionar, não vou conseguir a informação que busco, portanto pergunto:

— Como é seu nome?

A garota não deve de ter mais de quinze anos e diz imediatamente:

— Mara.

— E seu sobrenome?

— Brown, milady.

Certo. Ela se chama Mara Brown.

Estou pensando em minha pergunta seguinte quando reparo naquela curiosa e peculiar manchinha que ela tem no pescoço. Uma luz se acende em minha cabeça... Não pode ser!

E, apostando tudo em uma última cartada, finjo saber mais do que realmente sei:

— Por que disse que não conhece sua irmã Lili Brown?

Atônita, a garota não sabe onde se enfiar. O que acabo de dizer cai como uma bomba sobre ela, que tenta escapar. Eu a seguro com força e, quando me olha assustada, murmuro:

— Não vou fazer mal a você nem à sua irmã. Do que você tem medo?

Mara chora; mais pena não poderia me dar. Ignorando sua sujeira, eu a abraço e, como sempre fazia minha avó para me acalmar, sussurro com carinho:

— Calma, querida, fique tranquila.

Não sei quanto tempo permanecemos assim. Só sei que consigo fazê-la parar de tremer. Quando a noto mais serena, eu a solto e ela murmura, olhando para mim:

— Milady, não delate minha irmã, por favor. Preciso dela.

Não estou entendendo nada. É mesmo irmã dela! Estou cada vez mais perdida...

— Por que sua irmã se faz passar por Bonnie Pembleton se o verdadeiro nome dela é Lili Brown? — pergunto a seguir.

A jovem começa a chorar de novo. Está confusa. Sentindo-se em uma encruzilhada, murmura:

— Não posso lhe contar, milady.

— Pode sim.

— Se eu contar e a delatar, a... a...

Não diz mais nada. Volta a chorar e eu olho para trás. Não quero que Craig descubra isto. Seria um verdadeiro desastre. Abrindo a mão dela, tiro os brincos e digo, me sentindo a mulher mais malvada do mundo:

— Se não responder às minhas perguntas, vou chamar a polícia e dizer que você roubou estes brincos. Portanto, Mara, se não quiser ter problemas, me conte a verdade sobre sua irmã Lili.

A garota nega com a cabeça. Acho que vai desmaiar de medo.

— Mi... minha irmã Lili saiu de casa há cinco anos, e depois ficamos sabendo que havia chegado à corte — ela começa a contar. — Lá, usando sua beleza, passou a cuidar das roupas das damas da rainha. E... e um dia, uma daquelas damas, de nome Bonnie Pembleton, desapareceu e nunca mais se teve notícias dela.

— E?!

— Aproveitando o desaparecimento, e se apossando dos objetos dessa mulher, Lili voltou a Londres, onde começou a trabalhar como... como...

Ela se cala. Mas eu, entendendo o que quer dizer, a ajudo:

— Prostituta?

A pobre Mara assente, envergonhada, e sussurra:

— Foi assim que ela conheceu o conde...

— Que conde? — replico, em um sussurro.

A garota fecha os olhos e murmura, desolada:

— O sr. Ashton Montgomery, conde de Kinghorne.

Meu Deus, ela conheceu Aniceto?

Mas que história macabra é essa? E então a garota acrescenta:

— Mi... minha sobrinha Carla é filha dele.

Comooooo?!

Aniceto, marido de Cruella de Vil, tem uma filha com Bonifacia?!

De olhos arregalados, não consigo nem me mexer. Mara continua:

— O conde e Lili são amantes. E, quando Carla nasceu, minha irmã a abandonou.

— Ela abandonou a própria filha?

A pobre garota assente. Eu sabia que Bonifacia não era flor que se cheire.

— O conde, apaixonado por ela, apresentou-a à sociedade e fez todo mundo acreditar que Lili era Bonnie Pembleton, e depois arranjou rapidamente o casamento com o filho dele.

Mãe do céu, estou passada!

Quer dizer, então, que aquela cretina não é Bonnie Pembleton, e sim Lili Brown. E, como se não bastasse, é amante do sogro, com quem tem uma filha não reconhecida, e é casada com Percival, que é filho de seu amante. Imagino a treta se Cruella de Vil descobrisse tudo isso...

Impressionante!

Estou de queixo caído. Antes que eu consiga articular alguma coisa, a jovem sussurra:

— Meu pai morreu de febre e minha mãe perdeu o emprego. Lili, além de não querer saber de nós, não gostava que minha mãe trabalhasse como cozinheira para um amigo do conde, e agora sobrevivemos como podemos.

Não dá para acreditar.

— Sua irmã fez sua mãe perder o emprego?

A menina confirma.

— Lili exige que nós partamos de Londres. Sente vergonha de nós e não quer nos ver. E, se hoje veio aqui, foi porque eu lhe enviei um bilhete dizendo que, se não viesse nos visitar, eu mesma apareceria com a filha dela em sua linda casa em Belgravia. Minha mãe está doente, não temos o que comer e eu precisava de um pouco de dinheiro. Mas ela só me deu estes brincos para que os venda.

— Mas sua irmã tem coração? — solto.

As lágrimas deslizam pelas faces de Mara.

— Milady, ela agora é uma dama. É casada com um conde e...

— E vocês são a família de Lili e inclusive estão criando a filha dela — interrompo.

Ela não responde. O que Bonnie está fazendo com sua família é terrível.

Como sei que Craig pode aparecer a qualquer momento, devolvo à pobre mocinha os brincos que Bonnie lhe deu e pergunto:

— Você mora aqui?

Sem hesitar, ela assente. Pensando em um jeito de ajudá-las, digo:

— Venda os brincos. Prometo voltar em poucos dias com comida para vocês.

— Milady, que Deus a abençoe.

— Mas não conte nada a ninguém, nem mesmo a Lili. Ninguém pode saber que eu sei a verdade, entendeu?

Assustada, a garotinha concorda com um movimento de cabeça no mesmo instante em que vejo Craig sair da loja de seu amigo. Ele se aproxima e pergunta, sério:

— Está acontecendo alguma coisa?

Mara me olha, assustada. Eu, ainda em choque, digo depressa:

— Esta jovem precisa de ajuda para si e sua família. Poderia lhe dar algumas moedas em meu nome?

Sem hesitar, Craig, que é um homem imensamente empático, entrega as moedas à garota. Sorrio com carinho.

— Que Deus os abençoe — sussurra Mara, com gratidão, e vai em direção à porta de onde a vi sair.

Olho para Craig e pergunto, tentando fazer minha voz parecer normal:

— E seu chapéu?

Ele sorri e, me dando o braço para que continuemos andando, diz:

— Em poucos dias o entregarão em minha casa.

Caminho a seu lado enquanto penso em tudo que Mara me contou. Essa história me deixou em choque, e sei que tenho que ajudá-la.

27

Quando chegamos ao bairro de Belgravia e a carruagem nos deixa diante da linda casa de Michael e Craig, olho para ela com um amor que até esse momento não havia sentido e dou graças aos céus por minha vida ser como é, e não como a da pobre Mara e de sua família.

Kim está sentada em uma poltrona lendo e, ao nos ver, se levanta e vem nos receber. Preciso contar a ela o que aconteceu, de modo que sussurro quando Craig se afasta:

— Quando eu te contar o que descobri, você vai pirar!

Com um sorriso, ela me encara, e eu acrescento:

— Você não será capaz nem mesmo de sorrir.

— O que foi que aconteceu?

— É melhor perguntar o que não aconteceu.

Seu sorriso se desfaz; nós nos despedimos de Craig e Michael, que estão conversando no corredor, e nos dirigimos a nosso quarto. Entramos e eu fecho a porta, louca para despejar o que está me queimando por dentro. Conto tudo de supetão a Kim. A cara de minha *amirmã* muda em questão de segundos, e, quando acabo, ela diz, quase em um sussurro:

— Não é possível...

Não mesmo. Chocada com o jogo sujo do pai de nossas amigas, murmuro:

— Aniceto, o homem correto e formal que não fala com sua filha Catherine porque ela é a única que se atreve a dizer o que pensa, trai a família...

— Pois é — afirma Kim, tão chocada quanto eu.

— E a outra bandida, então? Existe pessoa pior?

Estamos chocadas com o que descobrimos.

— Seria muito humilhante para as garotas e para Cruella saber a verdade — aponto.

— Seria terrível.

— A moral dupla do conde é um jogo muito perigoso.

Kim assente.

— Se alguém souber do caso entre ele e a nora, toda a família será arrastada para um grande escândalo que vai destruir suas vidas e até mesmo seus negócios.

Ficamos em silêncio, até que ela murmura:

— Se lady Facebook ou uma daquelas harpias fofoqueiras souberem, mesmo sendo amigas de Cruella, vão acabar com ela.

— Não sei o que você acha — digo —, mas, na minha opinião, não devemos dizer nada. Se alguém descobrir, que não seja pela nossa indiscrição.

Kim concorda, ainda abalada.

— Sim, tem razão — admite. — Vamos evitar a dor e a vergonha.

Durante um tempo falamos sobre o assunto, até que alguém bate na porta. É Anna, que vem nos avisar de que o almoço está pronto.

A refeição com Michael e Craig transcorre de maneira agradável. Como não vejo Winona, só Anna cuidando do almoço, pergunto:

— Aconteceu alguma coisa com Winona?

— O marido dela está com problemas de saúde — conta Michael —, e ela foi a Manchester cuidar dele.

Assinto, lamentando o ocorrido. Craig, olhando para Anna, pede:

— Se tiver notícias dela, avise-nos.

— Claro, senhor — diz a garota.

Depois do almoço, Michael e Craig saem e Kim e eu subimos para nosso quarto. Mas, antes, eles nos lembram de que à noite temos uma recepção na casa dos barões de Middleton.

A tarde passa depressa enquanto continuamos conversando sobre nossa descoberta. Até que chega de novo a hora de me vestir de couve-flor. Se bem que já estou pegando o jeito, e até começando a gostar.

Esta noite vou pôr um vestido rosa claro. E usando os pós que Anna passa nas minhas bochechas, pintei algumas margaridas brancas, que ficaram rosa como o vestido. O resultado é espetacular.

Anna pira vendo meus truques, que eu ensino para ela com prazer. Como sempre dizia minha yaya, saber nunca é demais! E saber se virar na vida é a melhor coisa que existe!

Craig e Michael, ao ver as chamativas flores cor-de-rosa que coloquei como uma tiara na cabeça, me elogiam enquanto subimos na carruagem. Os dois sabem que eu adoro margaridas, e acham engraçado eu sempre usar algumas no cabelo.

No caminho, como em outras ocasiões, passamos pelo edifício onde fica o Brooks's, o clube de cavalheiros onde não é permitida a entrada de mulheres.

Curiosas, Kim e eu perguntamos sobre esse lugar mítico. Eles acham graça e contam o que os homens fazem ali. Bebem, fumam, apostam, jogam dardos e outros jogos, e às vezes mantêm discussões interessantes e acaloradas.

Ao pararmos diante da esplendorosa casa dos barões de Middleton, como é meu costume, piso na barra do meu vestido e quase quebro os dentes na entrada. Por sorte, Craig me segura e, rindo, pergunta se já bebi alguma coisa.

Às dez da noite, entramos na casa dos barões. Michael entrega um cartãozinho com nossos nomes a um criado, que nos anuncia gentilmente e os anfitriões nos recebem. Impera o protocolo!

A baronesa repara nas margaridas rosa em meu cabelo e as elogia; diz que nunca viu uma tiara igual, e me faz prometer que qualquer dia irei à sua casa para lhe ensinar a fazer uma. Digo que sim, lógico, mas duvido que eu vá.

Soam os violinos enquanto caminhamos pelo salão lindo e elegante. Eu observo tudo com uma curiosidade legítima; ao fundo, vejo lady Facebook e lady Twitter olhando para uma jovem que sorri. Sem poder ouvi-las, intuo o que estão cochichando. Kim se aproxima e comenta, sarcástica.

— Acha que estão falando sobre reciclagem ou sobre a mudança climática?

— Com certeza sobre isótopos radiativos — respondo, debochando.

Um garçom se aproxima com uma bandejinha de prata e nos oferece bebidas. Contentes, pegamos uma taça cada uma e, minutos depois, vemos chegar Catherine, Prudence, Abigail e Robert.

Quando nos veem, as garotas se aproximam. Michael pergunta:

— Seus pais não as acompanham hoje, miladies?

Abigail sorri e nega com a cabeça.

— Minha mãe estava um pouco indisposta e Percival está viajando, portanto meu pai e Bonnie decidiram ficar jogando xadrez.

Kim e eu nos olhamos. Jogando xadrez? Não quero nem pensar o que Aniceto e Bonifacia devem estar jogando...

— Viemos acompanhadas de Robert — acrescenta Catherine.

Olhamos para esse adorável canalha, que já está conversando com umas mulheres distintas. Abigail sussurra:

— Nosso irmão é uma excelente companhia...

Sorrimos. Então, ouço o mesmo criado de antes anunciar:

— O senhor Kenneth Rawson, duque de Bedford.

Sem poder evitar, eu me viro para ver meu duque.

Meu Deus, o nível de beleza desse homem não para de aumentar! Ele está deslumbrante com esse terno preto e o colete prateado.

Que elegância! Se pudesse eu lhe dava vinte *likes*!

Vejo o lenço que tem no pescoço, no lugar da gravata.

Nossa, eu daria tudo para tirá-lo...

Como fazem com todos os convidados, os anfitriões o cumprimentam. Em seguida Robert, o irmão das garotas, se aproxima e todos ficam conversando.

Eu me desloco disfarçadamente, ocupando uma posição melhor para olhar. Kenneth ainda não me viu. Está sério, de queixo erguido. Não se pode negar que é militar.

Adoro homens de uniforme!

Durante alguns minutos eu o vejo conversar com eles, até que vai com Robert para o outro lado do salão, onde este último lhe apresenta as mulheres com quem estava falando antes. Desnecessário dizer que todas começam a bater os cílios, encantadas.

Meu duque pega uma taça que o garçom lhe oferece. Vejo que escaneia o salão e então, zás! Seu olhar e o meu se encontram, e, movendo apenas o cantinho dos lábios, ele sorri.

Nossa, ele sorriu para mim! Considero seu sorriso um *like*!

Várias pessoas se aproximam de nós, e Craig e Michael nos apresentam. Entre elas estão o marquês Charles Michael DeGrass e lorde Vincent Cranston, sujeitos encantadores com quem fico conversando.

— Celeste...

É Kim quem me chama. Quando olho, ela pergunta:

— Você viu meu Boneco por aí?

Nego com a cabeça e ela suspira, resignada.

Em várias ocasiões meu olhar e o de Kenneth se encontram, e noto que o incomoda me ver falando com o marquês DeGrass.

— A noite está maravilhosa, não acha, lady Travolta? — diz o marquês.

Contente, assinto e afirmo, com toda a etiqueta do mundo:

— Sim, marquês. Devo admitir que está sendo muito divertida.

Minha diversão acaba, porém, quando, minutos depois, vejo Kenneth – que faz tempo que não me olha – sorrindo e parecendo se divertir com uma mulher linda.

Tudo bem, admito que isso me incomoda, e muito.

Um criado se aproxima e entrega um papel a Michael. Ele o lê, passa-o a Craig e depois anuncia, dirigindo-se a nós:

— Craig e eu temos que ir ao escritório da companhia naval com urgência.

— O que aconteceu? — pergunto.

— Ao que parece — responde Craig, guardando o papel —, houve um problema em um de nossos navios e nossa presença é necessária.

Kim e eu nos olhamos e minha amiga diz:

— Nós os acompanharemos.

Imediatamente eles negam com a cabeça. Michael murmura:

— Prefiro que fiquem aqui. — E, olhando para Catherine, pergunta: — Poderiam acompanhá-las com Robert quando voltarem para casa?

— Será um prazer. Vão tranquilos.

Por fim, Craig e Michael fazem uma inclinação de cabeça e saem com uma expressão séria.

A noite continua. As pessoas conversam e bebem animadas. Embora ninguém esteja dançando, noto que as mães de muitas jovens que estão aqui continuam tentando emparelhar suas filhas com o melhor partido.

Depois de um tempo, farta de ver que Kenneth não se aproxima, decido sair ao jardim para tomar ar. Tanto lorde, barão, visconde e lady me deixam atordoada, e eu fujo sem que ninguém perceba.

Quando chego lá fora, massageio a cabeça. Os grampos no cabelo me incomodam; não vejo a hora de voltar para casa e desmanchar esse penteado.

— Que prazer encontrá-la aqui! — ouço alguém dizer às minhas costas.

Assim que me viro, vejo o marquês DeGrass com duas taças na mão. Entregando-me uma, confidencia:

— Imaginei que iria gostar.

Encantada, aceito e, sorrindo, murmuro:

— Muito obrigada.

— É um prazer, milady.

Ora, ora, evidentemente o marquês está fazendo sua jogada.

Bebemos em silêncio, até que, recordando algo que Abigail disse, sussurro, tentando não sorrir:

— Não seria muito bem-visto que nos encontrassem aqui bebendo sozinhos.

Ele assente.

— Tem razão, milady. Mas algo me diz que isso não a incomoda muito.

Dessa vez eu rio sem censura e afirmo:

— Acertou, marquês.

Sem me importar com o que vão comentar, olho para a lua, que já está em sua fase minguante, e depois ele comenta:

— Dizem que é mágica.

— É o que dizem.

— Acredita em magia, milady?

Eu rio de novo. Como se eu pudesse não acreditar na lua!

— Sim, marquês. Claro que acredito — respondo, suspirando.

— Por quê?

Olhando para a lua e seu resplendor, sussurro, pensando em algo que Kim me contou:

— Porque alguém me disse que quem acredita em magia está destinado a encontrá-la. E porque às vezes a lua e sua magia nos surpreendem quando menos esperamos.

O marquês sorri e, aproximando-se um pouco mais, murmura:

— E acha que esta noite ambas poderiam surpreendê-la?

Ora, ora, sério que ele está flertando tão descaradamente comigo?

Sem recuar, respondo:

— Não duvido nem por um instante.

O marquês é um homem vivido, nota-se em seu jeito de falar, de contar as coisas e de flertar. A formalidade faz parte de sua vida, mas, sem dúvida, ele é mais direto que a maioria dos homens daqui. Então, baixando a voz, sugere:

— Acho que a senhorita e eu poderíamos nos divertir bastante.

— Ah, sim? — replico, divertida.

Sem hesitar, ele continua sua investida.

— Por seu modo de falar, intuo que a senhorita não é inexperiente em certas artes.

Acho engraçado. Ele me vê como uma libertina e não faz rodeios.

— Está uma linda noite, não está? — ouvimos alguém dizer de repente.

O marquês não se mexe, está paralisado. Virando-me, vejo meu duque a poucos passos de nós, todo sério.

— Sem dúvida, uma noite fantástica, duque — respondo.

Então, ficamos os três em silêncio.

Climão.

Com uma segurança impressionante, Kenneth se aproxima. E, depois de uns segundos constrangedores, o marquês pede licença, dá meia-volta e vai embora.

Kenneth e eu ficamos sozinhos no jardim. Nenhum dos dois diz nada, nem sequer falamos do tempo para disfarçar. Até que não aguento mais e murmuro:

— Pelo que pude ver, duque, está se divertindo muito esta noite.

— A senhorita também.

Tudo bem. Levantei a bola e ele cortou. Eu aceito, e digo:

— Pensei que não tornaria a vê-lo antes de nossa chegada a Bedfordshire.

— Eu também pensei.

— E que o fez mudar de ideia?

Kenneth me olha. Em seus olhos leio a palavra "impertinente".

— O que estava fazendo aqui sozinha com o marquês? — ele dispara.

Ao ouvi-lo, estou prestes a dizer que ele não tem nada a ver com isso, mas não quero ser tão rude. Bebo um golinho de minha taça e respondo:

— Olhando a lua.

Ele assente com sua habitual expressão séria.

— Será que não sabe que ficar a sós com um homem pode gerar comentários mal-intencionados? — diz a seguir.

Ora, ora, que engraçado! Fitando-o, replico enquanto gesticulo:

— Comentários mal-intencionados entram por aqui — indico um ouvido — e saem por aqui — termino, indicando o outro.

Ele franze o cenho.

— Quanta impertinência! — murmura.

— Impertinente ou não, respondi à sua pergunta.

Embasbacado, ele não se contém:

— Noto que está irada e grosseira. — Eu sorrio e ele sussurra: — E ainda por cima ri?

Eu rio, claro que sim. Se eu realmente fosse impertinente e grosseira, o duque não teria vocabulário suficiente para me descrever.

— Não leve a mal minha resposta — replico. — Simplesmente deve saber que fofocas não me importam em absoluto porque estou apenas de passagem por aqui.

— Só de passagem?

Olho imediatamente para ele. Imaginar-me sempre falando assim, usando essas roupas desconfortáveis e fingindo não ser quem eu realmente sou, não está nos meus planos, por isso afirmo com convicção:

— Sim, duque, apenas de passagem.

Ele acena com a cabeça, eu acho que entende o que estou dizendo, mas insiste:

— Mesmo assim, acho que deveria ser mais ajuizada em seus atos.

— Está bem, duque, pensarei nisso — respondo para que se acalme.

De novo, ficamos em silêncio. Queria que ele me falasse de seus filhos, de sua falecida esposa, dele. Mas Kenneth é reservado.

— Eu soube que o senhor é capitão da Marinha Real britânica — comento. Ele assente sem dizer nada. — E que espécie de navio comanda?

— Um navio de guerra.

Não entendo de navios, mas a palavra "guerra" me deixa arrepiada.

— Grande? Pequeno? — insisto.

Kenneth suspira, contrariado, mas por fim diz:

— É um navio com oitocentos e setenta e cinco homens, três conveses artilhados e cento e dez canhões.

— Que loucura!

Minhas palavras fazem que ele me olhe levantando uma sobrancelha:

— Está debochando de mim, milady?

Rapidamente nego com a cabeça. Que ideia absurda!

— Pelo amor de Deus, duque, claro que não! — respondo. — Estou apenas surpresa... Não conheço mais ninguém que comande um navio.

Kenneth respira fundo pelo nariz e assente; hoje não é nossa noite. Sem poder me calar, porque se não falar vou explodir, pergunto:

— Acaso lhe agrada alguma mulher daqui?

Ele crava o olhar em mim. Nossa, se olhares matassem...

Durante alguns instantes, intuo que ele está pensando no que responder. Que medo!

— Sou viúvo, milady, e minha vida é o mar — responde então.

— E o que isso tem a ver com minha pergunta?

Assim que falo, noto que o estou deixando irritado.

— Se sua pergunta for se procuro uma esposa que me espere voltar de minhas viagens, a resposta é não — replica. — Mas, se sua pergunta for se procuro uma mulher com quem me divertir, a resposta é sim.

Não poderia ser mais claro. Vendo sua expressão, eu digo:

— Tudo bem, também não precisa ficar assim. Nossa... que gênio!

— Às vezes me surpreende sua falta de distinção — diz.

Que ótimo, acabou de me chamar de "comum".

— Isso porque eu tento ser delicada em minhas perguntas e respostas — acrescento.

— Delicada?!

Eu assinto e ele balança a cabeça. Mesmo sendo delicada, acho que ele não gosta de meu jeito de falar.

— Satisfiz sua curiosidade? — pergunta, respirando fundo.

Ele está me provocando... Que droga!

— Eu poderia continuar perguntando — replico depois de soltar um suspiro.

— Por que é tão insolente?

— E por que é tão resmungão?

— Agora entendo por que foi deixada no altar.

— Que golpe baixo! — protesto.

Um silêncio constrangedor se instala entre nós. Não posso falar nada! Mas, suspirando e disposta a esquecer tudo, pergunto:

— Gosta de comandar um navio?

— Mais perguntas?

— *Mira, chato, ique te den!*[4] — solto em espanhol.

E me viro, porque, se continuar aqui, vou mandá-lo para um lugar nada glamuroso.

Mas ele me segura pelo pulso.

— Já vai? — pergunta.

Olho para ele e franzo o cenho.

— Sim.

Nós nos encaramos uns segundos em silêncio.

— O que significa isso que você disse? — ele quer saber.

Levanto as sobrancelhas, porque já nem sei o que disse.

— Você falou algo de *chato* e *que den* — explica.

Uau! Se eu lhe explicar isso, vamos acabar muito mal.

— Melhor não saber — rebato, puxando minha mão.

— Por quê?

— Porque sou impertinente, e quando me irrito fico ainda pior.

Ele me olha boquiaberto. Eu o confundo, eu posso ver isso em seu rosto.

— Você perguntou se eu gosto de comandar um navio — prossegue, então. — O mar é minha vida, como antes foi para meu avô e meu pai.

— Ah, então é coisa de família.

Ele olha para a lua e assente.

— Sim. Venho de uma família de militares. Infelizmente, meu pai morreu em uma batalha naval.

— Lamento — murmuro, girando meu anel.

— Voltei a Londres há um mês para celebrar o aniversário de minha avó — prossegue. — Tenho dois filhos, estava com saudade deles. Depois da morte de minha esposa, eles estão vivendo em Bedfordshire com minha avó, a duquesa. Mas depois do aniversário dela, voltarei ao mar, e certamente demorarei bastante para voltar.

Franzo o cenho. Em poucas semanas espero estar de volta ao meu mundo, ao meu tempo; mas saber que quando eu partir nunca mais nos veremos me provoca um calafrio. Abro o leque e me abano.

---

4. "Olha aqui, seu chato, vá se foder!" (N.T.)

— Posso ser claro, milady? — ele pergunta, olhando para mim.

Como um robô, respondo que sim com a cabeça.

— Algo me diz que ambos somos pessoas experientes nos prazeres da carne — afirma.

Ora, ora! É evidente que a imagem que passo não é exatamente a de uma freira.

— O jogo de sedução que iniciamos é agradável — prossegue —, e com essas margaridas cor-de-rosa no cabelo a senhorita está muito atraente. Mas não sou desses que pedem em casamento, não se confunda.

Uau, adoro a franqueza desse homem!

O que ele está me dizendo é: nada de namoro, casamento e o escambau! Se rolar alguma coisa entre nós, vai ser puro sexo e nada mais.

Estou encantada com seus olhos azuis. O que ele disse me deixa com calor. E disposta a ser tão clara como ele está sendo comigo, digo:

— Como bem disse, ambos somos pessoas experientes. Sua vida é o mar e a minha é longe daqui. Também o considero um homem atraente, e nosso jogo de sedução me provoca centenas de coisas que, se as mencionar, certamente ficará evidente minha falta de distinção. Mas que fique bem claro que eu também não estou atrás de um marido.

Ele assente. Gosta da minha objetividade, assim como eu gosto da dele.

— Tenho que reconhecer que sua maneira de se expressar — sussurra, sorrindo —, apesar de às vezes me escandalizar, também me agrada.

Sem poder evitar, eu rio.

— Deve ser porque somos dois libertinos — brinco.

Nós dois rimos, e ele levanta o olhar para o céu.

— Acredita que a lua é mágica? — pergunto.

— Quando estou no mar — ele responde sem me olhar —, a lua serve para me guiar e me ajudar a voltar para casa. Se isso for considerado magia, então eu acredito; mas nada além disso. E a senhorita, acredita em magia?

Volto a assentir e, encarando-o, afirmo:

— Acredito e sei que existe, posso garantir.

— Bobagem — brinca.

Eu sorrio.

— Era o que eu pensava — murmuro —, até que...

De repente eu me calo. Quase falo o que não devo!

— Até que... — instiga ele.

Eu rio e, prisioneira de seu olhar, sussurro:

— Só posso dizer que às vezes nada é o que parece ser.

Noto que minhas palavras o deixam inquieto. Quer saber por que eu digo isso. Deixando-me levar, filosofo, olhando para o céu:

— Sabe, duque, reconheço que olhar para lua com o senhor enquanto falamos de algo tão íntimo é imensamente ardente e interessante.

Nossa, estou ficando intensa!

Ficamos uns segundos em silêncio, até que percebo que ele se aproxima de mim.

Oh, céus, como diria Prudence.

Sinto sua respiração em minha nuca. Ai, meu Deus... Embora não me toque, a proximidade já está me deixando a mil. Então, ele pega minha mão, me faz girar e, olhando em meus olhos, murmura:

— Não pude deixar de pensar no que aconteceu na outra noite na biblioteca.

Hmmm, que conversa interessante...

— Nem eu — murmuro.

Sorrimos; ambos sabemos o que desejamos.

— Celeste, diga meu nome — ele sussurra.

O fato de ele me chamar pelo nome, sem protocolo, com certeza é um grande avanço. Sem hesitar, digo bem baixinho:

— Kenneth...

Assim que pronuncio o nome dele, sinto em meu corpo uma contração idêntica à de um orgasmo.

Meu Deus, o que está acontecendo?

Como posso ter um orgasmo só de falar seu nome? Sem que nos toquemos, sem que nos beijemos... Sinto meu corpo estremecer, e, quando nossos lábios se aproximam... e estamos quase nos beijando... eu ouço:

— Celeste!

É Kim. Puta que pariu, que desmancha-prazeres!

Com a respiração entrecortada, eu me volto para minha amiga. Ela, com um olhar de "vou matar você!", me chama:

— Celeste, venha. Quero lhe apresentar os condes de Rocamora.

Kenneth e eu nos olhamos. Nós nos desejamos de um jeito que está começando a fugir do nosso controle, especialmente depois do que confessamos. Por fim, ele dá um passo para trás e diz:

— Vá, lady Travolta. Vá...

Meu coração bate como nunca bateu na vida. Dou um sorriso, viro e volto para Kim. Enquanto caminhamos para o salão, minha amiga me olha e sussurra:

— Agradeça por ter sido eu que os encontrei, porque se fosse lady Facebook ou qualquer uma delas, com a atitude descarada de vocês, sem dúvida teriam causado uma revolução na temporada.

Dou risada, e segura de minha resposta, afirmo:

— Eu adoraria!

Kim e eu gargalhamos.

Ao chegar ao salão, logo vejo Kenneth se dirigir para o lugar onde estão Robert e várias mulheres. Admito que não vejo graça nenhuma nisso.

À meia-noite é servida uma ceia fenomenal. Todos os presentes se sentam ao redor de lindas mesinhas redondas elegantemente adornadas com candelabros de prata. A comida está deliciosa, mas meu prato ideal está sentado duas mesas à minha direita.

Após a ceia, durante a qual Kenneth e eu não paramos de nos olhar, de nos provocar e de nos beijar com os olhos, os convidados começam a se despedir dos anfitriões.

Então Robert se aproxima.

— Minhas irmãs — diz, com um ar maroto —, importam-se se não as acompanhar de volta a casa? Joseph as espera na carruagem para levá-las.

Prudence, Abigail e Catherine sorriem, e esta última pergunta, olhando para onde estão Kenneth e as mulheres.

— Meu irmão, por que vai nos privar da sua companhia?

Ele sorri e, baixando a voz, brinca:

— Preciso mesmo explicar por quê?

Como era de esperar, Prudence fica vermelha como uma cereja. Omitindo que Michael e Craig também não estão, Abigail responde:

— Claro que não. Vá tranquilo, não diremos nada a nossos pais.

Robert dá uma piscadinha e, sorrindo, despede-se:

— Adeus, miladies.

Fingindo um sorriso, digo adeus, mas por dentro estou uma fera. Depois de um último olhar entre Kenneth e eu, vejo-o ir embora.

28

Naquela noite, voltando para casa na carruagem de Catherine e suas irmãs, todas nós rimos e comentamos sobre o quanto nos divertimos na recepção.

— Se minha mãe souber que estamos voltando as cinco sozinhas, sem um homem para nos proteger, vai ficar escandalizada! — sussurra Prudence em dado momento.

Sem poder evitar, caímos na gargalhada. Ao passar por uma rua, digo:

— Estamos em Westminster?

— Sim — responde Catherine.

Pergunto, como se já não soubesse:

— O Brooks's fica por aqui?

Todas olham em direção a um edifício que eu já reconheci, apesar dos anos. Catherine afirma, apontando para ele:

— Sim. Esse é o clube de cavalheiros.

Abigail sussurra:

— Mulheres não podem entrar.

Sei muito bem disso. Sorrindo, proponho:

— Podemos parar um minuto para admirar o lugar?

Sem hesitar, Catherine ordena ao cocheiro que pare. Já está fechado e não há nenhuma luz no edifício, e noto que as medidas de segurança que existem em meu século, como câmeras ou vigias, aqui não existem.

Que ótimo!

Kim me olha. Sem que eu diga nada, ela sabe o que quero fazer.

— É uma loucura. Nem pense em propor uma coisa dessas — adverte, segurando o riso.

Mas sim, quero propor. Quero profanar esse mítico lugar do patriarcado e da testosterona. Baixando a voz para que o cocheiro não nos ouça, pergunto:

— Não gostariam de entrar para ver como é por dentro?

Elas ficam escandalizadas. Prudence murmura, balançando a cabeça:

— Que ideia absurda!

Sei que estou propondo violar as normas, mas insisto:

— Poderíamos entrar e sair sem sermos vistas.

— Isso é um absurdo — acrescenta Prudence.

— Mas, Celeste, qual é a necessidade disso? — pergunta Abigail.

— Necessidade, necessidade, nenhuma! Mas não as incomoda o fato de existir um lugar onde proíbem nossa entrada simplesmente porque somos mulheres?

Elas se olham; acho que nunca pensaram nisso.

— Para ser sincera — murmura Catherine —, às vezes essa diferença no tratamento me incomoda, sim.

— Catherine! — exclama Prudence.

— Por que eles podem entrar em qualquer lugar e nós não?

— Se mamãe a ouvir, vai trancá-la no quarto durante um ano — brinca Abigail.

Kim ri. Ela gostou dessa resposta tão típica da Johanna feminista do século XXI.

— Concordo com você, Catherine. Por que não? — diz sem hesitar.

Divertidas, Catherine, Kim e eu nos olhamos; já somos três loucas. E então ouvimos:

— Se vocês vão entrar, eu também quero.

Quatro!

— Abigail! — exclama Prudence.

Catherine olha para o cocheiro, alheio à nossa conversa.

— Joseph, vamos descer aqui uns minutos para admirar as flores daquele jardim — informa. — A noite está fantástica. Espere-nos duas ruas mais adiante e nós iremos passeando até lá.

O homem pestaneja, sem entender nada.

— Desnecessário dizer que ninguém deve saber — sussurra Abigail—, senão, meus pais, e inclusive sua esposa, Ofelia, podem descobrir o que vi aquela noite entre Martha e o senhor...

O cocheiro arregala olhos e sussurra:

— Fique tranquila, milady, ninguém saberá. Vou esperá-las duas ruas mais adiante.

De queixo caído, todas olhamos para Abigail. E ela, abrindo a porta da carruagem, desce e nos chama:

— Vamos?

Sem hesitar, todas a seguimos, inclusive a tímida Prudence. Quando a carruagem se afasta, Catherine pergunta:

— O que há entre Martha e ele?

Abigail sorri.

— Uma madrugada dessas eu desci à cozinha para pegar água e os vi se beijando escondido na despensa.

— Martha, a criada da nossa mãe? — pergunta Prudence.

Abigail faz um gesto afirmativo com a cabeça e eu, vendo a cara de surpresa das outras, murmuro:

— Nunca confiem nas mais beatas; são as piores!

Elas confirmam com um movimento de cabeça, de queixo caído. Enfim, sozinhas na rua, iluminada apenas por três lâmpadas a gás, murmuro:

— Vamos lá!

Passamos pela porta principal, seguimos pela calçada e bingo! Como eu imaginava, alguma janela tinha que estar aberta para que o ar entrasse no clube e ventilasse a fumaça dos charutos e cigarros. É evidente que a malícia que existe no século XXI não estava tão presente no século XIX.

— Podemos entrar por aqui — proponho.

Prudence segura minha mão.

— Celeste, por favor, não continue com isso!

Acho engraçada sua preocupação. O nervosismo provoca tiques nos olhos dela.

— Alguma vez na vida você já fez algo inadequado?

Rapidamente ela nega com a cabeça.

— Eu já — murmura Catherine. — Quando tinha quinze anos, beijei Stephan Wedner no casamento da prima Constanza.

— Catherine! — Prudence se agita ao ouvi-la.

— Uma vez eu passeei sozinha com John Thomson, quando tinha dezesseis anos, pelos campos de Bibury. Até nos demos as mãos.

— Meu Deus, Abigail! — Prudence volta a se surpreender.

Todas rimos. Kim e eu mais ainda. E então Catherine diz, olhando para sua irmã:

— Pois já é hora de fazer algo inadequado, Prudence, já é hora!

Soltamos uma nova gargalhada e Prudence, coitada, sussurra:

— Mamãe e papai vão nos matar!

— Isso se eles descobrirem, o que não vai acontecer — aponta Kim.

Rindo do que estamos prestes a fazer, eu vou até a janela aberta e a empurro para cima. Sou bem bruta quando quero. Observo a cara de medo das três e, vendo que Kim sorri, pergunto:

— Estão nervosas?

Sem hesitar, as irmãs concordam.

— Sabem o que eu faço quando tenho que enfrentar alguma coisa que me assusta e preciso me encher de confiança? — digo.

— O quê? — pergunta Abigail.

— A postura de super-heroína.

É lógico que nenhuma das três entende nada; não sabem o que é uma super-heroína. Rapidamente, Kim se posiciona ao meu lado e eu explico:

— Agora, imitem meus movimentos.

Surpresas, elas assentem. Eu afasto as pernas, ponho as mãos na cintura e olho para a frente com a cabeça erguida.

— Esta é uma postura de poder! Se a mantiverem por alguns minutos, vocês vão ficar cheias de confiança e poderão enfrentar tudo o que vier.

Em silêncio, permanecemos nessa posição, no meio da noite, até que, batendo palmas, dou o comando:

— Ao ataque!

Kim ri. O resto não.

Instantes depois, com a janela bem aberta, levanto meu maldito vestidinho de musselina sem cerimônias.

— Meu Deus, Celeste, o que está fazendo?! — sussurra Prudence.

Uma vez que eu consigo passar metade da perna pela janela, respondo, tocando os grampos de cabelo que estão me matando.

— Levantando o maldito vestido para não estragar.

Entre risos nervosos, uma a uma, elas entram atrás de mim naquele lugar mítico, só para cavalheiros, ao qual as mulheres não têm acesso. A última é Prudence. Uma vez dentro, eu digo para fazê-la sorrir:

— Meninas, uma salva de palmas baixinho para Prudence por sua primeira imprudência!

Sem muito barulho, todas a aplaudimos, e por fim a garota acaba sorrindo.

No escuro, procuramos velas para acender e logo as encontramos. Com uma cada uma, percorremos esse lugar que cheira a homem, a uísque e a tabaco, e me surpreendo ao notar a classe e a distinção do clube. O Brooks's é uma preciosidade.

Percorremos juntas as salas e, quando chegamos ao que imagino ser o bar, paro. Pego cinco copinhos e uma garrafa que cheira a uísque. Acendo um cigarro que pego em uma bandeja e Catherine acende outro:

— Vamos brindar à nossa aventura no Brooks's com uns *chupitos*.

— *Chupitos*?! — perguntam as três Montgomery.

Kim e eu rimos e explico:

— *Chupito* é uma pequena quantidade de bebida, servida em um copo pequeno, que se bebe de um gole só.

Elas mostram que entenderam e eu prossigo:

— Como aqui não há copos de *chupito*, vou servir em copos normais.

Quando acabo de encher os cinco, Prudence pega o seu, cheira o conteúdo e sussurra:

— É uísque!

— Nunca provou uísque? — pergunto.

Abigail e Prudence negam com a cabeça, mas Catherine sussurra:

— Eu já.

— Catherine! — sussurra Prudence.

Estamos rindo quando Abigail propõe:

— Não podemos brindar com água?

— Você não sabe que brindar com água dá azar?

Ela e as irmãs negam com a cabeça.

— Como as americanas são ousadas! — exclama Prudence.

Todas rimos. Fazemos tintim e eu insisto:

— De um gole só.

E zás! Todas viramos. Prudence e Abigail quase engasgam.

Passado o sufoco das irmãs, tomamos mais dois *shots*. Caio na gargalhada ao ver Prudence rir à vontade. Sem dúvida o álcool está fazendo efeito.

Enfim, para que elas não se embebedem e eu seja obrigada a arrastá-las para fora, deixamos os copos sujos no balcão e continuamos nosso tour pelo local. Achando engraçado, nos sentamos nos sofás e mexemos nos livros e jornais que encontramos por ali.

Vemos as cartas com que os homens jogam, os alvos pendurados na parede, e, sem hesitar, experimentamos tudo.

Já que estamos aqui...

Depois de percorrer o edifício de cima a baixo e satisfazer nossa curiosidade, antes de sair, pego um papel e um lápis e, sorrindo, pergunto:

— Vamos deixar um rastro para escandalizar os cavalheiros?

Umas concordam, outras não. E eu, que já estou com a mão na massa, escrevo:

Se as mulheres querem, fazem! A propósito, excelente uísque, cavalheiros.

Leio em voz alta e Kim cai na gargalhada. Catherine, Prudence e Abigail começam a tremer.

Deixamos o papelzinho em cima de uma enorme mesa no hall de entrada e, do jeito que entramos, saímos. Ao deixar a janela como estava, sussurro com um sorriso:

— Amigas, acabamos de fazer história!

Rindo, nós cinco corremos para onde nossa carruagem está esperando e seguimos para casa. Fico pensando na confusão que será quando encontrarem nosso bilhetinho.

Como eu imaginava, na manhã seguinte a cidade inteira está comentando o que aconteceu no Brooks's. É um verdadeiro escândalo que mulheres tenham profanado a Capela Sistina dos homens. Que sacrilégio!

Quando Michael e Craig nos contam, Kim e eu nos surpreendemos como duas atrizes perfeitas, de tal modo que, se Spielberg nos visse, certamente nos contrataria para seu próximo filme.

Mesmo assim, noto os rapazes mais sérios que o normal. Tentamos saber o que está acontecendo, mas eles simplesmente dizem que estão preocupados com o problema na companhia naval.

Quando saem para resolver seus assuntos, Kim e eu lemos o *The Times* e rimos. Esse dia, pela primeira vez desde que foi fundado, em 1785, o jornal saiu mais tarde que o habitual por causa da maior notícia da temporada.

A matéria menciona umas mulheres sem juízo que são procuradas pela polícia por terem entrado no clube de cavalheiros Brooks's, e que não só beberam seu uísque como também fumaram seus cigarros, jogaram com suas cartas e seus dardos e, não satisfeitas, deixaram um bilhete para se fazer notar. De queixo caído, lemos e rimos disfarçadamente. Sem dúvida, se nos pegarem, vão nos matar.

À tarde, quando Abigail, Prudence e Catherine vêm nos visitar, saímos com Craig e Michael, a quem encorajamos a tomar um pouco de ar fresco, para uma caminhada pelos Jardins de Vauxhall, onde todos com quem cruzamos falam do que aconteceu no Brooks's.

Meu Deus, será que não se cansam?

Em dado momento, Michael e Craig estão conversando distraídos e eu me dirijo às irmãs.

— Mudem essa cara — sussurro.

— Céus, Celeste, estou mal do estômago por causa do medo.

— É por causa do uísque — digo, divertida, fazendo Catherine rir. — Fiquem tranquilas, não há nada a temer.

Prudence suspira e sussurra:

— Meu pai está horrorizado.

— Por quê? — pergunto.

— Porque ele é um homem muito rígido e conservador — explica Abigail —, e acha que o que essas mulheres fizeram é totalmente indecente.

Morro de rir! Aniceto fala de decência enquanto vai para a cama com a nora, com quem inclusive tem uma filha?

Kim, que me conhece e sabe o que estou pensando, faz um gesto para que eu não solte nada inapropriado. Então, Catherine sussurra:

— Meu pai disse que, quando pegarem as mulheres que fizeram isso, elas serão duramente castigadas.

— Fiquem tranquilas — murmura Kimberly.

— Mas e se descobrirem? — insiste Abigail.

Respiro fundo, olho para elas e aponto:

— Se descobrirem será porque vocês contaram. Se vocês continuarem com essa cara de culpadas, vão se delatar.

As três irmãs se olham e eu acrescento:

— Vocês precisam se comportar normalmente. Ora, não matamos ninguém, só entramos no maldito Brooks's.

Todas rimos. Olhando para nós, Craig pergunta:

— Do que estão rindo?

Para tentar salvar a situação, começo a falar, mas Catherine se antecipa:

— Estávamos falando da viagem a Bedfordshire. Contei a Celeste do baile maravilhoso que a duquesa organiza.

Craig sorri; parece convencido com a resposta. E, dando uma piscadinha, afirma:

— Vamos nos divertir muito.

29

Dias depois, Winona volta de Manchester. O marido está melhor, mas a preocupação em seu rosto é evidente. Pergunto o que está acontecendo e ela me conta que o homem está com uma dor de dente insuportável.

Fico com dó. Esse tipo de dor, não importa em que século seja, é horrorosa. Tento pensar em remédios naturais que eles possam conseguir nessa época. Então, recomendo que ele mastigue salsinha, pois ela reduz as bactérias da boca, e aplique alho ou óleo de cravo. Winona anota tudo. Da próxima vez que for vê-lo, vai fazer isso.

Pelo que sei, está rolando um drama na casa de Catherine. Ao que parece, incentivado pela mãe, Percival concordou em assumir a fábrica de vidros que seu pai comprou no País de Gales, e Bonnie não gostou nadinha disso. Ela se recusa a abandonar Londres e, segundo contam, não faz mais que chorar.

À noite curtimos um excelente baile na linda casa dos condes de Hammersmith. É incrível a vida social que essa gente tem! E espero ver o meu duque, de quem não tive mais notícias.

Dessa vez tingi de azul as margaridas que coloquei no cabelo, com uma tintura que Anna me arranjou, e elas causaram furor de novo. Muitas damas querem saber como consigo esse efeito nas flores, e Kim brinca, dizendo que vou ter que dar uma *masterclass*.

Enquanto bebo ponche, olho ao redor. Embora esteja me divertindo, é como se faltasse alguma coisa. É o meu duque; ele não apareceu, e isso faz tudo perder a graça. Kim sussurra:

— Melhore essa cara, mulher.

— Ainda não o vi.

— Talvez ele não venha.

— Por que não viria?

— Porque talvez ele esteja cansado de tanto bailinho. E não reclame, que eu ainda não vi meu Boneco! Isso sim é decepcionante.

Fico deprimida. Quero que ele venha. Quero vê-lo. De repente, percebo Bonifacia. Como sempre, está impressionantemente bonita, e a vejo sussurrar com Aniceto. Do que será que estão falando?

Sem tirar os olhos deles, observo-os durante um bom tempo. Como sogro e nora, não levantam suspeitas. Vê-los conversar, passear ou dançar juntos é muito normal para todos. Ninguém poderia imaginar que os dois têm um caso, e, honestamente, sinto pena de Cruella. Se uma de suas amigas ficar sabendo, todos vão crucificá-la sem piedade!

Bebo meu ponche e, de repente, vejo Prudence ficar vermelha. Imediatamente vejo o barão Randall Birdwhistle do outro lado da sala. Olhando para ela, digo:

— Prudence...

Ela ou não me ouve ou se faz de sonsa. Chegando mais perto, olho em seus olhos e a censuro:

— Você o viu, assim como eu. Não disfarce!

Prudence fica acalorada. Eu a pego pelo braço e saio com ela ao jardim para que tome um ar, antes que desmaie.

Quando consigo fazer sua respiração voltar ao normal, reforço:

— Lembre-se do que nós conversamos.

— Já esqueci tudo! — murmura, arfando.

Dou risada. Prudence é um caso sério!

Catherine e Kim aparecem. Eu peço silêncio às duas e acrescento:

— Basta você se acalmar, permitir que ele se aproxime, olhá-lo nos olhos e sorrir. E, se depois se sentir à vontade, converse ou dance com ele.

Ela assente, mas balbucia:

— Não... não vou conseguir... Não vou conseguir.

Odeio negatividade, nunca gostei. Eu a obrigo a olhar para mim e a incentivo:

— Consegue sim. Claro que consegue!

— Mas eu não sou você...

— E nem precisa!

A pobre Prudence me encara. Sua insegurança é de cortar o coração.

— Quer ser feliz? — pergunto a seguir.

— Sim — ela responde sem hesitar.

— Pois então tem que fazer o impossível para conseguir.

Seus olhinhos me dizem que ela quer, que deseja. Mas seus medos e suas inseguranças a paralisam

— Nunca esqueça de que acreditar em si mesma sempre ajuda — insisto. — Seja positiva! E pense que, se outras pessoas conseguem, você também pode!

Acho que ela está tão nervosa que nem me escuta.

— Vamos estar ao seu lado para ajudá-la a puxar conversa — acrescento. — Fique calma.

De novo ela assente, e eu, tendo consciência de sua dura realidade, peço:

— Pelo amor de Deus, me ouça. Seus pais querem vê-la casada quando acabar a temporada, não é? — Ela não responde, mas faz um movimento de cabeça. — Você tem duas possibilidades: ou Randall, que é quem você quer, ou lorde Anthon Vodela, amigo do seu pai. A escolha é sua.

Olhando para nós como um carneirinho degolado, ela assente, respira fundo e afirma:

— Escolho Randall.

— Pois então lute por ele.

Nós sorrimos, e Catherine a pega pelo braço.

— Vamos ao salão — diz. — E fique calma, estamos com você.

Entramos, e, enquanto elas procuram um lugar onde possam ser vistas, eu procuro Abigail com o olhar. Quando fui ao jardim antes com Prudence, vi o amor da vida dela, o conde Edward. E, pelo que percebi, ela também já o viu.

Como sempre, o sujeito está cercado das *groupies* de plantão, mães e filhas que descaradamente pestanejam se oferecendo como a melhor opção para o casamento.

Abigail me vê e se aproxima.

— Admito que o conde me agrada muito — sussurra —, e que quando o vejo todo o meu corpo se agita de uma maneira que não entendo. Mas, se de algo tenho certeza, é de que não quero ser mais uma dessas tolas que ficam babando por ele.

Faço que sim com a cabeça. Eu a entendo perfeitamente. À sua maneira, ela se valoriza.

— Você tem certeza de que gosta desse homem a ponto de... — pergunto.

— Muita! — diz ela, sem me deixar terminar.

Animada, eu rio. Abigail é um amor.

— Muito bem — acrescento. — Pois se gosta tanto dele assim, temos que encontrar uma maneira de chamar a atenção dele e fazê-lo se sentir ignorado por você.

Abigail arregala seus lindos olhos e abre a boca.

— Meu Deus, Celeste, como vou fazer isso? — murmura.

Penso; sou uma mulher engenhosa. Olhando para Craig, que está conversando com uns homens, explico:

— Tenho uma ideia. Pedirei a Craig que o leve à salinha de música daqui a pouco. Você estará lá cantando, com Prudence ao piano e...

— Prudence vai tocar diante das pessoas?

— Sim.

— Impossível! Ela é tímida demais...

— Ela vai tocar! — interrompo, mas sei que ela tem razão.

— Mas...

— Fique calada e escute — interrompo de novo. — Você tem uma voz linda e sempre que canta todos a ouvem com atenção e depois a elogiam. Ou não?

— Sim — admite, sorrindo.

— Pois bem. Quando você acabar de cantar, esse conde, como todos os demais, vai se aproximar, e você vai simplesmente sorrir para ele e depois ignorá-lo.

— O quê?!

— Vai ignorá-lo — insisto.

Abigail está pasma. Pestanejando, murmura:

— Se ele for me elogiar, como poderei ignorá-lo?

— Ignorando, ora.

— Deus do céu, que absurdo! — murmura ela, acalorada.

Dou risada. Acho engraçada sua preocupação.

— Quer que esse gato demonstre interesse por você?

Abigail o fita e suas pupilas se dilatam.

— Sim.

— Pois então faça o que eu disse. Se quando ele for cumprimentá-la você ficar babando como as outras, ele vai perder o interesse por você. E o que nós pretendemos é o contrário, certo?

Abigail assente, com cara de assustada.

— Hoje, limite-se a agradecer o elogio — insisto. — Mostre seu lindo sorriso e faça-o sentir que é um homem comum. Garanto que, se dessa maneira chamar a atenção dele, da próxima vez que a vir ele é que irá atrás de você.

Ela hesita, já que nunca fez nada parecido.

— O que você tem a perder? — pergunto. — Por acaso ele sabe que você existe?

Abigail sorri. O que eu disse a fez pensar.

— Tem razão — concorda, por fim. — Não tenho nada a perder.

Quase bato palmas de felicidade, mas, pegando-a pelo braço, olho para onde estão Kim e companhia e digo:

— Agora, vamos falar com Prudence. O barão está aqui e ela precisa de nós.

Rapidamente, Abigail e eu vamos até elas. Continuo não vendo Kenneth, e isso está me deixando inquieta. Prudence está agitada, apresenta vários tiques que não a deixam ficar quieta. Ao notar que o barão nos observa, murmuro:

— Respire, Prudence. Respire.

Ela obedece. Nisso é muito aplicada.

E então, ao ver que ele começa a se aproximar, aviso:

— Não se assuste, mas o barão está vindo para cá.

— Deus do céu! — murmura Prudence.

Tenho que a segurar antes que saia correndo. Pego-a pelo braço com força para que não se mexa. O barão chega e nos dirige uma inclinação de cabeça.

— É um prazer vê-las de novo, miladies.

Todas sorrimos, e Catherine diz:

— Oh, que alegria vê-lo, barão. Está se divertindo?

Ele assente, encantado, e, olhando ao redor, afirma:

— Vir a um ato como este e não se divertir deveria ser proibido.

Todas nós sorrimos mais uma vez. A seguir, olho para Prudence e faço um sinal para que diga alguma coisa. Ela sussurra:

— Fa... faz muito sentido o que o senhor disse.

O barão se surpreende ao ouvi-la. Acho que é a primeira vez que Prudence olha em seus olhos e se dirige a ele.

— Lady Prudence, permita-me dizer-lhe, diante de suas encantadoras irmãs e amigas, que hoje está especialmente radiante — ele comenta, sorrindo.

Aiii, que fofoooo! Também quero que me digam algo assim!

Prudence estremece, e sem que eu diga nada, responde:

— O senhor é muito gentil, barão. Obrigada pelo elogio.

Todas nos entreolhamos. Parece que a coisa está indo bem. Respirando fundo, ele pergunta:

— Teria algum espaço para mim em sua caderneta de baile?

Prudence pestaneja; está muito nervosa. Ai, meu Deus, se ela desmaiar...

Ela não responde. Parece que o gato comeu sua língua. Para salvar a situação, intervenho:

— Barão, sabia que em alguns minutos Prudence tocará piano e sua irmã Abigail cantará?

Todas me olham. Acho que pensam que enlouqueci. E dirigindo-me a Prudence, que mexe o pescoço com seus tiques, digo:

— Sim, querida, Abigail e você merecem ser ouvidas.

As pernas dela falham. Ainda bem que a estou segurando; se não, ela teria desabado aqui mesmo.

Para nos dar uma mão, Kim pega a caderneta de baile de Prudence, que ela leva ao pulso, e diz:

— Barão, anote seu nome na dança que deseja dançar com ela.

Surpreso, o barão pega a caderneta que minha amiga lhe estende e, sem hesitar, abre-a e anota seu nome em um dos espaços livres.

Depois, com um sorriso lindo e protocolar, faz um movimento com a cabeça e, antes de dar meia-volta para ir embora, informa:

— Irei ao salão dos cavalheiros fumar um cigarro e estarei atento para ouvi-la tocar o piano.

A seguir ele se afasta, e eu, olhando para Kim, sussurro, esperançosa:

— E se Kenneth estiver neste salão?

Ela dá de ombros.

— Prudence, respire, você está roxa como uma ameixa! — diz Catherine.

Prudence respira fundo e, quando vai protestar, digo:

— Muito bem, Prudence! Você se saiu muito bem.

Mas a coitada está angustiada.

— Que... que história é essa de que eu vou... tocar piano? — murmura.

Abigail sorri.

— Você vai tocar e eu vou cantar.

— Nem pensar!

— Ah, sim, Prudence, claro que vai tocar! — insisto.

— Nãããão.

— Siiiim — afirmo, obstinada.

— Mas...

— Prudence — interrompe Abigail —, você toca muito bem e o barão vai adorar ouvi-la. Além disso, você já tem a atenção dele, e eu quero chamar a atenção do conde.

— Do conde Edward Chadburn? — pergunta ela, com um fio de voz.

Todas olhamos para aquele lindo homem rodeado de mulheres, e Abigail diz:

— Sim, irmã, essa é a intenção.

Adorei a determinação dela. Então, Catherine pega as mãos de Prudence e sussurra:

— Embora seja tímida e não goste de tocar na frente das pessoas, ninguém toca piano como você. E também ninguém canta como Abigail. Vocês se sairão maravilhosamente bem juntas.

Prudence me olha e eu insisto:

— Lembrem-se de que vocês admitiram que querem ser felizes.

— Sem dúvida, me lembro — declara, respirando fundo.

Depois de falar com Craig e pedir sua colaboração para levar o conde até a salinha do piano, vou para lá com as garotas, na esperança de que Kenneth apareça a qualquer momento.

Ao entrar, vejo outra mulher ao piano. Ela toca bem, mas a canção é meio sonífera; parece música de catedral.

A mulher termina e o piano fica livre. Faço um sinal a Prudence, mas ela se finge de louca.

Esperamos durante alguns minutos. Abigail incentiva a irmã, mas nada. Ela não se mexe! Vejo o barão entrar e, instantes depois, Craig e o jovem conde. Só falta Kenneth...

Onde diabos ele está?

Aflita, olho para Prudence. Vendo que se eu não fizer alguma coisa ela não vai sair do lugar, vou até o piano e anuncio, em alto e bom som:

— Agora, lady Prudence e lady Abigail Montgomery nos deleitarão com uma encantadora peça musical.

Imediatamente, várias pessoas olham para elas e lady Twitter sai correndo. Imagino que esteja surpresa por Prudence fazer uma coisa dessas.

— Vamos, Prudence — sussurro disfarçadamente.

— Não... não posso — diz ela.

Suspiro.

— Pode, claro que pode!

Todos nos encaram; estão esperando. Nesse instante, vejo entrar na salinha lady Cruella de Vil, Bonifacia e lady Twitter. Perfeito, a plateia está completa!

Parece que lady Twitter foi buscar sua amiga para informá-la do que suas filhas vão fazer. Aproximando-se, lady Cruella pergunta, contrariada:

— O que está acontecendo?

As três irmãs se olham e Catherine sussurra:

— Mamãe...

— Prudence vai tocar piano e Abigail vai cantar. Isso é o que está acontecendo — corta Kim.

Horrorizada, Cruella olha para Prudence, que está aflita, e, baixando a voz, protesta:

— Oh, céus, que ousadia! Como lhes ocorre contar com Prudence para uma coisa dessas?

Isso me irrita. Será que essa mulher não percebe que a filha deseja seu apoio, e não essas infelizes palavras? Ciente de que Prudence precisa de nós, digo:

— Prudence toca muito bem e é digna de ser escutada.

Bonifacia ri. Filha da mãe! Crava os olhos na pobre Prudence, que está totalmente desconcertada, e olhando ao redor, cospe, com escárnio:

— Impossível que Prudence faça uma coisa dessas. Ela é como um passarinho assustado.

Que vontade de quebrar a cara dela!

Mas então ocorre algo que eu não esperava. Prudence, que está ao meu lado, põe as mãos na cintura, afasta as pernas e olha para a frente com seriedade.

Está fazendo a postura de super-heroína? Que legal!

Sorrio, emocionada. Depois de alguns segundos, Prudence se dirige ao piano com uma segurança que deixa todas nós sem palavras. É evidente que o passarinho quer mostrar àquela vadia que pode ser um falcão. Então, Abigail se posiciona ao lado dela, as duas trocam algumas palavras e Prudence começa a tocar. Eu observo, encantada. Talvez ela não seja a melhor com as palavras, mas, sem dúvida, é a melhor se expressando por meio da música. Sua maneira de tocar e sua sensibilidade enfeitiçam a todos.

O sorriso do barão ao vê-la é exatamente o que se esperava. Fica claro que esse homem está apaixonado; basta Prudence lhe dar uma oportunidade. Por isso, decido agir. Em duas semanas não estarei mais aqui para ajudá-los. Deslocando-me estrategicamente, me coloco junto ao barão e pergunto:

— Gosta da maneira como lady Prudence toca piano?

Ele assente sem hesitar. A expressão dele é de total adoração.

— Posso ser sincera, barão? — digo a seguir.

Ele me olha, e eu, fitando seus lindos olhos verdes, prossigo:

— Prudence é uma garota encantadora e deseja conhecê-lo, mas é tão tímida que é incapaz de dar um passo em sua direção. Mesmo assim, saiba, só entre nós, que esta noite ela se atreveu a tocar diante de todos para que o senhor sinta na sua música as coisas que ela é incapaz de dizer olhando em seus olhos.

O barão pisca. Não esperava ouvir isso.

— Agrada-me muito saber disso, lady Travolta — responde. — E claro que esta conversa ficará entre nós. Faz tempo que estou interessado em conhecer lady Prudence, mas pensei que eu não a agradasse.

— Oh, sim, agrada muito!

Ele sorri. Jogando todas as cartas, sem ligar para o jeito como lady Instagram me olha, insisto:

— Pois corteje-a. Ambos querem isso, e eu pressinto um futuro próspero e feliz para vocês.

Satisfeito, ele puxa o ar pelo nariz, fundo. Fica inflado, como um pavão. Troco um último sorrisinho de cumplicidade com ele e volto ao meu lugar. Pronto, o caminho já está preparado para Prudence.

Abigail começa a cantar. Olho para Craig, que está conversando com Edward. Então, este último, atraído pela voz, volta-se para olhar. Bem, conseguimos chamar sua atenção.

Em silêncio, os presentes escutam a interpretação das irmãs, enquanto lady Cruella apruma as costas, orgulhosa, olhando ao redor. Dá para ver pelo seu sorriso que ela está muito satisfeita por todo mundo estar prestando tanta atenção em suas filhas. Caraca, assim ela parece quase humana!

Prudence toca as últimas notas no piano. Depois de um momentâneo silêncio, todos os presentes aplaudem, encantados. Catherine, Kim e eu estamos felizes por ver Abigail e Prudence sorrindo.

Lady Cruella se aproxima das filhas e as beija com carinho. Sem dúvida, interpreta muito bem o papel de doce mãe na frente de todos. Depois de esclarecer que, graças a ela, as filhas são dois primores, afasta-se com Bonifacia e suas amigas se vangloriando das virtudes das garotas.

Estou rindo quando vejo que o conde gato se aproxima de Abigail. Pegando sua mão para beijá-la, ele diz que adorou sua interpretação.

Encantada, ela assente. Deus, espero que não desmaie! Mas não... não desmaia. Abigail sorri e, depois de agradecer sem dar maior importância ao pretendente, dá meia-volta e começa a falar com outro homem que foi cumprimentá-la, deixando o conde sem palavras.

Instantes depois, Abigail se despede dele com um sorriso encantador e se encaminha em nossa direção. Quando chega, pergunta, muito nervosa:

— Como me saí?

— Maravilhosamente bem! — afirma Catherine.

Com o olhar, busco Prudence e o barão, mas não os vejo. Há gente demais na sala. Então, percebo que o conde não tira os olhos de nós.

— Não olhe, Abigail, mas o gato está olhando para você — sussurro.

— Mesmo? — pergunta ela, acalorada.

— Mesmo. Você chamou sua atenção dele ao ignorá-lo — afirmo.

Ela pestaneja.

— Agora ria com vontade e jogue o pescoço para trás para exibi-lo — diz Kim.

Como uma atriz profissional, Abigail faz o que dissemos. Todas rimos. A seguir, umas mulheres se aproximam dele, mas o homem só tem olhos para Abigail.

Estou adorando essa vitória. Ao ver que ele vai se aproximar, sussurro:

— Atenção, ele está vindo!

— Quem está vindo? — pergunta ela.

— O seu gato — murmura Catherine.

— E o que eu faço? — pergunta Abigail, assustada.

Não temos tempo de dizer mais nada. Parando diante nós, ele nos cumprimenta:

— Miladies...

Todas o encaramos. Depois de uma inclinação protocolar, ele toma coragem:

— Lady Abigail, gostaria de anotar meu nome em sua caderneta de baile.

Uau, ele a está convidando para dançar!

Como casamenteira, não tenho preço!

Encantada, olho para o outro lado enquanto ela, sem abandonar seu lindo sorriso, responde:

— Lamento, conde, mas minha caderneta já está completa.

Quase grito "Olé!".

A expressão do conde é de total desconcerto. Está claro que ele não costuma ouvir muito a palavra "não".

— Talvez em outra oportunidade — acrescenta Abigail, graciosa.

Ele assente, constrangido, e, depois de outra protocolar inclinação de cabeça, dá meia-volta e vai embora.

Quando ficamos sozinhas, começo a rir.

— Acabei de dizer não ao conde? — sussurra ela.

— Pois é! — confirma Kim.

Agora a acalorada é Abigail, que murmura:

— Se antes ele já não me olhava, depois dessa minha audácia será ainda pior...

— Que nada! — replica Kim. — Agora você se tornou um desafio para ele.

Eu sorrio e, então, vejo que o conde está saindo da salinha, não sem antes olhar para trás. Isso é bom, muito bom!

Estamos falando sobre isso quando Prudence se aproxima com o barão. Caraca, ele não perdeu tempo, hein? Vejo algo no rosto da garota corada de nervos que nunca vi antes.

— Vou dançar a próxima música com o barão — diz a seguir.

Todas cravamos o olho nela, de queixo caído. Com um meio sorriso, ela sinaliza que está bem e se afasta com ele.

— Não acredito... — murmura Catherine.

— Nem eu — sussurra Abigail.

Kim e eu nos olhamos, divertidas.

— O que você disse a Prudence? — pergunta Catherine.

Feliz por ver que o barão deu ouvidos a minhas palavras e que Prudence está tentando vencer seus medos e inseguranças, respondo:

— Só disse que, se ela quiser ser feliz, tem que fazer o impossível para conseguir.

30

O BAILE CONTINUA. PRUDENCE e o barão parecem estar se dando bem.

Lady Cruella de Vil está falando com suas amigas – imagino que fazendo a caveira de alguém –, enquanto Bonnie, que não me parece muito afetada por sua possível partida para o País de Gales, conversa animadamente com o marido e o amante, ou seja, seu sogro.

Que situação!

Em algumas ocasiões, Kim e eu vamos até a mesa onde está o ponche para cavalheiros, aquele que leva álcool. Servimos uns copinhos – diante do olhar aflito do criado –, bebemos e nos afastamos sorrindo.

Mais tarde, Prudence e o barão voltam, e, como esperado, imediatamente aparecem Cruella e Bonnie. Assim como os demais presentes, ambas viram Prudence e seu pretendente dançarem várias músicas, e se aproximam para saber mais.

Lady Cruella exibe todos os seus encantos diante dele e deixa bem claro que está muito satisfeita por ele se interessar por sua linda filha. Bonifacia observa em silêncio, e eu fico atenta para o caso de ela soltar alguma de suas pérolas. Se ela ousar dizer algo que desestabilize Prudence agora que tudo está indo bem, juro que arranco seu coque.

Para sorte dela e de todos, o tonto do Percival se aproxima e convida sua mulher para dançar. Ela aceita e sai do caminho.

Ótimo!

A certa altura, Lady Cruella está falando com o barão, e Prudence, ainda acalorada, olha para mim.

— Tudo bem? — pergunto.

Ela responde com um sorriso, satisfeita e encantada como uma menininha.

— Por que não dança mais com ele? — sugiro, sorrindo.

Ela nega com a cabeça e, baixando a voz, explica:

— Celeste, dançar mais de quatro músicas com o mesmo homem em um mesmo dia dá margem a fofocas.

Eu assinto. Maldito protocolo inglês...

Por sorte, em meu mundo, posso dançar quantas vezes quiser com um cara, se gostar dele. Mas, entendendo onde estou, e, especialmente, velando pelo bem-estar de Prudence, sussurro:

— Então, faça o que é certo.

Prudence, que é uma donzela criada e educada para o casamento, concorda com a cabeça. Eu sorrio, feliz.

Lanço um olhar geral pelo salão de novo. Ainda não vi meu duque, e acho que a impaciência vai me fazer explodir. Quero vê-lo, quero estar com ele. Meus dias nesta época estão acabando e...

— Celeste!

Kim me chama e, ao olhar, eu a vejo gesticular.

— Que foi?

A coitada pega minha mão e, me arrastando para um lado, murmura:

— Entrou alguma coisa no meu olho!

Ai... que droga!

— Tenho que tirar a lente de contato.

— Tire, então.

— Aqui? — pergunta minha amiga, com um olho fechado e o outro aberto.

Ela tem razão. Estamos cercadas por muita gente. Em busca de uma solução rápida, eu a puxo e saímos para um terraço com vista para um jardim.

— Vamos! — digo, procurando um lugar mais discreto.

Descemos uns degraus e, uma vez no jardim, cruzamos com algumas pessoas que passeiam por lá. Chegamos a um lugar onde não há ninguém, tenuamente iluminado por umas tochas.

— É agora ou nunca — disparo.

Kim está na expectativa. Olhando para mim, ela sussurra com um só olho aberto:

— Vou ter que fazer porcaria.

— Por quê?

Kim tira a lente de contato preta, mostra para mim e diz:

— Porque não trouxe meu estojo com os produtos e vou ter que enfiar a lente na boca.

Eu rio. Efetivamente, é uma porcaria. Ela prende a lente entre os lábios e aponta para o olho, pedindo para eu ver se tem algo nele.

— Não estou vendo nada, não tem luz suficiente.

Com cuidado, Kim esfrega o olho e, com a lente na ponta da língua, murmura:

— *Tei arrura roisa...*

Não entendo. Ela lê meu olhar. Tirando a lente da boca um instante, insiste:

— Tem alguma coisa...

Olho de novo e nada. Não consigo enxergar!

— Agora a lanterna do celular cairia bem. Está vendo? — sussurro. — Se eu tivesse trazido...

— Algum problema, miladies?

Assim que ouvimos isso, ficamos paralisadas.

Fomos flagradas!

Para salvar a situação, eu me viro e, ao ver dois homens, digo:

— Não se preocup...

Mas não posso continuar. Caraca!

O que está à minha direita é o bonitão do quadro da biblioteca que Kim adora...

Putz grila! O Boneco! O conde Caleb Alexandre Norwich.

Rapidamente olho para minha amiga. Ela o reconheceu e o observa com um olho aberto e o outro fechado. A cara de surpresa dela me faz rir. Catherine *and company* haviam dito que ele era um mulherengo – coisa que já sabíamos. Na verdade, não acho estranho, pois ao vivo e a cores o Boneco é o homem mais bonito e perfeito que já vi na vida.

Kimberly nem se mexe, ficou paralisada! Como não consigo me calar, digo em espanhol para que eles não entendam:

— *A ver si te tragas la lentilla.*[5]

— E então, miladies? — pergunta ele.

Minha amiga está petrificada, com um olho aberto e o outro fechado, sem poder falar porque está com a lente de contato na boca.

Mais ridícula a situação não poderia ser.

Ficamos os quatro em silêncio uns instantes, até que o outro homem, que conhecemos pelo nome de lorde Vincent Cranston porque Craig nos apresentou, pergunta, encarando-a:

— O que houve com seu olho?

Eu me viro para Kim. Aposto que ela nunca imaginou que conheceria o Boneco nessa situação ridícula. Então, ele se aproxima e oferece:

— Milady, se me permite...

— *Rããã! Rã se arrerra!*

Meu Deus, que desastre!

Caleb e Vincent pestanejam. Tento não rir.

— O que há com sua boca, milady? — diz o primeiro.

Kim bufa. Eu rio. E, quando o Boneco vai pôr a mão no rosto dela para abrir sua pálpebra, grito:

---

5. "Tente não engolir as lentes de contato." (N.T.)

— Não!

Todos dão um pulo, assustados. Que grito foi esse?

Meu Deus... meu Deus, ele não pode ver o olho dela sem a lente!

Caleb me encara. Deve pensar que sou louca.

— Só ia ver o que há no olho dela — ele se justifica, dando um passo para trás.

Faço que sim com a cabeça. Eu sei disso, mas preciso que eles saiam daqui. Tentando encontrar as palavras mais apropriadas, também me justifico:

— Desculpem, não queria gritar assim.

Eles riem. Ainda bem.

— Caleb — intervém Vincent —, estas são lady Celeste Travolta, a sobrinha americana de Craig, e sua amiga Kimberly DiCaprio. Miladies, este é o conde Caleb Alexandre Norwich.

Como duas tolas, assentimos sorrindo.

Nem que não soubéssemos quem é!

Quero que eles vão embora para que Kim tire a lente de contato da boca antes que a engula, de modo que digo:

— É um prazer, conde. E agora, seria muito indecoroso de minha parte se lhes pedisse que nos deixassem a sós para que eu possa ver o que foi que entrou no olho da minha amiga?

Eles se entreolham, sorriem e por fim Caleb diz:

— Estamos indo embora do baile, mas espero voltar a vê-las para que me contem como isto acabou.

Kim e eu assentimos. E, quando ficamos a sós, tirando a lente da boca, Kim sussurra:

— Meu Deus, é o meu Boneco!

Sim! Era ele!

— Está indo embora?! — murmura. — Como assim?! Mas onde ele estava a noite toda?

Dou de ombros; eu também não o vi antes.

— Deve ter pensado que sou uma idiota! — sussurra Kim, balançando a cabeça.

— Não, mulher...

— Como não? Você ouviu o que eu disse?

— Está se referindo a *"Rããã! Rã se arrerra!"*? Deu pra entender perfeitamente: "Não, não se atreva".

Começamos a rir sem parar. Ao longo da vida tivemos muitos momentos divertidos de que vamos lembrar para sempre; sem dúvida, este será um deles.

Então, vejo a lente preta no dedo de Kim e, parando de rir, peço:

— Ponha de volta antes que a perca.

Rapidinho minha amiga coloca a lente. Depois de ela piscar algumas vezes, pergunto:

— E aí?

— Tudo bem. Seja o que for que eu tinha no olho, desapareceu.

Que bom!

— A vida inteira imaginei como seria conhecer o meu Boneco e, quando por fim isso acontece, digo "*Rããã! Rã se arrerra!*".

De novo começamos a rir sem parar.

— Nossa, ele é lindo demais, né? — suspira ela.

Confirmo com a cabeça; eu o vi, é lindo. E, pensando em meu duque impressionante, murmuro:

— Sem cosméticos, cirurgias, academia nem nada, o seu Boneco e o meu duque são dois deuses gregos!

Kim assente, achando graça. Vendo sua expressão, disparo:

— Eu te conheço e sei o que está pensando.

Ela me pega pelo braço e dispara:

— Preciso conhecê-lo antes de voltar à nossa época.

— *Amirmã*! — digo, divertida.

Ambas rimos de novo.

— Como você disse, certeza que vou pegá-lo! — exclama.

Somos mulheres do século XXI, sabemos o que queremos e o que deixamos de querer.

Voltamos ao salão, onde o baile continua, apesar da ausência de Kenneth.

31

No dia seguinte bem cedo, dizemos a Michael e Craig que temos que ir à loja da srta. May Hawl para ver uns chapéus novos que ela trouxe, e Kim e eu damos uma fugida para o bairro pobre de Spitalfields, onde vive a família da falsa Pembleton. Temos que fazer algo para ajudá-los.

Sabemos que Bonnie saiu com lady Cruella. Nós a vimos pela janela e, com certeza, ali não as encontraremos. Pegamos nosso caminho, até que eu piso na barra do maldito vestido e caio de cara no chão.

Esparramada na calçada, ouço Kim cair na risada. Filha de uma mãe! Imediatamente alguns homens chegam para me ajudar. Com cavalheirismo, me ajudam a levantar. Ficam preocupados, mas, depois que afirmo que estou bem e que não morrerei disso, eles partem.

— Você vai parar de rir algum dia? — pergunto, olhando para Kim.

Assim que digo isso, eu mesma caio na risada. Que tombaço! Ajeito meu gorrinho, que caiu para o lado, e sussurro:

— Juro por Deus, nunca mais na vida vou usar um vestido abaixo dos joelhos.

Ainda rindo, continuamos andando. Esfolei as palmas das mãos e o queixo; levando a mão ao rosto, pergunto:

— Estou bem?

Kim sinaliza que sim.

— Devo ter ficado como o *Ecce Homo* de Borja,[6] né? — zombo, fazendo caretas.

Minha amiga solta uma gargalhada. Estamos fazendo um escândalo pela rua. Todo mundo nos olha com ar reprobatório, fazendo-nos entender que esse comportamento não é apropriado para mocinhas educadas. Mas só estamos rindo, caraca!

Baixamos o volume e tentamos nos calar. Mas nada; basta não poder rir para começar a rir sem parar.

---

6. Este afresco, que é um retrato de Jesus Cristo pintado no início do século XX por Elías García Martínez, ficou famoso depois que uma senhora tentou restaurá-lo por conta própria (e sem nenhuma técnica) e acabou danificando a pintura. Isso aconteceu em 2012, e depois desse fato o *Ecce Homo* se tornou a atração principal do Santuário da Misericórdia em Borja, uma cidadezinha da Espanha. (N.T.)

Um bom tempo depois, já mais calmas, passamos por um mercadinho, onde compramos algumas coisas. Eu sei que qualquer coisa que levemos àquela casa pobre será bem recebida.

No trajeto, Kim e eu ficamos sem palavras. Cruzamos com muitas pessoas cuja pobreza é extrema. Sentimos o coração apertar ao entender que nada do que possamos fazer vai resolver o problema.

Ao chegarmos diante da porta, Kim me encara.

— Tem certeza?

Sem hesitar, eu assinto e bato. Instantes depois, aparece um garotinho que não deve ter mais de dez anos. Ele olha para nós e eu o cumprimento:

— Olá!

O menino não diz nada, apenas fica ali parado nos encarando, como se fôssemos marcianas, e eu insisto:

— Qual é o seu nome?

— Tommy, milady — responde ele.

Gosto muito de crianças. Sorrio.

— Tommy, posso falar com Mara? — pergunto.

Ele continua parado. Deve estar se perguntando quem somos e o que estamos fazendo na porta da sua casa. Então, aparece Mara com uma menina no colo – imagino que seja a filha de Bonifacia – e, surpresa, pergunta:

— Milady, o que está fazendo aqui?

Ela olha para nós, assustada. Kim sorri, e eu respondo depressa:

— Eu disse que voltaria, e aqui estou.

A menininha está chupando um dedinho. É linda; moreninha como o conde, e tem os olhos azuis da mãe.

Que gracinha!

Embora inquieta com nossa visita, Mara nos permite entrar na casa. Minha alma se desfaz. A extrema pobreza em que vivem é inaceitável. Tudo é velho e esfarrapado. Mara deixa a menininha no chão e olha para os pacotes que Kim e eu colocamos em cima de uma mesa.

— Passamos pelo mercado e compramos algumas coisas para vocês — digo.

— Espero que gostem — sussurra Kim, olhando ao redor.

— Oh, miladies... não sei nem o que dizer!

Emocionada, Mara examina o que compramos: pão, leite, queijo, chá, carne, frutas, verduras, mel... Há um pouco de tudo. E, ao ver um bolo também, ela murmura, feliz:

— As crianças vão adorar.

Kim e eu sorrimos.

— Onde está sua mãe? — pergunto.

— No quarto, milady. Está com dor de garganta.

— Posso vê-la?

Minha *amirmã* me olha. Prometi a ela que só levaria comida, que não me meteria na vida deles. Mas sou médica e, sabendo que a mulher não está bem, não posso ficar de braço cruzado.

— Talvez eu possa fazer alguma coisa por ela — comento.

Mara hesita, não sabe o que fazer.

— Me deem alguns minutos, milady — pede, por fim.

Então a vejo caminhar em direção a uma porta, abre-a e entra.

Estou olhando para lá quando minha amiga me pega pelo braço.

— Que diabos você vai fazer?

Entendo sua preocupação, e explico:

— Vou ver o que essa mulher tem. Só porque Bonifacia é uma idiota insuportável, entre outras coisas que é melhor não dizer, não é motivo para não cuidar dela.

Kim resmunga e sussurra:

— E se nós pegarmos a peste negra ou febre amarela ou cólera ou...

Cubro a boca de Kim com a mão e ela se cala. Vendo que o menininho olha para nós, digo em voz baixa:

— Não comece com suas preocupações. Eu conheço você.

Mas Kim é Kim, e ela não é amiga de doenças.

— Não se preocupe — acrescento. — Só vou ver como ela está e se posso fazer algo para ajudá-la.

Por fim ela concorda, contrariada. Mara aparece na porta e faz um sinal para que entremos.

— Vou ficar aqui com Tommy e a menina — diz Kim, depressa.

Assinto — sem dúvida, é melhor — e vou em direção a Mara.

Ao entrar no quarto, que está escuro, sinto um fedor insuportável. Ainda bem que Kim ficou lá fora!

Iluminada por uma mísera vela, que já viu tempos melhores, eu me aproximo da cama com Mara. Ali está uma mulher agasalhada com uma manta suja. Está tremendo. Não deve ter mais de quarenta anos, mas, fisicamente, parece uma vovozinha.

Como aquela Bonifacia maldita pode permitir uma coisa dessas? Caraca, é a mãe dela!

Ela vivendo na opulência e sua família na pior das misérias.

A mulher sorri ao me ver, e eu, me sentando a seu lado, pergunto, afastando a manta:

— Como é seu nome?

— Lydia, milady.

Com um sorriso, assinto.

— É um prazer, Lydia. Meu nome é Nathalie — minto, para o caso de que contem algo a Bonifacia — e queria ver se posso ajudá-la.

A mulher pisca, surpresa. Não entende o que estou fazendo ali.

— O que está sentindo? — pergunto.

Levando a mão à garganta, ela responde, em um sussurro:

— Não consigo engolir. Estou com febre. Minha garganta queima, minha cabeça dói e estou sem forças.

Pegando a vela que Mara está segurando, aproximo meu rosto do dela e digo:

— Lydia, abra a boca o máximo que puder, por favor.

A mulher faz o que peço sem protestar.

Sinto o seu mau hálito e o péssimo estado de sua boca. Um dentista faria uma fortuna com ela.

E, depois vejo que suas amídalas estão como duas bolas de pingue-pongue.

— Algum médico veio vê-la? — pergunto.

Mara e a mulher se olham, e esta última sussurra, fazendo um esforço:

— Milady, as poucas moedas que consigo como cozinheira quando posso trabalhar são para sustentar minha família.

— Minha mãe é uma excelente cozinheira — afirma Mara.

Assinto. Sei da história porque ela me contou. Cada vez tenho mais vontade de pegar Bonifacia e arrancar os cabelos dela.

— Infelizmente — acrescenta a mulher, com pesar —, perdi meu emprego na casa em que estava, e agora mal tenho trabalho. São muitas bocas para alimentar, milady.

Não quero me meter, pois vou arranjar confusão.

— A senhora está com amidalite — digo.

Mara e ela se olham sem entender nada.

— Isso é grave? — pergunta a jovem.

O que a mãe dela tem é uma infecção gravíssima que requer antibióticos intravenosos. Mas, claro, ainda faltam muitos anos para que isso seja descoberto, de modo que respondo sem querer me comprometer, pois, nesta época e sem recursos, até um arranhão pode ser grave:

— Precisa ser tratada imediatamente.

Tentando lembrar o que estudei sobre remédios naturais – pois não disponho de outra coisa –, eu me levanto e, deixando a vela na mesa de cabeceira, indico a janela.

— A primeira coisa que lhe prescrevo é repouso até que se sinta melhor. A segunda, que não se cubra com a manta mesmo que trema de febre.

— Mas eu sinto frio — protesta ela.

Eu entendo. Todo mundo se cobre quando tem febre.

— Se a senhora se agasalhar, a febre que a faz tremer não poderá sair de seu corpo — explico, tentando me fazer entender. — A senhora mesma a impede de sair quando se cobre. — Elas assentem e eu termino: — E terceiro, precisa abrir a janela várias vezes ao dia para ventilar o quarto.

Mara a abre. Graças aos céus o ar entra. A mulher continua tremendo; a filha me olha e diz, apontando para um balde com uma água meio turva e uns panos:

— Eu coloco isso na testa dela para refrescá-la.

— Isso é bom, abaixa a febre. — E, depois de pensar um momento, pergunto: — Vocês têm água limpa e sal?

Elas dizem que sim.

— Lydia, você precisa fazer gargarejo com água e sal várias vezes ao dia. A água morna com sal vai aliviar a ardência e a dor e fará o inchaço no interior da garganta diminuir.

— Vou preparar a mistura, milady — afirma Mara.

Assinto de novo. É bom ver a predisposição da garota.

— Vocês têm alguém que possa ajudá-las? — pergunto; não consigo mais me calar.

Sem olhar para mim, mãe e filha negam com a cabeça. Mesmo podendo delatar Bonifacia, as duas mostram que têm bom coração. Respiro fundo e digo:

— Trouxemos chá e mel. Vocês têm funcho?

Mara diz que sim.

— Prepare infusões de chá com mel e funcho — acrescento. — O mel puro tem propriedades antibacterianas que ajudam a tratar infecções, e o funcho acalmará os males que podem estar causando a amidalite.

Mara e a mãe me olham como se eu falasse grego. Logo me dou conta de que utilizei palavras que, sem dúvida, elas não entendem. Então eu repito a mesma coisa, mas omitindo certas palavras; desta vez as duas sorriem.

— Lydia, tente seguir meus conselhos e em poucos dias estará bem.

Ela sussurra, emocionada:

— Muito obrigada, milady. Não sei como lhe pagar.

— Fique boa. Siga minhas instruções e me considerarei paga.

A mulher sorri. Sinto pena dela.

— Onde você trabalhava como cozinheira?

Desesperada, ela afasta o cabelo dos olhos e responde, com um fio de voz:

— Na casa dos marqueses de Glasgow.

— E por que não trabalha mais lá?

Mara e ela se olham, e a mulher acrescenta:

— Os senhores me disseram que já tinham Tommy e Mara alojados na casa, e que era impensável colocar uma a boca a mais.

— Está se referindo à pequena Carla?

A mulher assente.

— Ela é minha neta. Mi... minha filha... morreu e tivemos que criá-la.

Horrorizada, não sei o que dizer. Como é triste ver uma mãe sendo obrigada a mentir para proteger a filha perversa, que ignora sua família. É evidente que a situação deles é complicada.

— Não sei se vou conseguir antes de ir embora, Lydia, mas prometo fazer tudo o que puder para conseguir um emprego para que você e sua família possam viver com dignidade.

Feliz, a mulher pega minhas mãos e murmura:

— Que Deus a abençoe, milady.

Com um sorriso, eu saio do quarto. Instantes depois, Kim e eu nos despedimos de Mara, da pequena Carla e de Tommy e, com o coração apertado por não podermos fazer mais, voltamos a Belgravia. Ver tanta pobreza e sofrimento afeta qualquer um.

32

Durante o almoço, não comentamos nada do que fizemos de manhã. Quando terminamos, Michael se senta perto de nossas poltronas, onde estamos lendo, e nos entrega um envelope.

— Isto é para vocês — diz, já nos tratando sem formalidade. Foi difícil, mas, com o passar dos dias, ele concordou em fazê-lo.

Craig se senta também, e eu, abrindo o envelope, murmuro ao ver o que é:

— Vocês conseguiram!

Eles assentem. Mostrando o envelope a Kim, digo, com um fio de voz:

— São as passagens de volta a Nova York para o dia 27 de agosto.

Minha amiga sorri.

— Nossa companhia não tem nenhum navio partindo para Nova York nesse dia, mas falei com meu amigo sir John Somerset e, por sorte, um dos dele parte justamente nessa data — explica Michael.

Emocionadas, Kim e eu nos olhamos.

— Por que não ficam um pouco mais? — sugere Michael. — A casa é grande, estamos nos divertindo juntos e...

— Porque já abusamos bastante de sua gentileza — interrompo.

— Celeste, não diga isso! — repreende Craig.

Kim e eu sorrimos. Eles são mesmo muito queridos.

— Além de tudo, suas sobrinhas vão chegar e...

— Tenho certeza de que elas vão adorar encontrá-las aqui.

Não quero olhar para Kim porque vou rir. Se as sobrinhas dele chegarem, não sei se vão adorar encontrar duas desconhecidas. Kim, que deve estar pensando o mesmo que eu, agradece também.

— Obrigada por tudo a vocês dois, mas precisamos voltar para casa. — E, mentindo, acrescenta: — Nossa viagem começou há meses, como comentamos, e já é hora de pegar o caminho de volta. Quanto a suas sobrinhas, não se preocupe. Quando voltarem a Nova York nós as veremos e, sem dúvida, teremos muitas coisas para conversar com elas.

Todos sorrimos. Michael, limpando a garganta, diz:

— Sua partida nos entristece. Asseguro que vamos sentir muito sua falta. Mudando de assunto, preciso avisar vocês de que hoje mesmo partiremos para a

Escócia. Craig e eu temos que resolver um assunto em Edimburgo e só voltaremos na véspera de irmos para Bedfordshire.

— Vocês vão para a Escócia? — pergunto, extasiada.

— Sim — afirma Michael.

— Edimburgo? — indago, com o coração batendo a mil.

Eles assentem e eu murmuro, emocionada:

— Eu sempre quis ir a Edimburgo.

Craig e Michael se olham e o primeiro diz:

— Venham conosco. Edimburgo é uma cidade peculiar para se conhecer.

Ai, meu Deus, vou ter um troço!

Edimburgo! Escócia!

Deus... Deus... Sim! Claro que sim!

Kim me olha seriamente e não responde nada. Sorrindo, eu respiro fundo. Conhecer a Escócia e seus *highlanders* rudes e viris da época sempre foi o sonho da minha vida, mas um clique me faz mudar de ideia, de modo que não abro a boca.

O que foi que deu em mim?

De repente, sem poder acreditar, eu me surpreendo ao perceber que não quero sair de Londres, que não estou nem aí para os escoceses e que o culpado disso tudo é... é... um inglês!

Acho que perdi o juízo... E por um inglês?

É sério que vou dizer não a uma viagem à Escócia? A Edimburgo? Por causa de um inglês?

Todos me olham esperando que diga alguma coisa. Respirando fundo, aliso o vestidinho de musselina branco e sussurro, depois de olhar para Kim:

— Obrigada pelo convite, mas acho que Kimberly e eu preferimos aproveitar em Londres os dias que nos restam.

— Não! — murmura Craig, decepcionado.

Minha amiga respira aliviada. Não sei se eu respiro ou não. Michael, olhando para Craig, observa:

— Sem problemas. Voltaremos a tempo para acompanhá-las à semana festiva do aniversário da duquesa em Bedfordshire.

Vejo tristeza no rosto de Craig. Para tentar fazê-lo sorrir, sussurro, dando um tapinha em sua perna:

— Vamos ter uma maravilhosa despedida antes de ir.

Ele assente e não diz mais nada.

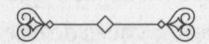

Naquela tarde, depois que eles partem para a Escócia, ficamos sozinhas na casa.

— Você recusou uma viagem à Escócia! — diz Kim, divertida. — Eu não posso acreditar!

Consternada, respondo:

— Nem eu acredito.

Minha amiga gargalha e brinca, mas não sei se quero rir ou chorar.

Então, Winona e Anna entram na sala em que estamos. Perguntam se concordamos com o cardápio planejado para o dia seguinte e, quando assentimos, Winona se retira muito séria. Anna está pegando um vaso nesse momento e Kim pergunta, curiosa:

— O que há com Winona?

A jovem, que mente muito mal, responde:

— Nada, milady.

Kim e eu nos olhamos. Encurralando Anna, tiramos o vaso das mãos dela e insistimos:

— Sabemos que está acontecendo alguma coisa com Winona. O que é?

A coitada fica pensando, pragueja e por fim se rende:

— Winona me vai matar se souber que eu contei, mas...

— Mas... — instigo.

— A questão é que não sei como dizer isso sem magoar as senhoras. Normalmente, quando os senhores viajam, minha tia e eu aproveitamos para ir a Manchester ficar com a família, e, como o marido de Winona está doente...

— E por que não vão? — indago, curiosa.

Anna bufa.

— Porque precisamos servir vocês.

Dou risada. Pelo amor de Deus, não somos crianças! Depois de olhar para Kim, pegamos Anna pela mão e a levamos até a cozinha. Vemos Winona sentada diante da mesa e, encarando-a, digo:

— Winona, queremos que você e Anna vão para Manchester.

A mulher rapidamente se levanta e nega com a cabeça.

— Não, miladies. Não podemos fazer isso. Temos que servi-las.

Coitada... Sinto raiva porque, por nossa culpa, elas não podem visitar a família.

— Winona, já está tudo arranjado — intervém Kim. — Conversei com lady Louisa e nos hospedaremos na casa dela para que vocês possam ir a Manchester.

Anna se vira, surpresa. Ela sabe que Kim está mentindo como uma velhaca.

— Ficaremos na casa dela, não precisam se preocupar — reforço.

Winona sorri; sabemos que é importante para ela ir para casa.

— Vamos, peguem suas coisas — incentivo. — Vocês têm que partir no último coche da tarde.

Sem mais demora, e acreditando em tudo que dissemos, a mulher assente. Meia hora depois, quando ela e Anna estão prestes a sair pela porta, murmuro, dirigindo-me a esta última:

— Nem uma palavra a Winona.

— Mas, milady...

— Anna — interrompo —, ficaremos bem.

Por fim a pobre garota sorri e, de braço dado com a tia, se afasta, apressada, para pegar o último coche da tarde.

Contentes por ver a felicidade no rosto de Winona, ficamos um tempinho com a porta aberta.

— Quando os gatos saem, os ratos fazem a festa! — exclamo.

33

Depois de uma noite em que pude dormir tranquilamente de calcinha, caminhar pelo corredor de calcinha e tomar o café da manhã de calcinha no sofá, não consigo parar de pensar no meu duque, e sorrio ao recordar aqueles olhos azuis, e aqueles lábios. Nossa... fico toda arrepiada!

Kim e eu nos vestimos e nos penteamos, e nos sentamos na sala para conversar. Pela janela, vemos que a porta do casarão da frente se abre e por ela saem lady Cruella de Vil e Bonifacia. Ambas estão muito arrumadas; entram em uma carruagem e partem.

É o momento perfeito para visitar as garotas.

Quando batemos na porta, Barney abre para nós.

— Bem-vindas, miladies — cumprimenta. — As senhoritas estão no salão principal.

Satisfeitas, sorrimos. Kim o encara e, de repente, aproximando-se, põe a mão no rosto do pobre homem, que fica petrificado, e diz:

— Você tem os olhos mais doces e bonitos que já vi na vida.

Surpreso, ele murmura:

— Ob... obrigado, milady.

Puxando Kim, eu a afasto dele e murmuro, a caminho do salão:

— Coitadinho, viu a cara de susto dele?!

Minha amiga sorri.

— Eu precisava tocá-lo. Afinal, para mim ele é meu pai.

Sorrio; ela tem razão.

Entramos no salão principal, onde encontramos Abigail e Prudence bordando e Catherine lendo. Elas se alegram ao nos ver.

Durante um tempo, fico olhando enquanto elas bordam. Que paciência! Até que Catherine, querendo falar reservadamente conosco, comenta:

— Vamos ao meu quarto. Vou mostrar para vocês o perfume de que falei.

Imediatamente, Kimberly e eu nos levantamos. Mas, quando Abigail faz o mesmo, eu me sento e disfarço, pois sei que Kim quer passar um tempo sozinha com Catherine.

— Vão vocês. Vou ficar aqui com Abigail e Prudence, observando os trabalhos delas.

Abigail torna a se sentar e Kim assente com um sorriso.

Quando as duas sobem, Prudence pergunta, dirigindo-se a mim:

— Descansaram bem?

— Dormimos como uma pedra!

Noto que ambas me olham e, antes que perguntem, esclareço:

— Significa que dormimos muito bem.

Ambas assentem, e Abigail sussurra:

— Os americanos são estranhos! Acho engraçado.

— Gosta de trabalhos manuais? — pergunta Prudence.

— Não.

Minha resposta é tão taxativa que as irmãs se entreolham.

— Por quê, se é tão relaxante? — pergunta Abigail.

Como vou explicar que nem sei pegar uma agulha?

— Essas artes não foram feitas para mim — digo.

Elas trocam um olhar e sorriem.

Então, a porta do salão se abre e entra uma criada.

— Desejam que lhes traga uma limonada gelada, miladies? — oferece.

— Seria maravilhoso — agradece Prudence.

Quando a criada sai, ouvimos alguém bater na porta de entrada. Instantes depois, a mesma criada volta e anuncia:

— Miladies, acaba de chegar a costureira da srta. Hawl para a prova dos vestidos.

Rapidamente Abigail e Prudence se levantam, e a primeira diz, toda animada:

— Mande-a subir ao meu quarto. Vamos prová-los lá.

Acho engraçado ver sua excitação.

— Abigail e eu encomendamos vestidos novos para a festa de sábado — comenta Prudence. — Catherine não quis.

— Vão prová-los. Eu espero aqui.

Sem mais, elas saem, loucas de alegria. Ao ficar sozinha naquele salão amplo e lindo, vou até a biblioteca, que sei muito bem onde fica.

Ao entrar, observo-a com atenção e vejo que não mudou nada. É exatamente a mesma biblioteca que Kim tem no século XXI, o que, sem dúvida, faz dela algo muito valioso.

Curiosa, leio os diversos títulos e, entre eles, vejo um exemplar de *A vida é sonho*, de Calderón de la Barca. Que demais! Autores como Charles Perrault, Daniel Defoe e Samuel Richardson, que conheço graças a Kim, que é uma grande amante de livros, ocupam as prateleiras lotadas. Sorrio ao ler o título de

A *princesa de Clèves*. Sei que Kim adora esse livro, e lembro que ela me falou dele e disse que havia sido escrito por uma condessa francesa conhecida como Madame de La Fayette.

Depois de passar um tempo xeretando os livros antigos, que são maravilhosos, vejo a porta entreaberta da salinha de música e entro. Imediatamente meus olhos voam para o violão espanhol.

Viva a Espanha!

É uma preciosidade. Pego o instrumento e me sento em uma cadeira.

Durante alguns minutos, sinto o tato suave do violão, até que não posso mais me conter e toco suas cordas. Nossa, que som! Inevitavelmente, meus dedos se mexem sozinhos, e, ao perceber que canção estou tocando, sorrio.

Nossa, quantos dias faz que não escuto música e, especialmente, que não toco violão!

Acho que é a primeira vez na vida que a música não faz parte do meu dia a dia. Estou acostumada a levantar da cama, pôr música no rádio ou no celular ou pedir à Alexa, e nem preciso dizer o quanto curto tocar meu violão.

Dou uns acordes e começo a cantarolar bem baixinho, em inglês, "Casi Humanos", do Dvicio. Fecho os olhos e curto o momento cantando essa música que tanto adoro.

Não sei quanto tempo passou quando, de repente, ouço um barulho, abro os olhos e fico pasma ao ver meu duque de pé junto à porta. Esse maldito inglês que me fez preferir ficar em Londres a viajar para Escócia.

Será que vou perdoá-lo algum dia? Desde quando ele está aí?

Sem dizer nada, nós nos olhamos. Deixando o violão na cadeira, eu me levanto e vou começar a falar, quando ele pergunta:

— Por que parou? Embora cantasse baixinho, a canção parecia bonita.

Sorrio. Eu sei que a canção é bonita. Respiro fundo e estou prestes a falar quando, apesar de não ver Robert, ouço sua voz dizer:

— Kenneth, Barney nos trará os papéis de que você precisa imediatamente.

Naquele instante, Robert entra na sala e, ao me ver, me cumprimenta com um sorriso.

— Lady Celeste, não sabia que estava aqui.

Sorrio; fui pega no flagra.

— Catherine e Kim subiram para cheirar um perfume — esclareço — e Prudence e Abigail estão com a costureira em seus quartos.

— E por que não está com elas? — pergunta Kenneth.

— Simplesmente porque decidi esperá-las aqui.

Robert e Kenneth se olham. Não sei o que pensam de minha resposta, mas, nesse momento, uma criada entra e entrega um bilhete a Robert.

— Senhor, faz um tempo que chegou isto — explica.

Ele pega e, depois de ver o remetente, diz:

— Com licença, volto em um instante.

Dito isso, sai da salinha de música e Kenneth e eu ficamos sozinhos, em silêncio.

Sem saber o que fazer, porque esse homem me deixa inquieta, vou até a janela, e estou olhando para fora quando sinto que ele se aproxima. Sem me tocar, ele comenta:

— A senhorita tem uma linda voz e toca violão muito bem.

— Obrigada.

— Que canção era aquela?

Sorrio. Evitando responder à sua pergunta, comento:

— Não o vi no baile dos condes de Hammersmith.

Kenneth assente e, apoiando-se no outro canto da janela, responde:

— Tive um compromisso.

— Com alguma amiga?

Assim que digo isso, eu me surpreendo. Como fui perguntar uma coisa dessas? Minha cara de espanto faz inclusive Kenneth estranhar. Ele replica:

— Devo responder a isso?

Rapidamente nego com a cabeça.

— Não, não... Claro que não. Desculpe meu atrevimento.

Kenneth sorri. Eu não. Nunca fui ciumenta, nunca fui controladora. Por que estou pagando esse mico?

Estou pensando em minha mancada quando ele pergunta:

— Divertiu-se no baile?

— Sim, foi muito divertido — afirmo, acalorada.

Ambos sorrimos, e ele insiste:

— Sua caderneta ficou cheia?

Essa pergunta é tão de mau gosto quanto a que eu fiz, de modo que disparo, de mau humor:

— Devo responder a isso?

Kenneth não se mexe, só me olha.

— Eu gostaria de saber — responde, por fim.

— Por quê?

Ele não diz nada. Sei que estamos começando a brincar com fogo, mas bufo e pergunto, deixando de lado o maldito protocolo:

— Kenneth, se lhe interessa tanto saber se eu pensei ou não em você, por que não pergunta diretamente?

O descaramento de minhas palavras o faz levantar uma sobrancelha.

— Um dia a sua ousadia vai lhe criar problemas, milady.

Eu bufo e levanto o olhar para o teto.

Como dizia a música que eu estava cantando antes, esse homem vai me queimar em fogo lento. Não entendo por que às vezes nos tratamos por Kenneth e Celeste e outras não.

— Tudo bem, voltemos à formalidade — resmungo, encarando-o.

— Boa decisão — afirma ele, com um sorrisinho.

Fico ruminando em silêncio durante uns instantes. Até que, de repente, ele pergunta:

— Pensou em mim?

Olho para ele.

Ele está a fim de me irritar! Sem saber por quê, respiro no vidro da janela e, quando fica embaçada, escrevo a palavra "Não" com o dedo.

Mentirosa!

Durante alguns instantes ficamos olhando para a palavra, que pouco a pouco desaparece. Então, ele me imita e escreve: "Eu pensei em você".

Ai, meu Deus, vou ter um troço! Quero beijá-lo, quero abraçá-lo, quero despi-lo. Quero... E então, ele pega minha mão e diz:

— Gosto de ver você usando esse anel que se parece tanto com o de meu pai.

Eu assinto, inquieta por causa de seu toque, como uma adolescente. Mas então puxo a mão e digo, mal-humorada:

— Bom saber.

A seguir, eu me afasto. Estou nervosa porque ele me desconcerta. Não quero olhá-lo nos olhos.

— Você está me evitando. Aconteceu alguma coisa? — comenta, aproximando-se de novo.

Putz grila...

E olha que estou tentando conter meu gênio. Mas quem me provoca, leva. Quando olho para ele para dizer umas poucas e boas, a porta se abre e aparecem Catherine e Kim.

— Kenneth, que alegria vê-lo aqui! — cumprimenta a primeira.

Ele não se mexe. Sabe que eu certamente ia dizer algo inapropriado. Sem olhar para elas, pergunta:

— O que ia me falar, lady Celeste?

Os três me olham enquanto meu corpo ferve por dentro.

Estou zangada, mas por quê? Quero falar alguma coisa, mas o quê?

Estou tão confusa que olho para Kim, que sem falar, me diz tudo. E, suspirando, respondo:

— Nada importante... duque.

Então, entra Robert também, com um homem que Kim e eu imediatamente identificamos como sendo Vincent. Aquele que estava com o Boneco na outra noite!

Ele nos olha com curiosidade e, ao nos reconhecer, pergunta, sorrindo:

— Conseguiram resolver o problema da outra noite?

Kim e eu nos olhamos. Nós três rimos, e Kenneth pergunta, franzindo o cenho:

— A que se refere?

Vincent, que tem um lindo sorriso, responde:

— Caleb e eu as encontramos um tanto atrapalhadas.

Rimos de novo, e Catherine intervém:

— Está falando do conde Caleb Alexandre Norwich?

Vincent assente. Como quero deixar o duque intrigado, olho para Vincent e peço:

— Não comente o que aconteceu, por favor. Prefiro que fique entre nós.

Vincent e Kim sorriem, enquanto Robert e Catherine se olham e Kenneth bufa. Ótimo!

Nesse instante, chegam Prudence e Abigail. Estamos todos conversando na salinha quando aparece lady Cruella – sem Bonifacia. Estou prestes a perguntar onde ela está, mas, na verdade, não dou a mínima!

— Mamãe, não saiu com Bonnie? — pergunta Catherine.

Ela tira as luvas com delicadeza e, sorrindo, murmura:

— Sim, querida. Mas ela ficou com seu pai no escritório, pois ele quer falar com ela sobre a viagem ao País de Gales.

— Deixou os dois sozinhos? — pergunta Catherine.

Cruella assente e, sorrindo, sussurra:

— Claro, filha. Seu pai e ela tinham que conversar.

Kim e eu trocamos um olhar. Por que Catherine insiste tanto?

Sem que precise nos dizer, lemos em seu rosto: ela sabe o que há entre o pai e a cunhada!

Era a essa descoberta a que ela se referia no diário!

Lady Cruella de Vil se alegra por ver tanta gente em sua casa. Ela reúne os criados e, sem demora, Barney chega e nos avisa de que almoçaremos todos lá.

Kim e eu aceitamos o convite. Afinal, precisamos comer.

34

O ALMOÇO NA CASA de lady Cruella sem a falsa Pembleton é muito mais agradável. Mas, sabendo que Catherine conhece o caso de seu pai com sua cunhada, Kim e eu estamos aflitas.

Agora entendemos suas anotações no diário. Entendemos os atritos entre elas e queremos muito ficar a sós com Catherine para poder falar sobre o assunto. Sem dúvida, essa jovem precisa disso.

Durante o almoço, sinto Kenneth me observar disfarçadamente enquanto converso com Vincent. O duque não é meu namorado, não é meu amante, não é nada meu, mas entre nós há uma atração sexual imensa e difícil de controlar. Pelo menos para mim.

Depois do almoço, Bonifacia se junta ao marido. O coitado, como sempre, é uma marionete ao lado dela... bem, Percival é uma marionete ao lado de qualquer um. Não conheço ninguém no mundo que tenha menos fibra do que ele. Como diria minha yaya, é uma coisinha tonta!

Pensar no que Catherine sabe e se cala e me lembrar da família dessa Bonifacia imbecil me enfurece, mas também me dá muita pena.

Como é que Aniceto e Bonifacia podem brincar com as pessoas desse jeito tão cruel?

Estou pensando nisso quando lady Cruella, pegando as mãos de Bonifacia, pergunta:

— O que papai lhe disse?

Não sei o que ela responde, pois está sussurrando, mas por fim a ouço afirmar:

— Eu disse a ele que vou pensar.

Lady Cruella assente.

— Tenho certeza de que você fará o mais acertado, minha querida menina — ela murmura com carinho. — Se há alguém aqui esperta e que sabe aproveitar as oportunidades, é você.

Ah, claro, muito esperta e aproveitadora! Pobre Cruella, como se engana...

Bonifacia meneia a cabeça. Então, Robert e Vincent propõem fazermos um passeio pelos Jardins de Vauxhall, pois o dia está lindo. Concordamos, encantadas. Percival, porém, declina; como sempre, prefere ficar sozinho. Mas lady Cruella e Bonifacia decidem nos acompanhar. Para nos vigiar, evidentemente.

Depois de uma agradável caminhada, chegamos aos Jardins de Vauxhall. Cruella e Bonifacia cumprimentam todas as pessoas com quem vamos cruzando: lady Pitita e seu séquito e, mais tarde, lady Facebook e lady Instagram. Desde que demos esses apelidos para elas, não lembramos mais seus verdadeiros nomes.

Vincent, Robert e Kenneth seguem atrás de nós conversando. Em várias ocasiões, quando me viro, o olhar de Kenneth e o meu se encontram. Há uma grande tensão entre nós.

Estou sorrindo por causa disso quando Kim murmura, depois de olhar para Kenneth:

— Embora não tenha mais meu sexto sentido, pressinto que vai acontecer alguma coisa entre vocês...

Para bom entendedor, meia palavra basta.

— Você tem um bom faro — afirmo.

Nós rimos. Catherine, que sabe do que estamos falando, murmura:

— Kenneth é um dos homens mais cobiçados pelas mulheres.

— Posso imaginar — comento, escaneando-o com o olhar.

— Como você diz — acrescenta ela, baixando a voz —, ele é um gato!

Nós rimos e, como era de esperar, ele percebe e me encara. Ele sabe que não pode se aproximar de mim. E eu, para provocá-lo um pouquinho mais, porque não valho nada, dou uma piscadinha e mordo o lábio inferior. Ele pestaneja e fica meio inquieto. Que fofo! Não está acostumado a ver uma dama da aristocracia ser tão descarada. Mas, no fim, sorri.

Kim, que está entre mim e Catherine, as três de braços dados, para de repente. O grupo se afasta uns passos e então ela dispara:

— Catherine, posso te perguntar uma coisa extremamente indiscreta?

Ai, ai... eu sei o que ela vai perguntar. E, quando Catherine assente, Kim solta:

— Você sabe o que está acontecendo entre seu pai e Bonnie, não é?

A pobre Catherine para de respirar. Acho que essa pergunta era a última que ela esperava ouvir.

— Calma — murmuro.

Catherine se vira para que ninguém a veja, leva a mão à boca e sussurra:

— Eu suplico que vocês não digam nada. Por favor... por favor.

Vê-la assim deixa meu coração arrasado. Não deve ser fácil saber o que ela sabe e se calar.

— Fique tranquila, querida — responde Kim, com carinho —, claro que não vamos dizer nada.

Ela assente, aliviada, faz um esforço para não chorar e murmura:

— Se minha mãe ou Percival soubessem, morreriam de desgosto.

Kim e eu concordamos com um movimento de cabeça. Sem dúvida, qualquer um ficaria arrasado com uma barbaridade dessas. Kim precisa saber o que Catherine sabe exatamente, por isso insiste:

— O que você sabe sobre a Bonnie?

Catherine sorri com amargura.

— Que é amante do meu pai. Você acha pouco?

Suspiro. É... esse assunto não é fácil.

— Desde o primeiro instante em que a vi, não gostei dela — acrescenta. — Meu sexto sentido me dizia que havia algo estranho nela e... e, com o tempo, descobri. Bonnie é... é uma mulher horrível que não tem coração nem princípios. Fala com minha mãe e a agrada, fazendo-a acreditar que se sente como sua filha, mas na realidade é... é...

— Uma vadia — termino a frase.

Catherine certamente concorda comigo, embora esse tipo de palavra não caiba em seu vocabulário.

— Não é de se estranhar que não tenha família e esteja sozinha no mundo — sussurra a seguir.

Kim e eu nos olhamos. O sexto sentido de Catherine a alertou de algo, mas, por sorte, não de tudo. Ela não sabe que seu pai e a jovem têm uma filha, nem que Bonifacia se chama Lili.

Durante alguns minutos, hesito sobre o que dizer e fazer, até que vejo Kim negar com a cabeça. Em silêncio, ela está me pedindo para não contar o que sabemos. Magoar Catherine ainda mais seria imensamente doloroso para ela.

— Ninguém saberá de nós, por isso não se preocupe — murmuro.

Catherine suspira. Durante alguns minutos, olha para o infinito.

— Eu descobri uma tarde — sussurra. — Mamãe, Abigail, Prudence e Percival haviam ido visitar lady Casterbridge. Ouvi um barulho no quarto de meu pai e... e...

— Não continue. Já imaginamos — diz Kim.

Durante alguns segundos, ficamos as três em silêncio, até que Catherine prossegue:

— Não digo nada por minha mãe e meus irmãos. Um escândalo desses poderia arruinar as fábricas do meu pai e Percival, além do futuro das minhas irmãs.

Nós concordamos. Sabemos que a rigorosa aristocracia inglesa pediria a cabeça de todos eles sem se importar em saber quem realmente são os culpados.

— Eu queria que... que essa vagabunda e Percival se mudassem para o País de Gales — acrescenta Catherine. — Sei que isso não resolveria o problema, mas...

— Meninas, meninas — é a voz de Cruella que nos chama. — Vamos, não fiquem para trás.

Nós três retomamos a caminhada para alcançar os outros.

— Falaremos desse assunto outra hora — diz Kim.

— É melhor — concorda Catherine, voltando a sorrir.

Abigail se aproxima; rapidamente, como se nada tivesse acontecido, respondemos às perguntas que ela nos faz sobre sua sombrinha. Minuto a minuto, noto que Catherine vai relaxando, e meus olhos voltam ao meu duque mais uma vez.

Nosso jogo de olhares continua. Não sei ele, mas eu estou à beira de um ataque cardíaco.

— O que está acontecendo entre você e Kenneth? — pergunta Catherine de repente.

Divertida, suspiro e, afastando os olhos dele, digo:

— Acontecer, acontecer... não está acontecendo nada!

— E por que vocês se olham como se quisessem se devorar?

O comentário direto de Catherine me faz rir, e, sem o menor constrangimento, respondo:

— Porque nós queremos nos devorar.

Ela fica vermelha, mas vermelha mesmo.

— Está apaixonada por ele? — sussurra por fim.

Nego com a cabeça sem hesitar. Kenneth me atrai, eu gosto dele, mas não posso dizer que seja amor.

— Não é amor, é simplesmente sexo.

— Deus do céu, Celeste! — murmura ela, acalorada.

Acho engraçado ver sua cara.

— Não estou apaixonada por ele — sussurro —, mas ele me atrai muito e eu desejo conhecê-lo um pouco mais.

— Eu diria que quer conhecê-lo *muito* mais! — afirma Kim.

Nós rimos. Então, ouvimos as vozes de Cruella de Vil e Bonifacia. Ao olhar, vejo dois menininhos sujos e esfarrapados diante delas e imediatamente reconheço um deles. É Tommy, o irmão de Bonifacia!

Kim me olha e eu a ela. Por sorte, Catherine não sabe de nada.

— Era só o que faltava — sussurro.

Lady Cruella, mal-humorada, agita as mãos para afugentar os menininhos, enquanto Bonifacia exclama:

— Fora daqui, fedelhos!

— Meu Deus, querida, como cheiram mal! Expulse-os! — grunhe Cruella.

Bonifacia assente. Não vejo um pingo de compaixão em seu rosto pelo que está fazendo. Batendo em Tommy com a sombrinha, insiste:

— Fora! Vamos! Estão tentando nos roubar?

De onde estou, olho para rosto do menininho. Sem dúvida, foi treinado para não dizer nada quando a visse. Mas seus olhos se enchem de lágrimas e ele balbucia:

— Milady, só queríamos lhe entregar esta luva que deixou cair.

— Não a toque, Bonnie! — berra Cruella. — Sabe-se lá que doenças esse menininho fedorento tem que poderia nos contagiar.

Isso me corrói por dentro.

É sério que essa desgraçada não vai defendê-lo?

Estou pensando em dar com a sombrinha na cabeça dessa idiota quando Kenneth, aproximando-se do garotinho, pega a luva e murmura:

— Muito obrigado por sua boa ação.

Sem poder evitar, eu me aproximo. E, ao ver que Kenneth lhe dá umas moedas que o menino aceita, feliz, com um sorriso me dirijo ao menino:

— Obrigada, meu querido. O que você fez foi muito gentil.

Todos nos observam, e o menininho, que intuo que me reconheceu, murmura:

— É um prazer, milady.

Satisfeita, faço um carinho em sua cabeça. A seguir, ele corre para seu amigo e eu me volto para Bonifacia, tiro a luva da mão de Kenneth e, cravando os olhos nela, digo em voz baixa:

— Sua luva.

Bonnie olha para a peça e, quando acho que por fim vai dizer algo, Cruella intercede:

— Oh, está muito calor. Vamos beber algo refrescante para esquecer a angústia do que aconteceu com esses bandidinhos.

E, sem mais, sai andando. Todos a seguem. Quando Bonifacia vai dar meia-volta, eu a seguro pelo braço e insisto:

— Sua luva!

Ela olha para a luva e depois me encara com desprezo.

— Pode jogá-la fora. Aquele garotinho sujo tocou nela. Não quero pegar nenhuma doença.

Sério?

Ela vai mesmo repudiar o que o seu próprio irmão lhe entregou? E o chamou de "garotinho sujo"?

Ao ver que ninguém pode nos ouvir, eu me aproximo mais e sibilo:

— Não tem vergonha de tratar uma criança desse jeito?

Com um meio sorriso, Bonifacia me olha e sussurra:

— Vergonha deveriam ter você e o duque. Ou por acaso pensa que não notei como vocês se olham?

Tudo bem. Meu lance com Kenneth está cada vez mais complicado de administrar.

— Por acaso você acha que isso é uma indecência? — sussurro, sorrindo.

Ela assente. E eu, louca para enfiar a luva em algum lugar dela, rosno, chegando mais perto:

— Ouça aqui, maldita, porque eu vou falar só uma vez. Eu sei que esse menininho é seu irmão, Tommy. Eu sei que você não é Bonnie Pembleton e que se chama Lili Brown, e que deixou sua família abandonada na miséria para se dar bem. Também sei que o seu sogro é mais do que o seu sogro e que vocês inclusive têm uma filha. *Isso*, querida Lili, é uma indecência. E, se você se atrever a contar ao conde que eu sei, prepare-se, porque eu vou armar tamanho escândalo que não haverá Inglaterra suficiente para você se esconder.

O sorriso desaparece do rosto dela. Não esperava minhas palavras, de jeito nenhum.

— E, agora que nós estamos entendidas — acrescento —, vou exigir três coisas de você. Primeiro, que ajude a sustentar sua família. Segundo, que mude sua atitude em relação a Catherine, Prudence e Abigail. E terceiro, vá pensando na sua mudança para o País de Gales com Percival. Se não for, eu garanto que, mesmo estando em Nova York, vou fazer todo mundo saber da verdade a seu respeito, e quero ver como é que você vai provar que estou mentindo.

Vejo que Bonifacia mal consegue respirar. E, antes que eu possa fazer qualquer coisa, fecha os olhos e desaba. Desmaiou!

Filha de uma mãe!

O barulho de sua queda chama a atenção de todos, que vêm correndo ajudá-la. Lady Cruella solta a sombrinha, horrorizada e, ajoelhando-se, dá tapinhas no rosto de Bonifacia.

— O que você disse a ela? — pergunta Kim, disfarçadamente.

— O que ela merecia ouvir — afirmo.

Vendo que todos estão muito aflitos, respiro fundo e digo, me aproximando:

— Deem espaço para o ar circular e ponham as pernas dela para cima.

Mas Cruella não permite.

— Oh, não! Que indecência!

— Façam o que eu disse — insisto. — Erguer as pernas dela vai ajudar a circulação sanguínea.

Isso faz todos olharem para mim, mas eu insisto:

— Pelo amor de Deus, querem fazer o que estou dizendo?

Por fim, Kenneth e Robert erguem as pernas de Bonifacia. Eu me agacho, olho para essa imbecil e, dando dois tapas absolutamente desnecessários em seu rosto, chamo:

— Vamos, Bonnie, abra os olhos!

Instantes depois, ela se mexe. Abre lentamente os olhos e olha para mim. Eu murmuro, sorrindo:

— Fique tranquila, está tudo bem. Agora, respire normalmente. Faça o que eu digo e garanto que vai ficar tudo bem.

Bonifacia me obedece, desconcertada. Ela se lembra perfeitamente do que ouviu antes do desmaio. Quando Kenneth e Robert a levantam, lady Cruella murmura, pegando-a pelo braço:

— Vamos até aquele banco, querida, você precisa sentar.

Bonifacia não consegue articular uma palavra, pois o que ouviu de minha boca a tirou do eixo. Acabamos retomando o passeio.

— Tenho inveja de você — diz Catherine, aproximando-se de mim.

— Por quê?

— Porque eu teria feito qualquer coisa para dar esses tabefes que você deu em Bonifacia.

Rio, divertida, e sussurro:

— Quando você quiser, eu a faço desmaiar de novo e deixo você dar os tabefes.

Nós duas rimos. É impossível não rir diante de tanta maldade.

— Eu disse a ela para ir para o País de Gales, caso contrário vou contar a todo mundo o que há entre ela e seu pai — revelo.

Catherine olha para mim, horrorizada.

— Calma, não vou contar — murmuro. — Mas a pressão vai fazê-la ir embora.

Satisfeita, ela assente. Para mudar de assunto, Kim pergunta:

— Acha que ficará chato se eu perguntar a Vincent sobre meu Boneco?

— Provavelmente! — replico.

Catherine me dá razão, e eu acrescento:

— Mas você vai ficar na vontade?

Kim nega com a cabeça. Então, vai até Vincent e pergunta, se fazendo de inocente:

— Como se chama mesmo aquele homem que o acompanhava no outro dia?

Vincent sorri e diz o nome que ela conhece muito bem.

— Gostaria de escrever um bilhete a ele me desculpando pelo meu comportamento vergonhoso — acrescenta Kim.

Kenneth franze o cenho e Vincent responde:

— Esta noite Caleb vai estar no baile dos duques de Camberland, e a senhorita poderá lhe dizer pessoalmente o que desejar.

Kim assente e me olha; não sabíamos desse baile. Com certo pesar, ela sussurra:

— Nós não iremos. O visconde e tio Craig estão fora da cidade a negócios. O que é uma pena, visto que nosso tempo em Londres está acabando. Em poucos dias voltaremos a Nova York.

Quando minha amiga diz isso, Kenneth me olha. E eu, dando de ombros, sorrio e não digo nada.

— É uma pena que partam antes do fim da temporada — comenta Robert. — E é justamente por isso que não podem deixar de ir a nenhuma festa, miladies.

— E não deixarão — afirma Vincent. — Eu mesmo as pegarei hoje e as acompanharei.

Olho para Kenneth e vejo certo desconforto no rosto dele por causa do convite. Kimberly e eu nos viramos, encantadas, e continuamos caminhando e sorrindo. Batemos um *high five*, porque sabemos que vai ser uma grande noite!

35

Como havia prometido, o simpático Vincent vem nos buscar em sua carruagem. Nós nos vestimos de repolho sem a ajuda de Anna. Ao sair, Kim e eu deixamos disfarçadamente as enormes chaves de ferro fundido da casa embaixo de um vaso na lateral da entrada e entramos na carruagem para ir ao baile que os duques de Camberland estão oferecendo em seu casarão londrino.

Satisfeitas, entramos com Vincent no salão. Kim quase desmaia quando reconhece o seu Boneco, ao fundo, rodeada por uma infinidade de mulheres. A verdade é que o sujeito não é bonito; é impressionantemente perfeito!

Se vivesse no século XXI, tenho certeza de que seria um modelo muito requisitado em todo o mundo, porque o cara é um escândalo!

Não poderia ser mais perfeito.

Como esperávamos, Vincent caminha em sua direção e nós o seguimos. E, quando chegamos a Caleb, ele diz:

— Lady Kimberly, lady Celeste, este é o conde Caleb Alexandre Norwich.

Como manda o protocolo, nós fazemos uma leve reverência muito graciosa. Quando nos erguemos de novo, ele pergunta:

— Já não nos vimos antes?

Ao ouvir isso, sorrio. Kim, cobrindo um olho com a mão, toda engraçada, sem se importar com os olhares do resto das mulheres, pergunta:

— Isto lhe recorda alguma coisa?

Ele sorri, e logo sussurra, com um gesto divertido:

— Espero que tenha conseguido resolver o problema.

Kim assente e declara:

— Nada dura para sempre, nem mesmo os problemas.

— Ótima reflexão — responde o Boneco, satisfeito.

— Eu sei — afirma Kim, com um sorriso radiante.

Durante alguns minutos ficamos ali com Caleb, Vincent e as outras mulheres. Mas, como era de esperar, desejando ser vistas e admiradas, na primeira oportunidade elas se livram de nós, e nós permitimos.

De onde estou, observo o Boneco; é tão bonito que não parece real.

— É um gato, mas, se eu tivesse que escolher entre ele e Gael, ficaria com o último — sussurro. — Não sei, parece mais verdadeiro. O Boneco é tão... tão perfeito que dá até aflição.

Kim me olha de repente.

— Por que está falando de Gael agora?

— Porque o que você vai fazer é uma bobagem, e vai fazer por rancor.

Ela bufa.

— E também porque acho que, quando voltarmos, você e Gael vão ter que se dar outra chance — acrescento.

Kim suspira e, olhando para Caleb, que a observa, sorri e sussurra:

— Gael tem namorada, e, como você viu, está muito feliz. Portanto, não seja desmancha-prazeres e me deixe curtir minha fantasia.

Trocamos um olhar, divertidas. Ela dá uma piscadinha e, pela maneira como se mexe, eu sei que já começou seu plano de sedução para chamar a atenção do conde.

Essa é minha *amirmã*!

Ele, por sua vez, está nos observando por cima da cabeça das outras mulheres. Está atento a Kim. Ela também percebeu, de modo que dá meia-volta e, pegando meu braço, declara:

— Contato visual feito! Agora, vamos nos afastar.

Sem olhar para trás, com toda a tranquilidade do mundo, saímos andando.

— Conte até sete, olhe e diga se o Boneco continua olhando — acrescenta Kimberly.

Empoldaga, eu me preparo. Isso é coisa nossa. Depois de contar, viro a cabeça e, ao ver que de fato ele olha para nós, exclamo:

— Já está no papo!

— Ótimo!

O mais disfarçadamente possível, batemos um *high five* e rimos.

— Lady Meumarido chegou — avisa Kim ao ver a amiga de Catherine entrar.

Observamos Vivian, que, como sempre, está radiante, de braço dado com seu marido esplendoroso. Nós nos afastamos antes que ela se aproxime e comece a falar sem parar das virtudes dele.

36

A FESTA ESTÁ EM seu ponto alto. Depois de ir até uma das mesas, onde há sanduíches de picles e o maldito ponche doce demais, cumprimentamos a baronesa de Somerset, a duquesa de Thurstonbury e a condessa de Liverpool, ou melhor, lady Facebook, lady Twitter e lady Instagram.

Educadas, entramos na conversa, que gira ao redor da decoração floral da sala. Então, Cruella de Vil se aproxima e murmura:

— Que linda festa esta noite!

— Sem sombra de dúvida, condessa — respondo.

Durante alguns minutos, ela participa do papo floral. Todas dizem uma infinidade de nomes de plantas que nunca ouvi na vida, até que lady Instagram sussurra:

— Querida, no fim o seu filho e a esposa se mudarão para o País de Gales?

Cruella suspira e levanta o olhar para o teto.

— Ainda estão decidindo. Para minha linda e doce nora é muito difícil se afastar de mim... Ela me ama tanto!

Kim e eu nos olhamos.

Se afastar dela? Amar? Ai, meu Deus, melhor ouvir isso do que ser surda...

Meu Deus... se você soubesse que ela não quer se afastar do dinheiro do seu marido, acho que utilizaria outros termos menos doces para falar dela.

Como era de esperar, todas elas elogiam Bonifacia. Parecem ter sido abduzidas. Cansada de ouvir falar dessa farsante de coração de pedra, olho para Cruella e digo, para mudar de assunto:

— Permita-me dizer, condessa, que seu vestido desta noite é espetacular.

Como imaginava, o papo passa de Bonifacia a vestidos. As mulheres falam sobre suas roupas e, em dado momento, surge o assunto da gargantilha Babylon.

Cruella leva a mão ao pescoço imediatamente e, com todo o pesar do mundo, murmura:

— Não sei como vou superar a perda dessa gargantilha. Era uma joia rara pertencente à nossa família. Só espero que cedo ou tarde volte para nós.

— Mas, querida, não se sabe nada sobre a joia? — pergunta lady Twitter.

— Nada de nada.

Elas pousam suas mãos enluvadas sobre o braço de Cruella para consolá-la, e a seguir lady Facebook comenta:

— Eu sei, por meu marido, que a polícia continua investigando. Não se desespere. Certamente aparecerá para que sua filha Catherine possa usá-la no dia de seu casamento.

Lady Cruella assente e a duquesa sussurra:

— Falando em casamento... conversei com meu sobrinho, conde de Blackmore, sobre Catherine, e disse a ele que é uma jovem bonita e elegante. Mostrei o retrato que você me deu e ele quer conhecê-la para pedir sua mão.

O quê?!

Cruella fica toda animada, vejo isso no rosto dela. Esquece as lamúrias e pergunta, esticando o pescoço para olhar ao redor:

— Onde está o conde de Blackmore para eu cumprimentá-lo?

Kim e eu nos olhamos, horrorizadas.

— Querida, ele não está aqui — responde lady Twitter. — Atualmente está em Canterbury com o pai, resolvendo uns assuntos da igreja. Mas sei que irá a um ou outro baile antes do fim da temporada.

— Maravilhoso! — afirma Cruella.

As quatro riem. Kim e eu não. Então, a duquesa declara em voz baixa:

— Meu sobrinho quer muito ter descendência. Quer todos os filhos que Deus lhe mandar, e, sem dúvida, Catherine vai lhe proporcionar isso.

— Sem dúvida! — concorda a baronesa.

— Mas, querida — insiste a outra, olhando para Cruella —, espero que Catherine seja comedida com essas suas excentricidades de adivinhar coisas. Meu sobrinho é membro da igreja, e essas coisas não o agradam muito...

Pronto, agora a igreja...

— Sem dúvida ela será! — assegura Cruella.

— Você deveria já ir falando com lady Hawl para encomendar o vestido de casamento — murmura lady Facebook.

Cruella sorri, toda feliz.

— Também preciso ir à catedral para reservar uma data — aponta.

— Com isso não se preocupe — sussurra lady Twitter. — Meu sobrinho, sendo conde e membro da igreja, conseguirá a data que desejar.

Todas elas, como quatro bruxas, riem enquanto planejam a vida de Catherine, até que lady Instagram comenta:

— Nota-se que Bonnie, a linda esposa de Percival, é como uma filha para Ashton.

Todas olhamos para onde está Bonifacia e seu sogro, conversando com Percival e outras pessoas. Lady Cruella murmura:

— A chegada de minha nora à nossa casa foi um sopro de ar fresco para todos. Embora seja meio estranho, Percival está contente, e meu marido adora Bonnie. E isso, queridas, como mãe de meu filho e esposa de meu marido, me deixa imensamente feliz.

— Putz grila! — sussurra Kim.

Ao ouvir isso, eu rio e o ponche que estou bebendo entra pelo lado errado. Minha *amirmã* me dá um tapa nas costas para eu desengasgar. Olhando para as mulheres, que nos observam horrorizadas, informo:

— Está tudo bem, só entrou pelo lado errado.

Elas assentem e, sem me dar mais atenção, lady Facebook prossegue, dirigindo-se a Cruella:

— Parabéns, querida! Por fim poderá casar sua filha mais velha no final da temporada. E, pelo que pude comprovar, não será o único casamento... Prudence e o barão Randall Birdwhistle parecem estar se entendendo.

— E Abigail e o conde Edward Chadburn também — sussurra lady Twitter.

— É verdade — afirma Cruella, orgulhosa como um pavão. — Meu marido e eu estamos muito felizes. E agora, com essa notícia sobre Catherine, mais ainda!

Socorro!

No caso de Prudence e Abigail é diferente, mas temos que advertir Catherine.

Lady Cruella esfrega as mãos; a felicidade a domina.

— As meninas estão ali. Vão com elas — diz, para se livrar de nós.

Com um sorriso, Kim e eu assentimos e nos afastamos. Estamos pensando que ou Catherine faz alguma coisa, ou no final da temporada estará casada com esse conde que não sabemos quem é. Cruzamos com Pepi, Luci, Bom e outras garotas de montão. Assim como nós, elas não perdem uma balada.

Sorrimos, já imaginando que, assim que se afastarem, vão falar de nós, assim como nós delas.

Viva a falação!

37

Ao chegarmos até as irmãs Montgomery, contamos tudo que ouvimos.

— Deus do céu, em que minha mãe está pensando?! — sussurra Abigail.

— O conde de Blackmore? — pergunta Prudence.

Kim e eu assentimos. Olhando para sua irmã mais velha, Prudence insiste:

— Por que você não diz nada?

Catherine respira fundo. Somente Kim e eu sabemos de seus planos.

— Não digo nada porque os planos dela não me interessam — declara. — Não me casarei com lorde Justin Wentworth nem com o conde de Blackmore.

— Catherine! — sussurra Prudence.

— Antes que isso aconteça, vou fugir para Gretna Green e me casar com meu amado lá.

— Mas... mas... Catherine, você não pode ir embora! — murmura Abigail.

Catherine olha para a irmã; sua decisão já está tomada.

— Mais cedo ou mais tarde... o papai me odeia e a mamãe...

— Catherine, não diga isso! — Prudence soluça.

Com carinho, ela abraça suas irmãs.

— Estou dizendo a verdade — murmura —, vocês sabem disso tão bem quanto eu. Nenhum dos dois me suporta.

Abigail e Prudence se olham, aflitas. Sabem que o que Catherine diz é verdade.

— A única coisa que quero antes de partir é ver vocês felizes — prossegue. — Percival escolheu viver sua vida com a idiota da Bonifacia; um dia Robert encontrará a mulher que procura, e sinto que por fim vocês estão dando uma chance ao amor.

— Catherine... — sussurra Abigail, emocionada.

— No meu caso — continua ela —, eu amo um homem maravilhoso, bom e decente, mas nossos pais nunca o aceitariam. E não estou disposta a renunciar a ele.

— E esse homem a ama? — pergunta Prudence.

Catherine assente.

— Loucamente.

— Seu sexto sentido lhe diz que ele a fará feliz? — insiste Abigail.

Ela sorri.

— Imensamente feliz.

Kim e eu nos emocionamos ao ouvir isso. Abigail e Prudence piscam, surpresas. Se qualquer uma das três soubesse o que nós sabemos, pirariam.

Abigail, que não duvida nem por um segundo do que sua irmã diz, pergunta:

— Quando você vai nos contar quem é o seu amado?

Com um doce sorriso, Catherine acaricia o rosto delas e murmura:

— No devido tempo vocês saberão.

Prudence e Abigail se olham e suspiram.

Nesse instante, chega lady Meumarido, que anuncia, toda feliz:

— Tenho uma coisa para contar.

— O que aconteceu? — pergunta Catherine.

Vivian, agitada e nervosa, pede:

— Vamos ao jardim!

Sem hesitar, saímos. Uma vez lá fora, sem que ninguém possa ouvi-la, Vivian comenta com um sorriso:

— O que tenho para contar a vocês enche a meu marido e a mim de felicidade!

Não sei por quê, mas uma lampadinha se acende em minha cabeça e eu faço minha aposta:

— Embuchou?!

Kim me dá uma cotovelada, e Abigail pergunta:

— "Embuchou"?

— O que é isso? — pergunta Catherine.

Kimberly e eu rimos. Então, faço um movimento com a mão sobre minha barriga. Catherine entende e diz à sua amiga:

— Você está grávida?

Ela confirma, e as garotas, felizes, começam a dar pulinhos e a lhe dar os parabéns.

Vivian nos fala da felicidade que ela e seu marido sentem por causa da notícia. Esse será o primeiro filho dos muitos que desejam ter. Rio quando a ouço dizer que o marido quer ter dez.

Dez filhos?!

Não um, nem dois, nem três... dez!

Fico passada, me faltam palavras. Acho que, seja na época que for, dez filhos é um absurdo. Sem poder me conter, pergunto:

— Você também quer ter dez?

Então, com uma expressão que diz tudo, Vivian sussurra:

— Com quatro ou cinco eu ficaria satisfeita. Mas meu marido vem de uma família de doze irmãos e quer ter uma família tão grande como a dele.

Meu Deus, que medo! Que absurdo!

Se de alguma coisa tenho certeza – absoluta –, é que se eu conhecer um cara que me diga que quer ter dez filhos, peço licença para ir ao banheiro e fujo pela janela!

Que loucura! Que loucura!

Kim e eu nos olhamos enquanto elas falam sobre filhos. Nós, que não pensamos em ter nem um sequer, somos esquisitas para elas.

Enquanto as escuto falar sobre o assunto, morro de vontade de dizer que no futuro haverá pílula anticoncepcional, DIU, vasectomia, preservativo e pílula do dia seguinte, entre outras opções. Mas, claro, não seria justo para elas. Então, guardo para mim o que sei sobre todos os avanços que, por sorte, eu tenho na minha época.

Abigail diminui a voz:

— Vou contar uma coisa, mas vocês têm que me prometer que não vai sair daqui.

Ficamos atentas.

— Em uma das vezes em que acompanhei Dania, a cozinheira de casa, ao mercado, encontramos uma prima dela e as ouvi dizer que, se depois do ato conjugal não quiser engravidar, basta dar dez pulinhos ou espirrar — explica.

Não posso evitar rir. É sério que elas acreditam nisso?

— E também montar a cavalo depois do ato — acrescenta Catherine.

Kim e eu nos olhamos, divertidas. O que elas chamam de "ato" no nosso tempo se chama "fazer amor" ou, vulgarmente, "transar".

— Puxa, que métodos anticoncepcionais curiosos — comento.

— Anti o quê? — diz Prudence.

De novo dei bola fora. Nem respondo e disfarço:

— É sério que pular, espirrar ou montar a cavalo depois de fazer sexo é efetivo?

— Pelo amor de Deus, Celeste — protesta Vivian —, não diga essa palavra!

— Qual? Sexo?!

— Oh, céus! — Prudence fica horrorizada.

Sua cara me faz rir. Encarando-a, digo:

— Se você se assusta porque eu pronuncio a palavra "sexo", o que aconteceria se eu dissesse, por exemplo, "fornicar"?

Catherine, Abigail, Prudence e Vivian se encaram de olhos arregalados e a última sussurra:

— Não é digno de mulheres decentes mencionar, nem sequer em pensamento, essa palavra horrível que só as prostitutas ou pessoas de baixa estirpe usam.

Kim e eu trocamos um olhar e rimos. Mas temos que entender.

— Até parece que eu subi em uma escada e gritei "sexo"! — digo, debochada.

De novo, todas me mandam calar a boca, aflitas.

Nossa, é muito engraçado!

— Falando em escadas — sussurra Vivian a seguir —, meu marido disse que fazer o ato em uma escada faz o bebê nascer com a coluna torta.

— Ah, pelo amor de Deus! — Estou me divertindo.

— Também dizem — acrescenta Catherine — que fazer o ato ao amanhecer faz o bebê nascer ruivo.

— Como é que é? — Kim está passada.

— Quando você encontrar Gael — digo —, pode dizer a ele que sabe quando os pais o encomendaram. Ele vai morrer de rir!

Sem poder evitar, Kim e eu rimos. Pelo amor de Deus, em quantas bobagens acreditavam nessa época!

Então, Vivian pergunta, dirigindo-se a mim:

— Celeste, e você, que quase se casou, não queria filhos?

Olho para ela, divertida. Não me preparei para essa pergunta porque nunca pensei que alguém a faria. Mas, ao ver que todas me olham com curiosidade, invento uma meia mentira rapidinho:

— Não, eu não queria filhos.

— Oh, céus! — murmura Prudence, acalorada, enquanto as outras se abanam com a mão.

— Não há dúvida de que você é americana! — brinca Catherine.

— Por quê? O que foi que eu disse? — replico, tentando não cair na gargalhada. Ninguém diz nada.

— O que vocês sabem sobre sexo? — Agora estou curiosa.

— Meu Deus, Celeste, baixe essa voz! — ordena Prudence, vermelha como um tomate.

Catherine sorri e se cala. Pelo seu diário, eu sei que ela transa com seu amado, ignorando o protocolo. Abigail, decidida como sempre, murmura:

— No meu caso, posso dizer que não sei muita coisa. Só sei que na noite de núpcias temos que nos oferecer a nosso marido para fazê-lo feliz.

Kim e eu nos olhamos. Coitadinhas, como estão enganadas...

— Bem — explico —, não sou uma mulher casada, mas tenho certa experiência. Querem me perguntar alguma coisa?

Todas se olham. De novo, Catherine se cala e lady Meumarido sussurra:

— Não é decoroso falar sobre isso, Celeste.

— Por quê? — pergunta Kim. — Somos amigas. Não poderíamos nos ajudar com informação?

Vivian, Abigail e Prudence trocam olhares, sufocadas, e Catherine intervém:

— Evita-se falar do ato, mas, para ser sincera, eu acho que nós, mulheres, deveríamos poder falar do assunto para, quando chegar a noite de núpcias, sabermos o que vamos encontrar.

— Não seja desavergonhada, Catherine — diz Prudence.

Kim e eu sorrimos.

— Não se trata de ser desavergonhada, Prudence — esclareço. — Trata-se de ter informação, de saber. — E, olhando para Vivian, pergunto: — A primeira vez que você fez o ato com seu marido foi agradável?

Ela não sabe para onde olhar. Por fim, nega com a cabeça, mais vermelha impossível.

— Sério, Vivian, você não teria gostado de saber o que ia acontecer para estar preparada e, especialmente, um pouco mais tranquila? — insisto.

Minhas palavras a fazem olhar para mim e, respirando fundo, dizer:

— A primeira vez foi perturbadora.

— Por quê?

— Abigail, não seja indecorosa! — exclama Prudence.

Vivian suspira.

— Porque, até o momento, meu marido havia no máximo roçado meu braço ou me beijado nos lábios. Mas, claro, na noite de núpcias, tudo mudou quando, depois da festa, ficamos a sós no quarto e... e... eu... eu... não sabia que... que...

Ela não diz mais nada. Kim complementa:

— Não sabia que ele tocaria e beijaria todas as partes de seu corpo e introduziria o pênis na sua vagina, não é?

Vivian faz um gesto de assentimento, mas Prudence solta:

— O quê?

— Introduz o quê? — insiste Abigail.

— Deus do céu! — Prudence se abana. A cara de horror dela é impagável.

Catherine a imita para não ser descoberta. Então, Kim e eu as fazemos sentar em um dos bancos de pedra do jardim.

— Fiquem calmas... por favor... Está tudo bem!

Abigail se abana com seu leque e, olhando para Kim e eu, pergunta:

— O ato conjugal é isso?

Sem hesitar, assinto.

— Que despautério! — murmura ela.

Tudo isso é muito engraçado. Não dá pra acreditar na inocência dessas garotas em relação ao sexo.

— O que vocês achavam que era o ato? — pergunto.

Aflitas, elas se entreolham. Catherine, ao ver que as irmãs a observam, aponta:

— Dormir juntos, acariciar-se, beijar-se nos lábios...

— E como acham que se faz um filho? — insiste Kim.

Elas se olham. De tanta vergonha, nenhuma delas responde.

— Meu Deus! — bufa Kimberly —, é sério que vocês não sabem como se concebe um filho?

Continuam caladas. Dá até pena. É evidente que essas mocinhas criadas para se casar e procriar não sabem nada sobre sexo, e menos ainda sobre prazer. Tenho certeza de que, se eu falar de *ménage* ou orgia, vão ter uma síncope.

— Para conceber um filho — explico —, o homem põe sua sementinha na mulher. E para isso, como Vivian bem sabe agora, o homem tem que entrar no corpo da mulher e...

— Que diabos?! — exclama Prudence.

— Não se assuste, Prudence — digo. — Garanto que isso que você agora vê como um despautério pode ser muito prazeroso e imensamente divertido se no futuro você chegar a um entendimento com seu parceiro.

Ela abre de novo seu leque e se abana com fervor. Então, Vivian murmura, surpreendendo a todas:

— Celeste tem razão. Reconheço que a princípio fiquei assustada. Meu marido me tocava daquela maneira e eu...

— Vivian! — censura Prudence.

Viviam se cala, mas Catherine olha para sua irmã e explica:

— Eu tenho interesse em escutar o que Vivian tem a dizer, Prudence. Ninguém me falou sobre o ato conjugal, nada além de ter que servir a meu marido na noite de núpcias e em todas as outras noites da minha vida, mas eu quero saber. Quero entender o que acontece e o que eu devo fazer para não me assustar. Então, se não quiser ouvir, levante-se e vá para outro lugar.

De queixo caído, olho para Catherine. É evidente que ela não pode falar sobre sua experiência. Não pode admitir que curte o sexo com Barney, mas quer que suas irmãs conheçam a realidade.

— Catherine tem razão — intervém Abigail. — E, embora eu saiba que nossa mãe não veria isso como uma conversa decente e refinada, quero saber o que acontece quando uma mulher está com um homem na cama.

Eu assinto. Como sempre, Abigail sabe o que quer. Ao ver que Vivian se calou, falo eu, inventando parte da história:

— A primeira vez que me deitei com Henry, o homem que me deixou no altar, eu estava assustada porque não sabia o que poderia acontecer. Reconheço que sentir as mãos dele em meu corpo nu foi impactante. Ninguém jamais havia me tocado daquela maneira... Nem eu mesma havia me tocado assim! E, quando a intimidade aumentou, com sua boca quente ele roçou meu corpo e seu pênis duro começou a entrar na minha vagina. Doeu. Doeu durante um tempo, até que o interior da vagina cedeu e um estranho calor se apoderou de mim. Nas vezes seguintes já não houve dor, mas sim um calor ardente que me levou a querer mais e mais.

Em silêncio, todas me escutam com a respiração acelerada. Prudence se abana mais forte. Se continuar assim, vai arranhar o rosto com as varetas. Abigail assente com olhos arregalados, olha para as irmãs e elas cochicham. E então Kim murmura, se aproximando de mim:

— Esse negócio de "sua boca quente roçou meu corpo" me deixou doidinha!

Sem poder evitar, dou risada. Então, Vivian, animada pelo que eu contei, toma a palavra:

— O que Celeste disse é verdade. No início do meu casamento, eu tinha tanto medo de tudo, que me limitava a fazer o ato olhando para o teto, praticamente imóvel. Mas, conforme foram passando os meses, tudo mudou para melhor. A intimidade com meu marido cresceu, e, embora vocês possam achar estranho o que vou dizer, agora não só ele faz o ato comigo; eu também faço com ele... quando me sento em cima dele e o cavalgo.

— Que barbaridade! — bufa Prudence, imensamente acalorada.

Catherine solta uma risada; fica claro que ela sabe do que a amiga está falando.

— Só espero que, no dia em que vocês se casarem — acrescenta Vivian —, seja com um marido tão compreensivo como o meu e que possam ter o mesmo prazer que eu tenho.

— Oh, céus, tomara! — exclama Abigail.

Lady Meumarido sorri. Eu acrescento, também sorrindo:

— Vivian quer dizer que o prazer agora é mútuo porque ambos se possuem. Ambos desfrutam da intimidade e do corpo um do outro, e não há nada melhor que ter a seu lado um homem que deseja sua felicidade tanto como a própria, em todos os sentidos.

Prudence pestaneja e Vivian pergunta, baixando a voz:

— Lembram-se de minha prima Berenice? — Elas fazem que sim com a cabeça.

— A coitada teve muito azar em seu primeiro casamento. Casou-se obrigada com um amigo do meu tio que nunca a tratou com gentileza. Ela não conheceu carícias, nem palavras bonitas, nem beijos doces, ao contrário.

— Coitada... — murmuro, com dó.

Vivian prossegue, olhando para nós:

— Estou contando isso a vocês porque, há duas semanas, fui visitá-la com meu marido em seu novo lar e por fim ela me contou sobre o calvário que havia vivido. Quando seu primeiro marido morreu, meu tio quis casá-la com o irmão do falecido. Berenice se recusou e fugiu de casa. Preferia viver na rua a passar outra vez por aquele horror. Nos dias em que viveu na rua, conheceu Parker, um granjeiro. Casou-se com ele, e hoje, embora parte da minha família a tenha repudiado porque não aceita esse casamento, Berenice vive feliz com alguém que a trata com carinho, respeito e amor.

— Fico muito contente por ela — digo, emocionada.

Por fim, decidimos voltar à festa. Quando chegamos aos degraus que conduzem ao salão, Vivian sussurra, orgulhosa:

— Ali está meu marido.

Todas rimos.

— Até logo. Vou dançar com ele — acrescenta e sai.

Ela imediatamente desaparece, e eu, disposta a fazer tudo por essas jovens, digo:

— Prudence, Abigail, vocês têm que se casar por amor com a pessoa que escolherem. Nunca pode faltar em suas vidas o diálogo com seus maridos...

— E Catherine não? — diz Prudence.

Rapidamente me corrijo:

— Claro que Catherine também. As três.

E então nós entramos no salão iluminado pelos lustres, onde todos dançam e conversam felizes.

38

Esta noite, durante o baile, tudo parece correr bem.

O barão Randall Birdwhistle, ao ver Prudence, rapidamente vai falar com ela, que sem sair correndo, apesar do nervosismo, conversa com ele e depois vão dançar.

Pouco depois, estamos conversando e, para desconcerto das *groupies* que o perseguiam para todo lado, o conde Edward Chadburn se aproxima e convida Abigail para dançar. Desnecessário dizer que, dessa vez, minha amiga aceita.

Por sua vez, Catherine não cabe em si de alegria. Ver suas irmãs felizes é a única coisa de que ela precisa para ser feliz também.

De repente, ela olha para mim.

— Algo me diz que você vai gostar de ver quem está entrando pelos fundos do salão.

Eu me volto e, instantes depois, meu duque, meu lindo e interessante Kenneth, aparece. Está uniformizado, de azul e branco, e eu quero morrer... de prazer!

Meu Deus do céu, mais bonito não poderia estar!

Parece que fui abduzida por marcianos – neste caso, por um capitão da Marinha britânica.

Kim, que me conhece, sussurra:

— Não se esqueça de respirar.

Eu assinto. Respiro. Só que, impressionada com a sensualidade que Kenneth exala vestido assim, não consigo articular uma palavra.

— Como você diz, Kenneth é um gato!

Gato é pouco hoje.

Quando ele desaparece de meu campo de visão, respiro fundo e exclamo:

— Viva a Marinha Real britânica!

Nós rimos. Então, Kim, que perdeu seu sexto sentido ao chegar a esta época, pergunta a Catherine:

— O que você vai fazer a respeito dos planos da sua mãe?

A jovem bufa, meneia a cabeça e sussurra:

— Vendo que minhas irmãs estão encaminhadas na vida, vou partir. Já conversei com Barney, nós vamos juntos na próxima lua cheia. No mesmo dia que vocês.

Ela e Kim se olham. Minha amiga não disse nada sobre a importância que eles terão no futuro dela. Decidiu se calar para que o destino faça sua magia. Emocionada, murmura:

— Barney sabe que nós viemos do...

Catherine nega com a cabeça e, sorrindo, responde:

— Não. Não contei nada a ele.

— Por quê? — pergunto.

— Porque, se a magia de Imogen não funcionar com ele, não quero que se decepcione. Vou repetir o feitiço da viagem no tempo e, se não funcionar, vamos fugir para a Escócia, onde podemos nos casar e viver tranquilos.

Eu sorrio. Sei que o feitiço vai funcionar.

— Eu daria tudo para poder acompanhá-los à Escócia — murmuro.

— Venha! Para nós, será um prazer.

É o que eu mais queria, mas replico, rindo:

— A noite de lua cheia é para todos: para vocês e para nós. Se eu quiser voltar, diante do espelho de Imogen devo estar.

— Olha, até rimou — brinca Kim.

Cúmplices, nós três nos olhamos.

— Que loucura! — sussurra Catherine, emocionada.

Kimberly e eu assentimos. Sem dúvida, tudo isso é uma grande loucura

— Você não disse que esta noite combinou de se encontrar com Barney? — pergunta minha amiga.

Catherine assente.

— Como eu já disse, se quiserem ir à casa de Michael e Craig, não há ninguém lá — Kim insiste. — E as chaves estão embaixo do vaso da entrada.

Catherine sorri, feliz. No entanto, olhando para sua mãe, que está do outro lado do salão com lady Facebook, sussurra:

— Não há nada que eu queira mais, mas não quero arriscar. Vou aproveitar para ficar com ele no sótão até que minha mãe e minhas irmãs voltem da festa.

Todas nós assentimos.

— Quero agradecer a vocês pela conversa sobre o ato que tiveram com minhas irmãs — diz. — Elas precisavam disso, e eu não podia falar. Portanto, obrigada! — De novo rimos. — Agora vou embora — acrescenta. — Se minha mãe ou minhas irmãs perguntarem, digam que...

— Fique tranquila, pode ir — interrompo. — Se nos perguntarem, vamos dizer que você está no banheiro com dor de cabeça e que, assim que voltar, nós a acompanharemos até sua casa.

— Por que vocês sairiam comigo mais cedo? — pergunta Catherine.
Kim e eu, que já conversamos sobre isso, sorrimos, e minha *amirmã* responde:
— Porque Celeste e eu também temos planos.
Catherine sorri, divertida, e, antes de desaparecer, murmura:
— Vou pular o muro do jardim para sair. Na parte esquerda é bem baixo. Divirtam-se como eu me divertirei!
Sem hesitar, assentimos. E ela vai embora para se encontrar com Barney, seu amado.
Quando ficamos sozinhas, Kim e eu nos olhamos e sorrimos. Já ajudamos nossas amigas com as coisas do coração e agora sabemos o que queremos.
— Vou procurar meu Boneco — diz ela. — O que acha?
— Acho ótima ideia, porque eu vou procurar meu capitão.
— Minha intenção é ir a qualquer lugar que não seja a casa de Michael e Craig. Digo isso para o caso de você querer ir para lá com o duque — ela informa.
Dou risada. Já tivemos essa mesma conversa centenas de vezes em nossa época.
— Legal. Vou ter a casa toda só para mim — respondo.
Então, vejo que meu duque me olha do outro lado do salão.
— Já viu um inglês que fique tão maravilhosamente bonito de uniforme de capitão?
Kim o examina. Pelo modo como o escaneia, sei que o acha tão impressionante quanto eu.
— Querida, curta bastante! — diz.
Eu assinto; essa é minha intenção. E, sem deixar de olhar para Kenneth, que está aquecendo meu corpo de um jeito que parece que vou entrar em combustão espontânea, comento:
— Em circunstâncias normais, eu pediria que você me mandasse uma mensagem para saber que está tudo bem, mas aqui não existe isso!
— Vamos confiar que tudo vai sair como queremos e que nós vamos curtir — responde.
Como sempre, batemos um *high five* disfarçadamente.
— Meia hora para desaparecermos — me informa Kim. — Vou dizer a Cruella e às garotas que nós vamos embora com Catherine. E fique tranquila: tenho certeza de que esta noite nem Prudence, nem Abigail nem lady Cruella, tendo a atenção do barão e do conde, vão se preocupar com a nossa ausência.
Concordo com ela, satisfeita.
Então, Kim se afasta, e, sem hesitar, olho de frente para meu duque. Chega de ser prudente.

39

Durante alguns minutos eu caminho pelo salão de baile, ciente de que sou observada por Kenneth. Eu sei que ele quer se aproximar. Tenho certeza disso.

Vejo Kim dançar uma valsa com seu Boneco. Já passaram para a fase dois, e, vendo como se olham, eu diria que a fase três não vai demorar para chegar.

Em quinze minutos preciso estar com meu duque na palma da mão!

Vincent se aproxima e nós conversamos durante um tempo, até que, de repente, Kenneth chega também e, estendendo a mão para mim, me intima:

— Nossa dança, milady.

Que mentiroso! Rio em pensamento.

Não prometi nenhuma dança para ele, mas fico feliz por se atrever a fazer isso. Pego sua mão e nos dirigimos juntos ao espaço usado como pista de dança.

Em silêncio, dançamos uma valsa. Não falamos nada; só nos olhamos. E nos comunicamos do nosso jeito. Sentir sua mão em minha cintura me dá um calor...

Nossa, como o desejo!

Depois da dança, ele beija minha mão e zás! Se afasta de mim. Sério? Contrariada e meio brava, eu me dirijo a uma mesa para tomar ponche e vejo Kim falando com Cruella. Sem dúvida a meia hora já passou e ela está avisando que nós duas vamos embora com Catherine.

Tenho que agir já!

Catherine foi embora, Kim está indo e agora eu tenho que ir, senão vou estragar o plano delas. Portanto, depois de olhar para Kenneth descaradamente, vou para o jardim.

O ar fresco sopra em meu rosto. Se em cinco minutos ele não vier, vou embora, nem que seja a pé, sozinha. Por sorte não estamos longe e eu sei chegar. Não quero ferrar com a noite de Catherine e Kim.

Louca para que o homem em quem penso venha até mim, olho para o céu buscando a lua. Embora esteja na fase minguante, percebo-a tão mágica e alucinante como a que me trouxe até aqui. Uma voz interrompe meus pensamentos:

— O que faz tão sozinha?

Sorrio. Ótimo!

Com segurança, eu me viro, olho para ele e respondo:

— Esperando-o, capitão.

Minha resposta o surpreende, como sempre. Sem afastar os olhos dele, pergunto:

— Sabe o que é atração entre duas pessoas? — Ele assente. Vejo seu pomo-de-adão subir e descer, e eu insisto: — Pois é o que eu sinto por você. Verdadeira atração.

Kenneth me olha. Se antes ele pensava que eu era uma sem-vergonha, sem dúvida agora pensa em algo muito pior. No entanto, me surpreendendo, ele sorri e questiona:

— Está brincando comigo?

Agora quem ri sou eu.

— Não, duque — digo. — Não estou brincando. Só estou lhe informando que me atrai e que, se quiser, pode haver algo mais esta noite entre nós.

— Esta noite?

— Esta noite — confirmo.

Kenneth pisca, tentando assimilar o que eu disse.

— Posso me dirigir ao senhor sem formalidades? — pergunto.

Ele faz que sim com a cabeça e, sem hesitar, sussurro com um sorriso:

— Muito bem. A partir deste instante, somos Kenneth e Celeste.

Ele me olha, ainda desconcertado.

— Você comentou que não buscava uma esposa — relembro —, e sim uma mulher para se divertir em terra. Pois bem, eu também não busco um marido, e sim alguém com quem possa me divertir. Ambos temos experiência, sabemos do que estamos falando e...

— Está se oferecendo para mim?

Divertida com sua pergunta, meneio a cabeça e respondo, com toda a minha confiança feminina do século XXI:

— Eu diria que estou escolhendo você para ficar comigo.

Ele fica alucinado com minhas palavras tão diretas. Acho engraçada sua perplexidade, mas ao mesmo tempo isso me excita. Louca para que ele aceite minha proposta, insisto:

— Michael e tio Craig não estão na Inglaterra. Kimberly tem seus planos e eu tenho a casa só para mim.

Mais transparente e descarada eu não poderia ser. Se minha avó estivesse aqui, ia me dar dois tabefes com a mão aberta por ser tão oferecida. Então, Kenneth pega minha mão e me puxa até que ficamos escondidos atrás de um arbusto do jardim. Aproximando seu corpo do meu, ele me beija com tamanho desejo, tamanho ímpeto e tamanha necessidade que faz minhas pernas tremerem.

Feliz com sua reação, permito que ele me beije à vontade – seja dita, à minha vontade também! E quando o beijo termina, ele sussurra:

— Isso que você está propondo, e dessa maneira, não é bem-visto.
— Sim... mas você sabe muito bem que sou imprudente.

De novo nos olhamos em silêncio, e agora sou eu que o beijo, ficando nas ponta dos pés. Com prazer, eu o provoco com a língua, percorro seus lábios com ela e Kenneth logo responde com um beijo ávido, cheio de paixão.

Um beijo. Dois. Não sei quantos trocamos. Mas quero muito mais, então olho para ele e pergunto, sem nenhum pudor:

— Vamos sair daqui?

Sem pensar duas vezes, ele assente e, olhando ao redor, diz:

— Não podemos sair juntos...
— Fique tranquilo. — Dou risada e, apontando para uma lateral, toco o laço no peito do meu vestido e oriento: — Saia pela porta. Eu vou sair por ali.
— Por ali?

Assinto. Eu sei que é por onde Catherine saiu.

— Na parte esquerda do jardim, o muro é muito baixo e eu posso pular.

Ele me olha, atônito, e eu afirmo, pondo as mãos na cintura:

— Sim. Eu disse que vou pular o muro, uma coisa que com certeza as senhoritas decentes não fazem. E elas também não põem as mãos na cintura como estou fazendo agora. Mas eu, Celeste, sou assim... imprudente!

Ele está em choque; não se mexe. Acho que vai delicadamente me mandar plantar batatas. Mas, para minha surpresa, ele sussurra:

— Sua imprudência me espanta.

Ai, que gracinha! Estou olhando para ele, encantada, quando ouço:

— Mas como você descobriu sobre esse muro?

Eu rio, dou um beijo carinhoso em seus lábios e sussurro:

— Depois eu te conto.

Kenneth sorri. Adoro seu sorriso torto. Enfim, decidida a curtir meu *crush* da temporada, me despeço:

— Encontro você do outro lado do muro.

Por fim, ele assente e, depois de me dar um último beijo rápido, sai. E eu, flutuando em minha nuvenzinha de felicidade, vou em direção ao muro e procuro a parte mais baixa.

Onde será que fica?

Depois de percorrer uns metros, como disse Catherine, eu a encontro. Erguendo o vestido, subo no muro e pulo sem problemas. Só que, no caminho, o vestidinho fino fica enganchado e rasga. Quando Kim vir isso, vai morrer de rir.

40

A rua em que vou parar depois de pular o muro está solitária e silenciosa, mal iluminada por umas lâmpadas a gás. Então, ouço os cascos de um cavalo e sei que é meu capitão. Feliz, eu o observo enquanto se aproxima e sorrio.

É sério que estou vivendo esta loucura?

Vou mesmo sair daqui com meu duque?

Quando chega até onde estou, Kenneth estende a mão e me convida a montar. Seu cavalo seria como seu carro ou sua moto na minha época. Pego a mão que me estende e ele me ergue e me põe sentada diante dele.

Uau!

Adoro cavalos. Quando morava no Texas com meus pais, eles me levavam ao rancho do meu tio para montar, por isso a altura do animal nunca me assustou.

Sentada na frente dele, eu me viro e nós nos olhamos. E em plena rua nos beijamos de novo.

— Ir à casa de Michael e seu tio seria complicado — diz Kenneth. — Muita gente poderia nos ver chegar e depois me ver sair.

— E daí?

Pelo jeito como ele me olha, eu sei que não é correto. No bairro de Belgravia moram muitas das pessoas que estão na festa, e para eles é muito importante o que as pessoas da sociedade londrina dirão.

— Tudo bem, vamos a outro lugar — consinto.

— Podemos ir à minha casa — sugere Kenneth.

Sem hesitar, aceito.

— Tudo bem. Vamos lá.

Sem perda de tempo, pegamos o caminho em direção ao Hyde Park. Eu me sinto uma verdadeira guerreira escocesa, sentada na frente do meu duque em seu cavalo. Mas inglês, não escocês! Meu Deus, que momento!

A noite e sua escuridão nos dão a privacidade necessária. Minutos depois, Kenneth detém o cavalo em frente a um casarão impressionante, onde não há vizinhos em frente como em Belgravia. Desce do cavalo e, com delicadeza, me ajuda. Pegando minha mão, ele me puxa.

Satisfeita, entro na casa dele. Um mordomo bastante velho caminha até nós e Kenneth diz:

— George, deixei meu cavalo aqui fora. Guarde-o, e depois você e Ronna podem se recolher. Não vou precisar de vocês esta noite.

O homem faz um movimento de cabeça, sem olhar para nós, e sai. Quando ficamos a sós na ampla sala, Kenneth pergunta:

— Quer beber algo?

Encantada, caminho pelo aposento muito masculino e pergunto:

— O que você tem para me oferecer?

Vejo várias garrafas sobre uma espécie de mesinha redonda.

— *Brandy* ou uísque — responde.

— Uísque.

— É muito forte — ele comenta.

— Eu aguento — garanto, zombando.

Kenneth faz um instante de silêncio e, a seguir, olha para mim e pergunta:

— Por que todas as suas respostas são diferentes do que eu espero?

Feliz, eu me aproximo, fico na ponta dos pés e o beijo.

— Porque eu sou diferente — sussurro.

Ele sorri para mim. Não sei se me entendeu. Então, serve o uísque. Seus movimentos seguros e precisos me excitam, e, quando me olha e me entrega o copo, sorrindo, eu murmuro:

— Obrigada. — E, sem pensar, bato meu copo no dele e digo: — A você.

Kenneth sorri. Deve achar engraçado o que eu fiz. Imitando meu movimento, ele repete:

— A você.

Nós bebemos. O ambiente está carregado de desejo. Quando já não aguento mais, deixo o copo sobre uma linda mesa marrom, vou até ele e o beijo sem demora.

Um beijo leva a outro... uma carícia provoca mil outras...

Até que Kenneth me pega nos braços e, com passos largos, sobe as escadas e me leva por um corredor escuro até onde imagino ser seu quarto, iluminado só por uma vela. Uma vez que entramos, desabotoo seu casaco azul como uma tigresa ávida por sangue. O casaco cai no chão. Depois, arranco sua camisa branca e, quando ele fica nu da cintura para cima, eu o examino e sussurro:

— Você é uma verdadeira tentação.

Minhas palavras o fazem sorrir de novo. Olhando para mim do alto de seu metro e noventa, ele desfaz lentamente o laço de meu vestido.

Oh, Deus... oh, Deus... É incrível o que isso me provoca...

Ao me virar, ele começa a beijar meu pescoço. Fecho os olhos enquanto sinto seus dedos desabotoando meu vestido, um botão de cada vez, até fazê-lo cair a meus pés.

Estou de ceroula e espartilho, e Kenneth me olha.

Meu Deus, que horror!

Estaria tão bonita se estivesse de lingerie...

Seus lindos olhos azuis percorrem meu corpo. Ele está gostando do que vê. Coitado... que mau gosto. Não quero que ele me veja com essas horríveis ceroulas rendadas, por isso levo as mãos à minha cabeça e, como hoje eu mesma me penteei porque Anna não estava, tiro os três grampos e o cabelo cai livre sobre meus ombros.

— Aqui, a verdadeira tentação é você — murmura ele, com a respiração acelerada.

Eu rio; gosto de ouvir isso. Empurro-o e o faço sentar na cama. E, montando nele, eu o beijo com verdadeira devoção.

Hmm... adoro os beijos do meu duque.

Depois de vários beijos fogosos e apaixonados, iluminados só pela luz de uma vela, meu espartilho voa pelos ares. A seguir o camisão, e, quando meus seios ficam nus, ele os aprecia e os beija com carinho.

Nossa, é tesão que não acaba mais!

O carinho vai se transformando pouco a pouco em delírio. Quando ele coloca sua boca quente em um dos meus mamilos, um glorioso suspiro sai da minha boca e eu sinto que estou começando a tocar o céu.

Não sei quanto tempo curto sua língua brincalhona... até que, me tirando de cima dele, rapidamente Kenneth arranca as calças.

Mãe do céu! Viva o inglês!

Kenneth me observa. Acho que ele pensa que me assustou, e, para lhe dar segurança, tiro a ceroula com um puxão. No entanto, olhando para mim, ele pergunta:

— O que é isso?

"Isso"? Como assim "isso"?

Quando olho para baixo... Caraca, é verdade! Estou com a calcinha que eu mesma fiz.

— Nunca viu uma calcinha antes? — pergunto.

Ele nega com a cabeça. E eu, divertida, pego suas mãos e as ponho sobre os laços nas laterais de meus quadris:

— Puxe de uma vez.

Kenneth obedece. Os laços se desfazem e zás! A calcinha cai no chão.

Espero que isso o tenha excitado tanto quanto a mim e que ele se jogue como o Tarzan em cima da Jane.

Mas, de repente, ele quer saber:

— Onde estão seus cachinhos?

Nossa, é verdade! Nessa época era moda ter pelos na periquita! Quando vou responder, ele sussurra, dando um passo para trás:

— Diabos! — Pisco, surpresa. E, com uma expressão indescritível, ele pergunta: — Com mil diabos! O que é isso que você tem escrito aí?

A tatuagem!

Tento segurar o riso.

Se no século XXI, cada vez que vou para a cama com um homem ele se surpreende ao ler minha tatuagem, imagine o espanto de Kenneth.

Que situação! Eu daria tudo para poder tirar uma foto. Nunca vi tamanha cara de espanto.

Acho que ficou até vesgo!

Rapidamente, ele pega a vela que está na mesa de cabeceira, ilumina meu púbis, ergue o rosto e pergunta:

— Por que está escrito "Peça-me o que quiser"?

Rio, não posso evitar, e de novo, antes que eu possa responder, ele vê a tatuagem nas minhas costelas.

— Meu Deus, o que você fez com seu corpo? — sussurra.

Bem, dá para entender que tudo isso é informação demais para ele. Por mais que eu explique, acho que ele não vai compreender o motivo das minhas tatuagens. Obrigando Kennet a olhar para mim, murmuro:

— O que você acha de largar essa vela e nós continuarmos o que estávamos fazendo?

— Mas...

— Kenneth... — insisto.

Ele pensa. Pela sua expressão, eu sei que quer explicações, mas, colando meu corpo ao dele, pego a vela e a deixo sobre a mesa de cabeceira. Então, empurro-o na cama, fico em cima dele e murmuro:

— Nós nos desejamos, então vamos fazer amor. E depois cada um vai para o seu lado..

Minhas palavras, o empurrão e meu descaramento por fim atiçam sua curiosidade, e, quando o beijo, sua reação é como eu esperava. Descomunal!

Feliz e encantada com o homem que eu desejo nu embaixo de mim, eu me sento sobre ele e, ao introduzir seu pênis duro e quente em mim, ambos soltamos um grito de prazer.

Mãe do céu!

Nós nos olhamos nos olhos e nos unimos. Eu me seguro em seu pescoço e começo a mexer os quadris, enquanto ele arfa sem parar de me olhar. Sei que pareço exibida por falar isso, mas o estou deixando louco.

Nós curtimos, gememos e nos beijamos, e nossos movimentos vão ficando mais fortes, mais intensos e certeiros.

Encantada, sorrio quando sinto suas mãos me pegando pelos quadris e me puxando. Hmm... que gostoso!

Seu ímpeto, sua masculinidade e seu jeito de me olhar me deixam louca, assim como minha entrega e meu atrevimento o enlouquecem. Como eu imaginava, fazer sexo com meu duque está sendo prazeroso demais, e estamos só começando.

11

Nua e aconchegada na cama, acordo com a luz batendo em meus olhos.

Afasto o cabelo do rosto e me dou conta de onde estou e de com quem passei a noite.

Nossa, mãe! Tive uma noite louca com um homem do século XIX que, além de tudo, é duque, capitão e inglês.

Viro na cama e vejo que estou sozinha.

Onde ele está?

Examino o quarto, curiosa. É masculino, sóbrio, decorado com objetos que têm relação com o mar. Sem dúvida, Kenneth não pode negar que é marinheiro.

Sorrindo, relembro o que aconteceu... cinco vezes! Cinco!

Quanto tempo fazia que eu não tinha uma noite assim? Porque, verdade seja dita: os homens com quem saio ficam dando uma de machos, mas, depois de três assaltos, estão mortos. Porém, depois de cinco com Kenneth, quem ficou morta fui eu.

Insuperável!

Por isso estou dolorida. Mas, se for por causa da grande noite de paixão que passei, viva a dor! Eu repetiria tudo.

Olhando para o teto, suspiro e penso em Kim.

Como terá sido sua noite com o Boneco?

Mais um suspiro de prazer sai da minha boca. Eu me levanto, nua, e vou até uma cadeira onde vejo que Kenneth deixou o casaco azul que tirou ontem. Com carinho, acaricio o tecido e o pego para vesti-lo. Então eu me olho no espelho e, tirando uma *selfie* imaginária, sorrio.

Sou uma boba!

Com cuidado, afasto a fina cortina da janela e olho para fora. Ao sentir o cheiro que o casaco de Kenneth exala e depois da noite maravilhosa que passei com ele, percebo que sexo é sexo, independentemente do século em que se esteja.

Estou pensando nisso quando a porta se abre e, ao me voltar, vejo que é ele. Está vestido como sempre, com elegância e distinção. Ao me ver com seu casaco, sorri e murmura, fechando a porta.

— Vim acordar você.

Feliz, sorrio e o beijo nos lábios.

— Bom dia — sussurro.

Encantado e relaxado, meu duque me beija.

— Descansou bem? — pergunta.

Respondo com um movimento de cabeça; dormi bem demais. Ele toca a borda de seu casaco azul e comenta:

— Fica muito bem em você, capitã.

— É mesmo?

Kenneth assente. Em seus olhos vejo o que deseja, o que vai acontecer. E, quando o casaco desliza por meu corpo até cair no chão, vou falar, mas sua boca toma a minha e me interrompe.

Isso, pode me interromper quanto quiser...

Cheia de desejo, levo a mão até o meio de suas pernas e o acaricio. Sem dúvida, meu novo amigo já está pronto.

— Você me deseja tanto quanto eu a você. Não é preciso dizer mais nada — sussurro.

Eu o puxo até chegar à parede. Me apoio nela e, quando Kenneth abre a calça, eu me deixo esmagar por ele até que me pega em seus braços e, com um só empurrão, entra em mim.

— Ah, meu empalador... — murmuro, incapaz de me calar.

Kenneth me olha sem entender nada.

Meu Deus, acabei de chamá-lo de empalador! E, dando um tapa em sua bunda inglesa branca e imaculada, digo como Mata Hari:

— Não pare, por favooorr!

E ele não para. Não para mesmo!

Ele me beija, e me toca, e me provoca. Meu capitão me come contra a parede de tal maneira que só posso curtir, curtir e curtir, até que não aguentamos mais e, com um último empurrão que nos leva ao céu, o clímax nos alcança e nós ficamos apoiados ali, exaustos.

No quarto só se ouve nossa respiração agitada. Acho que nossos gemidos de prazer devem ter ecoado por todo o Hyde Park. Eu rio. Que escândalo!

Kenneth me põe no chão e me observa profundamente. Não consegue evitar. À luz do dia, e não das velas, minha falta de pelos no corpo e minhas tatuagens são mais visíveis.

— Está pirando, não é? — sussurro, fitando-o.

— Pir... o quê?

Solto uma gargalhada. Coitado, ele não entende nada.

— Estar pirando é como estar surpreso — esclareço.

Ele mostra que entendeu, mas não para de perguntar.

— Por que o seu corpo não tem...
— Pelos?
Sem hesitar, ele assente, e eu, sem um pingo de vergonha, respondo:
— Porque eu gosto de me depilar, e acho que é mais higiênico assim.
Kenneth assente uma vez mais. Acho que assentiria diante de qualquer coisa que eu dissesse. Mas então, cravando o olhar em minhas tatuagens, vejo que vai perguntar e me antecipo:
— Eu gosto, e, como o corpo é meu, faço com ele o que eu quero. — Ele franze o cenho, incrédulo. Tenho certeza de que nunca ouviu uma mulher dizer nada parecido. Pergunto: — Por que está me olhando desse jeito?
Seus lindos olhos azuis não param de me escanear. Nossa, que olhar!
— Porque você é diferente — por fim murmura.
Interessada nisso, insisto:
— Diferente como?
Kenneth não tira os olhos de mim. Acho que está tentando me entender.
— Diferente em tudo — sussurra por fim. — Sua maneira de falar, de olhar, caminhar, rir, responder. Às vezes até de respirar. — Dou risada. E ele acrescenta: — Nunca conheci uma mulher como você.
Satisfeita com o que ouço, sorrio e, depois de beijá-lo, afirmo:
— Nem vai conhecer.
Ele levanta as sobrancelhas, divertido, e me faz cócegas.
— Como pode ter tanta certeza? — pergunta.
Estou gargalhando por causa das cócegas quando respondo:
— Porque Celeste só existe uma.
Ele cai na gargalhada, e, pegando meus pulsos, coloca minhas mãos acima da minha cabeça e me imobiliza.
— Descarada, irreverente, linda. E insolente. Respondona, espontânea. De onde você saiu? — murmura.
Achando graça por vê-lo me definir perfeitamente, revelo:
— De um século muito diferente do seu.
— De que século você veio? — brinca, divertido.
— Do século XXI — respondo.
Kenneth ri. Eu também. Ele não busca resposta para o que eu disse porque, em sua cabeça, não é possível acreditar. Ele me beija, passa o dedo pela tatuagem das costelas, não pergunta nada, mas comenta:
— Eu só havia visto esse tipo de arte corporal em homens de baixa categoria, prisioneiros e criminosos.

— Nossa, não me diga!

— Lembro de uma expedição que fiz ao Haiti, onde conheci uns aborígenes com o corpo...

— Kenneth — interrompo.

Explicar o motivo de minhas tatuagens é complicado. Acho que ele não entenderia. Então, inventando uma meia mentira, murmuro:

— Do lugar de onde venho isto não é reprovável...

— Mas como não?

— No século XXI as coisas são diferentes.

Ele sorri, sem ligar para o que eu disse.

— Mas você é mulher! — insiste.

Nossa, que complicado fazê-lo entender!

— Viajei com meu pai à Polinésia, e lá a arte corporal é uma tradição que...

— E seu pai concorda com isso?

Sem hesitar, assinto. Coitado, só conto mentiras.

— Tem saudade do homem que a deixou no altar? — pergunta a seguir.

Dou risada. Coitadinho... Sem deixar de sorrir, nego com a cabeça.

— Qual era o nome dele?

— Henry. Henry Cavill.

Vejo que ele espera algo mais, então acrescento:

— Ele é médico, um homem magnífico e muito bonito.

Kenneth assente. Aproveitando o momento, pergunto:

— E você, tem saudade da sua mulher?

Durante alguns minutos, ele não responde, só me olha. Até que diz:

— Não.

— Não?! — digo, surpresa.

Kenneth nega com a cabeça.

— Do modo a que você se refere, não sinto falta dela. Mas, claro, preferiria que estivesse viva, pelo bem de meus filhos. Ela era uma boa mãe e uma boa mulher, mas nunca houve amor entre nós. Como já disse, sou um homem do mar, essa é minha vida, e minha esposa e eu só nos casamos para atender às expectativas de nossas famílias. Nada mais.

Assinto. Mais claro não poderia ter sido.

— Mas vou sentir saudade de meus filhos e pensarei muito neles quando partir de novo — acrescenta. — Não vejo a hora de voltar ao mar, à minha vida... Por isso disse aquele dia que não busco esposa em terra, porque minha vida é o mar.

Gosto de ver a paixão em seus olhos ao falar do mar e dos filhos. Gosto de saber que Kenneth é feliz à sua maneira. Mas quero curtir o momento, por isso o beijo.

Beijos, carícias, risadas. Durante um bom tempo, esquecemos o mundo e curtimos uma linda intimidade na cama. Ele me conta coisas de suas viagens, que eu escuto com atenção.

De repente, porém, ouvimos vozes alarmadas.

Kenneth e eu nos olhamos.

O que está acontecendo?

As vozes vêm do interior da casa. Meu duque se levanta, veste a calça correndo e exclama:

— É George!

Ele rapidamente corre para a porta e sai. Nua, eu olho ao redor. Continuo ouvindo os gritos pedindo ajuda. Preciso fazer alguma coisa. Visto meu camisão e, sem pensar em mais nada, corro para a porta.

Desço os degraus de dois em dois e, ao entrar na cozinha, encontro Kenneth pálido, ao lado de George e de uma mulher que deve ser Ronna. Ela está caída no chão, com o rosto azul, tocando a garganta sem poder respirar.

O que foi que aconteceu?

Olho ao redor em busca de pistas e vejo em cima da mesa alguns pedaços de fruta cortada. Intuindo o que aconteceu, ordeno:

— Levantem-na do chão.

— O quê?!

— Levantem-na! — insisto.

Kenneth está paralisado. O que deu nele? Então, lembro que Craig me contou que sua esposa tinha morrido asfixiada enquanto comia. Por isso eu lhe dou um empurrão para tirá-lo de seu atordoamento e, encarando-o, exijo:

— Levantem-na já!

George e Kenneth, que por fim reage, fazem o que eu peço. Eu me coloco atrás da mulher e abraço seu estômago. Fecho um punho, ponho a outra mão sobre ele e começo a pressionar seu abdome de baixo para cima com movimentos secos.

Horrorizados, eles me perguntam o que estou fazendo, enquanto o corpo de Ronna se sacode. Não respondo, concentrada, porque sei que não tenho tempo a perder.

Com determinação, faço a manobra de Heimlich diante da cara de surpresa de Kenneth e George. É o procedimento que se usa para ajudar uma pessoa que está se asfixiando. Por sorte, depois de várias compressões, um pedaço de pera sai voando pela boca da mulher. Era isso que a estava impedindo de respirar.

Ronna respira fundo, assustada. Eu a faço sentar no chão e a tranquilizo, diante do olhar dos outros. Com os dedos em seu pulso, checo seus batimentos cardíacos, que, por sorte, estão se regularizando.

Ficamos em silêncio. Passados alguns minutos, quando vejo que a cor volta ao rosto dela e que já respira com mais tranquilidade, peço que a levantem e a sentem em uma cadeira. Ela, agoniada, não sabe para onde olhar.

— Calma, Ronna — murmuro. — Está tudo bem. Você está bem.

Ela assente e se abana com a mão.

— O que foi que aconteceu? — pergunta Kenneth.

George e sua mulher se olham, dão-se as mãos e ele sussurra, aliviado:

— Estávamos cortando frutas quando, de repente... de repente...

Pela angústia nos olhos dele, imagino o susto que levou.

— Ronna comeu um pedaço de pera — continuo —, que entrou pelo lugar errado e obstruiu suas vias respiratórias. Por sorte está tudo bem e já resolvemos o problema.

A mulher, cujo rosto já está mais corado, pega minha mão e murmura:

— Obrigada, milady. Se não fosse pela senhorita...

Não a deixo acabar a frase:

— Por sorte eu estava aqui e você está bem. Não pense mais nisso.

— Muito obrigada, milady. Seremos eternamente gratos — murmura George.

Kenneth, que continua pálido, pede:

— George, leve Ronna ao quarto para que descanse.

— Oh, não, senhor, eu...

— Ronna — interrompe ele —, nem que sejam só cinco minutos, quero que descanse.

Por fim, incentivada pelo marido, ela vai com ele para o quarto.

— Como você sabia o que estava acontecendo? — pergunta Kenneth, olhando para mim.

— Vi a fruta sobre a mesa.

Ele assente, mas insiste:

— E como sabia o que fazer para que a fruta saísse da garganta dela?

Nossa, quantas perguntinhas difíceis! Dando de ombros, minto de novo:

— Lembra que eu disse que Henry, meu ex-noivo, era médico?

— Sim.

— Bem, ele me ensinou muitas coisas.

Kenneth assente, mas me olha de um jeito estranho. É melhor eu cair fora antes que ele continue me fazendo perguntas. De modo que, mexendo no cabelo que cai sobre meu rosto, digo:

— Vou subir para me arrumar.

E, sem mais, saio depressa da cozinha, onde o duque fica parado, olhando para mim com estranheza.

42

Já vestida, mas com o cabelo solto, desço de novo à sala de estar, onde Kenneth está sentado lendo o jornal. Logo Ronna se aproxima.

— Muito obrigada por sua ajuda, milady — diz, e acrescenta, apontando para a mesa: — Coma alguma coisa, vai lhe fazer bem.

Encantada, sorrio. É maravilhoso ver que Ronna está bem. Observo a mesa e vejo a quantidade de comida que há ali. Imediatamente penso que, se estivesse com meu celular, tiraria uma foto dessas gulodices todos para postar em minhas redes sociais.

— Tudo isso é para mim? — pergunto.

A mulher sorri e, baixando a voz, explica:

— O senhor assim ordenou.

Instantes depois, Ronna sai da sala e eu me dirijo a Kenneth:

— Pretende me fazer sair daqui rolando?

— Rolando?

Rio porque ele não entendeu.

— Rolando como uma bola por comer tudo isso — esclareço.

Divertido com meu comentário, ele assente. Deixa o jornal e, levantando-se, vem até mim e murmura, passando a mão em meu cabelo:

— É melhor prendê-lo.

— Por quê?

— Porque usá-lo assim é indecoroso.

Não vejo graça nisso.

— Ontem à noite você disse que gostava — replico. — Quer dizer que não lhe agrada mais me ver assim?

Kenneth admite com o olhar, mas é tão cheio de protocolos que insiste:

— Claro que me agrada, mas na intimidade.

Sorrio. Há coisas que não entendo, mas também acho que ele mesmo não as entende.

— Há mais alguém aqui além de você e eu? — pergunto.

Kenneth me olha, nega com a cabeça e reitera:

— A esta hora do dia e diante da mesa, uma mulher decente deve estar perfeitamente vestida, com o cabelo preso.

Ao ouvir isso, tenho duas opções: calar ou falar. E decido calar. Se eu falar, vou criar confusão.

Caramba, no meu tempo, a esta hora e à mesa, estou de pijama, de calcinha ou como me der na telha.

Quanta bobagem!

Kenneth, ao me ver em silêncio, aponta para a comida.

— Não sabia do que você gostava...

Observo os diversos pratos, feliz. Parece o bufê de um hotel cinco estrelas.

— Na verdade, estou faminta — sussurro, sorrindo.

Depois de lhe dar um beijo mais que delicioso, eu me sento na bonita cadeira que ele me aponta. Sirvo café com leite em uma linda xícara de porcelana, e ovos, um pouco de presunto, frutas, pãezinhos e dois pedaços de bolo em um prato. Está tudo com uma cara incrível!

Kenneth se senta do outro lado da mesa com o jornal na mão. Deve haver uns cinco metros entre nós.

— Por que está tão longe? — pergunto, divertida.

— Este é meu lugar.

— E nós vamos conversar aos gritos?

— É necessário falar agora?

Não acredito em sua resposta! Meneio a cabeça e sussurro:

— Eu piro com as coisas que você diz.

Ele sorri.

— Se bem me lembro, "pirar" significa "surpreender", certo? Quer dizer que a surpreendi?

Assinto. Claro que ele me surpreendeu. Levantando-me, digo:

— Como vocês são estranhos, meu Deus!

Levo meu prato até o lugar livre a seu lado e, uma vez sentada, pergunto:

— Não acha que mais perto é melhor?

Meu duque assente. Em seus olhos vejo que está achando divertido. Ignorando-o, começo a comer. Durante alguns minutos me delicio com o que me servi, mas, ao ver que ele não tira os olhos de mim, pergunto:

— Que foi?

Kenneth sorri.

— Você é imensamente bela, independentemente da hora ou da luz que a ilumine.

Ai, que graça!

Reconheço que adorei ouvir esse elogio. E, me aproximando para lhe dar um beijo rápido nos lábios, afirmo:

— Você é muito gato também.

— Gato?

Assinto.

— Nunca me haviam dito isso — admite ele.

— Pois eu estou dizendo!

Ele ri, divertido. Meu Deus, que homem maravilhoso!

Então, ele pega uma xícara e se serve de café. Eu continuo comendo. Estou com uma fome de leão.

— Sem dúvida, você tem apetite — observa Kenneth.

Confirmo com a cabeça e, contente, digo:

— Se minha yaya ouvisse você, diria que é mais barato me comprar um vestido do que me alimentar.

— Sua "yaya"?

— É como eu chamo minha avó.

— Por quê? — replica.

— Não sei. Sempre a chamei assim — explico, dando de ombros.

— Que idade tem sua avó?

— Tem setenta e cinco anos.

E, antes que eu lhe pergunte sobre a sua, ele insiste:

— Onde vive?

Putz grila! Dizer a verdade seria perda de tempo, então solto mais uma mentira:

— Com meus pais, em Nova York.

Ele assente. Ao que parece, acredita em mim. Mas, pelo jeito que me olha, noto que quer me fazer mais mil perguntas. E, para evitar, exclamo:

— Este bolo está de matar!

— "De matar"?

Ai, meu Deus... não paro de dar bola fora!

— Quero dizer que está muito gostoso — esclareço, rindo.

— E para isso tem que citar a morte?

Não sei o que responder. Na verdade, ele tem razão.

— Conheci alguns americanos — aponta a seguir —, mas nunca os ouvi dizer essas coisas estranhas que às vezes você diz.

Rio. Não consigo evitar.

Ficamos alguns minutos em silêncio, até que ele comenta:

— Não poderei acompanhá-la a Belgravia. Alguém poderia nos ver, e os rumores...

— Por que se preocupa tanto com os rumores?

— Como não vou me preocupar? — pergunta.

E eu, que não tenho filtro, respondo:

— Você não sabe que quem mais fala normalmente é quem mais tem coisas a esconder?

Quando termino de falar, entendo que me excedi. Estou em uma sociedade em que os rumores e o que as pessoas vão dizer estão na ordem do dia. E, antes que ele responda, sussurro:

— Tudo bem... nós americanos somos uma gente estranha.

Kenneth não fala nada, só me olha. Eu me levanto e me sento no colo dele. E, esquecendo onde estou, sussurro:

— Vou lhe dizer uma coisa que qualquer pessoa, americana ou não, deveria entender. Viver preocupado com o que os outros vão falar, opinar ou criticar não é viver. Aproveitando, vou dizer outra coisa. Não gosto nem um pouco dessa moral dupla dos ingleses.

Meu duque sorri. Nossa, como gosto de seu sorriso...

— O que você acha de eu e você passarmos uns dias fora de Londres? — proponho, louca para fazer mais coisas com ele. Ele pestaneja. Minha proposta o deixa desconcertado. — Vamos viver o momento antes de eu voltar para casa e você ao mar — sussurro, rindo. — Não seria ótimo? Você e eu sozinhos, curtindo tempo livre e sexo.

Sem se mexer, ele diz, sério:

— Isso que você está propondo é inapropriado.

— Por quê?

— Porque você está falando abertamente do prazer da carne, e isso não está certo. Uma dama nunca deve mencionar isso.

— Acho que não sou uma dama, então — digo, divertida.

Kenneth bufa. Eu sei que está se contendo para não me censurar.

— Além de tudo, como vamos passar uns dias juntos? — acrescenta por fim. — Alguém poderia nos ver e...

— De novo!

Ele sacode a cabeça e sussurra:

— Com mil demônios, que tipo de moralidade você tem?

De queixo caído, pestanejo. No entanto, sou incapaz de fechar a boca.

— Por acaso esqueceu que acabamos de passar a noite juntos? E não foi exatamente jogando xadrez, e sim fazendo sexo. Quer falar de moralidade?

Kenneth não responde. Como sempre, está desconcertado com o que ouviu.

— Por acaso temos que prestar contas a alguém? — insisto — Você não tem ninguém, nem eu. O que há de errado?

Por sua expressão, eu sei que está constrangido. Tenho que me controlar, não posso falar com a liberdade a que estou acostumada. Ele me tira de seu colo e se levanta, afastando-se alguns metros.

— Errado é fazer algo que é inaceitável. E o que fizemos foi errado!

— Ora, Kenneth, você não se divertiu a noite passada? Por acaso o que aconteceu entre nós não foi divertido e prazeroso?

Ele me olha de novo.

— Não é apropriado que uma dama pergunte essas coisas.

— Ah, pelo amor de Deus...

— Pelo amor de Deus, o quê?

Eu rio, não posso evitar:

— Se falar sobre sexo ou prazer com a pessoa com quem o fazemos não é próprio de uma dama, definitivamente não sou uma dama!

— Diabos! — exclama. — Pare de dizer coisas inapropriadas.

Suspiro. Por mais que eu goste desse homem, estou no século XIX, e sei que nunca o faria mudar suas opiniões e seu conceito de moralidade. Mas nunca consigo me controlar:

— Por que é tão inaceitável que nós passemos uns dias juntos?

— Porque é — ele insiste, sem dar explicações.

— Ora, Kenneth, não seja *muermo*!

— *Muermo*?!

— Sim. *Muermo*! Chato! Entediante.

— Sou chato?

— Neste momento, sim. Muito!

Ele não gosta do que ouviu. Levantando o queixo, murmura:

— Nunca uma mulher me disse isso de um modo tão desagradável.

— Pois o "nunca" já não existe para você, porque eu acabei de falar.

A cara que ele faz é engraçada. Já não está incomodado... está furioso!

— Você é insolente e imoral — murmura.

Acho graça, provocativa, digo:

— Você não disse isso ontem quando...

— Lady Travolta — ele me interrompe, com a expressão séria —, acho que está se excedendo.

— Lady Travolta?! Não sou mais Celeste?

Ele não responde.

— Sinceramente, Kenneth, você me chamar de imoral ou insolente não me afeta em absoluto, porque eu sei muito bem o que faço e quem sou — acrescento.

— Mas, do jeito que está se comportando, fica claro que, além de chato, você é um *enfadica*.

— *Enfadica*?

— Sim, *enfadica* — insisto, mesmo vendo que ele está furioso. — Alguém que ninguém pode contrariar, porque essa pessoa rapidamente muda as regras do jogo.

— Eu mudo as regras do jogo?

Sem amarelar, assinto.

— Sim, Kenneth, sim. Você decide quando nós somos Celeste e Kenneth e quando somos duque de Bedford e lady Travolta, e na verdade isso é extenuante! Veja, entendo que seu mundo e o meu não têm nada a ver, mas assim você vai me enlouquecer!

Ele bufa; acho que está amaldiçoando até minha quinta geração.

— Quando acabar seu café da manhã, meu cocheiro a levará a Belgravia — ele informa, me surpreendendo.

— Que bom! Já me imaginava indo a pé — replico.

De novo ele me olha, esperando que eu diga algo mais. Estou a ponto de explodir, mas não vou lhe dar o gostinho.

— Assim que for embora — acrescenta —, partirei para Bedfordshire, onde estão minha avó e meus filhos.

Ouvir isso me mostra que ele está imensamente ofendido. Ótimo! Mas, se acha que vou me jogar a seus pés e suplicar que não vá, está muito enganado.

— Acho muito acertada sua decisão, duque — afirmo.

Em silêncio, ficamos sentados à mesa e eu continuo comendo. Ele pega o jornal e retoma a leitura, me ignorando!

Não sei no que ele está pensando. Mas o que eu penso é que viver uma história de amor com ele seria impossível e complicado. Impossível porque vivemos em dois mundos diferentes e eu quero voltar ao meu. E complicado porque eu não poderia viver com um homem de cabeça tão fechada.

Olho para ele de rabo de olho. Por fora, tem tudo de que gosto em um homem; mas, por dentro, muitas coisas nos separam.

Sem olhar para mim, ele continua lendo o jornal; e eu, sem que ele note, sorrio. Penso que teria adorado conhecê-lo, mas no século XXI, em minha época, porque tenho certeza de que suas experiências naquele tempo o fariam ter uma mente moderna e aberta, e não tão fechada e protocolar como a que tem agora. Com o Kenneth do século XXI eu poderia discutir abertamente, sem medo de escandalizá-lo com minhas ideias feministas. Mas, com o do século XIX, sei que devo me calar, por ele e por mim.

Mesmo assim, olho para ele com carinho. Esse homem é um encanto, mesmo que não cheguemos a um entendimento. E tenho certeza de que, quando voltar a meu mundo, vou guardar uma linda lembrança dele. Assim, pego uma uva do prato e, sem hesitar, jogo-a em Kenneth, torcendo para que a raiva tenha passado. A uva bate no jornal, e este no nariz dele. Ah, se olhares matassem!

Tento não sorrir. Ele murmura:

— O que deseja agora, milady?

O que eu desejo? Primeiro, desejo que tire essa cara de inglês orgulhoso, como diria minha yaya, e, depois, muitas outras coisas. Mas, ciente da situação, respondo:

— Já terminei. Pode avisar o cocheiro.

Sem mais, ele assente e se levanta, e a largos passos sai pela porta.

Sorrio... sou uma pentelha mesmo. Por que fui jogar a maldita uva nele?

Estou esperando que ele volte quando a porta se abre e entra George, o mordomo.

— Milady, a carruagem a espera.

Agradeço com um sorriso, e, enquanto me levanto da cadeira, o homem acrescenta:

— O duque me pediu para lhe informar que espera vê-la na festa da avó dele, em Bedfordshire.

— Ele não vem se despedir de mim? — pergunto, surpresa.

George nega com a cabeça, constrangido. Respirando fundo, digo:

— Tudo bem, George. Me dê só um minuto, já vou.

O homem faz uma mesura. Quando vai sair, peço:

— Pode me trazer algo para eu escrever um bilhete?

Ele faz uma mesura, vai até uma mesinha da sala, abre uma gaveta e me mostra papel e lápis:

— Aqui está, milady.

Brava com a indelicadeza do maldito duque, aceno quando George sai vou até a mesinha, pego um papel e escrevo:

Sabe, lindo? Há idiotas tanto no seu século quanto no meu.

Mas, ao ler o bilhete, imediatamente o amasso. Não posso dizer isso.

Deixo a bola de papel em cima da mesa, pego outro e dessa vez tento ser mais comedida.

Jamais esquecerei seu cavalheirismo e gentileza na hora de se despedir, caro duque.

Assinado: A imoral

Leio. Ficou bom. Pego o papel e o deixo ao lado de sua xícara. Espero que o veja e fique mais bravo ainda.

Então, dou meia-volta e saio; não há mais nada a dizer. Na rua, a luz bate em meus olhos e eu sinto falta de meus óculos de sol espelhados pela primeira vez desde que estou aqui.

Cairiam bem agora!

43

Quando chego à porta da casa no bairro de Belgravia, como não sei se Kim já voltou de sua noite louca com o Boneco, procuro a chave embaixo do vaso e a encontro. Abro depressa a porta para entrar e, depois de deixar de novo a chave no esconderijo, entro na sala e me sobressalto ao ouvir:

— Oláááá!

Encontro minha *amirmã* sentada em uma poltrona, lendo. Ela sorri – está feliz – e, dando uma piscadinha, pergunta:

— Como foi sua noite?

Satisfeita, dou um suspiro. A noite foi perfeita, mas a manhã foi desastrosa. Eu me sento ao lado dela e começo a falar, mas ela se antecipa:

— Se vai me perguntar sobre a minha, já vou dizendo que foi... decepcionante!

De queixo caído, pestanejo, e Kim acrescenta:

— O Boneco é uma fraude! Uma decepção total e completa!

— Como assim?

Ela se levanta e, com sua franqueza de sempre, resume:

— Pode ter certeza de que "Churri", meu vibrador, me dá mais tesão e prazer que ele.

— Kim...

— Quando saímos da festa, cada um por um lado para evitar as más línguas, ele já tinha dado ordem a um cocheiro para que me levasse à sua casa em Berkeley Square. Aliás, ele tem uma casa linda, com um monte de criados. O problema é que, assim que entrei no quarto dele e o vi tirar a roupa se olhando no espelho, eu já soube que ia me decepcionar.

Curiosa para saber mais, levanto as sobrancelhas.

— O corpo dele é como a sua casa e o seu rosto, impressionante — minha amiga acrescenta, rindo. — Muito musculoso, tudo, tudo no lugar. Mas, menina, quando ele ficou nu, olhou para mim e suas palavras foram exatamente estas: "Eu sei. Sou perfeito".

— Nãããããoooooooooooo...

Kimberly assente. Ri tanto ou mais que eu, e acrescenta:

— Como isso me incomodou, para não dar razão a ele eu respondi que para mim ele era normalzinho, e o cara se ofendeu.

— Nãããão ooo...

— Sim!

— Está falando sério?

Minha amiga ri.

— O Boneco é um cara egocêntrico, que gosta de ser admirado. É desses que se acham divinos e superiores porque são irresistivelmente bonitos. Divina e irresistível sou eu! Mas aí... eu queria experimentar aquele homem porque a vida inteira o idolatrei como meu amor impossível por causa dos séculos que nos separavam, então eu transei com ele!

— Kim! — Caio na gargalhada.

— E quando eu terminei — ela prossegue, gesticulando —, como ele me deixou mais fria que uma pedra de gelo, eu me vesti, mostrei o dedo do meio e deixei claro que ele é um péssimo amante. E fui embora.

— O quê?!

Minha amiga morre de rir.

— Mesmo sendo tão bonito e tão atraente, o Boneco é o homem mais frio, mecânico e sem graça com quem eu já transei. Nem louca vou repetir! E digo uma coisa: agora entendo por que a mulher com quem ele vai se casar no futuro, lady Godiva, vai colecionar amantes. Esse aí não dá nem para o cheiro!

Surpresa, fico sem saber o que responder. O Boneco parecia justamente o oposto. No entanto, Kim, sem dar mais importância ao que aconteceu, pergunta:

— E você, como foi?

Meu sorrisinho me delata.

— Kenneth é o contrário.

Ela bate palmas.

Pensando nele, murmuro:

— É atencioso e gentil. Um cavalheiro da época, mas é quente no sexo.

— Ai, que inveja!

Nós rimos, e, depois, respirando fundo, eu sussurro:

— Mas foi tudo por água abaixo hoje de manhã, quando tive a ideia de propor a ele que nós passássemos uns dias juntos...

— Nãããão oooo oo...

Eu assinto e rio. Tiro o vestido e solto o espartilho. Tenho consciência de que foi uma loucura propor aquilo ao pobre Kenneth. E continuo contando:

— Nós discutimos. Ele me chamou de imoral e insolente, eu o chamei de chato e joguei uma uva no nariz dele.

— O quê?!

Morro de rir, não posso evitar.

— Acho que com isso eu fechei a aventura com chave de ouro. Ele saiu sem se despedir de mim — acrescento.

— Jura?

— Juro.

Rindo muito, subimos para o quarto ainda conversando.

— Acredita que o meu Boneco — diz Kim— estava tão absorto preocupado consigo mesmo que nem notou minhas tatuagens? Enquanto nós estávamos transando, ele se olhava no espelho o tempo todo. Só faltou dizer "Como sou lindo!".

— O duque pirou com as minhas e com a minha depilação radical.

— Nããooooo...

— Sim...

— E que explicação você deu sobre as tatuagens?

Tento pensar no que eu disse na hora, mas estou tão chocada com tudo que respondo:

— Para ser sincera, eu disse tantas mentiras que já nem sei o que falei.

Felizmente, encaramos com humor tudo que está acontecendo conosco. Nem o Boneco é o amor da vida dela nem Kenneth é o meu.

— Sabe em quem eu não consigo parar de pensar desde que cheguei da noitada? — pergunta ela a seguir.

— Surpreenda-me! — respondo, pois já sei a resposta.

— Em Gael. Quando voltar, tenho que conversar muito seriamente com ele.

— Faz bem.

Minha amiga sorri. Estou me despindo quando murmuro:

— Putz grila!

— Que foi?

Diante de meu azar e da maldita realidade, sussurro:

— Menstruei.

— Está brincando!?

Eu assinto, contrariada; por isso meus ovários estavam doendo tanto... Caraca, não tenho absorvente nem nada! E, olhando para minha amiga, pergunto:

— O que vou fazer?

— Menstruar, ora! — brinca Kim.

Bufo. Que saco isso ter acontecido sem aviso prévio!

— Ainda bem que veio hoje e não ontem — comento.

Kim assente com a cabeça, compreensiva.

— O que as mulheres usavam nesta época? — pergunto.

Kim ri. Eu não. Ela abre o armário e aponta para uns paninhos.

— Anna me disse que ia deixar esses panos aqui para quando isso acontecesse.

Horrorizada, olho para os panos e solto um grunhido:

— Isso?!

— Lamento ter que recordar a você que aqui não existe absorvente interno nem com abas — diz Kim.

— Nem sem abas! — protesto, de mau humor.

Rapidamente me lavo; é melhor não pensar muito nisso. Depois, pego um daqueles panos e pergunto:

— E ponho isto assim, nada mais?

Kim dá de ombros.

— Que porquice! — exclamo. — Vai manchar tudo.

Minha amiga bufa. Enfim, como é a única opção, pego outro, coloco os dois entre as pernas e, por cima, uma de minhas calcinhas improvisadas limpa.

— Isto é insuportável — reclamo.

Rimos. Por sorte não sou dessas que morrem de cólica. Quando estou acabando de me vestir, alguém bate na porta.

— Está esperando alguém?

Kim nega com a cabeça.

Juntas, vamos até a entrada. E ao abrir encontramos Abigail aflita:

— Vocês têm que vir imediatamente à minha casa — ela suplica.

— O que aconteceu? — pergunto ao vê-la tão alterada.

A coitada se abana com a mão.

— O barão Randall Birdwhistle veio visitar Prudence!

44

A notícia de que o barão deu esse passo nos emociona. Mas então Abigail insiste:

— Vocês têm que vir. Prudence se recusa a descer à sala.

— Puta que pariu! — protesto.

Kim me dá uma cotovelada e Abigail, que acho que nem percebeu o palavrão, prossegue:

— Minha mãe está histérica. Está distraindo o barão na salinha, mas Catherine e eu já não sabemos mais o que fazer com Prudence.

Olho para Kim. Prudence é impossível! Esquecendo minha menstruação e tudo mais, aviso:

— Nós vamos em um instante.

Quando Abigail vai embora, subimos apressadas para nosso quarto. Não podemos aparecer vestidas como estamos, então colocamos vestidos matutinos – já estou pegando o jeito –, saímos, de novo deixando a chave embaixo do vaso, e nos dirigimos à casa da frente.

Catherine, que está atenta, abre a porta e imediatamente murmura:

— Oh, céus! Que desastre.

Nesse instante aparece Barney com uma bandeja de prata nas mãos. Nela leva dois copinhos. Catherine, ao vê-lo, pede, com voz doce:

— Por favor, leve-os ao salão onde estão minha mãe e o barão.

Ele assente e olha para nós, que sorrimos. Acho que ele já sabe que sabemos o que existe entre eles. E ouvimos quando Barney pergunta:

— Você está bem?

Catherine sorri e com seu sorriso nos mostra quanto o ama. Kim e eu nos damos as mãos, emocionadas.

Nós derretemos diante do amor!

Catherine faz um sinal afirmativo com a cabeça. Como sabe que somente nós duas podemos ouvi-la, sussurra:

— Sim, fique tranquilo, Barney, estou bem. É que o barão está aqui e... e... você sabe.

Com o olhar os dois se dizem tudo. Antes de sair, ele reforça:

— Se precisar de alguma coisa, eu...

— Eu sei, Barney... Eu sei... — replica ela.

Ele olha para nós, que não abrimos a boca. Sorrimos e, a seguir, ele se retira. Ficamos as três em silêncio, até que Kim observa:

— Não sei como ninguém percebe o que há entre vocês.

Catherine suspira, dá de ombros e, quando vai responder, aparece Bonifacia. Só de vê-la já fico furiosa. Ela coloca um chapeuzinho e, olhando para mim, anuncia:

— Estou indo à modista.

Levanto as sobrancelhas.

— Já tentei de tudo, mas Prudence não quer me ouvir — ela comenta com Catherine.

E, sem mais, sai. Quando a porta se fecha, eu murmuro:

— Vá em paz e nos deixe em paz.

Nós rimos e, quando Catherine olha para mim, explico em voz baixa:

— É um ditado que minha avó costuma dizer.

Estamos sorrindo quando Catherine comenta, também baixando a voz:

— Vocês podem não acreditar, mas Bonifacia tentou nos ajudar com Prudence. Foi à porta do quarto dela e, além de ser gentil com Abigail e comigo, tentou convencer Prudence a abrir. Tudo isso com palavras amáveis.

— Que ótimo. — Estou feliz por saber que Bonnie está seguindo meus conselhos. Mas não quero falar dela para não dar bola fora, então pergunto: — Como foi a noite com seu amado?

Catherine sorri.

— Com ele, tudo sempre é fácil.

Ao ouvir essa frase, Kim e eu nos olhamos. A Johanna que conhecemos continua dizendo isso quando se refere a Barney.

— E vocês? Como foi a noite? — pergunta ela.

Nós rimos e Kim resume:

— Um desastre que eu te contarei depois, com mais tempo.

Catherine pestaneja e, quando me olha, faço meu relatório:

— Já eu passei uma noite excelente com o duque, mas esta manhã tudo acabou muito mal entre nós. Portanto, melhor não falar sobre o assunto!

Durante alguns instantes ficamos as três em silêncio, até que por fim Kim nos lembra:

— Agora, vamos ao que interessa... O que acontece com Prudence?

Catherine suspira.

— Não sei. Só sei que ela não quer descer à sala.

Minha amiga e eu nos olhamos e eu rapidamente proponho:

— Kim, fique lá na sala e tente impedir que o barão vá embora. Vou subir com Catherine e farei Prudence descer de qualquer maneira.

— Vão depressa — pressiona Kim.

Catherine e eu subimos a escada de dois em dois degraus. Os bons modos vão ter que ficar para outra hora. Quando chegamos ao quarto de Prudence, vejo Abigail falando com a irmã:

— Pelo amor de Deus, Prudence, quer fazer o favor de abrir a porta?!

— Não... já disse que não!

— Diabos, irmã!

— Abigail — diz Prudence. — Não blasfeme!

Abigail, que faz umas expressões muito engraçadas, gesticula e grunhe.

— Não blasfemar?! Deus do céu, Prudence, por acaso o barão morde?

Sem poder evitar, eu sorrio. E então nós ouvimos:

— Isso não me tranquiliza; pelo contrário, me deixa mais nervosa.

Por sua voz trêmula, percebo que ela está tensa demais. Portanto, digo, dirigindo-me a Abigail:

— Kim está com sua mãe e o barão lá embaixo. Vá lá e ajude as duas, se necessário.

Sem hesitar, ela assente e vai. Olho para Catherine e bato na porta.

— Prudence, é Celeste. Abra.

Eu espero. Espero pacientemente, até que ela sussurra:

— Não. Não posso.

— Pode sim, claro que pode! — insisto. Catherine suspira. Eu bufo e, como ela não me dá ouvidos, argumento: — Prudence, o barão está aqui por sua causa. Como pode não descer para cumprimentá-lo?

Ela não responde. Catherine sussurra, olhando para mim:

— Já não sei mais o que dizer.

Durante um tempo, Catherine e eu explicamos a ela tudo que podemos sem perder a calma. Mas estou menstruada, de modo que minha paciência está mais limitada que o normal. Quando não aguento mais, sibilo:

— Prudence, você tem duas opções. Ou abre, ou juro pela minha mãe que vou derrubar a porta com um pontapé. E você sabe muito bem que, se eu digo que vou derrubar, é porque vou derrubar.

Assim que ameaço, Catherine e eu ouvimos um clique. Isso é que é poder de convencimento!

Segundos depois, a porta se abre e surge diante mim Prudence, toda descabelada e com os olhos vermelhos de tanto chorar. Vou falar, mas Catherine intervém, entrando no quarto:

— Prudence, o homem que está lá embaixo faz seu coração vibrar, e você sonha com ele há boa parte de sua vida. Posso saber o que está fazendo?

Ela não responde, só choraminga. Nesse instante, ouvimos alguém bater na porta da rua. Buscando tranquilidade, entro no quarto e digo, fechando a porta:

— Sente-se para que possamos pentear e arrumar você. E faça o favor de parar de chorar. Comporte-se como a garota inteligente e forte que eu sei que você é.

Sem hesitar, ela obedece. Olhando para Catherine, peço:

— Penteie você sua irmã, porque, se eu tiver que fazer isso, não me responsabilizo.

Rapidamente ela recompõe o cabelo de Prudence. Em um piscar de olhos, faz um coquezinho cheio de cachos que me deixa de queixo caído. Então, abro o armário, dou uma olhada nos vários vestidos – um mais sem graça que o outro – e escolho um que sei que lhe cai bem.

— Agora você vai pôr isto e...

Nesse instante, a porta do quarto se abre de repente. Abigail entra com cara de espanto e sussurra, com voz trêmula:

— Deus do céu...

Catherine, Prudence e eu olhamos para ela. O que está acontecendo?

Segundos depois, a porta se abre de novo. É Kim, que, olhando para Abigail, pergunta:

— O que está fazendo aqui?

A garota se abana com a mão, está aflita. E, olhando para nós, comunica:

— O conde Edward Chadburn acabou de chegar.

Catherine e Prudence se olham. Kim ri e eu exclamo:

— O seu gato!

Abigail assente com um sorriso radiante e, andando histérica pelo quarto, descreve:

— Vocês nem imaginam a cara de minha mãe quando o viu com outro lindo buquê de flores como o do barão dizendo que veio me visitar.

— Só de ver a sua cara, já faço ideia — comento, divertida.

O nervosismo toma conta de Abigail. Agora quem está à beira de um infarto é ela, e Prudence pergunta, fitando-a:

— Por acaso o conde morde?

Como se provocam essas duas!

Ao ver as irmãs se entreolhando, eu as repreendo:

— Aqui ninguém vai morder ninguém. Vocês duas queriam a atenção desses homens, portanto agora não é hora de amarelar!

— "Amarelar"? — perguntam as três.

Kim e eu rimos e eu explico:

— Significa voltar atrás, se acovardar.

Agora elas me entendem. Catherine, assumindo o comando junto comigo, decreta:

— Há dois lindos homens lá embaixo que vieram visitá-las. Não temos tempo a perder!

Bem depressa arrumamos Prudence e Abigail. Esses dois cavalheiros, que apareceram na casa delas por vontade própria, são aqueles que elas desejam, e por nada neste mundo as meninas podem perder essa oportunidade.

Quando saímos do quarto, Abigail parece flutuar. Caminha feliz e contente, embora meio duvidosa sobre como proceder. Seu conde está aqui. É a primeira vez que vem visitá-la para cortejá-la, e, da melhor maneira que podemos, todas nós lhe damos conselhos, que ela escuta com atenção.

Prudence já não chora; agora tenta aconselhar a irmã, que, minutos depois, desce com Kim. Da escada a vemos entrar na sala, onde estão sua mãe, o conde e o barão.

Olho para Catherine. Vejo a felicidade em seu rosto. A melhor coisa que poderia acontecer é que os dois homens que suas irmãs amam estejam ali.

— Abigail já entrou. Agora é sua vez, Prudence — aponta.

Prudence, nervosa ao extremo, faz um movimento involuntário com o pescoço. Eu sei que isso a aflige, portanto tento tranquilizá-la:

— Ouça. O fato de Randall estar aqui, na sua casa, na sua sala, com a sua mãe, é um passo importante, e agora você não pode dar um passo para trás.

— Eu sei, mas estou tão nervosa...

Eu a entendo. Acho que, se eu tivesse que viver uma situação parecida, do jeito que sou, ficaria muito nervosa. Mas, pensando nela, insisto:

— Basta recordar o pretendente que sua mãe tinha arrumado para você e decidir com quem prefere se casar. Prudence, você pode escolher. Por isso escolha bem, e por favor fique calma.

Ela assente. Mas então, ao fazer outro movimento involuntário com o pescoço, sussurra:

— Maldição!

Sua falta de autoconfiança a está fazendo passar por um tormento. Preciso que ela me escute, mas, quando vou falar, Catherine intervém:

— Você é linda, maravilhosa, e o barão a ama como é. Toda vez que Randall a vê, os olhos dele se iluminam de felicidade. Quando é que vai perceber isso e parar de pensar bobagem?

Prudence sorri. Ponto para Catherine! Ela disse as palavras certas na hora certa. Aproveitando essa positividade, pego o braço de Prudence e afirmo:

— E agora chegou a sua vez de ir para a sala desfrutar da sua visita. Afinal, o barão veio ver você, não sua mãe, nem sua irmã, nem a mim. Aquele bonito cavalheiro veio só para ver você.

Instantes depois, nós três entramos na sala. A cara de lady Cruella de Vil é impagável. Mas Prudence, surpreendendo-nos, abre seu melhor sorriso e, comportando-se como a mocinha casadoira que sua mãe criou, senta-se no sofá onde está o barão e começa a conversar com ele... Claro que está vermelha como um tomate.

Noto que lady Cruella respira fundo. Todas nós, na verdade. Ficamos sentadas por ali para oferecer nosso apoio, se precisarem. Mas tanto o barão quanto o conde são homens encantadores que sabem conversar, e o que começou como uma quase tragédia está se transformando em uma bênção a cada minuto que passa.

Uma hora depois, quando Kim e eu voltamos para casa, comento, achando graça:

— As duas recebem a visita de um barão e um conde, e eu da menstruação... Como sou azarada!

45

Os DIAS PASSAM, E, embora Michael e Craig não estejam em casa, vamos a diversos bailes acompanhadas pela família de Catherine, afinal duas mulheres não podem sair sozinhas à noite.

Nesses eventos, o que surgiu entre Prudence e Abigail e seus respectivos cavalheiros fica evidente aos olhos de todo mundo. E quem ainda não sabia fica sabendo por lady Facebook, lady Twitter e lady Instagram. Essas três juntas são a grande rede social daqui!

Todo mundo observa os novos casais e sussurra. Embora várias *groupies* do conde continuem se derretendo por ele, o gato só tem olhos para Abigail. Que bonitinho!

Por sorte, minha menstruação acaba em cinco dias e eu volto a ser eu mesma. Estou bem, mas noto que, cada vez que chego a um baile, meus olhos procuram Kenneth, meu duque. Mas ele nunca está. É evidente que, zangado, partiu para Bedfordshire.

No domingo de manhã, Kim e eu recebemos Michael e Craig em casa. A volta deles é motivo de felicidade, e, emocionadas, admiramos os dois leques de alabastro que nos trouxeram de presente. Nunca imaginei que um leque pudesse me agradar tanto, mas sim, agrada. É um presente que sem dúvida voltará comigo para o meu tempo, junto com muitos momentos impossíveis de esquecer.

Faltam menos de dez dias para que nossa aventura – ou loucura, como quisermos chamar – acabe.

Todos que nos cercam estão felizes, e Catherine está esfuziante. Ver suas irmãs acompanhadas, especialmente de homens que seus pais aceitam, era a única coisa de que ela precisava para poder partir e ser feliz.

Chega o momento de ir a Bedfordshire, e estou nervosa. Vou encontrar Kenneth. Será que ainda está zangado comigo?

Quando vejo pela primeira vez sua casa de campo, fico sem palavras. Se a casa de Kim em Londres me parecia um casarão, isto aqui é um verdadeiro palácio cercado de jardins e intermináveis bosques frondosos.

Durante a viagem a Bedfordshire, fico sabendo que, entre a segunda e a sexta, estaremos só nós ali e os familiares de Kenneth. Todos os anos eles fazem isso, há muito carinho entre todos ali. E, no sábado, chegarão os demais convidados para celebrar o aniversário da avó dele.

Vamos nos aproximando e eu observo pela janelinha da carruagem esse lugar impressionante. Bedfordshire é uma mansão maravilhosa de cor clara, com trocentas mil janelas que exalam história e elegância por todos os lados. Fico emocionada ao vê-la.

A viagem até ali – apesar de eu não parar de brigar com meu maldito chapeuzinho e ficar com a bunda dolorida, por causa da estrada esburacada, e provavelmente com a calcinha ao contrário – foi agradável. Por sorte, Kim e eu viajamos na carruagem com Catherine, Abigail e Prudence, enquanto na outra vieram Cruella e Aniceto, Percival e Bonifacia. Craig, Michael e Robert desfrutaram do percurso montados em seus cavalos.

Em uma terceira carruagem vieram as bagagens, com Martha, a criada de Cruella, Karen, a das três irmãs, e Anna, a nossa. E, claro, o primeiro criado do conde, que é Douglas, e o segundo, Barney, que atenderá Percival e Robert.

Assim que os cavalos param em frente à mansão, um exército de criados que nos aguardavam em fila nos ajuda a descer.

Eu me sinto como se estivesse em *Downton Abbey*. Se bem que, se não me engano, essa série era ambientada por volta de 1912, e aqui ainda faltam quase cem anos para essa época chegar.

Já com os dois pés no chão, constato que minha calcinha não vai cair e ajeito o maldito chapeuzinho, que só me irrita.

— Meu Deus, Kim, isto é impressionante! — comento.

Minha amiga assente, sorrindo. Segundos depois, a porta da mansão se abre e por ela saem correndo duas crianças, que se jogam nos braços de Robert.

— Oh... como estão grandes e lindos os filhos do duque! Não vejo a hora de eu mesma ter meus netos — diz lady Cruella.

Curiosa, observo as crianças e sorrio ao perceber que, enquanto o menino, que deve ter uns sete ou oito anos, se comporta como um adulto, apesar do quepe, que parece de capitão, a menina, que deve de ter uns cinco, é agitada e divertida.

— Deus do céu, lady Donna, comporte-se como uma mocinha — murmura uma jovem que tenta pegar a menina para que ela pare de empurrar seu irmão e Robert, que ri com ela.

— Tio Robert, eu também posso pôr o quepe de capitão do papai? — pergunta a menina.

Divertido, ele pega Donna no colo e aconselha:

— É melhor deixarmos o quepe com seu irmão.

— Não. Eu quero ser capitão! — insiste a menina.

A seguir, Catherine, Prudence, Abigail e a mãe delas cumprimentam com carinho os pequenos, que sorriem, felizes. Nota-se que as conhecem. Quem não se aproxima é Bonnie. Pelo que vejo, crianças não são a praia dela.

Instantes depois, o menininho, depois de dirigir uma saudação com a cabeça a Kim e a mim, vai mexer no cavalo de Michael, enquanto a menina, que tem os olhos do pai, se vira para nós e pergunta:

— Como se chamam?

Kim e eu sorrimos, e rapidamente digo:

— Ela é Kimberly e eu sou Celeste. E você, como se chama?

— Donna Marlene, mas todos me chamam de Donna.

— Bonito nome! — elogio, e ela sorri.

Os criados estão retirando a bagagem das carruagens quando o menino exclama, apontando com o dedo:

— Aí vem meu pai.

Eu me volto para olhar e... Ai, meu Deus... Ai, meu Deus!

Nem a melhor propaganda de perfume, nem a melhor campanha publicitária criada para transmitir sensualidade chegariam aos pés dessa aparição.

Com o coração batendo a mil, vejo Kenneth se aproximar montado em um lindo cavalo pardo, vestindo calça preta, botas longas, camisa branca de mangas bufantes e um colete escuro.

Meu Deus, é a sensualidade personificada!

Sem conseguir tirar o olho dele, vejo como ele pula do cavalo em frente a nós, pega sua filha no colo e diz:

— Pare de bater no seu irmão.

— Papi, quero seu quepe! — diz ela, nos fazendo sorrir.

Encantada com o frescor da menina e a sensualidade do pai, eu sorrio como uma boba. Até que Kim me avisa:

— Se não fechar a boca, vai encher de moscas.

Olho para ela e só então noto que estou de boca aberta. Sussurro em espanhol para que ninguém nos entenda:

— *¿Se puede estar más sexy, guapo y atractivo?*[7]

— Não esqueça que ele é inglês, não escocês.

Eu sei. Certamente é o inglês mais inglês que jamais conheci na vida, mas eu murmuro:

— Viva os ingleses!

---

7. "Poderia ser mais sexy, bonito e atraente?" (N.T.)

Ambas sorrimos. Nesse momento, o duque me olha durante uma fração de segundo; depois, afasta a vista e cumprimenta o nosso grupo:

— Bem-vindos a Bedfordshire.

Louisa Griselda sorri; sua felicidade está completa.

— Querido duque, que alegria estar mais um ano aqui! — diz.

Kenneth, depois de dar um beijo carinhoso no rosto de sua filha, deixa-a no chão e responde:

— Para nós também é uma honra recebê-los.

Lady Cruella e seu marido se desmancham em elogios, e depois, aproximando-se de nós, ele pergunta, sem olhar para mim:

— Miladies, a viagem foi de seu agrado?

Catherine assente com um sorriso e, olhando para Barney com o canto do olho, responde:

— Como sempre, vir a Bedfordshire é um prazer para os sentidos.

Concordo plenamente! Mas tenho certeza de que o significado que Catherine dá à frase não é o mesmo que o meu.

— Duquesa, que alegria vê-la de novo! — diz então lady Cruella, fazendo uma reverência exagerada.

Rapidamente me volto. Pela maneira como reagiu, sem dúvida se encontra diante de alguém que a impressiona muito. E eu vejo uma mulher não muito alta, de cabelo grisalho e elegantemente vestida. Tem olhos escuros como a noite que chamam minha atenção.

— É um prazer tê-la mais um ano em minha casa, querida — responde; e, olhando para as garotas, acrescenta: — Catherine, Prudence, Abigail... essas mocinhas estão cada dia mais bonitas! É um prazer tornar a vê-las.

— O prazer é nosso — responde Catherine, sorrindo.

— Espero que os convidados de minha festa no sábado sejam do seu agrado — diz a mulher. — Quem sabe se daqui não sairá um futuro enlace...

— Tenho certeza de que assim será — afirma Cruella, que só falta rastejar de satisfação.

Olho para ela mal podendo acreditar. E então a duquesa, depois de cumprimentar Aniceto, Robert, Michael e Percival, exclama, olhando para Craig:

— Que alegria ver de novo meu libertino americano favorito!

Craig se aproxima com um sorriso, beija sua mão com delicadeza e comenta:

— Desnecessário dizer, minha querida duquesa, que desde já solicito que me reserve uma valsa no sábado.

A mulher sorri. É evidente que entre Craig e ela há uma sintonia excelente.

— A dança já está concedida — retruca ela, dando uma piscadinha. Respirando fundo, acrescenta: — Mas até chegar o sábado vamos dançar todos os dias.

— Vovó! — Kenneth ri.

— Ai, querido, não brigue comigo. Vou completar setenta anos e pretendo aproveitar.

— Faz muito bem, duquesa — afirma Michael, sorrindo e beijando sua mão.

Encantada, ela assente, e depois, olhando para Robert, sussurra:

— Você também tem uma dança reservada. Estou decidida a dançar com os homens mais bonitos de minha festa.

— Oh, duquesa, não diga essas coisas! — sussurra Cruella, meio escandalizada e meio divertida.

— É a verdade, condessa... a verdade. Com os setenta anos que vou completar, já posso dizer o que quiser sem temer ser julgada — ela garante.

Sua espontaneidade me faz rir. É evidente que a duquesa não tem a rigidez de seu neto. Olhando para Kenneth, ela determina:

— E, claro, amado neto, você será o escolhido para abrir o baile. Me agrada muito ver a graça com que se movimenta.

— Vovó! — ele a repreende de novo.

Solto uma gargalhada. Essa mulher tem a mesma malícia de minha yaya.

— E estas duas mocinhas doces e sorridentes, quem são? — pergunta.

— Familiares de Craig — informa Catherine.

Olho para meu pretenso tio, que está com Michael. Ambos se olham e, por fim, Michael dá um passo adiante e nos apresenta com todo o protocolo:

— Duquesa, estas são lady Celeste Travolta, sobrinha de Craig, e lady Kimberly DiCaprio, amiga dela. Ambas são americanas. Estão fazendo uma viagem pela Europa e agora passam uns dias conosco em Londres.

A mulher me olha de um jeito engraçado. Sem deixar de sorrir, faço uma reverência. Kim faz o mesmo e diz:

— É um prazer, duquesa.

A mulher nos examina dos pés à cabeça. Imagino que está tirando suas próprias conclusões sobre o fato de sermos americanas. Então, uma rajada de vento arranca meu chapéu da cabeça e eu solto, enquanto saio correndo atrás dele:

— Filho da mãe!

Eu o apanho e volto. Todos me olham boquiabertos. Pensando no que eu disse, murmuro:

— Perdão por minhas palavras, mas...

— Não querida, não — interrompe a duquesa. — O vento é impertinente, e o mínimo que merece é ser chamado de filho da mãe. Portanto, não se desculpe.

Sorrio, divertida, mas percebo a maneira como Cruella de Vil e Bonifacia se olham.

— Você é Kimberly ou Celeste? — pergunta a duquesa para mim.

— Celeste.

A mulher assente e, sorrindo, olha para seu neto e comenta:

— Kenneth, espero que tire esta mocinha para dançar. Muito me agrada seu frescor.

— Vovó!

— Vovó... vovó... você vai gastar meu nome — brinca ela, gesticulando.

Kenneth e eu nos olhamos disfarçadamente e eu sorrio. Não posso evitar.

Cruella de Vil, que ficou em segundo plano, de repente pega sua nora pelo braço e se aproxima.

— Duquesa, permita que lhe apresente a linda esposa de meu filho Percival. Era uma das damas da corte. Seu nome é Bonnie Pembleton.

De onde estou, observo que a mulher escaneia Bonifacia de cima a baixo; ela está com um penteado que não sei nem como se sustenta. Cruella, como é muito classista, falou da corte para impressionar a duquesa; mas a mulher, surpreendendo-me, comenta em espanhol:

— *Menudo adefesio.*[8]

Eu pisco, divertida. Será que ouvi bem?

— *¡Qué buen ojo tiene!*[9] — comento, também em espanhol.

A duquesa se vira para mim com ar de surpresa. Por educação, sorri para Bonifacia e, diante do olhar de todos, se concentra somente em mim.

— *¿Hablas español?* — pergunta.

Ai, meu Deus. Quero lhe mostrar minha tatuagem "Made in Spain", mas me contenho.

— *Mi abuela es española, duquesa* — respondo —, *así que sé um poquito de español.*

Ela sorri, satisfeita. Já sei de quem Kenneth herdou esse sorriso maroto de lado.

— *Mi mamá era de Sevilla* — revela. — *Un lindo sitio*[10] *de España.*

Nossa, jura?! Sevilhana?! Dá para ver que, com a graça que ela tem, muito inglesa não podia ser. Dou um sorriso e, contendo-me para não dizer "Olé!", comento:

— *Su madre era de un lindo sitio, que, desde luego, lady Kimberly también conoce, verdad?*

---

8. "Que ridícula!" (N.T.)
9. "Que olho clínico!" (N.T.)
10. *Sitio*, em espanhol, significa "lugar". (N.T.)

— *Sí, duquesa. Sevilla es magnífica* — concorda minha amiga, também em espanhol.

A duquesa assente, encantada, enquanto todos olham para nós. Ninguém mais entende o que estamos dizendo. Então, a mulher pega meu braço e o de Kim e convida:

— Entremos. *Tengo un vinito español que seguro les gustará.*[11]

Sorrio, e assim entramos todos na casa. Instantes depois, quando estamos conversando em uma sala impressionante, Kenneth passa por mim e sussurra, agitando meu coração:

— Como vê, milady, eu não menti: aqui servimos mais que ponche e limonada.

E logo se afasta. Decido que daqui não saio sem ter outro encontro com meu *crush* da Regência.

---

11. "Tenho um vinho espanhol que sem dúvida vos agradará." (N.T.)

46

TENHO QUE RECONHECER QUE em Bedfordshire me sinto em casa.

A duquesa é encantadora, e, embora Bonifacia às vezes me sature, a estadia está sendo interessante.

Kenneth e eu nos procuramos disfarçadamente. Ele é tão formal que não ultrapassa seus limites nem uma única vez. Mesmo assim, saltam fagulhas entre nós cada vez que nos olhamos. E, como sou imoral, ele se afasta de mim.

Como uma mulher do século XXI, estou acostumada a transar quando, como e com quem quero, sem problemas, e especialmente a chamar as coisas pelo nome. Mas aqui, no século XIX, tudo é diferente, e um simples olhar de Kenneth do outro lado da sala é como uma carícia. Quando ele passa ao meu lado sem sequer me roçar, é uma provocação alucinante.

As sensações que experimento são muito intensas, totalmente desconhecidas para mim. Nunca um homem me excitou tanto só de me olhar, nem provocou tanto desejo sem me tocar.

Todos decidem sair para caçar no dia seguinte. Ouvir a palavra "caça" me dá calafrios. Sou uma ferrenha defensora dos animais e me recuso a matá-los. E, se não gostasse tanto de presunto cru ibérico, acho que seria vegetariana. Assim, com a ajuda de Catherine e Kim, no dia seguinte invento que acordei com febre, que eles chamam de "quentura", e decido ficar na casa.

Bem, é verdade que estou sentindo uma quentura, mas é por causa do meu inglês.

Quando se levantam ao amanhecer para partir, Kim me acorda.

Pelo amor de Deus... nem os animais acordaram ainda!

Pela janela vejo que todos estão chegando ao pátio perfeitamente uniformizados, e me surpreendo ao ver a pequena Donna correndo entre eles.

O que essa menina faz acordada a esta hora?

Não acredito que vão levá-la à caça!

Enquanto os observo sem ser vista e me sinto uma velha fofoqueira, vejo que Kenneth pergunta por mim a Kim. Contemplar sua cara de decepção por causa da minha ausência é excitante. Não sei até quando vou conseguir resistir a esse desejo louco que sinto por ele.

Mesmo sendo tão inglês, esse homem mexe comigo cada dia mais. Mas vê-lo com essa calça escura, as botas longas, a camisa, e, nesta ocasião, uma espécie de jaqueta colada ao corpo, sem dúvida é eletrizante!

Minutos depois, eles montam em seus cavalos e se afastam, enquanto a preceptora de Donna entra na casa com a menina e eu decido voltar à cama. Os ingleses acordam muito cedo, e hoje posso dormir um pouco mais.

Mas minha alegria dura pouco. De repente, ouço gritos e choro. Pulo da cama depressa e, ignorando que estou usando somente o horroroso camisolão, abro a porta e corro para o lugar de onde provêm os gritos.

Ao chegar à sala, encontro a duquesa preocupada ao lado de uma criada que se contorce de dor, e da pequena Donna, que chora desconsolada. Ao me aproximar, vejo que a menina tem sangue no rosto.

— O que aconteceu?

A duquesa, que parece paralisada, não responde. Gina, a preceptora responsável por cuidar da menina, me informa:

— Como sempre, lady Donna estava correndo. Tropeçou no tapete e bateu de bruços contra a mesa. Machucou o braço, e Angelina, quando foi ajudá-la, também caiu e está uivando de dor.

Rapidamente avalio a situação.

Começo pela menina. O sangue que tem no rosto é da ferida do braço, que toco em busca de uma fratura. A menina chora, dói, mas por sorte seu braço está intacto – embora tenha um corte feio que precisa de sutura.

Quando termino de examiná-la, vou até a pobre Angelina. Seus gritos são de verdadeira dor. Ao examinar seu ombro, logo vejo que está deslocado.

— Alguém vá chamar o doutor Poster — ordena a duquesa.

Ao ouvir isso, a menina grita mais ainda. Tentando fazê-la se calar, pego seu rostinho e digo, fitando-a:

— Não, meu amor. Não chore assim.

— O médico nãããããooooo — ela geme.

Entendo; ela é uma criança assustada e está sentindo dor. Justamente por causa do nosso ofício, as crianças não costumam gostar muito de médicos. Olho para a duquesa e lhe peço tranquilidade.

— Donna, minha querida, olhe para mim...

Ela obedece. Está com o rosto congestionado.

— Se ficar nervosa, a dor aumenta, e você não quer isso, não é? — explico com carinho. A menininha nega com a cabeça, e proponho sorrindo: — Então, vamos respirar para ficar calmas, está bem?

Fico espantada ao vê-la assentir. Depois de repetir algumas respirações – que todas que me cercam acabam fazendo, inclusive a duquesa –, informo, dirigindo-me a esta última:

— Eu posso cuidar delas, se me permitir.

As mulheres se entreolham surpresas, pensando se por acaso ouviram direito. Nesta época tão patriarcal não há médicas, de modo que preciso inventar uma boa mentira para quando me perguntarem. Sem me importar com isso, olho para a duquesa e esclareço:

— O braço de Donna não está fraturado. Se estivesse, sem dúvida ela uivaria de dor, e, como vê, não é para tanto. Mas ela precisa levar pontos na ferida para que a carne se feche e pare de sangrar. Quanto a Angelina, está com o ombro deslocado e eu poderia colocá-lo no lugar.

— O quê? Poderia colocá-lo no lugar? — pergunta outra criada, espantada.

— Foi o que eu disse.

A duquesa me encara e, surpreendentemente, assente. Não duvida nem por um segundo do que estou dizendo. Sem me questionar e confiando plenamente em mim, anuncia:

— Lady Celeste cuidará de Donna e de Angelina.

As criadas se entreolham, mas Gina insiste:

— Duquesa, com todo o respeito... como preceptora de lady Donna, acho que o duque preferiria que...

— Gina — interrompe a duquesa —, meu neto não está aqui agora, e, embora você seja a preceptora dela, eu decido que lady Celeste cuidará de Donna. Não há mais nada a falar sobre isso.

A preceptora assente e fica em silêncio. Eu, satisfeita pela confiança que a condessa deposita em mim, pego a menina no colo – já não está gritando como antes – e a sento sobre a mesa alta da sala de jantar. Dou um beijinho suave no seu rosto, olho para as mulheres que me cercam e demando, ciente de onde estou:

— Gina, para Donna preciso de água para limpar a ferida. Faixas e panos para o curativo. Álcool ou uísque para desinfetar a área a tratar e agulha e linha para costurar.

Todas se olham. Sem dúvida, acham que enlouqueci. Mas não me importo! O importante é que a menina e Angelina se recuperem o quanto antes.

Angelina está tonta, transpirando muito. Eu a ajudo a se levantar do chão e digo, enquanto a seguro:

— Isto vai doer, mas será só um segundo. Conte até três em voz alta e eu vou colocar seu ombro no lugar.

A coitada está muito assustada; começa a contar e, quando chega ao número dois, tendo o cuidado para fazer a manobra sem tocar artérias nem nervos, puxo seu braço e em décimos de segundo o ombro já está no lugar.

A coitada desmaia. Ajudada por Gina, eu a deito no chão e levanto suas pernas.

— Foi só o susto — sussurro ao ver que todas olham para mim horrorizadas. — Fiquem tranquilas.

Instantes depois, Angelina se mexe, abre os olhos e, sem lhe dar trégua, eu a ajudo a se sentar. A seguir, peço que mexa o braço e ela, de queixo caído, sorri e murmura:

— Consigo mexer... consigo mexer...

Dou um sorriso. Um problema resolvido. Agora resta o outro.

Olho para menina, que ainda geme. Vendo que tenho tudo que pedi em cima da mesa, eu a faço beber um pouco de água para acalmá-la. Noto o medo em seu olhar, e, mostrando a ela uma cicatriz que tenho no braço, revelo:

— Querida, eu fiz isto quando tinha sete anos. Doeu um pouco quando me costuraram, mas desde então, quando mostro esta cicatriz aos meninos, digo que sou uma guerreira forte e que eles não devem se meter comigo. Se você quiser ser uma capitã como o seu pai, sua ferida mostrará a todos o quanto você é forte.

Quando digo isso, a menina assente, satisfeita, e a duquesa, entendendo que preciso que a criança confie em mim, complementa, dirigindo-se a ela:

— Sua cicatriz será a inveja de muita gente. Acredite, Donna, assim será.

Assustada, a menina assente, e, antes que possa reagir, eu a deito na mesa, e, sem deixá-la ver o que estou prestes a fazer, peço às outras que a segurem e começo.

Logicamente, a menina chora. Dói, não é agradável levar pontos sem anestesia. Mas estamos no século XIX e não no XXI, sou obrigada a me virar com o que tenho.

Trabalho depressa. Não dou trégua nem a mim nem a ela. E, antes do que todas esperam, dou o último ponto. Depois, enfaixo seu bracinho e sussurro:

— Pronto, querida, já acabou.

A duquesa pergunta, olhando para mim:

— Onde aprendeu a fazer isso?

Suspiro; já esperava a pergunta, e rapidamente respondo:

— Meu ex-noivo...

— O que a abandonou no altar?

Nossa, como as fofocas correm nesta época, e sem redes sociais...

— Sim, duquesa — afirmo. — Era médico, e com ele aprendi muitas coisas.

A mulher assente. Minha resposta não a faz levar as mãos à cabeça.

— Está doendo — murmura a menina.

Seu olhar e sua vozinha me enchem de ternura.

— Eu sei, meu amor. Mas agora você vai descansar em sua caminha e, quando acordar, vai se sentir muito melhor. E você, Angelina — acrescento, dirigindo-me à criada—, vá se deitar e descanse pelo menos por hoje.

Ela olha para a duquesa para pedir sua permissão e a mulher concorda. Angelina sai e, quando Gina, a preceptora, vai pegar a menina, ela se joga em meus braços como um macaquinho e, agarrada com força em mim, exige:

— Quero descansar com você.

A duquesa me olha. E eu, dando de ombros, pergunto:

— Seria muito indecoroso se eu me deitasse com ela?

A mulher sorri e, dando um beijo na cabecinha da criança, responde:

— Vão descansar as duas no quarto de Donna. Mandarei um criado avisar meu neto sobre o ocorrido.

Cinco minutos depois, deitada na caminha da menina, eu a vejo fechar os olhos e sua respiração se normaliza. Então, também fecho os meus e adormeço.

17

Quando acordo, Donna continua dormindo.

Sem me mexer para não a incomodar, observo a menina de traços lindos e curto a paz e a tranquilidade que seu rosto reflete.

Fico um tempo deitada na cama, confirmo que ela não está com febre e me levanto; ao sair, vejo Gina à porta.

Durante alguns instantes nos olhamos, e por fim eu digo, com um sorriso:

— Donna está dormindo e bem, não se preocupe.

A mulher assente e, surpreendendo-me, sussurra:

— Muito obrigada, lady Celeste. Eu lhe agradeço muito pelo que fez pela menina. Espero que perdoe minha insegurança inicial.

Sorrio; consigo entender perfeitamente.

— Não há nada para perdoar — tranquilizo-a. — Você só estava preocupada com Donna.

Após um sorriso que demonstra que está tudo bem entre nós, ela entra no quarto da pequena para velar seu sono e eu me encaminho para o que divido com Kim.

Depois de me assegurar de que nossos pertences pessoais, que viajaram escondidos entre as roupas, continuam no lugar, eu me lavo com a ajuda da ânfora que há ali sobre um móvel. Depois me visto sem esperar que Anna venha me ajudar. Assim que acabo, a porta se abre e ela pergunta, olhando para mim:

— Milady, por que não me chamou?

— Fique tranquila, Anna — respondo com um sorriso. — Tudo bem.

A coitada, aflita, rapidamente se aproxima e ajeita meu vestido, afofa meu cabelo e me ajuda a pôr um colar. Quando acaba, pareço uma bonequinha de porcelana.

— Na cozinha não param de falar da senhorita. O que fez hoje por Angelina e pela pequena Donna dará muito o que comentar.

— Não foi para tanto.

— Foi sim, milady. A senhorita é uma mulher, e sozinha cuidou de duas pessoas tão bem quanto um médico profissional.

Sorrio. O que pensariam se soubessem que sou médica?

Ainda lembro quando fazia estágio nos prontos-socorros dos hospitais de Madri. A rapidez na hora de atender os pacientes era vital.

— Para mim foi um prazer cuidar delas — respondo.

Durante alguns minutos, ainda surpresa, Anna não para de falar do assunto. Até que, de repente, lança:

— Permite que lhe pergunte uma coisa, milady?

— Claro, Anna. Diga.

A mocinha sorri.

— Ouvi falar da festa que anualmente os criados organizam em homenagem à duquesa, e queria saber se a senhorita, ou lady Kimberly, se importariam se eu participasse.

Surpresa, respondo:

— Claro que não? Pode ir e divirta-se!

Anna suspira e murmura:

— A condessa de Kinghorne proibiu suas criadas de ir.

— Proibiu? Por quê?

Então Anna baixa a voz e explica:

— Milady, o que vou comentar é uma indiscrição, mas Karen me disse que sua senhora não as deixa ir à festa porque, se forem, não poderão atendê-la quando ela decidir ir dormir.

Ao ouvir isso, mordo a língua. A maldita Cruella como sempre tão egoísta. Olhando para Anna, insisto:

— Pois você estará nessa festa e vai se divertir muito.

— Milady também pode ir, se desejar — acrescenta.

— Pois não tenha dúvida de que estarei lá. Se tem uma coisa de que gosto é de uma festa! — afirmo.

Nos livros da época, sempre li que as melhores festas não eram as organizadas pela aristocracia, e sim as dos criados. E não pretendo perder essa.

Estou me olhando no espelho quando ela comenta:

— A duquesa está em sua salinha.

Assinto, sorrio e, sem mais, saio do quarto.

No caminho, encontro vários dos criados da casa e pergunto a eles sobre a festa. Eles me informam que é uma celebração que fazem desde sempre. A duquesa se senta com eles para comer, e todos brindam e dançam.

Essa deferência por parte de Matilda me agrada. Isso a humaniza, na minha opinião. Sorrindo, eu me despeço e sigo para a sala.

Ao entrar, vejo a duquesa sentada junto à janela com um livro nas mãos. Quando ela ouve a porta, levanta a cabeça e sorri.

— Celeste, venha, por favor.

Encantada, faço o que ela me pede. E quando estou perto pergunto:

— A pequena Donna está bem?

A duquesa assente.

— Sim, querida, está ótima. Tão bem que Gina quase teve que a amarrar na cama para que descanse. Ela é um furacão!

Fico feliz. O ferimento da menina não é nada grave. Quando vejo que ela deixa seu livro sobre a mesa, pergunto:

— O que está lendo, duquesa?

A mulher sorri.

— Comecei a ler um romance recomendado por minha amiga, a baronesa Claravelle Dumont Lapierre. Chama-se *Orgulho e preconceito*.

Faço um sinal afirmativo com a cabeça.

— É um lindo romance de Jane Austen — comento.

Surpresa, ela me olha. O que foi que eu disse desta vez?

Fecho os olhos e, então, relembro as conversas que tive com Kimberly durante anos. Uma vez ela me contou que Jane Austen sempre publicava seus livros anonimamente, e disse que jamais havia visto o nome dela na capa de um exemplar antigo.

Putz grila!

Meu Deus, não me diga que dei bola fora!

A duquesa sorri e, baixando a voz, aponta:

— Na aristocracia é sabido por todos quem escreveu este romance, de modo que é um segredo público, querida. O que eu não sabia era que a srta. Austen também era conhecida na América.

Respiro aliviada ao saber que não dei bola fora.

— Então já leu? — acrescenta a seguir.

Confirmo com um movimento de cabeça. Poderia dizer que li há muito tempo e que vi várias versões para o cinema e a televisão, mas, contendo-me, afirmo:

— Sim, duquesa, já li.

— E que achou?

Ai, ai, ai...

Se não segurar minha língua, acho que minha sinceridade a respeito desse romance poderia escandalizá-la. Não posso dizer que, embora tenha gostado da linda história de amor, coisas como a exagerada dependência da mulher em relação ao homem, a pressão pelo casamento ou a falta de independência feminina me irritavam. Portanto, opto por desviar o assunto e pergunto:

— Quanto já leu?

— Apenas vinte páginas.

— Então é melhor que eu não diga nada para não dar *spoiler*.

— *Spoiler*? — pergunta ela.

— Céus, duquesa, perdão! Trata-se de uma palavra que utilizamos muito onde eu vivo. Para que me entenda, dar um *spoiler* seria revelar algo, neste caso, do romance, e assim estragar a surpresa.

Rapidamente ela sacode a mão e replica:

— Pois eu não quero *spoilers*!

Ambas rimos. Eu, em especial, por ver uma duquesa do século XIX usando essa expressão.

— Só lhe direi — sussurro a seguir — que adorei a srta. Elizabeth Bennet desde o primeiro instante em que apareceu. Ela é engenhosa e eu adoro sua ironia sempre que fala com o sr. Darcy. Quanto a este último, houve momentos em que eu poderia tê-lo matado, mas admito que, por fim, me reconciliei com ele e fiquei encantada.

A duquesa se joga para trás na poltrona e começa a gargalhar.

— Teria matado o sr. Darcy? — exclama. — Que ousada e engraçada você é, Celeste!

Rio também, por vê-la rir. De repente as portas da sala se abrem com força e Kenneth entra como um vendaval.

— O que aconteceu com Donna? — pergunta.

A duquesa e eu paramos de rir no ato. Levantando-se, ela caminha até seu neto e o acalma:

— Não se preocupe, Kenneth, Donna está bem. É que, correndo, ela caiu e...

— Pelo amor de Deus, vovó... Ela está bem?

Então, entram, muito agitados, Catherine, Kim e Robert. Mas a preocupação que vejo neles nem se compara com a de Kenneth. Nunca o vi desse jeito.

— Sim, querido — responde a duquesa. — Donna está bem. Por sorte, Celeste estava aqui e foi ela quem cuidou da menina.

Vejo Kim abrir a boca e, para esclarecer tudo, digo:

— Ela caiu e bateu na mesa. De início pensei que havia quebrado o bracinho, mas não, foi só a batida. Tive que suturar a ferida com agulha e linha. Mas fique tranquilo, duque, Donna está bem.

Kenneth me olha. Não sei o que passa pela sua cabeça. Sem dizer mais nada, dá meia-volta e sai a passos largos do aposento. Robert vai atrás dele.

Eu fico paralisada, mas a duquesa se aproxima e murmura:

— Calma, querida. Assim que ele vir a filha, ficará bem. Kenneth se preocupa muito com as crianças. É muito protetor, embora só os veja quando volta de suas viagens e... bem...

Eu assinto, pois compreendo. E, então, ela também vai atrás do neto.

Kim e Catherine se aproximam e a primeira pergunta:

— Que ideia foi essa de costurar o braço da menina?

— E o que você queria que eu fizesse?

Kim sacode a cabeça, e então Catherine sussurra:

— Você costurou o braço da menina?

— Já falei que sou médica — respondo, baixando a voz.

Ela assente. Não contei que sou virologista porque ela não entenderia.

— Quando a duquesa me perguntou como eu sabia fazer essas coisas — explico —, eu disse que Henry, meu ex-noivo, era médico e que aprendi com ele. Lamento, Kim, mas a menina e Angelina precisavam de cuidados médicos, eu não podia ficar de braço cruzado.

Por fim, Kim cede.

— Tudo bem, entendo. Eu teria feito o mesmo.

Fico mais tranquila. Catherine, vendo o livro que está sobre a mesinha, pega-o e comenta:

— *Orgulho e preconceito*, um lindo romance. Em casa, minhas irmãs e eu também o lemos.

Kim me olha e eu declaro, erguendo a mão:

— Juro pelo meu celular, do qual a cada dia sinto mais falta, que não falei nada inadequado sobre a odiosa diferença de classes, o maldito patriarcado e o revoltante machismo que existe nesse romance por exigências da sociedade.

Kimberly assente, enquanto Catherine pestaneja, de queixo caído. Nesse momento entram Prudence, Abigail e o resto do grupo. Lady Cruella se aproxima.

— O que aconteceu? — pergunta.

Como um papagaio, conto de novo a mesma coisa, e, quando satisfaço sua curiosidade, a maioria vai embora. Prudence vai até a mesinha e também comenta:

— *Orgulho e preconceito*, meu romance preferido.

— É divino — diz Kim.

Prudence sorri e murmura, sonhadora:

— Eu adoraria que me dissessem as coisas lindas que o sr. Fitzwilliam Darcy diz à srta. Bennet.

— Que o barão Randall Birdwhistle dissesse, por exemplo? — sugiro.

Ela fica vermelha como um tomate e eu rio. Preciso informar o barão a respeito.

48

Essa noite, no maravilhoso jantar na sala de jantar principal, servirão várias carnes dos animais abatidos na caça.

Para o jantar, nós nos vestimos elegantemente e eu decido pôr no cabelo umas margaridas que encontrei em meu passeio. Quando os outros as veem, me dão parabéns.

Estou sentada entre Craig e Robert. Todos rimos ao escutar suas histórias e a duquesa os incentiva a contar mais.

Vejo Kenneth calado, mas sua expressão agora está descontraída. A tensão pelo que aconteceu com sua filha já passou. Ele até sorri de vez em quando. Mas não se aproxima de mim nem mesmo por acaso. Sinto que está me evitando desde aquela manhã.

Depois do jantar, os homens vão para uma salinha beber *brandy*, enquanto as mulheres vão ao jardim tomar um ar. Acho bom que isso que se faz depois de cada refeição no século XIX não seja mais um costume no século XXI, pois adoro as intermináveis conversas com os amigos ao redor da mesa, todos rindo e se divertindo.

Mais uma noite ouço Bonifacia falar sobre a época em que esteve na corte real e de como era tudo ali. Imagino que esteja contando a vida inventada de Bonnie, não a de Lili. Embora não me olhe, porque sabe que eu sei que está mentindo, ela fala sobre o assunto a pedido de sua sogra.

Bonifacia conta fofocas sobre Jorge III e diversos episódios de seus ataques de loucura, provocados pela doença que arrasta. Também fala do príncipe regente, Jorge IV, filho do rei, e todas coram ao ouvir que ele desfrutava dos prazeres da carne com toda jovem que cruzasse seu caminho.

Ouvindo a Pembleton e vendo como ela se regozija contando, fica claro que, se essa mulher vivesse no século XXI, seria dessas que aparecem nos programas de fofoca contando com quem fulano se deita e com quem se levanta.

Depois de um tempo, vamos a uma sala onde há um piano. Poucos minutos depois, os homens se unem a nós.

Lady Cruella pede às filhas que amenizem nossa noite, e, obedientemente, todas a atendem. Não têm opção.

Hoje é Abigail quem nos deleita com uma cançãozinha que fala de um passarinho azul que se chama Chipichu. Batendo suas asas, a avezinha faz uma jovem dama sorrir enquanto ela olha graciosamente pela janela de seu lar e espera pela chegada do homem com quem vai se casar.

Mais inocente a cançãozinha não poderia ser, mas Abigail faz uns gorgorejos muito graciosos com a garganta. Tem seu mérito!

Aplaudimos encantados quando ela termina e a duquesa propõe:

— Prudence, o que acha de...

— Não! Prudence não — solta Bonifacia de repente.

Todos nos viramos para ela. Quase dou com o leque na sua cabeça, mas a duquesa ergue uma sobrancelha e pergunta:

— Por quê, lady Bonnie?

Percival, seu marido, a quem poucas vezes ouvi falar, sussurra depois de receber um olhar reprovador de sua mãe:

— Duquesa, desculpe minha esposa, ela...

— Percival, querido — interrompe a duquesa —, acaso sua mulher não sabe responder ela mesma à minha simples pergunta?

Viva a duquesa! A cada minuto que passa gosto mais dessa mulher.

Todos olhamos para Bonnie e seu complicado penteado. Respirando fundo e olhando para mim – que a estou observando com cara de "estou de olho em você!" –, ela responde:

— Perdão, duquesa, mas é que, ao contrário de Abigail, Prudence não possui uma voz suave. Mas toca piano como os anjos.

Como era de esperar, a pobre Prudence, que está ao meu lado, fica vermelha como um tomate. Os tiques se apoderam de seu corpo. Seu pai fica incomodado, e eu, pegando a mão dela, faço que olhe para mim e sussurro:

— Respire com calma.

Prudence assente. Sabe que fazer isso aplaca seu nervosismo e evita os tiques.

— Talvez queira a senhora mesma nos deleitar com sua voz melodiosa, lady Bonnie — diz então Kenneth, pondo-se em pé.

— Excelente proposta, Kenneth — aprova a duquesa, divertida.

Avó e neto trocam um olhar cúmplice que me faz sorrir, e Aniceto exclama:

— Céus, espero que ela não aceite a proposta!

— Ashton! — rosna lady Cruella para seu marido.

O conde de Kinghorne, Aniceto para mim, ciente de que falou demais, tenta disfarçar:

— Minha nora Bonnie é pura classe e beleza. Meu filho Percival comenta que ela possui uma infinidade de virtudes, mas cantar não é uma delas...

Alguns riem. Para Catherine, Kim e eu, isso causa nojo!

Tenho vontade de pedir que Aniceto enumere as virtudes dessa mulher, mas me calo! E então, Catherine, que não quer que seu pai continue falando da amante, tenta dar um tempo a Prudence para que ela relaxe:

— Abigail e eu podemos cantar alguma coisa.

— Fantástico, querida! — diz Cruella, olhando para sua nora com um sorriso azedo.

Elas começam a entoar a canção e eu vejo Prudence se levantar e sair. Aonde será que vai? Imediatamente me levanto e, seguindo-a, consigo alcançá-la no sala do fundo.

— Aonde vai?

Sem dizer nada, Prudence se solta de minha mão, pega uma almofada do sofá, coloca-a sobre a boca e dá um grito para desabafar.

Instantes depois, deixa a almofada onde estava e murmura:

— Agora podemos voltar.

Dou risada. Enquanto voltamos à sala onde estão os outros, comento:

— Talvez sua voz não seja um prodígio, mas você toca piano maravilhosamente bem. E isso não é para qualquer uma.

Prudence sorri timidamente.

— Sou um desastre... — murmura.

— Não, você não é um desastre.

Entramos de novo na salinha, e, enquanto nos sentamos onde estávamos, vejo Kenneth nos observar.

— Você tem que confiar em si mesma. Não pode permitir que ninguém a faça se sentir inferior. Todos têm seu valor. E quando digo todos... é todos mesmo!

Ela assente e respira fundo. Eu sei que o que eu disse devolveu a positividade de que precisava. Em silêncio, escutamos suas irmãs cantarem. E, quando acabam, Abigail diz:

— Lady Celeste sabe tocar violão. Tocou em casa e é uma virtuose.

Nãããããããoooooooooooooooooooooooo...

Ai, Deus... ai, Deus!

Todos me olham. Acho que pela primeira vez estou com cara de assustada.

E a duquesa, encantada, pergunta:

— É verdade, querida?

Sem poder mentir, eu assinto. Uma virtuose não sou, mas tocar é claro que eu sei. Então, Matilda pede a um criado:

— Stanley, traga o violão espanhol de minha mãe.

Ai, meu Deus! Já estou suando.

— Calma, Celeste. Confie em você e certamente se sairá bem — murmura Prudence.

Sorrio. Engraçadinha!

— Lady Abigail tem razão, vovó — intervém Kenneth. — Eu também a ouvi e é uma virtuose.

Olho para ele com uma expressão reprovadora, mas meu duque insiste:

— Milady, será um prazer escutá-la outra vez.

Putz grila!

Quando olho para Kim, ela sorri e sussurra:

— *Amirmã*... fez a fama, agora deite na cama...

Ela tem razão. A culpa é minha!

Por que não penso antes de fazer as coisas?

Por fim, eu me levanto quando o criado entrega à duquesa um lindo violão espanhol. Olhando para mim, ela o estende e explica:

— Era de minha mãe. Ela também sabia tocar.

Eu assinto e o pego. Então, eu me sento em uma cadeira diante de todos e, sem olhar para Kenneth, porque sei que me observa com atenção, afino o violão. Quando fica pronto, sorrio para Prudence, que me dá força com o olhar, e começo a tocar a música que aprendi no conservatório.

Curto o momento enquanto sinto o olhar de todos sobre mim, especialmente o de Kenneth. Nossa, como ele me deixa nervosa!

Quando termino, todos aplaudem, satisfeitos, e, para minha desgraça, pedem outra.

Penso... penso... mas não posso tocar nenhuma das músicas que me ocorrem. Por fim, recordando minha yaya, tomo uma decisão. Perdida por um, perdida por mil. Duvido que alguém perceba... E, olhando para a duquesa, que sorri encantada, digo, mentindo como uma canalha:

— Não sei quem é o compositor da música que vou interpretar a seguir nem como se chama a canção; o que sei é que é bem espanhola. Por isso eu a dedico inteiramente à senhora, duquesa.

Encantada, ela assente. Kim sacode a cabeça, divertida, e eu, com toda a minha cara de pau – para não dizer coisa pior –, começo a tocar "Entre dos Aguas", do grande Paco de Lucía.

Como era de esperar, todos ficam hipnotizados. Acho que nem sequer respiram.

Nunca ouviram nada igual e, claro, nunca voltarão a ouvir. Mas eu, que sou *made in Spain*, toco satisfeita essa música que me sai do coração, enquanto fecho os olhos e penso em minha yaya, no quanto ela gosta de Paco, e sorrio.

Sempre tive certeza de que a linguagem mais famosa e universal é a música, e, por meio do que estou fazendo, não só retorno às minhas raízes como também consigo fazer todos viajarem à Espanha por alguns instantes.

O ritmo da música acelera e minhas mãos começam a voar pelas cordas do violão. Surpreendendo-me, Kim começa a bater palmas ao ritmo e pede a todos que a acompanhem. Quando consegue, olha para mim e nós rimos. Do jeito que a conheço, sei que ela vai começar a dançar aqui mesmo. Que loucura!

Mas não... não começa. Ela mantém a compostura o máximo que pode. E, quando toco as últimas notas, todos se levantam para aplaudir, enlouquecidos. Até mesmo Percival. Dou um sorriso e só me falta gritar: "Yaya e Paco, esta foi para vocês!".

Fica evidente que aquilo que é bom, incrível e genuíno ultrapassa os limites dos séculos.

Feliz, eu me levanto, deixo o violão de lado e aponto, toda emocionada:

— Duquesa, espero que tenha gostado.

Encantada, a mulher me dá um abraço. E, com os olhos marejados, afirma, diante de todos:

— Pode me chamar de Matilda, querida.

Satisfeita, sorrio. Vejo a surpresa no rosto de muitos.

— Está bem, Matilda.

Ambas sorrimos; sabemos que entre nós já existe algo fantástico.

— Você trouxe o calor da Espanha à minha casa — acrescenta então.

Isso é um grande elogio. Feliz, dou dois beijos em seu rosto e a abraço. E... já me deixei levar!

A duquesa ri e eu também. Quando, minutos depois, eu me sento ao lado de Kim e disfarçadamente batemos um *high five*, olho para Prudence e, sem pensar, digo em voz alta:

— Agora, lady Prudence nos deleitará com uma peça ao piano.

Ela fica vermelha como um tomate de novo, mas eu insisto:

— Você toca muito bem. Vamos, deixe todos sem palavras.

Acho que a segurança com que digo isso lhe dá força. Ela se levanta, vai até o piano e, sem olhar para ninguém, começa a tocar.

E, sim, deixa todos sem palavras.

49

Quando termina o momento musical, vamos todos de novo ao jardim.

Nós nos sentamos em poltronas confortáveis para conversar amenidades, até que, olhando para a duquesa, pergunto enquanto me abano:

— É verdade que dentro de alguns dias os criados também celebrarão seu aniversário com uma festa?

A duquesa assente.

— Oh, sim, querida. Foi minha mãe quem criou essa tradição desde meu primeiro ano de vida, e assim será até que eu morra.

— É uma celebração muito divertida — assegura Craig.

— Muito mesmo — concorda a mulher. — Lembra o quanto nós dançamos no ano passado?

— E no anterior — brinca Craig.

O bom humor está no ar. Nesse momento, Bonifacia intervém:

— Matilda, é um...

— Querida — interrompe ela —, não lhe dei permissão para me chamar assim.

Uau, que fora!

A duquesa não gosta de rodeios. Então, seu neto, sorrindo, intervém para acabar com o clima constrangedor que se criou:

— Vovó, Margaret, a cozinheira, contou que...

— Oh, não, Kenneth... não me dê *spoiler*! — solta ela de repente.

Todos a encaram, surpresos. Ninguém sabe o que é um *spoiler*.

Kim me olha sem poder acreditar, e eu não consigo segurar o riso.

— Celeste me ensinou algumas palavras de sua terra — esclarece a duquesa —, e *spoiler* é uma delas.

Rio de novo, e mais ainda quando vejo Kim revirar os olhos.

— Desnecessário dizer que estão todos convidados para a festa. Mas vou entender se alguns não tiverem interesse em ir — acrescenta Matilda.

Ela diz isso olhando diretamente para lady Cruella. Esta fica calada, mas seu marido fala por ela:

— Preferimos reservar nossas forças para a festa do sábado, duquesa.

— Oh, fique tranquilo, querido — diz a mulher. — Entendo, assim como entendo que suas filhas irão, como todos os anos, não é?

Rapidamente Catherine, Abigail e Prudence assentem. Fico surpresa por não terem pedido permissão à mãe.

— Claro, duquesa. Nós sempre vamos — afirma Catherine.

— Percival e eu também não iremos — diz Bonifacia, sem perder tempo. — Preferimos descansar para o sábado, como papai e mamãe.

Encantada, eu sorrio. É evidente que esses esnobes não querem se misturar com os serviçais. Como sempre, acham que estão acima dos outros.

— Anna, nossa criada, irá conosco — conto.

Imediatamente Cruella me olha.

— As minhas não irão — diz.

— Pois Douglas e Barney irão. Um pouco de festa lhes fará bem — revela Aniceto, e pela primeira vez estou de acordo com ele.

De onde estou, vejo Catherine sorrir sem ninguém perceber. Sua mãe, olhando para Ashton, insiste:

— Minhas criadas estão aqui para nos atender, não para ir a festas.

— *Aguafiestas* — murmura a duquesa em espanhol, chamando-a de desmancha-prazeres. E, levantando-se, acrescenta: — Chegou a hora de ir descansar para amanhã estar fresca como uma rosa. Boa noite a todos.

A mulher me olha, e eu, sorrindo, dou uma piscadinha. Ela sorri, e, quando se afasta, lady Cruella e seu marido a seguem, e instantes depois Bonnie e Percival.

Quando o grupo se reduz, Robert sugere:

— Gostariam de dar um passeio pelos jardins antes de nos retirarmos para descansar?

Sem hesitar, todos nós aceitamos e começamos a caminhar pelo jardim enorme e frondoso. Durante um tempo, Prudence, que entende muito de flores e plantas, fala sobre a vegetação. Logo noto que Kenneth caminha ali perto, em silêncio.

Imediatamente fico muito nervosa. Mas por quê?

Não posso evitar pensar que minha reação na Londres que eu conheço seria muito diferente. Sem dúvida já teria me aproximado dele, teríamos conversado e possivelmente eu o teria atacado. Mas, claro, como fazer isso aqui?

Com todos os meus sentidos concentrados para conseguir que nós dois caminhemos juntos, paro com a fingida intenção de cheirar umas flores bonitas. O grupo continua andando, e então ouço a voz de Kenneth:

— Gosta do perfume dessas flores, lady Celeste?

Primeiro objetivo atingido. Ele está ao meu lado!

— Muito, duque — afirmo, olhando para ele e abrindo o leque.

Sem falar, ficamos nos olhando nos olhos, até que ele, com um movimento da mão, indica que devemos continuar caminhando. Não quer que fiquemos para trás.

Saímos andando em silêncio, e então ele prossegue:

— Lady Celeste, queria me desculpar por minha entrada intempestiva esta manhã na sala. É que, quando me contaram o que havia acontecido com Donna, fiquei preocupado. Mas sei que minha chegada e minhas palavras não foram as mais apropriadas.

Assinto; ele tem razão.

— Dito isto, quero lhe agradecer pelo que fez por minha filha.

Entendo que tenha se assustado. Com um sorriso, olho para ele e respondo:

— Não foi nada. Sua preocupação é compreensível.

Kenneth sorri. Meu Deus, que sorriso lindo!

— Minha pequena Donna é um bichinho inquieto — murmura.

— E linda — afirmo, sorrindo.

Ele assente. De repente meu leque cai no chão.

Imediatamente me agacho para pegá-lo, mas ele se agacha também e zás! Batemos a testa um no outro.

— Caraca, que cacetada!

Ao dizer isso, eu o olho nos olhos.

Meu Deus, que foi que eu disse?!

— "Cacetada" é outra palavra curiosa de sua terra? — pergunta ele.

Como uma tonta, faço que sim com a cabeça. Deus do céu, como sou bocuda!

— Quando uma dama deixa cair algo no chão, não precisa se abaixar para recolher — explica, me ajudando a levantar. — Quem deve fazer isso é o cavalheiro que esteja a seu lado.

Tudo bem... do seu jeito, ele acaba de me dizer que de novo violei o maldito protocolo. Tentando consertar meu erro, respondo:

— Perdão, duque. É que o aroma das flores me deixou atordoada.

Que absurdo! Mais tola e repolhuda eu não poderia ser!

Estou sorrindo quando, ao sentir os dedos dele na pele dos meus braços, todo o meu corpo se arrepia.

Meu Deus, e ele só tocou meu braço!

Mas eu já não aguento mais. Quero beijá-lo, tocá-lo, devorá-lo. E, sem pensar que de novo vou violar o maldito protocolo, eu o pego pela mão, puxo-o para uma enorme árvore e, sem pensar duas vezes, levo minha boca à dele e o beijo.

Chega de me controlar!

De início ele me afasta, surpreso.

Sério que vai me rejeitar?

Ficamos nos olhando em silêncio. Que tenso! No entanto, vendo a determinação em meu olhar, ele me puxa e me beija.

Agora sim!

Feliz por ter atingido meu propósito, fico na ponta dos pés e, passando as mãos pelo seu cabelo, eu me entrego ao beijo, querendo mais. Sinto suas mãos ao redor da minha cintura e, pelo jeito que me aperta, intuo que está curtindo o momento tanto quanto eu. Mas ouvimos um barulhinho e interrompemos o beijo. Minha respiração está acelerada.

— Você é uma imoral — sussurra o duque.

— Eu sei. E algo me diz que você gosta disso — rio.

— Lady Celeste, acho que...

Mas não o deixo achar nada. Chega de achar!

Atraída como por um ímã, volto a fundir meus lábios nos dele e nos beijamos com paixão e loucura. Um beijo, dois... Não sei quantas vezes nossos lábios se juntam e se separam, até que ele murmura:

— Lady Celeste...

— Kenneth, por favor. Neste momento somos apenas Kenneth e Celeste. Até sua avó me chama pelo nome.

Enfeitiçado, ele assente. E eu, incapaz de me calar, sussurro:

— Eu desejo você.

Ele meneia a cabeça, me mostrando que sente o mesmo. Sem dúvida, também me deseja. E nos beijamos de novo.

Estamos curtindo o momento quando ouvimos uma tosse disfarçada ao nosso lado. Ao olhar, vejo que é Kim.

Filha da mãe! É sério que ela vai me interromper outra vez?

Em silêncio, nós três nos olhamos. E eu, sem saber por quê, explico:

— O duque estava me mostrando as margaridas.

Nossa, que mentira deslavada!

— São as margaridas preferidas de minha avó — acrescenta ele, aflito —, e, como eu sei o quanto lady Celeste gosta delas, quis mostrá-las com atenção.

Kim faz cara de quem acredita, mas sabe perfeitamente o que viu. Então Kenneth, depois de um gesto com a cabeça, dá meia-volta e vai para junto do resto do grupo.

Assim que minha amiga e eu ficamos sozinhas, levo a mão os lábios ardentes e ela sussurra:

— Mostrando as margaridas, é?

Dou risada, não posso evitar. É absurdo mentir com a idade que temos.

— Meu Deus, preciso arrancar a roupa dele agora mesmo! — murmuro.

— Celeste!

Como se estivesse sobre uma nuvenzinha de algodão, eu o vejo se afastar e sussurro:

— Eu sei. Sou imprudente e a última coisa em que reparei foram as margaridas. Mas não aguentei e já estou querendo repetir!

Kimberly ri, revira os olhos e diz em voz baixa:

— Quer fazer o favor de ter um pouco de juízo?

— E quando foi que eu tive juízo?

— Celeste!

— Kim, eu sou sincera. Você sabe que eu funciono por impulso e não consigo evitar.

Minha amiga assente. Ela me conhece melhor que ninguém.

— O que os outros iam pensar se vissem vocês? — insiste. — Ou o que o duque vai pensar?

Dou de ombros.

— Você sabe que não me interessa o que os outros pensam. Quanto ao duque, pode ficar tranquila. Pelo jeito como ele me beijou, não tem nada contra.

Kim meneia a cabeça e no fim sorri. Que opção tem?

Respirando fundo, de braço dado como duas vovozinhas de nossa época, começamos a caminhar em direção ao grupo, ao qual Kenneth já se integrou.

— *Spoiler*? — diz Kim, então.

Divertida, rio e digo, pensando na duquesa:

— Foi sem querer. Ela me perguntou sobre *Orgulho e preconceito* e, como eu não queria falar demais, deixei escapar essa palavra.

Kim dá risada.

— Uma duquesa do século XIX dizendo "Não me dê *spoiler*!"...

Ambas morremos de rir. E, olhando para o homem que acelera meu coração e que mais atraente não poderia ser, sussurro:

— Meu Deus, você viu que bundinha ele tem?!

— Maravilhosa.

— Já imaginou esse homem de Levi's e camiseta, ou com um terno preto Armani?

— Demais!

Chegamos ao grupo, que parou para olhar umas flores azuladas. Prudence, que é pura inocência, comenta:

— O duque nos disse que você ficou maravilhada com as margaridas da avó dele.

Olho para Kenneth, que nos observa com expressão séria, e declaro:
— Sim, fiquei louquinha.

Minha resposta o faz sorrir e olhar para o outro lado. Enfim, depois de um breve passeio – o que para eles deve ser como uma festa –, voltamos ao palacete para descansar.

Sem abandonar o maldito protocolo inglês, nós nos despedimos e, quando Kenneth e eu nos olhamos, percebo que o desejo que sentimos um pelo outro não vai ficar por aí.

50

Quando acordo, meu primeiro pensamento é para o duque. Dormi pensando nele e acordo do mesmo jeito.

Meu Deus, estou obcecada!

Kim e eu, depois de tirar as calcinhas que estavam estendidas na janela para secar antes que Anna chegue, nos vestimos e descemos à sala, onde encontramos Catherine e suas irmãs. Imediatamente esta se afasta delas e nos faz um gesto para que nos aproximemos.

— Que foi? — pergunta Kim.

Catherine, certificando-se de que ninguém nos ouça, diz:

— Quando estava ajudando a duquesa a enviar os convites de sua festa de sábado, vi que convidou o conde Edward Chadburn. Não disse nada a Abigail porque quero fazer uma surpresa para ela. Só que entre esses convites não estava o do barão Randall Birdwhistle, e estou triste por Prudence. Ela certamente não vai dizer nada, mas ficará decepcionada.

Eu assinto e respondo, com segurança:

— Vou falar com a duquesa e propor sutilmente que o convide. Talvez eu consiga.

Kim e ela ficam esperançosas. De repente vemos Barney passar com uns candelabros de prata pela sala e rapidamente o olhar de Catherine se incendeia. E eu, incapaz de me calar, sussurro:

— Barney é um homem muito atraente.

— Para mim, é o mais atraente — responde ela.

Kimberly e eu sorrimos, e Catherine pergunta, preocupada:

— É tão evidente assim aos olhos dos outros?

Imediatamente Kim e eu negamos com a cabeça.

— Não, não. Não se angustie. Não é nada evidente.

Os olhos dela se enchem de lágrimas. Catherine está feliz e preocupada ao mesmo tempo com o que pretende fazer na próxima noite de lua cheia. Kim, abraçando-a, murmura:

— Tudo vai dar certo, você vai ver.

— Minhas irmãs me preocupam.

— Suas irmãs vão ficar bem. Serão felizes — afirmo, mesmo sem ter certeza.

Catherine assente ao ver minha segurança. Ela acredita no que digo.

— Se você, vindo de onde vem, está dizendo, fico mais tranquila — murmura.

Kim e eu nos olhamos. Não deveríamos afirmar o que realmente não sabemos, mas minha amiga acrescenta:

— Suas irmãs ficarão bem, e você e Barney serão felizes, eu garanto.

Ai, que emoção. Eu choro tão fácil...

— Sabe, Catherine? — digo, então. — "Amor" é só mais uma palavra de nosso vocabulário enquanto não chega esse alguém especial que lhe dá sentido. E, se Barney deu sentido à sua palavra "amor", lute ao lado dele com unhas e dentes para que isso dure.

Ela assente, sorri e, olhando para Barney - que está colocando os candelabros do outro lado da sala -, sussurra:

— Confesso que passo o ano inteiro desejando que chegue a festa da duquesa, porque é a única vez que podemos estar e dançar juntos diante dos outros sem levantar suspeitas.

— Veja só, de tonta você não tem nada — brinco.

Catherine me olha.

— Como assim?

Kim e eu rimos.

— Quero dizer que você sabe muito bem o que deve fazer — explico.

Então, chega Abigail e, mudando de assunto, vamos até uma mesa, onde pego um pãozinho de canela que tem um gostinho incrível.

51

Durante a manhã, vejo a pequena Donna correndo pela casa seguida de Gina, sua preceptora. Ao me ver, a menina corre para meus braços e me conta que seu irmão Charles foi cavalgar com o pai e os homens. Fico impaciente esperando a volta do meu duque. Estou louca para vê-lo.

A menina sai com Gina. Quando vejo que todas as mulheres estão no jardim, vou até a cozinha para saber como vão os preparativos para a festa.

As criadas me contam seus planos. Para mim, são básicos e sem graça, de modo que lhes dou umas ideias de decoração. Elas me olham de queixo caído e me pedem ajuda.

Desenho em uma folha o que quero fazer no jardim dos fundos. Aposto que a duquesa vai gostar. Faço um cravo de papel, depois o mergulho em água com corante vermelho e o resultado é espetacular. As criadas acham o máximo e, escondidas, começam a fazer cravos de papel e também recortam outras folhas para fazer umas guirlandas.

Deixo-as secretamente preparando a festa dos criados e vou em busca da duquesa. Encontro-a sentada, lendo. Como se estivesse em minha casa, quando ela sorri para mim, eu me aproximo e pergunto, sentando-me:

— Como está o romance?

Ela me olha e sussurra:

— Estou em uma noite em que o sr. William Lucas sugere à srta. Bennet que seja acompanhante do sr. Darcy no baile, e ela, muito ousada, rejeita!

— Eu sei o que vai aconteceeeeeer — cantarolo, rindo.

Lady Matilda se levanta, dá um passo para trás e, divertida, murmura:

— Nada de *spoiler*, mocinha, nada de *spoiler*!

Caio na gargalhada. Ela se senta de novo na poltrona e eu digo:

— Posso lhe fazer uma pergunta um tanto indiscreta?

A mulher assente.

— Pode e deve.

Adorei sua resposta. Com cara de pau, prossigo:

— Queria saber se convidou para sua festa de sábado o barão Randall Birdwhistle.

Ela levanta as sobrancelhas, como faz seu neto, e pergunta:

— Seria um drama se não o houvesse convidado?

Sem hesitar, assinto com a cabeça. Se para Prudence é essencial que ele venha e eu posso ajudá-la, sem dúvida é importante.

A duquesa me olha durante alguns minutos, até que se levanta. Vai até uma mesinha, tira uma folha de papel de uma gaveta, escreve algo, guarda a folha em um envelope e vai até a lareira para tocar um sininho. Minutos depois, a porta se abre e um criado entra:

— Stanley, encarregue-se de que este convite chegue ao barão Randall Birdwhistle.

O criado pega o envelope, assente e sai.

Com um sorriso, a duquesa vem até onde estou sentada e, sentando-se também, sussurra:

— Espero que tenha solucionado esse drama. Se bem que me agradaria que meu neto e você...

— Duquesa! — rio.

— Matilda — corrige ela.

Rimos.

— Meu neto e o ducado precisam de uma mulher como você, que contribuirá com modernidade e vida. E reconheço que nada me agradaria mais do que pensar que, no futuro, você pertenceria a esta família.

— Mas, Matilda, a senhora não me conhece!

A mulher ri e, como costuma fazer minha yaya, responde:

— Na minha idade, aprendemos que a vida está aí para ser vivida. E você a vive.

Encantada, sorrio. O que ela me pede é impossível. Kenneth e eu não temos nenhum futuro. Sem saber o que dizer, fico olhando para ela.

— Pense bem, Celeste. Você seria uma duquesa de Bedford excelente e irreverente.

Sua cara me faz rir. Essa mulher não existe.

— Matilda, a senhora é incrível! — digo, divertida.

A mulher sorri e, justo nesse instante, ouvimos umas batidinhas na porta. A seguir entra meu duque.

Como sempre, está de tirar o fôlego, com uma roupa esporte segundo a moda da época. Ele vem até nós e nos cumprimenta.

— Charles se divertiu? — pergunta sua avó.

Kenneth sorri. Quando fala de seus filhos, seu rosto sempre se ilumina.

— Posso garantir que gostou de passar a manhã cavalgando tanto quanto eu.

Ficamos em silêncio os três, até que ele acrescenta:

— Peço desculpas se interrompi a conversa de vocês.

Rapidamente a duquesa nega com a cabeça.

— Não, filho, fique tranquilo. Celeste e eu estávamos conversando sobre os convidados para a festa de sábado. — E, dando uma piscadinha para mim, sussurra: — Acabei de enviar um último convite a alguém que não tinha considerado.

Kenneth franze o cenho e pergunta:

— Posso saber a quem?

Antes que eu responda, a duquesa diz:

— Ao barão Randall Birdwhistle.

Kenneth me olha, surpreso. Como se fosse um livro aberto, vejo as perguntas em seus olhos. Mas então ouço a voz de Kim me chamar. Imediatamente me levanto e digo:

— Com licença, Kimberly está me chamando.

E, sem mais, saio do aposento enquanto penso que minha sugestão de convidar o barão não agradou a Kenneth. Evitando pensar nisso, corro para a cozinha, onde sei que me esperam algumas criadas que deixei lá recortando papeizinhos para decorar o jardim da duquesa.

Vai ser um festão.

52

Kenneth e eu nos buscamos o tempo todo com o olhar, e sei que meus dias aqui estão acabando. Acho que todos percebem a química que existe entre nós. Cada vez estamos mais descarados, e embora note um sorrisinho no rosto da duquesa quando vê seu neto perto de mim, eu me sinto culpada, porque, se de alguma coisa tenho certeza, é de que o tempo está acabando e eu não vou ficar aqui de jeito nenhum. Preciso voltar para minha yaya.

Cruella de Vil e o marido me olham com sarcasmo. Imagino que devem pensar que sou uma descarada, a julgar pelo modo como me comporto às vezes. Mas não me interessa. Eu quero me divertir e, em relação ao que os outros vão dizer, como diz a canção, "Tô nem aí!".

Os criados continuam preparando a festa, e a quantidade de guirlandas e cravos vermelhos que fizeram é incrível. Tudo para a duquesa.

Com a pequena Donna e Charles eu brinco de tudo que me ocorre. Estou ensinando a eles jogos que nem em sonhos devem ter visto. Mas ninguém vai saber. Ensino a eles jogo da velha, pedra, papel e tesoura, lenço atrás, cabra-cega, corrida de um pé só, pegar maçãs da bacia com a boca... O que Charles adora é brincar de cabo de guerra. Puxar com muita força para ganhar o deixa louco. E Donna gosta de cabra-cega. Morro de rir com ela.

Nesses dias, converso bastante com a duquesa. Falamos sobre o tempo, livros, flores, qualquer coisa que nos ocorre.

Matilda é uma mulher encantadora, maravilhosa, e logo me mostra de que é feito seu coração quando, em uma de nossas conversas, comento que estou procurando emprego para a família de uma conhecida que não está vivendo em boas condições. Ela rapidamente se interessa. Conto a ela que Lydia é cozinheira e que, por precisar cuidar dos filhos e da neta, foi dispensada do emprego anterior. Saber disso a revolta. Ela me deixa sem palavras quando diz que Bedfordshire pode acolhê-los.

Nem sei o que responder; não esperava por isso. Mas ela afirma que uma boa cozinheira nunca é demais em uma casa como essa, e que o fato de Lydia ter crianças é maravilhoso, pois assim seus netos teriam com quem brincar.

Por fim, fico de falar com Lydia em minha volta a Londres. Se ela quiser, Bedfordshire poderá ser seu lar.

Será que ela vai aceitar?

Emocionada pelo que consegui, procuro Bonifacia. Sei que estou com a faca e o queijo na mão, e lhe informo sobre o que conversei com a duquesa. De início ela se surpreende; não gosta da ideia de ser obrigada a ver sua família ali. Mas, no fim, vendo que ela vacila, dou uma de durona e a forço a tomar a decisão de ir para o País de Gales: ou vai, ou todo mundo saberá o que acontece entre ela e seu sogro.

Na sexta será a festa dos criados, e na quinta Kenneth propõe que saiamos a cavalo. Catherine, Abigail, Robert, Kim, Craig e eu aceitamos, mas o resto prefere ficar em casa.

Durante o caminho começa a chover. Nós sugerimos voltar, mas Kenneth não concorda. Quer continuar cavalgando, de modo que, mesmo com chuva, continuamos. Tenho que reconhecer que é gostoso. A sensação de liberdade estando toda molhada é demais!

Durante uma hora, debaixo da chuva, desfrutamos das paisagens das terras de Bedfordshire que Kenneth nos mostra. Até que, de repente, um homem se aproxima correndo. O grupo para e o lavrador diz, dirigindo-se a Kenneth:

— Meu senhor...

— O que aconteceu, Freddy?

O homem, aflito, enxuga a água que escorre pelo seu rosto e explica:

— Mallory, minha mulher, entrou em trabalho de parto.

— Onde ela está? — pergunta Kenneth.

— Em casa, senhor.

— Sozinha?

— Eu estava indo avisar o médico...

Kenneth assente. A seguir, olha para mim e, surpreendendo-me – e acho que também aos outros –, pergunta:

— Acha que poderia atender a mulher dele, lady Celeste?

Sem hesitar, confirmo com a cabeça. Claro que sim! Então, Kenneth se dirige ao grupo:

— Voltem para casa e informem a duquesa que, devido à proximidade da noite, ficaremos em Old House com Freddy e Mallory. Se tudo correr bem, voltaremos amanhã de manhã.

A seguir ele estende a mão ao homem, que nos olha do chão, e diz:

— Suba, Freddy. Você voltará conosco a Old House. Não precisa avisar nenhum médico. Lady Celeste cuidará de Mallory.

O homem sobe no cavalo sem hesitar. Robert, que está ensopado como nós, diz:

— Tudo bem, Kenneth, vão depressa. Nós vamos voltar.

Catherine e Kim me olham, e Craig dá uma piscadinha... Que safadinho! Dou de ombros. Então, nós nos despedimos e cada grupo cavalga pelo monte em direção contrária.

Em silêncio, depois de um bom tempo que já anoiteceu, encharcados e tremendo, chegamos em frente a duas casas, uma grande e outra pequena. E então vejo um letreiro desgastado pelo tempo que diz: OLD HOUSE.

Kenneth para o cavalo e eu faço o mesmo.

— Obrigada, Freddy — diz ele.

Vejo o lavrador apear e, sem olhar para trás, dirigir-se à casa menor.

— De quem é esta casa? — pergunto a Kenneth.

— Minha.

Surpresa, e sem esperar que ele me ajude, desço do cavalo.

— Eu vivi aqui com minha mulher e meus filhos até a morte dela — explica ele enquanto desmonta.

Olho para o casarão com certa aflição, mas não quero mais perguntar sobre sua esposa, de modo que indago:

— Onde está a mulher de Freddy?

Kenneth se aproxima de mim com um sorriso. Passa as mãos ao redor de minha cintura e sussurra:

— A mulher dele, Mallory, está perfeitamente bem em casa. Ah... e não está em trabalho de parto.

De queixo caído, olho para Kenneth. E, antes que eu pergunte, ele diz em voz baixa:

— Freddy estava apenas cumprindo ordens.

Dou um sorriso. Mas que safado! Quando vou falar, ele passa os lábios pelos meus e murmura:

— Estava morrendo de vontade de ficar sozinho com você.

— Mas que imoral! — digo, divertida.

— Agora somos apenas Celeste e Kenneth, está bem?

Eu assinto. Como não, se eu estava louca de vontade de ficar com ele?

— Eu a desejo tanto quanto você a mim — acrescenta. — Embora não possamos ficar muito tempo juntos antes de nos separarmos, isto é melhor que nada, não acha?

— Que escândalo! — debocho.

Kenneth não me beija, só me provoca:

— Quem é o descarado e irreverente agora? — pergunto.

Meu duque sorri, dá um beijo na ponta do meu nariz úmido e sussurra:

— Sem sombra de dúvida, eu.

Gosto de vê-lo admitir, mas insisto:

— E se eu não quisesse ficar com você agora?

— Se assim fosse, tudo bem — ele responde, impassível. — Eu respeitaria. Sou um cavalheiro.

Encantada com sua resposta, eu assinto de novo. Ele, como sempre, é muito galante. Na ponta dos pés para ficar mais alta, eu sussurro:

— Sorte sua que eu desejo fazer amor com você.

Kenneth sorri, satisfeito, e, me pegando no colo, encerra a conversa:

— Então, não vamos perder mais tempo.

53

Entrar na casa dele significa intimidade e muito desejo. A passos largos, sem me soltar, meu duque me leva ao andar superior, até chegarmos a um aposento espaçoso e bonito.

Os dias que passamos em Bedfordshire apenas nos olhando e mal nos tocando nos enlouqueceram de desejo. Começamos a nos despir sem pensar em nada mais.

Surpresa, eu me vejo diante de uma grande lareira e de uma banheira cheia de água fumegante.

— A mulher de Freddy deixou tudo preparado para nós — diz Kenneth.

— Viva Mallory! — exclamo, satisfeita.

Felizes e apressados, acabamos de nos despir e entramos na linda banheira. A água quente nos faz suspirar de prazer. Então, eu me sento montada nele, e sussurro:

— Muito bem, Kenneth. Já estamos aqui.

Um beijo... dois...

A paixão desmedida faz com que nos devoremos. Pegando seu pênis, eu o coloco no centro de meu desejo e, descendo sobre ele, suspiro:

— Vou fazer amor com você.

Kenneth se segura na banheira. Seu olhar velado demonstra o quanto está gostando do que o faço sentir. Ele adora minha irreverência. Quando sinto tudo dentro de mim e o prazer me domina, começo a mexer a pelve e arranco um gemido dele.

Hmmm, que gostoso!

Satisfeita por senti-lo totalmente à minha mercê, seguro suas mãos e o imobilizo. E, mexendo os quadris com frenesi, faço amor com ele com tamanha fúria, desejo e paixão que enlouquecemos.

Durante horas, nos entregamos como dois possessos. Na banheira, na cama, no chão. Somos incansáveis, inesgotáveis. E, quando por fim decidimos nos dar uma trégua, ficamos aconchegados um no outro na cama, à luz das velas. Sorrio ao notar que ele adormeceu ao meu lado.

Encantada, contemplo o rosto de Kenneth, esse inglês que tanto me atrai; e sinto meu coração apertar ao pensar que dentro de poucos dias terei que me afastar dele. Não posso dizer que estou apaixonada, não estou. Mas reconheço que estou impressionada.

Penso em minha yaya, no que ela diria se o conhecesse, e tenho que rir. Quando o visse, certamente me diria: "Muito agradável e bonito, mas empertigado demais para você". E, embora eu não goste de admitir, ela teria razão. Kenneth é empertigado demais para mim.

Não estou com sono e me levanto com cuidado da cama. Ponho a calcinha e o camisão e, como intuo que não há ninguém na casa que possa me ver assim, saio do quarto com uma vela na mão.

Curiosa, dou uma volta pela casa. É grande, muito espaçosa, uma típica casa de campo, mas nem metade do tamanho de Bedfordshire. Esta é mais modesta, apesar de ser também um casarão.

Ao descer para a sala, afasto as cortinas da janela para a luz da lua entrar, pois a chama da vela é muito fraca. E então sorrio ao ver que há um violão ali.

Sério?

Feliz com minha descoberta, fecho a porta da sala para não acordar Kenneth. O fato de eu não conseguir dormir não significa que ele também não possa. Feliz, pego o violão e começo a afiná-lo. Depois, começo a tocar e, quando me dou conta, já estou cantando. Mas bem baixinho, para não o acordar.

Canto canções de Dani Martín, Amy Winehouse e Melendi. Estou com tanta vontade de cantar e tocar violão que esqueço onde estou e simplesmente curto o momento. Até que ouço aplausos.

Ao me voltar, encontro Kenneth à porta, vestindo apenas uma calça escura. Como é bonito! Não sei há quanto tempo ele está aí.

— Posso lhe perguntar uma coisa? — ele diz, aproximando-se.

— Claro.

Então, ele para na minha frente e pergunta:

— O que você faz para estar sempre tão incrivelmente bela?

Nossa, fico até arrepiada. Adoro seus elogios. Gosto de sentir seu olhar quando diz essas coisas. Estou sorrindo como uma boba quando ele pergunta:

— Onde aprendeu essas canções?

Não sei o que dizer. Ele me pegou com a guarda baixa, e simplesmente murmuro:

— Em casa.

Kenneth assente, olhando para mim com uma intensidade que me deixa nervosa.

— De quem é este violão? — pergunto.

— Era de minha mulher.

Que sensação desagradável! Sinto que estou profanando um objeto que pertenceu à falecida.

No entanto, quando solto o violão, ele pede:

— Não. Ela adoraria ver o que você está fazendo.

Eu o pego de novo.

— Como sabia que minha avó adora violão, ela o comprou para aprender — conta Kenneth. — Mas nunca foi fácil para ela, e por fim desistiu. Por isso eu disse que ela adoraria ver esse violão produzir lindas melodias, e não barulhos estranhos, como dizia.

Ambos rimos.

— Não sei o que acontece comigo quando estou com você — sussurra ele.

— Por quê?

— Porque algo dentro de mim diz que não pode haver nada entre nós, mas não consigo deixar de pensar em você.

Eu rio, o que o surpreende.

— E se eu disser que acontece a mesma coisa comigo? — admito.

Agora é Kenneth quem sorri. Toco o anel de meu pai e prossigo:

— A atração que existe entre nós nos faz sentir assim. Temos atração um pelo outro, gostamos um do outro. Mas, ao mesmo tempo, sabemos que, neste momento de nossa vida, não seria apropriado que houvesse algo entre nós.

Ele assente, concorda comigo.

— Já ouviu falar da lenda da linha vermelha? — pergunto ao recordar o assunto.

Kenneth nega com a cabeça.

— Não costumo acreditar em lendas.

Acho engraçada sua cara de ceticismo. Sem afastar meus olhos dele, sussurro:

— Há uma lenda japonesa que diz que as pessoas que estão unidas pela linha vermelha do destino cedo ou tarde se encontrarão. Se a linha vermelha te une a uma pessoa, não importa quanto tempo passe nem quão longe estejam, voltarão a se encontrar. E sabe por quê? Porque, mesmo que essa linha fique tensa, ou se desgaste ou se embarace, ela é mágica e nunca se rompe, porque é o seu destino.

Ambos sorrimos e nos olhamos nos olhos.

— Talvez essa linha vermelha nos junte de novo um dia — filosofo, sabendo o que sei.

— Talvez — responde ele, agachando-se para pegar minha mão e beijá-la.

Em silêncio, iluminados pela luz da lua que entra pela janela, ficamos nos olhando. Esses momentos com ele são incríveis.

— Eu sei. Você gosta dele porque lhe recorda o de seu pai — digo quando o vejo olhar para o anel de meu pai.

Nós rimos. E, soltando minha mão, ele pergunta:

— Posso lhe pedir uma canção?

Surpresa, sorrio. Não sei canções da época dele, mas murmuro:

— Vamos tentar.

— Queria ouvir a que você estava cantando aquele dia na casa de Catherine.

Não sei de qual ele está falando.

— Se bem me lembro, dizia algo sobre queimar a fogo lento — acrescenta.

Ao ouvir isso, eu assinto e percebo meu corpo se arrepiando. Sei que está me falando da: "Casi Humanos", do Dvicio.

— Por que quer que eu cante essa canção?

Com carinho, Kenneth se levanta e, dando mais um passo, sussurra:

— Porque gostei daquela parte que dizia que cada segundo do dia junto a seu amor tem um gosto melhor.

Durante uns instantes, nós nos olhamos em silêncio.

Meu Deus, estou ficando tonta só de ouvir o que ele está dizendo...

Sei que cantar essa canção do meu tempo é como ensinar as crianças a jogar certos jogos que elas não têm como conhecer. Mas, sabendo que ele nunca mais a ouvirá, sem hesitar, começo a tocar seus acordes.

Agora que estou cantando, sinto que a letra foi escrita por e para nós. Seus lindos olhos azuis não deixam de me fitar. A atração física que há entre nós é brutal. Sempre ouvi dizer que existem dois tipos de atração: a física e a química. A física, sem dúvida, já ultrapassamos, e quanto à química, embora exista e seja forte, algo em nós nos impede de ir além.

Interpreto a canção em inglês, para que ele a entenda, plenamente consciente de que estou cantando para meu duque. E sei que, quando voltar ao meu tempo e escutar esta música, sem dúvida só pensarei nele.

Ele escuta em silêncio a letra, e vejo que lhe agrada. A música dessa época não tem nada a ver com a da minha. Quando termino de cantar, ele sussurra, impressionado:

— Nunca na vida a letra de uma canção me emocionou tanto.

Eu entendo. No entanto, como não quero falar de sentimentos que podem nos machucar, decido dar uma guinada na situação e começo a cantar "La Bamba"! Desnecessário dizer que ele fica boquiaberto, especialmente quando me levanto com violão e começo a mexer os quadris e os ombros ao ritmo da música pela sala.

E me deixo levar!

Kenneth me olha desconcertado e me escuta boquiaberto. Quando o chamo para dançar comigo, ele se recusa categoricamente. Coitado, passa um apuro comigo!

Quando termino a canção e largo o violão, com uma expressão que eu não saberia definir, ele pergunta:

— Onde você aprendeu a cantar e dançar assim?

Acho graça na pergunta. Só mexi o corpo um pouquinho! Não quero nem pensar se realmente começar a dançar como danço na balada. O que ele pensaria de mim?!

— Lembra que eu lhe contei que vim do futuro? — respondo, divertida.

Kenneth ri. Uma vez mais, não dá ouvidos às minhas palavras. E, me pegando no colo, ele me beija.

Um beijo leva a outro...

Uma carícia à seguinte...

E acabamos fazendo amor como dois selvagens encostados na parede, sem nos importar com os gritos de prazer que damos nem com o barulho que nosso corpo faz ao chocar um contra o outro.

E eu achando que os ingleses são frios!

54

Um bom tempo depois, estamos abraçados olhando a lua pela janela quando meu estômago ronca. Kenneth, aproximando a boca do meu ouvido, sussurra:

— Acho que você está com fome.

— Eu também acho — afirmo, divertida.

Pegando uma vela, atravessamos o enorme corredor para ir à cozinha.

Ao chegar, encontro a típica cozinha da época, mas, curiosamente, eu diria que é até bonita. E fico extremamente feliz quando vejo uma espécie de frigideira pendurada que é uma maravilha.

Kenneth me diz que há uma despensa e uma caixa refrigerada.

Intrigada, olho dentro para ver o que há.

— O que quer comer? — pergunta. — Mallory deixou várias coisas prontas.

Contente, vejo o que temos na caixa. Tudo é apetitoso. Mas, como quero fazer algo para ele, avalio minhas opções e sugiro:

— Você se importa se eu preparar alguma coisa?

— Você?!

— Sim, eu!

— Você sabe cozinhar? — ele pergunta, surpreso. Rapidamente assinto, e ele diz: — Eu jamais cozinhei na vida.

Olho para ele de queixo caído. Nunca cozinhou?

— Pois hoje você vai me ajudar — replico, sem deixar de olhar para ele.

Kenneth ri e, sentando-se em um banquinho perto da mesa, comenta:

— Será interessante.

Divertida, eu começo.

— Você sabe o que é *tortilla* espanhola de batata com cebola e bacon? — pergunto.

Ele nega com a cabeça. Normal...

— Você vai pirar — garanto, dando um beijo nele.

Kenneth sorri. Não me pergunta mais o que quer dizer essa palavra, pois já sabe. Em meio a gargalhadas, eu o coloco para descascar batatas.

Enquanto isso, vou cortando a cebola. Kenneth, ao ver meus olhos chorosos, pergunta, preocupado:

— O que aconteceu?

— É a cebola.

— O que quer dizer? — pergunta, sério.

Rio ao ver a cara dele. Como nunca cozinhou, não sabe que os gases que a cebola libera ao ser cortada podem nos fazer chorar.

— Coloque azeite nessa frigideira — ordeno depois de lhe dar um beijo.

Ele coloca. Depois de refogar a cebola, jogo as batatas na frigideira e também os pedaços de bacon que cortamos previamente. Como lhe pedi, Kenneth bate os ovos. Rio de sua falta de jeito, mas, assim que estão bem batidos, acrescento sal.

Quando a *tortilla* está pronta e ainda na frigideira, prometo:

— Você vai lamber os beiços.

Sorrimos. Minutos depois, quando a *tortilla* já esfriou um pouco, ele leva o primeiro pedaço à boca e murmura:

— Delicioso!

— E nós dois a fizemos! — lembro, para dar importância ao trabalho dele.

Kenneth assente maravilhado, e eu comento:

— Adoraria lhe fazer um hambúrguer, mas é difícil, especialmente pela falta do ketchup.

Ao dizer isso, eu me dou conta de que ele não sabe o que é um hambúrguer.

— Ketchup?!

Divertida, eu afasto o cabelo do rosto e comento, sem dar muita importância ao assunto:

— Em Nova York há um tipo de tomate que chamamos assim.

Kenneth assente. Em silêncio, comemos a *tortilla*. Tenho que admitir que está maravilhosa.

— Há algo em você que não consigo entender — diz ele de repente.

— O que seria?

Ele se ajeita na cadeira.

— Eu me refiro a você, a seu jeito. Já estive em Nova York, conheci mulheres lá, mas nenhuma se expressa como você nem faz as coisas que você faz. Você é diferente, assim como Kim. É uma diferença difícil de explicar, mas muito evidente para mim.

Eu sei aonde ele quer chegar. Deve achar que sou uma mulher sem berço. Como não quero lhe dar uma resposta direta, brinco:

— Não sei se isso é uma crítica ou um elogio.

Kenneth sorri.

— Celeste, você é sincera comigo? — pergunta a seguir.

Sem hesitar, faço que sim com a cabeça. Já lhe disse duas vezes que vim do futuro.

— Você acha que lhe escondo algo? — pergunto.

Ele assente, convicto. Muito bem, acho que chegou a hora de me abrir, mesmo que ele me tome por louca.

— Vou lhe contar uma coisa, e espero que acredite em mim — começo.

— Conte.

Respiro fundo. Então, olho em seus olhos e falo, sem parar para respirar:

— Kim e eu não somos sobrinhas de Craig Hudson. Viemos do século XXI. Por circunstâncias que não vêm ao caso, viajamos no tempo. Por isso nós somos diferentes em nossa maneira de falar, agir ou cantar. Ah, além disso, em minha época eu sou médica e trabalho em um hospital.

Kenneth pestaneja e fica me olhando. Ele se recosta na cadeira e, depois de processar o que ouviu, responde:

— Você acha que sou estúpido a ponto de acreditar nessa história?

Eu sabia que ele não acreditaria, mas insisto:

— Entendo que não acredite, porque, se alguém me contasse que vem do passado ou do futuro, eu também não acreditaria. Mas estou lhe dizendo a verdade.

— Celeste...

— E posso provar.

— Pode provar?

Eu assinto. Recordando que viajamos com todas as nossas coisas para não as perder de vista, murmuro:

— Quando voltarmos a Bedfordshire, posso lhe mostrar...

— Celeste, acaso me toma por imbecil?

Rapidamente nego com a cabeça; sei que é difícil de acreditar. Eu me levanto e me sento em seu colo e, depois de lhe dar um beijo doce nos lábios, sussurro:

— Em poucos dias vamos ter que nos separar. O que acha de deixarmos esta conversa para depois e aproveitarmos o tempo que nos resta juntos?

Kenneth me olha. Não sei em que está pensando. Vejo em seus olhos uma infinidade de perguntas. Mas insisto, manhosa:

— Poucos dias, Kenneth. Só nos resta isso.

Não preciso dizer mais nada. Imediatamente, meu duque, meu capitão, meu *crush* da Regência se levanta comigo no colo e me leva diretamente para o quarto. E o que acontece ali já dá para imaginar!

55

Voltar a Bedfordshire no dia seguinte, depois de passar a noite juntos, é muito difícil, mas é o que se tem. Nosso tempo a sós acabou.

Quando chegamos, os outros nos olham. Alguns com ar de censura, como Cruella e Bonifacia, e outros com sorrisinhos, como Catherine e Kim.

Eu fico com os sorrisinhos! Ninguém vai estragar minha felicidade!

Como diria minha avó: "*Piensa mal y acertarás*". Pois é, que pensem o que quiserem, sem dúvida vão acertar.

À noite será a festa dos criados da duquesa, e vejo que estão todos muito animados e nervosos.

No quarto, Kim me faz contar tudo. Sem rodeios, confidencio até os mínimos detalhes, e ela escuta atenta.

— Você acha que eu deveria falar com Craig para que ele diga a Kenneth que, na verdade, não somos sobrinhas dele?

Kim caminha pelo quarto e pergunta:

— E que mentira você vai contar depois a Craig? Também pretende dizer a ele que viemos do século XXI?

Puxa, ela tem razão. Explicar isso seria complicado. Mas, disposta ao menos a esclarecer o assunto com meu duque, insisto:

— Quero mostrar a Kenneth a pérola e nossas roupas.

— Nem pensar!

— Talvez ele acredite em mim quando vir o que nós temos guardado — insisto.

Kim suspira, ainda caminhando pelo quarto.

— Você enlouqueceu? — pergunta.

— Não, Kim, não enlouqueci. Mas preciso que ele saiba que estou dizendo a verdade.

— E acha que ele vai acreditar?

Isso já é outra história. Fazê-lo acreditar em uma coisa tão surreal é complicado.

— Tenho que lhe pedir uma coisa — digo a seguir.

— Pode pedir.

— É meio nojento.

Minha amiga levanta as sobrancelhas.

— Se você está pretendendo fazer um *ménage* para mostrar que você é moderna, minha resposta é não!

Dou risada. Embora eu tenha minhas fantasias, nunca havia pensado nisso.

— Preciso que você me empreste as suas lentes de contato esta noite quando eu for vê-lo — digo.

Kim pestaneja de novo ao me ouvir, e eu insisto:

— Acho que, se eu colocar e tirar as lentes na frente dele, ele vai pirar e parar para pensar.

Nós rimos.

— Será que você enlouqueceu? — exclama ela.

Sem dúvida alguma, sim.

— Eu sei... Talvez eu estrague tudo ainda mais, mas preciso que ele pelo menos cogite a possibilidade de que estou dizendo a verdade e, talvez, no futuro, se dê conta de que eu não estava mentindo.

Kim bufa, meneia a cabeça e sussurra:

— Minhas lentes?

— Sim!

— Não prefere um *ménage*?

— Kim...

Minha amiga ri ao ver minha cara de susto.

— E tudo isso por um inglês! — diz a seguir.

Divertida, faço que sim com a cabeça. Eu sei que Kim vai me emprestar as lentes. E, olhando para meu lindo Nike vermelho, digo, divertida:

— Ele vai pirar quando vir os meus tênis.

À tarde, Anna comenta que, para a festa dos criados, nosso traje, embora elegante, pode ser mais informal. Então, fiz uma espécie de coroa de margaridas e a coloquei no cabelo.

Ficou linda!

Estou me olhando no espelho do quarto, com um vestido azulão e o cabelo solto, só com a coroa, quando Kim pergunta:

— Colocou sua lingerie preta?

Satisfeita, respondo que sim.

— Mãe do céu, tem certeza?! — murmura ela.

Assinto de novo. Pretendo insistir sobre a verdade com Kenneth, quer ele acredite ou não em mim. Vendo a cara de minha amiga, digo:

— Lamento que o seu Boneco tenha decepcionado você e sei que ele não merece nenhuma explicação, mas eu preciso ir embora com a consciência tranquila em relação a Kenneth.

— Ele vai achar que você é louca!

— Sem problemas; ele já pensa isso — respondo, divertida.

Kim suspira.

— Tudo bem. Mas depois não me venha chorar as pitangas, porque eu vou dizer "eu avisei!".

Desnecessário continuar esta conversa.

Às sete em ponto, todos os que vão à festa dos criados se reúnem no salão principal com a duquesa. Imediatamente comprovo que as únicas que estão com o cabelo solto somos Kim e eu. Ao ver como nos olham, minha amiga esclarece:

— Na América as mulheres podem ir assim às festas dos criados.

Sem duvidar de nossa palavra, todos assentem. Então, Kenneth se aproxima e pergunta:

— Está decepcionada porque o barão Randall Birdwhistle não está aqui?

Que engraçado! Ele estava só esperando uma oportunidade para tocar no assunto!

— Se estivesse, sem dúvida seria muito melhor — respondo, divertida.

Kenneth assente com seriedade, respira fundo e se afasta de mim enquanto eu sorrio.

Ai, como é bobo esse meu... sei lá o quê!

Instantes depois, sempre acompanhando a duquesa, vamos para um jardim nos fundos que, habitualmente, é de uso exclusivo dos criados.

Ao ver sobre as mesas os cravos vermelhos de papel, velas por todos os lados e guirlandas pendendo das árvores, ela leva a mão à boca, impressionada. Desnecessário dizer que todos se surpreendem com a decoração. Nunca viram nada igual. Então, a criada da duquesa lhes conta que eu os ajudei a criar esse espaço tão mágico, e todos se emocionam, especialmente Matilda.

Satisfeitos e felizes, os criados prepararam uma linda mesa perfeitamente adornada, e sobre ela há tantos pratos que acho que vamos explodir de tanto comer.

A duquesa, feliz, prova tudo, e logo a ouço elogiar as cozinheiras, que ficam lisonjeadas. A seguir, nos sentamos todos ao redor de outra mesa. De repente sinto uma cotovelada e Kim me diz, emocionada:

— Veja aquilo.

Eu me viro e sorrio ao ver Catherine e Barney junto à mesa da comida, servindo-se, conversando e rindo. A felicidade do amor se vê no rosto deles. Percebendo que minha amiga está à beira das lágrimas, murmuro:

— Pense que no futuro eles podem viver livremente esse amor. São felizes e, o melhor de tudo, têm você!

Ela assente. Está emocionada.

— Catherine me emprestou os brincos que Barney deu a ela — conto, mostrando minhas orelhas.

— São lindos — comenta Kimberly. — Ainda não consigo acreditar que são eles.

— Pois são — replico, satisfeita.

Catherine e Barney conversam e riem com naturalidade.

— Quando voltarmos, vou ter tantas perguntas para fazer — comenta Kim. — Só espero que eles me respondam.

— Vão responder, com certeza — afirmo enquanto olho para Kenneth, que se diverte na companhia dos filhos.

O jantar no jardim é pura alegria. Todos brincam e riem, conversam sem medo do que os outros vão dizer. Então, alguns criados aparecem com violinos, violões e gaitas.

Yess! Isso sim é uma festa!

Imediatamente começam a tocar, e, como era de esperar, a duquesa e Kenneth abrem o baile. Enquanto os observo, sinto que não poderia estar mais feliz.

Vejo entre avó e neto o mesmo que tenho com minha yaya, e isso me deixa feliz. A conexão entre ambos é incrível, e sinto um desejo irrefreável de ver minha avó. Se eu lhe contasse o que estou vivendo, ela não acreditaria, morreria de rir e me diria, com certeza: "Minha linda, que imaginação a sua!".

Em dado momento, um dos criados da duquesa me tira para dançar. Fazendo uma fila, todos dançamos entre palmas, risadas e diversão.

Aqui não há protocolo, formalidades, rigidez. Aqui simplesmente há festa e vontade de se divertir. Também não faltam danças escocesas, como o *ceilidh*. Por sorte, graças a Kim, e, por sua vez, graças a Barney, sabemos dançar tudo isso e curtimos como duas loucas pulando, rodando e batendo palmas. É muito divertido!

Encantada, vejo Prudence dançar e rir. Estar com pessoas que não a julgam, que não a olham feio, que não a diminuem por causa de seu problema, é o que a faz ficar descontraída e feliz.

Totalmente desinibida, depois de beber várias cervejas e esquecendo onde estou, canto várias canções tocando o violão, entre elas aquela que sei que meu duque adora. Kenneth me observa ao lado de seus filhos, curte o momento como eu e não diz nada. Para agradar a duquesa, toco algumas sevilhanas. Nem preciso dizer que todos se entreolham embasbacados enquanto canto. Quando termino e grito "Olé!", sou aplaudida efusivamente.

Durante a noite, danço com Kenneth uma infinidade de vezes e curto seu sorriso. Assim como os outros, ele deixa a rigidez de lado e mostra como dança bem.

À uma da madrugada a duquesa se retira, cansada e feliz. Mas, antes, agradece a seus criados, um por um, e os faz prometer que no ano seguinte haverá outra festa. Eles prometem, satisfeitos. Depois de se despedir do resto das garotas, Matilda se aproxima de mim.

— Está se divertindo, querida? — pergunta, tocando minha coroa de margaridas.

Acalorada, com as bochechas mais vermelhas que as de Heidi, a menina dos Alpes, assinto. Então, ela sussurra:

— Como já disse a meu neto, desfrute desta noite mágica.

Sorrio. Sério que a duquesa acabou de me dizer isso? Mas que moderna!

Dou dois beijos nada protocolares na mulher e ela sai, morrendo de rir. Aproximando-me de seu lindo neto, quando os músicos começam uma nova música escocesa, peço:

— Dança comigo, duque?

Ele concorda imediatamente. Não sei se nos bailes dos criados as mulheres convidam os homens para dançar, mas eu o convidei e ele aceitou.

56

DANÇA APÓS DANÇA, NOSSOS olhares falam por si. A atração que sentimos um pelo outro é difícil de esconder. E, quando a festa termina e todos se retiram para seus respectivos aposentos, sei muito bem aonde quero ir.

Então, visto minhas roupas do século XXI, ponho uma espécie de penhoar por cima para escondê-las e, depois de Kim me desejar boa sorte, saio do quarto sem fazer barulho.

Na ponta dos pés para que ninguém me ouça, vou até a porta do quarto que sei que é o dele.

Mãe do céu, estou tão nervosa que pareço uma menininha inexperiente!

Parada diante da porta, respiro fundo, pego a maçaneta e, sem bater, abro-a e entro.

Kenneth, que está no fundo do aposento tirando o colete, fica olhando para mim. Pela sua expressão, vejo que está surpreso. Fecho a porta e, ao ver que tem um trinco, eu o passo. Não quero que ninguém nos interrompa!

Kenneth me olha boquiaberto. Posso ver a surpresa em seus olhos. E, sem rodeios, abro o penhoar e o deixo deslizar glamurosamente até o chão.

Kenneth arregala os olhos ao máximo. Acho que está mais surpreso por me ver assim do que se eu estivesse nua.

Ele me olha de cima a baixo e pergunta:

— O que você está vestindo?

Sua cara é demais. Eu de camiseta, calça jeans e o Nike vermelho deve ser a coisa mais estranha que ele já viu na vida.

— É minha roupa, Kenneth — murmuro. — O que eu te falei sobre ter vindo do futuro é verdade.

Ele não se mexe; está petrificado. Levo a mão ao bolso de trás de minha calça e tiro algumas fotos:

— Estas são fotos tiradas com a minha Polaroid.

Ele continua paralisado. Logicamente, não sabe o que é uma foto, e menos ainda uma Polaroid. Acho que está com medo de se aproximar de mim por causa de minha aparência. Insisto, esticando o braço:

— Por favor, Kenneth, olhe.

Por fim ele se mexe. Aproxima-se e, pegando as fotos, pestaneja e sussurra com elas na mão:

— Diabos, o que é isto?

Nas fotos estamos Kim e eu em Piccadilly. Rindo, explico:

— No futuro, isso se chama "fotografia". E, como pode ver, somos Kim e eu.

Depois, tiro do outro bolso meu Apple Watch colorido.

— Isto no meu tempo é um relógio — prossigo. — Chama-se Apple Watch e, além de exibir as horas, mostra a temperatura no ambiente e mais uma infinidade de coisas que você não entenderia.

Kenneth o pega e o examina com estranheza. Nunca viu nada parecido, nem nunca verá. Depois, torna a examinar as fotos e de novo o Apple Watch. E, quando me olha, levanto a mão e digo:

— Quero te mostrar outra coisa. Não se mexa.

A seguir, tiro as lentes de contato de Kim do estojo, me viro para trás e as coloco. Quando estão bem colocadas, me viro de novo para Kenneth. Olhando para mim, ele sussurra:

— Por todos os santos... O que aconteceu com seus olhos? Seus olhos são verdes — insiste. — Por que agora estão pretos?

Sorrio; ele não.

— Em minha época, entre muitas outras coisas, podemos escolher a cor dos olhos que queremos usar em casa ou para sair — explico.

Kenneth assente. Como eu imaginava, ficou impressionado com as lentes. Então, vejo em seu olhar algo que até o momento não havia visto: acho que está começando a acreditar em mim.

— Mas... mas isso não é possível — murmura.

A seguir, tiro as lentes e as guardo. E, encarando-o, comento:

— Como você vê, agora estão verdes de novo.

Ele me observa, desconcertado. Sei que estou tentando fazê-lo entender a coisa mais estranha que vai ter que entender na vida, mas começo a falar do futuro e das mudanças que ocorrerão. Durante um bom tempo ele me escuta. Está tentando processar tudo que digo. Quando por fim o vejo assentir, murmuro:

— Kenneth, não estou mentindo. Estou lhe mostrando minha verdade. — Tirando o pingente com a meia pérola debaixo da camiseta, acrescento: — Esta pérola mágica, mais a lua cheia e um espelho que há na casa dos Montgomery, foi o que nos permitiu viajar no tempo e o que nos levará de novo para casa.

Cada vez mais alucinado, ele olha para a pérola. Ao tocar minha pele, a pérola se ilumina de uma maneira especial, e, atraído pela luz, ele estende a mão para tocá-la. Mas eu o advirto:

— É melhor que não a toque. Só eu devo fazer isso.

Instintivamente, ele retira a mão.

— Acredita em mim agora? — pergunto.

Sem hesitar, ele faz que sim com a cabeça.

Ufa! Respiro fundo e, sorrindo, proponho:

— Se não se importa, vou tirar tudo isto e guardar. Ninguém pode saber a verdade que lhe contei. Mas eu queria que você soubesse.

Em silêncio, tiro os tênis vermelhos. Quando vou guardá-los na sacola de pano que está em um bolso do penhoar, Kenneth pergunta:

— Posso tocar?

Divertida, entrego os tênis a ele. Ele os pega e os examina, boquiaberto. Todo mundo, seja da época que for, gosta de um Nike.

— Diabos! Isto é incrível! — murmura depois de alguns segundos.

Acho engraçado. Depois de pegar os tênis e guardá-los na sacola, tiro a camiseta, os jeans e, com cuidado, também a pérola.

Guardo tudo e deixo a sacola no chão. Kenneth, que está na minha frente, sussurra:

— Que indecência é essa que você está usando?

Sorrio. Estou com minha lingerie sexy preta. Sem dúvida, ver isso e minha bunda de fora na tanguinha preta o deixa escandalizado.

— É uma tanguinha — explico.

— "Tanguinha"?!

Divertida, eu me aproximo, fico na ponta dos pés para beijá-lo e não falamos mais nada.

Com desejo e loucura, durante um bom tempo não nos soltamos. Só queremos curtir o corpo um do outro e fazer amor.

Ficamos horas conversando na cama, entre beijos e carícias. Sei que o que lhe conto é difícil de processar; contudo, por mais estranho que pareça, Kenneth me escuta sem questionar. E diz que agora entende por que Kim e, em especial, eu somos tão diferentes do resto das mulheres. Fico feliz; precisava que ele acreditasse em mim.

— Não gosto de mentiras.

Kenneth assente, sorri e pergunta:

— Você nunca mente nem oculta nada?

Agora quem sorri sou eu.

— Bem, já ocultei algumas coisas ou contei umas mentirinhas sem importância.

— Então, está me dizendo que é uma pessoa sincera? — insiste.

— E transparente — afirmo com convicção.

Mas sinto que ele fica tenso. O que aconteceu? Levantando-se da cama, ele diz:

— Está mentindo.

— Mentindo?!

— Michael e Craig acham que vocês são alguém que não são e...

— Ah, mas essa é uma mentirinha piedosa.

— Mentirinha piedosa?

Divertida, eu assinto.

— No século XXI, isso que você está fazendo não se chama "mentira"? — pergunta Kenneth.

Adoro ver como ele é sagaz.

— Mentira é mentira seja no século em que for — respondo. — Mas, neste caso, considero isso ocultar informação, não mentir, para não os assustar e desestruturar.

— E comigo você é sincera e não me esconde nada?

Sem hesitar, faço um sinal afirmativo com a cabeça. O que tinha a dizer já disse.

— Tem certeza? — insiste.

Assinto de novo, mas ele, mudando de expressão, repete:

— Não vejo credibilidade em sua resposta.

Pasma, eu me levanto da cama. Do que ele está falando?

— Posso saber por que está dizendo isso? — pergunto, incomodada.

— Porque está escondendo uma coisa.

— Eu?! — exclamo.

Kenneth vai até uma mesinha, serve em dois copos um pouco de uísque e, entregando-me um, murmura:

— Lady Travolta, a senhorita sabe que está mentindo.

Pego o copo e digo:

— Lady Travolta?!

De novo o maldito protocolo!

Kenneth já não sorri. Ele me enlouquece com suas mudanças de humor.

— Pode me dizer o que está acontecendo agora? — pergunto.

Mas ele não responde, e eu insisto:

— Viu como você é *enfadica*?!

Noto que ele detesta essa palavra, assim como da primeira vez que a pronunciei.

— A senhorita é ousada, imprudente e mentirosa — sussurra.

Nua diante dele, dou de ombros e murmuro:

— E você é teimoso como uma mula e o ser mais instável e desconcertante que já conheci na vida.

Kenneth, que parece não ter me ouvido, repete:

— Então não está escondendo nada?

Divertida, bebo o uísque de um gole só e deixo o copo na mesinha.

— Não, não estou escondendo nada — repito. — O que eu tinha para lhe dizer já disse. Você acha que, depois de tudo que eu confessei, posso esconder algo mais?

Então, ele vai até uma cômoda, abre uma das gavetas e tira algo de lá:

— Isto estava no Brooks's. Para sua sorte, esta manhã passei por lá para deixar uns documentos com um amigo e encontrei estas flores no chão.

Ao ver as margaridas tingidas de rosa, pestanejo, pasma. Caramba, são duas das flores que usei aquela noite no cabelo e que todo mundo elogiou pela originalidade!

Sem dúvida, se outra pessoa as houvesse encontrado, teria me delatado.

Divertida, recordo a noite em que profanamos – segundo eu mesma – a catedral do machismo londrino, e tento não rir.

Caramba, como eu ia pensar que ele se referia a isso?

Não sei o que dizer. Então, ele se aproxima, pega minha mão e deposita nela as margaridas cor-de-rosa secas.

— Se eu não tivesse recolhido e escondido estas provas, tenha certeza de que já estariam na masmorra — diz. — Só pessoas ousadas e insensatas como vocês poderiam pensar em entrar no Brooks's e fazer o que fizeram.

— Meu Deus, não é para tanto!

— Como assim não é para tanto?

— Kenneth, só entramos lá...

— O Brooks's — interrompe ele com dureza — é um lugar proibido para mulheres. E, pelo que disse, em sua época continua sendo.

Fico de queixo caído ao ouvir isso, mas ele acrescenta:

— Sua falta de decoro, de dignidade e de respeito fica evidente na quebra de uma das regras essenciais de nossa sociedade.

Sem poder evitar, eu rio. Kenneth ergue uma sobrancelha, espantado, e pergunta:

— Está rindo? Acha engraçado o que digo?

Ora, pelo amor de Deus!

Queria lhe dizer que é claro que rio! Estou me mijando de rir! No entanto, contendo minha língua, pois quando estou brava fico ainda mais inapropriada, pego com fúria o penhoar que está no chão e o visto.

— Devo supor que está rindo da minha cara outra vez? — pergunta ele.

Dou um suspiro. Amarro na cintura a faixa do penhoar e, negando com a cabeça, respondo:

— Não, Kenneth. Estou rindo desta situação absurda.

Ele assente e, com expressão sombria, acrescenta:

— Sou um militar cumpridor de normas porque elas são a base de qualquer sociedade. Tento criar meus filhos com dignidade. Como acha que me sinto escondendo o que sei? Acha que para mim é fácil me calar diante do que sei que você fez, visto que é algo que absolutamente nenhuma mulher jamais se atreveu a fazer?

Dou outro suspiro. Se eu lhe contar a quantidade de normas que transgredi na vida, ele vai ficar mais puto ainda. Portanto, tentando entender o enooooorme erro que na opinião dele cometi, e murmuro:

— Se servir para alguma coisa, te peço desculpa.

— Está pedindo desculpas com sinceridade?

E agora? Minto ou digo a verdade?

Por fim, escolho a segunda alternativa e respondo:

— Se eu peço desculpas é porque o entendo. Mas não posso dizer que peço de coração, porque, dentro de mim, não me arrependo.

Kenneth assente com a cabeça e se veste em silêncio, com cara de poucos amigos. Ele está furioso! Antes que eu possa dizer alguma coisa, ele vai para a porta. E, quando acho que vai me expulsar, sai e me deixa ali, sem mais.

Pronto! Já me largou falando sozinha, como sempre.

Aguardo alguns minutos com a esperança de que ele volte, mas não volta. Então, pego a sacola com meus pertences e, chateada, volto para meu quarto.

Guardo minhas coisas em segurança, me deito na cama onde Kim está dormindo, fecho os olhos e tento dormir também.

57

Quando abro os olhos na manhã seguinte, como de costume, penso nele. Recordo nossa discussão boba, e assim que Kim entra no quarto conto tudo.

Ela me escuta e ri.

— E por que ele não nos disse que sabia esse tempo todo? — pergunta.

Dou de ombros. Não sei o que dizer. Com carinho, ela me abraça e sussurra:

— Tudo bem. Já fizemos a cagada, não há como voltar atrás.

— Eu sei.

Ficamos em silêncio uns segundos, até que ela pergunta:

— Está apaixonada por Kenneth?

— Não.

— Nem um pouquinho?

Eu penso, e por fim respondo:

— Tudo bem... um pouquinho.

— Cogitou a possibilidade de não voltar?

Olho para ela. Ficar no século XIX é a última coisa que eu quero.

— Nem fodendo! — respondo depressa.

— Já lemos livros de viagens no tempo nos quais a pessoa, por amor à pessoa que conheceu, decide ficar na época para a qual viajou — diz Kim, sorrindo.

— Esse não é meu caso — afirmo. — Mas não vou negar que eu adoraria ter conhecido Kenneth em outras circunstâncias. É que, além dos duzentos anos, estamos separados por vivências, normas, maneiras de pensar e de viver. Como pessoa, eu o adoro! Ele é um sujeito excepcional, apesar de suas regras rígidas, mas, se tenho certeza de alguma coisa, é de que minha vida não é aqui. E eu não abandonaria minha yaya nem por ele nem por ninguém.

— Acho que é a coisa mais sensata que você já disse na vida — diz Kim.

Nós rimos. Concordo com ela.

— Tudo isso que aconteceu conosco tem sido uma loucura desde o início, mas aqui estamos! Conheci um homem incrível, estou me divertindo, mas tenho consciência de que isto tem que acabar. E, enquanto não acaba, esta noite, que é a grande celebração do aniversário da duquesa, vamos nos divertir muito, mesmo que Kenneth não fale comigo. E será assim porque eu quero curtir tudo, já que será nosso último baile antes de voltar.

Kim nega com a cabeça.

— Você está enganada — diz.

— Como assim?

Divertida, ela me conta:

— Michael acabou de me dizer que no dia 26 lady Pitita vai dar um baile na casa dela. E, claro, fomos convidadas.

Que loucura! Nem a rota do bacalhau é tão agitada como esses ingleses da Regência.

— Mas dia 26 nós temos que... — começo a dizer.

— Já planejei tudo — interrompe minha amiga. — Nós vamos, mas voltamos cedo com Catherine até a casa dela. Como não haverá ninguém ali, podemos...

A porta do quarto se abre de repente. É Catherine, que anuncia:

— Minha mãe acabou de dizer que Bonifacia e Percival vão viver no País de Gales!

— Que maravilha! — aplaude Kim.

Sorrio, pois eu mesma obriguei aquela sonsa a tomar essa decisão.

— Excelente notícia para começar o dia — comemoro.

Catherine está feliz. É uma notícia maravilhosa para ela.

— E, como se não bastasse — acrescenta —, acabei de passar pela sala onde será o jantar de aniversário da duquesa e vi o nome do barão Randall Birdwhistle em um cartãozinho.

Maravilha! Ao que parece, ele recebeu o convite da duquesa e, como era de se esperar, aceitou. Batemos palmas, felizes, e logo Catherine comenta, baixando a voz:

— Claro que eu não disse nada a Prudence para não estragar a surpresa. Ele se sentaria a seu lado, Celeste, mas tomei a liberdade de mudar a plaquinha e pôr o barão ao lado de minha irmã.

— Ótima ideia! — exclamo, satisfeita.

Ficamos conversando sobre isso um tempo, até que mencionamos a srta. May Hawl. Recordando uma coisa sobre a qual Kim e eu conversamos, digo:

— Catherine, podemos lhe pedir um favor?

— Precisam perguntar?

Nós três rimos e eu crio coragem:

— Temos certa vergonha de lhe pedir isso, pois, até o momento, sempre que precisamos de algo, Craig e Michael providenciaram. Mas queríamos comprar para eles um presente de despedida, e pedir dinheiro para eles seria...

— Não precisam dizer mais nada — afirma ela, cúmplice.

Resolvido isso que nos preocupava, Kim fala do baile do dia 26 na casa de lady Pitita. Catherine se alegra, pois, como nós, entende que essa festa nos permitirá voltar à noite ao casarão e fazer o feitiço sem medo de sermos flagradas.

58

Na tarde de sábado, Bedfordshire começa a se encher de gente. Duques, condes, barões, marqueses e seus respectivos criados vêm comemorar o aniversário da duquesa. Ela sorri, feliz, ao lado de seu neto.

Depois do que aconteceu com Kenneth, não nos encontramos mais. Tentei de mil maneiras, pois não quero que passemos nossos últimos dias brigados, mas ele parece me evitar. Até que, por fim, decido dar o assunto por encerrado. Nunca fui de pegar no pé, e não será com ele que vou fazer isso, por mais que me atraia.

Com um lindo vestido azul-celeste, como meu nome, cumprimento com distinção e elegância todos que lady Cruella nos apresenta, pois a duquesa merece. Alguns convidados já são velhos conhecidos de outras festas, outros são novos. Mas noto que as ladies das redes sociais não estão. Parece que a duquesa as boicotou.

Durante um tempo, fico no grupo das garotas. Quero aproveitar o máximo de tempo com elas. Até que chega o conde Edward Chadburn, o gato, que, depois de cumprimentar a duquesa, aproxima-se de nós e começa a conversar com Abigail. Há uma química enorme entre eles.

Mais tarde chega o barão Randall Birdwhistle, e, quando Prudence o vê, sua expressão se transforma em pura felicidade. Acho que ela não esperava vê-lo ali. E, sem que ninguém lhe diga nada, ela se afasta de nós e vai até o seu amado.

Mas que ousada!

Kim e eu nos olhamos, surpresas, e Catherine, vendo suas duas irmãs tão bem acompanhadas e felizes, afirma:

— Os caminhos delas já estão traçados. Agora posso partir tranquila.

Satisfeitas, Kim e eu assentimos, e vamos com ela até uma mesa para beber alguma coisa. Barney está servindo o ponche. Depois de ele nos servir uns copinhos, Kim murmura, vendo Catherine sorrir:

— Seu caminho também já está traçado.

Ver a felicidade com que minha amiga e Catherine se olham me emociona. Como sou manteiga derretida! Elas começam a conversar com a condessa de Willoughby e eu vou até uma janela. Está fechada, mas quero ver a bela noite.

Estou olhando pela janela quando ouço:

— Lady Travolta...

Ao ouvir esse nome, ainda acho engraçado quando me chamam desse jeito, eu me volto e encontro o barão Birdwhistle. Está sozinho, de modo que digo, surpresa:

— Pensei que estivesse com lady Prudence.

O barão sorri.

— Abigail a requereu por alguns minutos — explica. E, baixando a voz, acrescenta: — Milady, queria lhe agradecer por tudo que fez para que lady Prudence e eu pudéssemos nos encontrar.

— Oh, barão, foi um prazer. Bastava ver como vocês se olhavam para saber que foram feitos um para o outro.

Randall sorri. Tem um lindo sorriso. Intuo que Prudence será muito feliz. E então, recordando algo, pergunto:

— Barão, já leu *Orgulho e preconceito*?

— Não, milady.

Assinto. E me aproximando mais, sussurro:

— Bem, você deve saber que é o romance preferido de lady Prudence, e não há nada que ela mais deseje que ouvir as lindas palavras de amor que o personagem principal dedica à sua amada nesse livro.

O barão assente; entendeu perfeitamente minha mensagem.

— Então, o lerei para ela — afirma.

Estamos sorrindo quando Prudence se aproxima e, com uma segurança esmagadora, anuncia:

— Randall, gostaria de lhe apresentar meu primo, o conde de Whitehouse.

Ele assente. Dou uma piscadinha para Prudence, que sorri, e ambos se afastam.

Que lindo casal!

Olho pela janela enquanto penso neles, mas, de repente, vejo Kenneth do outro lado.

Há quanto tempo está aí fora?

Dizer que ele está bonito é um eufemismo. Separados pelo vidro, nós nos olhamos. Ele está sério. Tento não sorrir para que não se ofenda. Mas, surpreendendo-me, ele leva a boca até o vidro, respira nele e, ao contrário, escreve: "Olá!".

Adorei!

Isso mostra que a raiva dele já passou.

Significa que somos de novo Kenneth e Celeste.

Sem perder tempo, eu o imito e desenho uma carinha feliz no vidro.

Kenneth sorri. Adoro ver esse seu sorriso de lado. Mas instantes depois ele desaparece.

A partir desse momento, um sorriso se instala em meu rosto. Saber que ele está bem é a única coisa de que preciso para ficar contente. E quando ele aparece no salão, a distância, como sempre, começamos nosso jogo de sedução. Eu o encaro, ele me encara, e ambos sorrimos.

Somos dois bobos!

Chega a hora do jantar. Passamos para a sala de jantar principal, e, embora fique decepcionada por não estar sentada ao lado de Kenneth, não posso reclamar, pois ele se senta bem na minha frente.

À minha esquerda está o duque de Pembroke, e à minha direita o marquês de Somerset. Ambos são homens imensamente protocolares e corretos, de modo que eu, mostrando meu lado de boa menina, faço tudo maravilhosamente bem e eles me elogiam, satisfeitos.

Mas os elogios e o olhar que me interessam são os do homem que está diante de mim. Embora disfarce, eu sei que ele me devora com os olhos, e, como diz nossa canção, a fogo lento estamos nos queimando.

Após um jantar cheio de pratos maravilhosos, vamos ao salão de baile. Fico surpresa ao ver como ficou espaçoso depois que retiraram todos os móveis.

Os músicos entram, elegantemente vestidos. São bem recebidos pelos convidados. E, assim que se sentam no lugar reservado para eles, começam a tocar uma valsa.

Kenneth e sua avó abrem o baile, sorrindo. Como sempre, dá para ver a excelente conexão que há entre eles. Pouco a pouco, os convidados começam a dançar.

Com Kim e Catherine, curto o momento enquanto os homens vêm nos solicitar danças e nós anotamos seus nomes em nossas cadernetas.

De repente, Kenneth para diante de mim.

— Lady Travolta, posso reservar uma dança?

Eu assinto, satisfeita. Por mim, reservaria todas. Mas, toda delicada, pergunto:

— Pode ser a sétima, duque?

Meu capitão protocolar assente, sorrindo. E, mantendo a distância que o momento requer, afirma:

— Excelente proposta.

Anoto, achando que ele vai se afastar. Mas, diferentemente de outras vezes, ele fica no grupo e curtimos uma agradável conversa. Enquanto conversamos, sinto seu cheiro, e, cada vez que nossos braços se roçam, a eletricidade é tanta que parece que vou explodir.

Não sei como estou aguentando!

Quando anunciam a sétima música, Kenneth toma minha mão com sua elegância inglesa e nos dirigimos ao lugar onde outros casais estão esperando a música começar.

Então, de repente, vejo que a duquesa sorri ao olhar para nós e sussurro:

— Por que sua avó está nos olhando assim?

A valsa inicia. Kenneth e eu começamos a dançar e, com os olhos cravados em mim, ele responde:

— Porque, segundo ela, você é perfeita para mim.

Gostei de ouvir isso. Adorei, na verdade. Kenneth e eu não tiramos os olhos um do outro enquanto dançamos. Noto que ele espera uma resposta para o que acabou de dizer.

— Mas você e eu sabemos que não pode ser, certo? — replico.

Kenneth assente; sabe tão bem quanto eu.

— Por isso, vamos aproveitar enquanto podemos — ele diz.

Essa positividade tão rara nele me faz sorrir, e a partir desse instante a noite passa a ser mágica. Kenneth, ignorando o que os outros vão dizer ou pensar, não se afasta de mim e nós curtimos o momento, pois sabemos que é a única coisa que temos.

❦ ◇ ❧

De madrugada, quando a festa se dá por encerrada, alguns convidados partem, enquanto outros ficam para pernoitar.

Kim e eu estamos conversando e rindo em nosso quarto quando ouvimos uns barulhinhos na janela. Rapidamente ela se levanta, olha e, voltando-se, anuncia:

— Julieta, seu Romeu está aqui!

Surpresa, eu me levanto, vou até a janela e fico sem palavras ao ver Kenneth, que, sorrindo, diz sem levantar a voz:

— Venha, desça.

Assinto com prazer. Adoro sua ousadia!

Sem minhas ceroulas, pois ninguém vai perceber, coloco um vestidinho. Olhando para Kim, vou falar alguma coisa quando ela diz:

— Curta ao máximo.

Batemos um *high five* e eu saio do quarto.

Discretamente, atravesso depressa o corredor, desço a escada e, quando chego à porta principal e a abro, vejo Kenneth ali. Sorrindo, ele me beija e, depois de pegar minha mão, me puxa e nos afastamos da casa correndo em direção aos estábulos. Montamos em seu lindo cavalo e saímos a galope.

Deus, estou adorando!

Cavalgando durante um tempo iluminados pela linda luz da lua, sinto que estou vivendo uma fantasia com a qual sempre sonhei, só que com um inglês. Por fim, Kenneth para à beira de um lago. A lua quase cheia o ilumina, e eu, olhando ao redor, sussurro:

— Que coisa mais linda!

Ele assente e apeia. Depois me ajuda a descer e, me olhando nos olhos, pergunta:

— Está pirando?

Ai, Deus, caio na risada! A duquesa falando em *spoiler* e seu neto, o duque, me querendo fazer "pirar"... Acho que não sou uma boa influência para eles.

Então, nós nos beijamos e curtimos o resto da noite do jeito que sabemos: pirando!

59

Os poucos convidados que pernoitaram foram embora no domingo, mas os Montgomery e nós adiamos a partida para segunda-feira de manhã. Ter que me despedir da duquesa e das crianças me corta o coração. Meu Deus, como choro! Especialmente quando Matilda me faz prometer que da próxima vez que for a Londres irei visitá-los. Que triste!

Kenneth, por sua vez, observa o momento sério e comedido, e não diz nada. Imagino que esteja ruminando todas as informações que recebeu de mim. E também imagino que algo nele lhe diga que é uma loucura, mas ele acredita em mim. Eu sei disso.

Meu lindo duque, depois de se despedir da avó e dos filhos e prometer que voltará em poucos dias para ficar com eles antes de embarcar, nos acompanha de volta a Londres. Como ele diz, quer aproveitar o pouco tempo que nos resta.

Na companhia de Robert, Craig, Michael, o barão Randall e o conde Edward Chadburn, meu *crush* da Regência viaja em seu cavalo. Quando nos afastamos de Bedfordshire, choro de novo. Só Kim e Catherine entendem minha dor, e Prudence e Abigail me consolam.

À noite, depois de muitas horas de viagem, chegamos ao bairro de Belgravia, o barão e o conde se despedem de Prudence e Abigail e os Montgomery entram em sua casa. Sem que ninguém note, Catherine leva nossas roupas do futuro no meio de suas coisas. Elas precisam estar na casa dela para que, no dia seguinte, quando fugirmos da festa, não tenhamos que passar pela casa de Michael.

Quando vemos todos entrarem, Craig, cujo olhar fala mais que mil palavras, olha para mim e convida Kenneth para jantar. Ele aceita sem hesitar, e todos entramos.

Durante o jantar, conversamos com tranquilidade. Falamos da fantástica semana que passamos em Bedfordshire e, divertidos, recordamos os lindos momentos vividos. O alto astral entre nós cinco é visível. Até que chega a hora de dormir e Kenneth tem que partir.

Que injustiça!

Sem podermos nos beijar nem abraçar, nós nos despedimos. Adoraríamos passar a noite juntos, mas sabemos que é impossível, então dizemos que voltaremos a nos ver no baile de lady Pitita, que será amanhã.

Jura que não o verei mais até lá?

Na manhã seguinte, quando acordo, estou nervosa.

Esta noite é a grande lua cheia!

Quero ver Kenneth, estar com ele, e tenho que achar um jeito de conseguir.

Kim, que levantou antes de mim, já planejou como vamos até a casa de Lydia, sem que ninguém se dê conta, para falar do emprego que a avó de Kenneth está lhe oferecendo em Bedfordshire.

Muito espertinha minha amiga!

Como Craig e Michael têm que ir à companhia marítima, Kimberly inventou que vamos à loja da srta. Hawl pegar umas coisas antes de empreender nossa viagem. Sem hesitar, Michael deixou uma carruagem à nossa disposição.

Um bom tempo depois, nós nos arrumamos como as donzelas decentes e *couveflornianas* que somos e, com o dinheiro que Catherine nos deu em Bedfordshire, atravessamos as ruas de Londres em silêncio, olhando tudo ao redor.

Sabemos que é a última vez que vemos essa cidade e suas ruas tal como são agora. Com certa emoção, Kim murmura:

— Quero ter tudo isto gravado na minha mente pelo resto da vida.

Eu me limito a assentir, não digo nada. Estou sensível; se falar, vou chorar como uma manteiga derretida.

Quando chegamos a uma determinada rua, pedimos ao cocheiro que pare e nos deixe ali, e que volte para nos pegar em duas horas.

Assim que o homem sai, nós vamos à loja da srta. May Hawl. Queremos vê-la pela última vez e comprar umas coisinhas de despedida. Como sempre, a encantadora mulher nos recebe com gentileza. E, à nossa maneira, nós nos despedimos dela e combinamos que envie o que compramos à casa de Michael e Craig.

Ao sair da loja, nós nos dirigimos a Londres nada burguesa, cientes de que duas mulheres andando sozinhas por essas ruas não é o mais recomendável. Como aconteceu da outra vez que viemos, muitas pessoas que vivem aqui nos observam com curiosidade. Não entendem o que duas damas como nós estão fazendo por ali sozinhas. De repente, uns homens mal-encarados nos param e um deles diz:

— Miladies, que agradável vê-las em nosso bairro.

O olhar desses sujeitos nos põe em alerta. Não tivemos nenhum problema desde que chegamos, mas parece que agora teremos.

— Cavalheiros, poderiam fazer a gentileza de sair de nosso caminho? — pede Kim.

— Cavalheiros?! — debocha uma mulher que está com eles.

Kim sorri. Eu não. Então a mulher, cuja aparência é desastrosa, exclama:

— Gordon, duvido que essas moçoilas se vendam por três *pence* ou uma fatia de pão velho!

Imediatamente nos olhamos. Sabemos que as prostitutas da área cobram preços como esse. De repente, o tal Gordon agarra Kim pelo braço e murmura:

— Talvez ela não me cobre ao saber que estará com um homem de verdade.

Meu Deus!

— Mas que grosseiro! — grunhe minha amiga, que, sem hesitar, levanta a perna e lhe dá uma joelhada no saco.

O resultado: o sujeito fica se retorcendo de dor no chão.

Agora ferrou!

Outro indivíduo se aproxima de mim. Vai me agarrar, mas eu lhe dou um soco de direita que o faz cambalear e sibilo:

— Se nos tocarem de novo, garanto que seus traseiros sujos e fedorentos vão acabar no chão.

Os homens e a mulher caem na gargalhada. Não esperavam isso de duas damas. E, quando outro dá um passo à frente, fecho logo o punho e lhe dou um soco de esquerda tão forte que o sujeito acaba esparramado no chão.

Que porrada! Estou até com dor na mão!

Esse é o primeiro soco de muitos, pois eles se lançam contra nós como animais. Por sorte, nós nos defendemos com agilidade e pontaria. Minhas aulas de boxe e as de defesa pessoal de Kim ajudam bastante.

Soco para cá, chute para lá... a coisa está feia. De repente, noto alguém atrás de mim e, sem perder tempo, eu me viro e dou um soco com todas as minhas forças. Mas no mesmo instante grito:

— Kenneth!

Ele leva a mão ao peito, furioso. Que soco eu lhe dei! Ao ver que outro vai acertá-lo, grito:

— À sua esquerda!

Kenneth reage e derruba o homem que ia pegá-lo, enquanto eu bato no que veio para cima de mim.

Durante alguns minutos, Kim, ele e eu distribuímos golpes a torto e a direito, até que a força dos sujeitos vai se esgotando. Então Kenneth, interpondo-se entre nós e nossos atacantes, murmura com uma expressão feroz:

— Malditos, desapareçam de minha vista se não quiserem arranjar um grave problema que os levará diretamente à masmorra por atacar estas damas!

Em menos de cinco segundos todos somem. Isso é que é poder de persuasão!

Quando vou falar e pedir desculpas pelo soco que lhe dei, Kenneth olha para nós e pergunta, irado:

— Pelo amor de Deus, o que estão fazendo sozinhas neste bairro?!

Kim e eu nos olhamos. Não sabemos o que responder.

É complicado explicar o motivo de nossa presença ali. Então, respondendo com outra pergunta, digo:

— E você, o que faz aqui?

Kenneth bufa, suspira, leva a mão ao peito e, cravando seu olhar azulado em mim, replica:

— Foi exatamente isso que eu lhes perguntei.

Olho para ele envergonhada pelo soco que lhe dei. Baixando a voz, murmuro:

— Ai, meu Deus, desculpe! Desculpe... está doendo?

Kenneth nega com a cabeça, mas sei que está mentindo. Um soco daquele sem dúvida machuca.

— Queria ver você, então fui a Belgravia e a criada de Michael me disse que vocês haviam vindo à loja da srta. May Hawl. Estava esperando pelas duas do lado de fora, mas, ao ver que saíram andando, eu as segui e...

— Veio me ver? — pergunto, sorrindo.

Kenneth assente. Ao ver meu sorriso, ele também sorri.

— Onde aprenderam a bater assim?

Emocionada por saber que ele tinha vontade de me ver, como eu a ele, e preocupada com o soco que lhe dei, eu me aproximo. Mas ele diz:

— Vamos embora daqui.

Kim e eu nos olhamos. É impossível fazer o que nos pede e, sem pensar, respondo:

— Vá você.

Sem poder acreditar, ele me olha. Agora mais sério, insiste:

— Vamos nós três.

— Não.

Minha negativa o faz levantar uma sobrancelha, surpreso.

— Lamento, Kenneth — acrescento —, mas Kim e eu temos uma coisa a fazer.

— O que vocês têm a fazer neste bairro? — ele quer saber, contrariado.

Não sei o que responder, mas Kim explica com toda a sua educação:

— Desculpe, duque, mas é que conhecemos alguém que precisa de nossa ajuda e vive não muito longe daqui.

— Vocês conhecem alguém que vive aqui?

Sem hesitar, ambas assentimos diante de sua expressão de incredulidade.

— Não sei se sua avó comentou algo — acrescenta minha amiga.

— Minha avó?!

Desta vez sou eu que explico:

— Conhecemos uma mulher que é cozinheira e sua avó ofereceu a ela um emprego em Bedfordshire. Temos que ir contar a ela.

Boquiaberto, Kenneth pestaneja. É evidente que Matilda não lhe disse nada.

— Kenneth — insisto —, Lydia é uma boa mulher e precisa do emprego para sustentar sua família e sair destas ruas.

Por fim ele assente, e por sorte não se aprofunda no assunto. Porém, quando penso que vai embora, ele resolve:

— Eu as acompanharei.

— Não é necessário — murmuro.

Mas Kenneth não se dá por vencido.

— É sim. Claro que é — afirma, categórico.

Respirando fundo, eu assinto. Sei muito bem que ele não vai sair daqui sozinho. Ele nos faz um sinal com a mão e retomamos a caminhada.

Seguimos nosso caminho em silêncio até chegar à casa de Lydia. Quando indico onde é, ele decide entrar conosco. É evidente que quer ver quem eu pretendo enfiar em sua casa.

Lydia, que já está muito melhor, sorri ao nos ver. Mara, contudo, se assusta quando vê Kenneth. Rapidamente o apresento para que se acalmem. Então, Kim e eu lhes damos as boas notícias e elas começam a chorar.

Desnecessário dizer que Lydia aceita a proposta sem hesitar. Sem que eu lhe peça, Kenneth diz que em dois dias enviará um coche para buscar a família e levar todos a Bedfordshire.

Lydia não pode acreditar no que está acontecendo. Mara também. Então, depois de nos despedirmos delas felizes por saber que terão um futuro melhor, vamos embora.

Sem dizer nada, caminhamos até o lugar onde a carruagem nos espera. Quando chegamos, olho para Kenneth; vou falar quando ele pede, olhando para Kim:

— Srta. DiCaprio, se importa se eu lhe roubar sua amiga até as três da tarde?

Surpresa, eu rio. Não esperava por isso! Subindo no coche, Kim responde:

— Em absoluto, duque. É a melhor coisa que o senhor poderia fazer.

Kenneth e eu sorrimos. E, assim que a carruagem parte com Kim, ele me oferece o braço e diz:

— Vamos à minha casa.

Não perco tempo e pego seu braço. Vendo como olham para nós, sussurro:

— Você sabe que o que está fazendo é inapropriado e que as pessoas vão falar, não é?

Ele assente e, com o sorriso que adoro, afirma:

— Como você diz, talvez quem mais fale seja quem mais tem coisas a esconder.

Nossa, que emoção!

É claro que, assim que chegamos à sua casa, cumprimentamos George e Ronna, que me observam surpresos, e vamos direto para o quarto, onde durante horas fazemos amor louca e apaixonadamente, sem pensar em mais nada.

60

Às três da tarde, com pontualidade britânica, o cocheiro de Kenneth me deixa em Belgravia. Ele não me acompanhou porque lhe pedi que não fosse. Não por mim, e sim por ele.

Passamos horas juntos entregues ao desejo, ambos sabendo que encerramos a primeira fase de nossa despedida.

Quando desço do coche e me dirijo à casa de Michael e Craig, ouço alguém me chamar. Paro, volto-me e vejo que são Catherine e Kim na janela do quarto do primeiro andar.

Feliz, eu me dirijo ao casarão. Antes mesmo de bater, Barney me abre a porta e, sorrindo, anuncia:

— Milady, elas a esperam no quarto da srta. Catherine.

— Obrigada, Barney.

Estou subindo a escada quando elas saem ao meu encontro.

— Como foi? — perguntam, com malícia.

Reviro os olhos e todas rimos. Não preciso dizer mais nada.

— Onde estão as meninas? — indago enquanto subimos a escada.

— Prudence e Abigail foram com minha mãe e Bonifacia tomar chá na casa do barão Birdwhistle. Ao que parece, ele convidou o conde também!

Batemos palmas, felizes. Então, Catherine murmura:

— Estou tão feliz por elas que só quero dançar.

Emocionadas, nós nos abraçamos, e a seguir ela acrescenta:

— Agora que não há ninguém, vamos subir ao sótão que vou lhes mostrar onde escondi suas coisas para esta noite.

No caminho, olho para as cortinas vinho e verde.

— Sabe que estas cortinas ainda estão penduradas aí em 2021? — comenta Kim.

Catherine se vira para nós, muito surpresa.

— Juro. São de excelente qualidade — minha amiga acrescenta.

Nós rimos. Ao entrar no sótão, ficamos olhando para o enorme espelho que há ali.

— Espelho, espelhinho mágico, se esta noite não funcionar, eu mato você! — sussurro, me aproximando.

É nosso portal do tempo. Olhando para o nome de Imogen, que está gravado na parte de cima, comento:

— E nós o chamávamos de espelho Negomi...

Kim e eu rimos, e, quando explicamos o motivo a Catherine, ela cai na gargalhada.

— Preciso de um conselho — ela diz por fim.

— O que está acontecendo?

Ela levanta vários panos em um canto e vemos a caixa que já conhecemos.

— O que faço com as coisas de Imogen? Não podemos ir embora e deixá-las aqui — diz Catherine.

— Nós as levaremos — decido.

— Não é possível — replica Catherine.

— Como assim? — pergunta Kim.

Catherine suspira e explica, apontando para as folhas:

— Quando fiz minha viagem ao futuro, estava com a folha do feitiço nas mãos. Queria levá-la comigo para o caso de esquecer o que dizer para voltar, mas, quando o portal se abriu, o vento a arrancou de minhas mãos e ela caiu no chão. Só pude pegá-la quando voltei. Estava no mesmo lugar onde eu a havia visto cair.

Solto o ar. Aconteceu a mesma coisa com o diário dela. Lembro que Kim estava com ele nas mãos, e, ao começar o feitiço, voou até cair no chão. Estou pensando no assunto quando Catherine pondera:

— Pensei em esconder tudo sob o piso do sótão. Com uma alavanca, podemos levantar as tábuas deste lado, guardar tudo que foi de Imogen e depois deixar o chão como estava.

Imediatamente, Kim e eu assentimos. É uma excelente ideia.

Desnecessário dizer que fazemos um belo estrago ao levantar as tábuas. A madeira resiste, algumas tábuas estilhaçam, mas no fim conseguimos e guardamos as coisas de Imogen, que são tão importantes para nós e que ninguém pode encontrar. Quando acabamos, colocamos um baú em cima.

— Ninguém as encontrará — digo.

Kim assente, e Catherine pergunta:

— Vocês as encontraram aí?

Rapidamente negamos com a cabeça. Apontando para a parede, explico:

— Nós as encontramos ali. No futuro haverá uma parede falsa; as coisas de Imogen estavam atrás dela.

Catherine franze o cenho, surpresa.

— E quem as pôs aí?

Kim e eu nos olhamos. Intuímos que tenha sido Johanna, a Catherine do futuro, mas, como nunca lhe falamos dessa verdade, respondo:

— Não faço ideia. Mas, quem quer que tenha sido, também queria protegê-las.

Catherine assente e sorri, e esquece o assunto.

Como as pessoas eram inocentes e crédulas nessa época!

61

Estou me olhando no espelho enquanto me arrumo para minha última festa na Regência.

O último baile!

Em poucas horas chega de ceroulas, de vestidos *couveflornianos*, de festas, de protocolo, do terrível ponche melado para mulheres e... de tudo. Absolutamente tudo.

A lua, esplendorosa e enorme, já ilumina um lindo céu azul cheio de estrelas, e em breve iluminará também o espelho de Imogen, nosso portal do tempo.

Estou colocando margaridas no cabelo com a ajuda de Anna, e sorrindo ao recordar os beijos de Kenneth. Beijos doces, saborosos, maravilhosos. Beijos que jamais esquecerei.

Durante o dia, Kenneth e eu conversamos como nunca antes. Fomos sinceros um com o outro, e ficou claro que, mesmo podendo, nenhum dos dois abandonaria seu mundo. Ele nunca abandonaria seus filhos e eu nunca abandonaria minha avó.

Temos consciência de que o que estamos vivendo é algo raro, improvável de se repetir, mas mágico, e que cada um, à sua maneira, guardará eternamente em seu coração.

— Milady, gosta assim?

A voz de Anna me traz de volta à realidade.

— Está perfeito — digo, fitando-a através do espelho.

A jovem sorri; ela é um amor de garota. Depois que eu sair desta casa não a verei mais, por isso pego suas mãos e começo:

— Kim e eu queremos que saiba que você é a melhor criada que alguém poderia ter, que sentiremos muito sua falta e que adoramos conhecê-la.

— Muito muito mesmo! — ratifica Kim.

Anna sorri, fica vermelha como um tomate e, fitando-nos, sussurra:

— Miladies, vão me fazer chorar!

Nós duas a abraçamos. Sabemos que a noite que nos espera não será fácil.

— Como amanhã partiremos e provavelmente haverá muita agitação, queremos que fique com uma lembrança nossa agora — anuncia minha amiga.

Entregando à jovem um pacotinho que ela pega com cara de susto, peço:

— Vamos, abra!

Com mãos trêmulas, ela abre o pacote. Dentro há um par de lindas luvas de seda branca e um fino lenço de musselina que compramos na loja da srta. Hawl.

— Esperamos que goste.

Anna olha para as luvas e o lenço como quem vê um disco voador. Suponho que nunca na vida imaginou ter algo tão caro e elegante.

— Não... não posso aceitar, miladies — murmura.

— Claro que pode — afirma Kim, sorrindo. E, beijando-a com carinho, entrega a ela outro pacotinho e indica. — Este é para Winona. Dê a ela quando voltar de Manchester.

Emocionada, com os olhos marejados, Anna assente. Por fim, quebro o momento com uma de minhas brincadeiras, senão acabaríamos chorando.

Quando nos despedimos dela, Kim e eu descemos ao salão, onde Craig e Michael nos esperam. O primeiro murmura ao nos ver:

— Esta noite, sem dúvida, estão mais radiantes do que nunca.

Ambas sorrimos. Craig sempre tão galante.

— Nunca poderemos lhes agradecer o suficiente por tudo que fizeram por nós — diz minha amiga. — Queremos que saibam que o tempo que passamos com vocês foi incrivelmente bonito e...

Kim não consegue continuar. Cai no choro. É uma noite complicada.

— Vocês são os homens mais encantadores, compreensivos, doces e amáveis que já conhecemos na vida — acrescento ao ver a cara de ambos. — E desejamos que saibam que, embora voltemos a nossas casas, parte de nosso coração ficará aqui com vocês.

Craig assente. Michael se emociona e Kim, que já respirou fundo, continua:

— De todas as coisas bonitas que já vivemos, uma das melhores foi ter conhecido vocês. Vocês são excepcionais e merecem tudo de bom que possa lhes acontecer. Quanto a você — diz, olhando para Michael —, precisa deixar de olhar para lady Magdalene a distância e se aproximar.

Michael se surpreende.

— Do jeito que ela olha para você — acrescento —, fica claro que o deseja.

O visconde sorri e assente. Então, olhando para Craig, digo, sem formalidade nenhuma:

— E quanto a você, meu conselho é que, quando Alice enviuvar, não perca a oportunidade.

Eles sorriem e Craig garante:

— Tenha certeza de que não perderei.

Nós nos olhamos, felizes. Criou-se um momento especial. Então Kim, fazendo todos nós darmos as mãos, murmura:

— Aconteça o que acontecer esta noite, esperamos que o amor e o carinho que levamos de vocês seja recíproco.

— Por que está dizendo isso? Acaso vai acontecer alguma coisa? — pergunta Michael.

Rapidamente, Kim e eu negamos com a cabeça. Estamos meio dramáticas. Recordando algo que sei que os fará esquecer o que Kim comentou, informo, olhando para Michael:

— Quando chegarmos a Nova York, meu pai lhes devolverá até o último *pence* que...

Como esperava, não me permitem acabar a frase. Michael põe a mão sobre minha boca e sussurra:

— Nem se atreva a concluir o que ia dizer, ou juro que me aborrecerei, e assim o amor e o carinho não serão recíprocos.

Rio, não posso evitar. E Craig acrescenta:

— Não queremos nem um *pence* por algo que fizemos com prazer e que nos permitiu desfrutar de um mês magnífico em sua companhia.

Isso me emociona, mas sei que esta noite, quando desaparecermos, eles não vão entender.

— Mas por que estão se despedindo se só partirão amanhã? — pergunta Michael.

Kim e eu rimos.

— Porque temos algo para vocês — respondo —, e, antes que abrissem os pacotes, queríamos lhes dizer essas palavras.

Então, Kim entrega um pacotinho a cada um. Compramos dois lenços de pescoço muito bonitos de seda natural. Ao vê-los sorrir, pergunto:

— Gostaram?

Ignorando o protocolo, o rígido Michael se aproxima e me abraça.

— É lindo, Celeste. Muito obrigado.

Rio sem poder evitar. E ele, vermelho como um tomate, sussurra:

— Não me olhe assim, senão nunca mais a abraçarei nem a chamarei pelo nome.

— Deus me livre de olhá-lo assim, então — brinco, emocionada.

Nós quatro rimos e, brincando, colocamos os lenços no pescoço deles. Ficam muito bem, e então seguimos para a festa.

62

Como da primeira vez que entramos na casa de lady Pitita, ficamos impressionadas. O lindo baile que ela organizou tem uma classe e um estilo muito especiais. Felizes, nós a cumprimentamos com todo o nosso afeto quando a vemos.

Como era de esperar, cruzamos pelo salão com Pepi, Luci, Bom e outras garotas de montão, e sorrimos ao ver que por fim encontraram alguém. Cada uma delas conversa muito sorridente com o homem que tem a seu lado. Sabemos que, no fim da temporada, muitos casamentos serão celebrados. Espero que sejam todos muito felizes.

Em seguida encontramos Catherine e as garotas. Prudence e Abigail estão à espera de seus amados. As duas estão mais do que felizes pelo lindo momento que estão desfrutando, e pouco depois, quando o barão e o conde as tiram para dançar, Catherine, Kim e eu olhamos para elas, emocionadas.

Conseguimos o que queríamos!

Estamos observando as meninas quando vejo Bonifacia. Para variar, está um espetáculo. Como essa cretina é bonita!

Percival e seu pai andam atrás dela como dois cachorrinhos. Vendo que Catherine olha para os dois, pergunto, receosa:

— Já se despediu deles?

Ela nega com a cabeça.

— Não vale a pena, especialmente imaginando as barbaridades que dirão ao saber com quem vou partir.

Ouvir isso me entristece. Nesse tempo todo que estou aqui, não vi nem uma única vez o pai se dirigir a ela com um sorriso ou um olhar cúmplice, muito pelo contrário. É evidente que o abismo que há entre ambos é intransponível.

— Mas me despedi de Robert hoje, antes da partida dele — acrescenta.

— Robert partiu? — replico, curiosa.

— Antes de ir a Bedfordshire, ele comentou que embarcaria em um navio para a Ásia quando voltássemos a Londres, mas me pediu que não dissesse nada até que ele fizesse o comunicado. Meus pais ficaram sabendo esta manhã e, como imaginávamos, não aceitaram bem.

Sorrio. Robert me parece um sujeito incrível.

— Tenho certeza de que tudo dará certo para ele — afirmo.

— Eu também. Intuo que será muito feliz. — Catherine sorri.

Durante alguns instantes permanecemos em silêncio, até que, vendo Cruella conversar com suas amigas, pergunto:

— O que acha que sua mãe vai pensar quando souber de sua partida?

Catherine olha para a mãe. Sei que ama essa mulher, apesar da rejeição. Dando de ombros, ela responde com frieza:

— Imagino que fará seu teatrinho dramático durante uns dias. Vai me amaldiçoar por ter fugido com Barney, um criado, e deixará claro para todo mundo que nunca me perdoará por essa desonra e que jamais tornarei a entrar em sua casa.

É, Catherine conhece bem seus progenitores. Agora olhando para as irmãs, conta:

— Ontem à noite propus a elas que dormíssemos as três juntas em meu quarto, como quando éramos pequenas. Ficamos acordadas até tarde conversando sobre mil coisas. Recordamos momentos bonitos, eu disse que as amo e, à minha maneira, me despedi delas.

— Que lindo, Catherine — murmuro, emocionada.

Com um sorriso delicado, ela sorri e declara:

— Sei que serão felizes com o barão e o conde, e que sempre me guardarão na memória e no coração. Escrevi cartas para elas e as deixei sob seus travesseiros. Espero que lhes traga conforto e que elas entendam minha partida com Barney.

Nossa, vou chorar... Ouvir o que Catherine está dizendo deixa minhas emoções à flor da pele, especialmente pensando em Kenneth e nas coisas que conversamos.

— Com licença, um minuto. Prudence está me chamando — diz ela, então.

Com um sorriso, assinto, enquanto Catherine se afasta. Onde será que está Kenneth?

Estou pensando nisso quando Kim, que estava meio afastada, pergunta ao me ver tão séria:

— Que foi?

Rapidamente sorrio e lhe conto o que acabei de conversar com Catherine. De repente vejo alguém entrar pela porta do salão principal e comento:

— Adivinhe quem acabou de chegar.

— Não me diga que é o babaca do Boneco...

Respondo que sim com a cabeça. É ele. Kim, olhando para o bonitão, acompanhado por meia dúzia de *groupies* e pelos amiguinhos da vez, sussurra:

— É tão lindo que dá até pena que seja tão bobo e ruim de cama. Coitada de lady Godiva, vai se casar iludida!

E então o Boneco ordena a seu séquito que o espere ali mesmo. Aproximando-se com toda a sua classe e distinção, cumprimenta:

— Miladies, que prazer voltar a vê-las!

— Não posso dizer o mesmo — diz minha amiga.

— Kim!

Ela sorri. Ele não. Cravando o olhar em Kimberly, pede:

— Lady DiCaprio, posso lhe solicitar uma dança para lhe falar?

Ai, ai, ai, penso. Mas Kim replica:

— Não.

Sua resposta faz o conde pestanejar, surpreso. Vendo o desastre se aproximar, acrescento, para aliviar o clima:

— Ela disse que não porque já tem todas as músicas comprometidas.

— Não seja mentirosa! — Kim me desmascara. — Eu disse que não porque não quero dançar com ele.

Divertida diante da cara do Boneco, que não tem preço, tento não sorrir:

— A senhorita é uma insolente, lady DiCaprio! — retruca ele, imensamente ofendido.

Minha *amirmã* sorri e sussurra, ignorando o protocolo:

— E você é um tonto, arrogante e prepotente que se acha um deus, mas não passa de um merdinha.

Ai, meu Deus, vai dar ruim!

— Que mulher grossa! — murmura ele, colérico. — Vou me encarregar de que todos saibam que é uma leviana e impertinente.

Agora sim tenho que rir, especialmente quando Kim dispara:

— É mesmo, tolinho? Não vou perder o sono por isso.

Furioso e mal-humorado, ele se afasta. Quando volta a seu grupo, vemos que gesticula. Instantes depois, as *groupies* e seus amigos olham feio para nós, e Kim, que não tem papas na língua, murmura:

— Vá à merda.

Então, ela pega meu braço. Nem preciso perguntar, já sei o que vai fazer. Sem poder evitar, rio. Vamos até Cruella de Vil, cercada por suas inseparáveis lady Facebook, lady Twitter e lady Instagram, e Kim comenta:

— Senhoras... senhoras, não sabem o que acabou de chegar a meus ouvidos!

Rapidamente elas, que adoram um babado, cravam o olhar em Kim, e minha *amirmã*, baixando a voz, solta a fofoca:

— Estão comentando por aí que o conde Caleb Alexandre Norwich, apesar de sua elegância e porte, exala odores terríveis na intimidade...

— Como?! — exclama lady Instagram.

— Expulsa flatulências... peida enquanto come! — sussurra Kim.

— Deus do céu, que despautério! — sussurra lady Twitter.

Eu racho de rir. Só Kim mesmo para ter uma ideia dessas.

— E... eu também soube de outra coisa... — prossegue.

— O quê?! — exige lady Facebook.

Minha amiga me olha e sorri, mas lady Cruella insiste:

— Meu Deus, menina, continue!

Levando a mão ao pescoço como uma mocinha recatada, Kim sussurra:

— É que é imensamente indecente, miladies. Algo que... que uma jovem doce e inexperiente como eu não deveria ouvir, e menos ainda mencionar.

— Garota, não pode nos deixar na expectativa — insiste lady Twitter.

— Diga o que disser, não sairá daqui! — suplica Cruella.

Elas estão se coçando de curiosidade!

Kim sorri, o que me faz temer o pior.

— Dizem que ele contraiu uma doença venérea em sua coisinha e que toda mulher que dividir o leito com ele se contagiará também.

Cubro a boca para não soltar uma gargalhada. Acho que minha *amirmã* enlouqueceu.

As mulheres se olham horrorizadas e acaloradas, e lady Instagram exclama:

— Oh, céus!

A seguir, com a cara mais inocente do mundo, Kim arremata:

— Miladies, eu lhes peço discrição, por favor. Ninguém pode saber.

As quatro gralhas assentem depressa e prometem a Kim que essa informação não sairá dali. Quando nos afastamos, eu prevejo, divertida:

— Hoje não, mas amanhã Londres inteira saberá.

Minha amiga assente com a cabeça, olha para o Boneco, que nos observa com desprezo, e, dando uma piscadinha, diz:

— Por sorte, quando o que eu disse chegar aos ouvidos dele, já estaremos longe daqui.

Morro de rir. Então, vamos até onde estão Craig e Michael e eles nos convidam para dançar. Com prazer e vontade, somos levadas até a pista por eles. Sabemos que provavelmente é a última vez que o faremos, e curtimos muito.

Depois dessa valsa, deixamos nossos amigos conversando com Magdalene, que está feliz porque o primeiro por fim se atreveu a se aproximar dela.

Vamos até as garotas, e estamos conversando tranquilamente quando chega lady Meumarido, que, com seu habitual entusiasmo, sussurra:

— Querem saber da última do meu marido?

Imediatamente todas assentimos.

— Eu lhe dei de presente um casaco para o inverno conhecido como *carrick*, e ele me pediu para vesti-lo sem nada por baixo...

Prudence leva as mãos à boca, vermelha como um tomate, enquanto o resto do grupo ri. Lady Meumarido e ele gostam de uma brincadeira... "Olé!" para eles!

A noite passa. Eu observo a lua em várias ocasiões, mas aproveito o momento com as garotas. Cada uma delas, à sua maneira, é única e divertida. De repente, Catherine se aproxima quando Prudence se afasta para falar com outra mulher.

— Seu amor acabou de chegar.

Sem hesitar, olho para a porta de entrada do salão, mas não o vejo. Mas logo ele aparece.

Yessss!

Sem poder evitar, sorrio. Kenneth está muito bonito com um paletó vinho e um lenço claro amarrado no pescoço.

Imóvel, eu o observo. Ao entrar, ele pega uma taça de uma bandeja e, enquanto bebe, olha ao redor. Sei que está me procurando pelo salão e, quando me encontra, seus olhos sorriem para mim.

— Seu Romeu está lindo! — brinca Kim.

Eu assinto; é inquestionável.

— Meu Deus, como Prudence está me perturbando esta noite! Já venho — diz Catherine.

Dito isso, ela se afasta.

— Eu sei que, embora não esteja apaixonada por ele, você vai morrer de saudade — sussurra Kim.

— Tem razão — replico.

Kenneth caminha pelo salão. Cumprimenta os conhecidos que vai encontrando até que chega ao lugar onde estamos Kimberly e eu. E nos cumprimenta, todo galante:

— Lady Travolta, lady DiCaprio... estão se divertindo?

Felizes, ambas assentimos, e, sem perder tempo, afirmo:

— Agora que o senhor está aqui, sem dúvida muito mais.

Kenneth sorri, e eu também. Nesse instante, Craig e Michael se aproximam e ficamos todos conversando. Outros homens se juntam a nós e propõem irem ao salão de fumar. Kenneth tenta declinar do convite, mas no fim é impossível, e se vê obrigado a acompanhá-los.

A noite avança. Minhas mãos suam e estou com frio na barriga. Em várias ocasiões, olho para um relógio sobre uma das lareiras do salão e vejo os minutos passarem voando.

Nossa aventura está acabando!

Às onze e meia, no máximo, temos que ir embora. Não porque sejamos a Cinderela, mas porque temos que partir antes que Cruella e companhia o façam. Meu coração bate acelerado ao pensar nisso.

Quando Kenneth consegue sair da sala onde os homens fumam, vem até mim e me convida para dançar. Dançamos duas músicas, até que não sei qual duquesa amiga da avó dele o chama. Contrariado, ele vai com ela para que lhe apresente a neta.

A distância, sorrio. Ver a jovem olhar para ele encantada não me causa ciúme. Quero que Kenneth seja feliz, e, se ela ou qualquer outra puder dar isso a ele, por que não?

Catherine está nervosa, dá para notar em seu semblante. Em dado momento, pega Kim e eu pelo braço e nos leva ao terraço.

— Bela lua — diz, apontando para o céu.

Ficamos ali a observando. Essa lua mágica que nos trouxe até aqui supostamente tem que nos devolver à nossa época.

— Vocês acham que haverá magia esta noite? — pergunta Catherine.

Ambas assentimos, e eu, tentando manter meu bom humor, afirmo:

— Melhor que haja, senão vou ter que matar alguém.

Kim e Catherine sorriem, e a segunda diz, entregando para nós uma chave:

— Com ela vocês poderão entrar em casa e subir até o sótão. — Surpresa, olhamos pra ela, que acrescenta: — Acho que já chegou minha hora.

— Está indo?

— Prudence está desconfiada — diz Catherine. — Não para de me chamar o tempo todo, por isso é melhor eu ir agora que ela está dançando com o barão.

Minha amiga e eu assentimos. Notamos que esta noite Prudence não perde a irmã de vista.

— Que horas são? — pergunta Kim.

— Dez — responde Catherine. — Barney está me esperando, e certamente não falta muito para que a luz da lua incida sobre o espelho. Preciso aproveitar o tempo, porque, se a magia não funcionar com Barney, poderemos ir para a Escócia.

Isso faz meu coração acelerar.

— Estou muito nervosa — acrescenta ela, sorrindo.

Nenhuma de nós consegue falar. Chegou a hora da despedida. Sorrimos e nos damos as mãos, cientes de que não podemos fazer drama.

— Será que nos encontraremos de novo? — pergunta Catherine.

Ai, meu Deus...

As lágrimas se acumulam em meus olhos. Então, ouço Kim dizer, com a voz cheia de emoção:

— Vamos torcer para que assim seja.

Nós três assentimos e tentamos sorrir. Então, Catherine olha para o salão pela última vez. Com um sorriso de emoção, ela se vira e parte em busca de sua felicidade.

Em silêncio, Kim e eu a vemos se afastar, e, com o coração apertado, torcemos para que tudo corra bem. Catherine e Barney merecem viver seu amor com total liberdade.

— Vocês viram Catherine? — pergunta Prudence.

Rapidamente reagimos e, sorrindo, digo:

— Estava com Michael bebendo ponche.

Ela assente, e Kim pergunta, enquanto entramos no salão, para afastá-la dali:

— Tudo bem com o barão?

Encantada, Prudence, que em apenas um mês cresceu como mulher, assente:

— Não poderia estar melhor.

A hora seguinte passa como se fossem minutos. Kenneth e eu tentamos estar juntos o máximo possível, mas também vejo a tensão em seu rosto. Dançamos, rimos, curtimos... Então, Prudence se aproxima de novo, e em seu rosto já não vejo a felicidade de uma hora atrás. Suas mãos tremem, os tiques a fazem mexer o pescoço involuntariamente, de modo que Kim e eu decidimos ir com ela de novo ao jardim.

Quando ficamos sozinhas, Prudence pergunta:

— Onde está Catherine?

— Dançando — respondo, sorrindo.

Mas ela nega com a cabeça.

— Não. Estou procurando por ela há um bom tempo e...

Então, ela se cala. Um tique a faz mexer de novo o pescoço.

— Ela partiu, não é? — diz de repente.

Mentir para ela seria cruel. Afinal, dentro de poucas horas no máximo, ela saberá que é verdade.

— Antes de mais nada, fique calma — murmura Kim.

Prudence assente. Fechando os olhos, respira fundo pelo nariz e solta o ar pela boca como lhe ensinei. Quando se acalma e os tiques passam, tento aconselhá-la:

— Ela quer ver você bem, e não assim. E você precisa entender que se ela partiu, é porque foi em busca de sua felicidade.

— Mas não quero que ela vá embora. Quero que ela fique comigo...

— Prudence — interrompe Kim —, ela estará sempre com você em seu coração e em sua mente. Você sabe que Catherine a adora, assim como adora Abigail e Robert. Mas você não pode ser egoísta e pensar só em si mesma. Ela tem uma vida, e quer vivê-la como você viverá a sua ao lado do barão.

— Mas...

— Se você realmente a ama, precisa pensar na felicidade dela, não só na sua.

Prudence leva a mão trêmula ao cabelo. Tenta não chorar, dá para ver o quanto se esforça para isso.

— Ela partiu com seu amado? — pergunta.

Kim e eu assentimos, e ela, surpreendendo-nos, diz:

— Espero que Barney a faça muito feliz. — Ficamos de queixo caído. Então, ela acrescenta: — Abigail e eu sempre soubemos, embora ela nunca tenha nos contado.

Kim e eu assentimos. Negar a verdade a ela agora seria ridículo.

— Barney a fará muito feliz — afirma minha amiga. Prudence assente e Kimberly acrescenta: — Você sabe que seus pais jamais aceitariam esse relacionamento.

— Eu sei.

— Nem seus pais nem a sociedade londrina veriam com bons olhos se uma filha de condes se casasse com um criado, e ainda por cima se ele fosse mestiço. Mas Catherine e Barney se amam e merecem ser felizes. A única alternativa para que pudessem viver seu amor era ir embora daqui.

Prudence assente. Ela entende o que Kim diz, mas pergunta:

— Eles foram para a Escócia? Vão se casar em Gretna Green?

Minha amiga e eu nos olhamos. O melhor que podemos fazer é dizer que sim.

— Sim, foram para lá — afirmo, sorrindo.

Prudence respira fundo, enxuga as lágrimas do rosto e murmura:

— Meus pais vão enlouquecer quando souberem.

Não temos a menor dúvida disso.

— Eu sabia. Sabia que ela partiria esta noite. — Ela olha para nós.

— Como sabia? — pergunta Kim.

— Pela maneira como ela falava conosco ontem à noite, como nos olhava e nos beijava. E quando, hoje de manhã, ela deu a Abigail sua fivela preferida e a mim seu broche, eu soube que aconteceria algo assim.

Sem saber o que dizer, nós retribuímos seu olhar. Prudence volta a chorar.

— Mas ela partiu ignorando algo importante...

— A que se refere? — replico, curiosa.

Ela suspira e se abana com o leque.

— A gargantilha Babylon. Não foi roubada. Abigail e eu a escondemos.

— O quê?! — murmuramos Kim e eu, incrédulas.

— Quando meus pais decidiram que Bonnie a usaria no casamento com Percival — prossegue Prudence —, não achamos correto. A tradição manda que a filha mais velha herde essa joia e depois a deixe para sua própria filha. E essa filha é Catherine, não a sonsa da Bonifacia... Por isso a pegamos e a guardamos.

Estamos perplexas. Prudence e Abigail! É evidente que o sexto sentido de Catherine às vezes falha, como dessa vez.

Totalmente chocadas, ouvimos a doce e inocente Prudence nos contar tudo.

— Você disse que nunca havia feito nada de errado... — murmuro, incapaz de me calar.

— Deus do céu, Celeste! — replica. — Não é a hora nem o lugar apropriado para dizer isso.

Divertida, assinto. Sem dúvida, as inocentes Prudence e Abigail têm mais caráter e determinação do que imaginávamos.

— E continuam com a joia? — pergunto.

— Sim.

— Sério? — pergunta Kim.

Prudence assente e, baixando a voz, acrescenta:

— Está em casa. Nunca saiu de lá.

Minha amiga e eu pestanejamos.

— No ano passado houve uma inundação que afetou o piso de nossa cozinha, e meu pai precisou mandar arrumar. Então, para que ninguém além de Catherine usasse a joia, nós a escondemos no piso da despensa durante as obras. Ninguém nunca a encontrará ali.

Nós assentimos juntas, de queixo caído, e Kim pergunta:

— E agora que Catherine partiu, vão tirar a joia de lá?

Prudence nega com a cabeça.

— Se Catherine não voltar para usá-la em seu casamento, ninguém a usará — sentencia.

Espantadas com o que acabamos de descobrir, Kim e eu nos entreolhamos. A gargantilha Babylon está embaixo do piso da despensa?

— Onde está Catherine?

É Abigail quem pergunta, aproximando-se.

Kim e eu suspiramos. A dependência que essas duas têm de sua irmã mais velha tornará difícil superar sua partida.

— Eu a vi agora pouco falando com Craig — responde Prudence.

Minha *amirmã* e eu não dizemos nada. Abigail assente e Prudence pergunta:

— Precisa de alguma coisa?

Abigail suspira e responde:

— Edward convidou a mim e à nossa mãe para conhecer a mãe dele amanhã. E, como não quero ir sozinha com ela, e sei que você não gosta dessas visitas, queria pedir a Catherine que fosse conosco.

Prudence assente. Avalia a situação e, pela primeira vez, tem consciência de que agora é a irmã mais velha.

— Eu vou com você — diz.

— Você?!

— Sim, eu.

— E Catherine?

— Amanhã ela tem hora marcada com a srta. Hawl — replica Prudence e, chegando mais perto da irmã inocente, sussurra: — Catherine vai gostar que eu a acompanhe, e será um prazer para mim.

Abigail, que vive em seu mundinho colorido particular, sem questionar sua irmã, retruca, feliz:

— Está bem. Avisarei Edward. E agora vou voltar à festa. O gato me espera!

Rimos ao ouvi-la chamar seu amado de gato. Então, Prudence murmura:

— Quando ela souber da partida de Catherine, vai chorar muito.

— Mas por sorte ela tem você para consolá-la e fazê-la entender o que você já entende — afirma Kim.

Em silêncio, nós três assentimos. Então, Prudence respira fundo e faz a pose que lhe dá força. Afasta as pernas, põe as mãos na cintura e mantém a cabeça erguida. Depois de uns instantes em silêncio, pergunta, ainda na postura da super-heroína:

— Será que voltarei a ver Catherine?

Não respondemos, e ela insiste:

— Acham que ela será feliz com Barney?

Sem hesitar, minha amiga e eu assentimos.

— Sim — garante Kim.

Nós nos olhamos com cumplicidade. As próximas a partir seremos nós, então eu digo, abraçando-a:

— Prudence, Catherine ficaria muito orgulhosa de você pelo que acabou de fazer. Você se tornou uma mulher fantástica. Prometa para nós que será sempre assim.

Ela olha para nós e faz um sinal afirmativo com a cabeça. Vejo em seus olhos uma segurança que nunca vi antes.

— Eu prometo — afirma, sorrindo e emocionada.

63

O RELÓGIO AVANÇA. ENTRAMOS com Prudence na casa e ela vai até o barão. Apesar de estar com o coração apertado devido à partida da irmã, a jovem se comporta como se nada tivesse acontecido. Sabe que é fundamental dar tempo a Catherine para que se afaste daqui.

Kenneth – que, intuo, estava me procurando – se aproxima. Sem nos tocarmos, sem nos roçarmos, nos sentimos um ao lado do outro. A conexão que tenho com ele é incrível, mas nosso tempo está acabando. Quando ele vê que restam quinze minutos para eu partir, ele me convida, pegando minha mão:

— Vamos tomar um ar.

Kim olha para mim. Eu lhe digo que voltarei em quinze minutos. E, sem nos importarmos com duas mulheres que olham feio para nós por estarmos de mãos dadas, vamos ao jardim. Caminhamos alguns metros para nos afastarmos dos olhares indiscretos, e, amparados pela escuridão da noite, nos abraçamos diante da lua, mágica e linda.

— Não sei o que dizer — murmura Kenneth.

— Não diga nada.

Continuamos abraçados. Grudados. Depois de alguns minutos, nós nos separamos levemente e, enquanto nos olhamos nos olhos, ele sussurra:

— Vou sentir saudade.

— Eu também — respondo.

— Prometa-me que será feliz.

— Prometo, mas me prometa também.

O misto de sentimentos que nos domina é difícil de explicar. Não nos amamos, mas nos queremos. Não nos precisamos, mas sentiremos falta um do outro...

— Esta noite — diz ele, então —, enquanto eu a observava, me lembrei daquela lenda de que você me falou, a da linha vermelha do destino.

Feliz por ele se lembrar disso, sussurro:

— Se bem me recordo, você disse que não acreditava nessas coisas.

Kenneth assente e sorri.

— Você me fez acreditar em coisas que nunca imaginei.

— Ora...

— E desejo que essa linha vermelha do destino, se realmente existir, em algum momento volte a nos unir.

Sorrio. Com carinho, ele beija minha mão. Então, tirando o anel de meu pai, que sempre ponho sobre a luva, sussurro:

— Quero que você fique com ele.

— Não... Era de seu pai.

Insisto:

— Fique com ele. Assim, não só se lembrará de seu pai como de mim também.

Ele olha para o anel. Sabe como é importante para mim.

— Para me lembrar de você não preciso de...

— Aceite, por favor — peço.

Kenneth me beija. É só um beijo doce e simples nos lábios que sei que deixa a nós dois arrepiados. E, quando afasta os lábios dos meus, pega o anel, coloca-o no dedo e, com a voz emocionada, murmura:

— Será como levar você comigo enquanto desejo reencontrá-la para poder devolvê-lo.

Sorrimos. Nesse instante, Kim aparece. O tempo está acabando. Então, Kenneth pega minha mão e pergunta:

— Concede-me uma última dança, milady?

Feliz, emocionada e segurando a vontade de chorar, assinto. Quero dançar com ele uma última vez. Nossa última dança. Olho para Kim, que assente, e entramos no lindo e luxuoso salão de lady Pitita. Juntando-nos aos outros casais, simplesmente nos deixamos levar pela música e o momento.

Durante a dança não falamos, só nos olhamos. Como diz minha yaya, às vezes não é preciso dizer nada para se entender. E esta é uma dessas ocasiões.

Nossa dança dura poucos minutos, e, quando os músicos encerram a peça, Kenneth beija minha mão com elegância e sussurra:

— Você estará sempre em meus pensamentos. E não sei como farei, mas a encontrarei.

Não consigo falar; estou paralisada. Nós nos olhamos nos olhos. Ambos estamos gravando a imagem do outro em nossas retinas para não esquecer. Que raiva de não estar com meu celular para tirar uma foto de despedida! Então, murmuro, precisando acabar com esse momento intenso:

— Preciso ir.

Kenneth assente e, depois de um último sorriso que trocamos, que preciso que fique ancorado em minha mente para sempre, dou meia-volta e, ao ver Kim, vou até ela. Depois de lançar um último olhar a Abigail, Prudence, Michael e Craig, saímos do salão, sem forças.

Na rua, vemos várias carruagens, mas, sabendo que não podemos usar nenhuma, pois os cocheiros não partirão sem a permissão de seus donos, vamos a pé, como havíamos planejado. Caminhamos em silêncio, as lágrimas rolando pelas nossas faces. Então, quando vamos atravessar a rua, uma carruagem para diante de nós.

— O duque de Bedford me ordenou que as levasse até sua casa, miladies — declara o cocheiro.

Sorrio. Kenneth é um cavalheiro até o fim.

— Vamos — digo, olhando para minha amiga.

Pouco depois, chegamos ao casarão da Eaton Square, em Belgravia. O coche para, nós descemos e, quando ele se vai, sussurro, iluminada pela lâmpada a gás enquanto olho para a casa de Craig e Michael:

— Espero que nos perdoem por partirmos desta maneira.

— Eu os conheço, sei que nos perdoarão — garante Kim.

Quando vemos que não há luzes nas janelas dos criados da casa de Catherine e supomos que já estão dormindo, pegamos a chave que ela nos deu e abrimos com cuidado a porta principal.

Sem fazer barulho, entramos e, no escuro e na ponta dos pés, subimos a escada até chegar ao sótão.

Ao entrar, acendemos algumas velas para poder enxergar. Vemos que Catherine e Barney não estão ali, e ambas sorrimos. É evidente que já começaram uma nova vida onde quer que se encontrem.

Então, Kim vai até onde estão escondidas nossas coisas e, mostrando para mim um de meus lindos tênis vermelhos, pergunta:

— Quer trocar de roupa?

Sinceramente, isso é o que menos me importa neste momento. Pegando o pingente com a meia pérola, eu o coloco no pescoço e respondo:

— Não. Mas minhas roupas voltarão comigo.

Kim assente. Também pendura sua meia pérola e ambas começam a brilhar. Depois, ela pega uma garrafa de água, que Catherine deve ter deixado lá, e começa a preparar o ritual, enquanto eu observo o espelho de Imogen e penso em Kenneth. Em nosso último olhar.

Kim se aproxima, me entrega uma folha de papel e começa a dizer:

— Para voltar, imagino que teremos que...

— "Imagina"?! Como assim "imagina"? — Estou assustada.

Ela sorri.

— Bem...

— Kim — sibilo —, se isto não funcionar, juro que...

— Vai funcionar — interrompe.

Respiro fundo. Quero pensar que assim será, por mais doloroso que este momento seja para mim.

— Vamos ler o que escrevi e a magia acontecerá. Calma — ela me pede.

Por fim, assinto, e minha amiga, olhando para o reflexo da lua no espelho de Imogen, recita o feitiço e eu a acompanho:

— "Reflexo, luz, pérola e lua. Cristal e eternidade. Uma viagem de volta ao futuro invocamos na mesma casa e no mesmo lugar. A lua cheia nos trouxe e a magia da pérola nos levará de volta".

Ao dizermos isso, começa a se criar ao redor o turbilhão de vento que eu recordava da outra vez. Está funcionando! E repetimos:

— "Reflexo, luz, pérola e lua. Cristal e eternidade. Uma viagem de volta ao futuro invocamos na mesma casa e no mesmo lugar. A lua cheia nos trouxe e a magia da pérola nos levará de volta".

A estranha luz do espelho aparece e seu halo nos cerca. Minha respiração e a de Kim se aceleram. O vendaval se intensifica e a chama das velas se apaga.

Penso em Kenneth. Quais eram as palavras da conjuração de reencontro?

Merda... merda... merda... Quais eram? Não lembro! O vidro do espelho começa a ondular, me lembrando do mercúrio, como no dia em que partimos. E então, enquanto Kim continua recitando o feitiço que nos levará a nosso tempo, minha mente recorda e, do nada, e eu murmuro:

— "Não quis perder-te. Tu não me esqueceste. Tua vida e a minha vida tornarão a encontrar-se".

Sim, isso... acho que era isso!

Kim olha para mim. Parecemos levitar. Repetimos:

— "Reflexo, luz, pérola e lua. Cristal e eternidade. Uma viagem de volta ao futuro invocamos na mesma casa e no mesmo lugar. A lua cheia nos trouxe e a magia da pérola nos levará de volta".

Nesse instante, abre-se o portal no centro do espelho. Vemos o sótão do século XXI enquanto continuamos no do XIX. Sabemos que chegou a hora. Por isso, nos damos as mãos. Damos um passo adiante e sinto que caímos.

Já do outro lado, no chão, o vendaval e o barulho param. O ar tem um cheiro diferente e a luz elétrica do teto pisca.

— Celeste, você está bem? — pergunta Kim.

Eu assinto. As luzes param de piscar. Olho para o espelho de Imogen e, sabendo onde estou, sorrio. Durante alguns instantes, do outro lado do espelho continuamos vendo o sótão do passado, até que, pouco a pouco, a visão se desvanece e vemos só o nosso reflexo.

Em choque, sabemos que voltamos. Estamos em casa. Passamos do século XIX ao XXI em um piscar de olhos. Quando vejo o piano enfiado na parede falsa, fico emocionada e sussurro:

— O piano de Prudence...

Assentimos, emocionadas. Agora, muitas dessas coisas que descansam aqui são lindas lembranças para nós. Inevitavelmente, começamos a chorar.

Então, o enorme espelho de Imogen, em frente a nós, torna a se iluminar de repente.

— Ai, meu Deus, o que está acontecendo?!

— Não... não sei — sussurra Kim.

Como ainda estamos no chão, nós nos arrastamos para trás depressa. E o espelho, depois de se iluminar por completo, perde o brilho pouco a pouco e desaparece diante de nossos olhos, até que não resta nenhum sinal dele.

Pestanejando, ainda com o coração acelerado, olhamos para o espaço livre que o espelho deixou e imediatamente nos abraçamos.

Continuamos sentadas no chão quando um som muito peculiar me faz voltar à realidade. Eu me levanto, piso no vestidinho de musselina fina e caio de novo no chão... Ai, só eu mesmo! Mas, quando consigo me levantar de novo, corro para o terraço com Kim e exclamo:

— Meu celular!

Sorrindo por ver meu telefone depois de tantos dias sem ele, tenho até medo de tocá-lo. A tela se acende e, ao ver a hora e o dia, murmuro:

— Só se passou meia hora?!

Kim assente.

— Sim, lembra: o passado é mais lento e cada minuto do presente era um dia lá.

O celular apita de novo, indicando que recebi outra mensagem de WhatsApp. Toco na notificação e vejo uma foto de minha avó tomando um sorvetinho em Benidorm. Leio:

> Minha linda, hoje tive um dia maravilhoso. Beijos e boa noite.

Emocionada, mostro a mensagem a Kim. Ambas rimos e eu respondo com a mensagenzinha noturna que minha avó espera.

> Meu dia foi incrível, e melhorou depois de receber sua mensagem. Beijinhos e boa noite.

Clico em "Enviar" e sorrio. Recuperar minha vida, ter meu celular e saber que minha avó está bem é tudo de que preciso neste momento.

Então, abre-se a porta do sótão e entram Johanna e Alfred, muito aflitos.

Nós quatro nos olhamos em silêncio. Nossa aparência, com esses vestidinhos da Regência e descabeladas, é para morrer de rir, mas Kim corre até eles e sussurra, abraçando-os:

— Eu amo vocês... amo vocês... amo vocês...

Alfred e Johanna sorriem por fim. Estão felizes. E abrem o abraço para que eu me junte a eles. Então eu digo, emocionada:

— Neste abraço eu ficaria o resto da vida...

Desnecessário dizer que todo mundo cai no choro. E, sem poder esperar nem mais um minuto, começamos a conversar. Temos muitas coisas a contar.

64

Já se passaram muitas horas desde que voltamos do passado e não paramos de falar, de chorar, de rir, enquanto contamos a Johanna e a Alfred tudo que aconteceu.

Eles não questionam o que dizemos. Emocionados, admitem ser Catherine e Barney, embora Kim e eu não existamos em suas lembranças.

Isso não é de estranhar. Sempre ouvimos dizer que há muitas linhas temporais no espaço-tempo, em que as coisas ocorrem ordenadas de outra maneira. Mas dá no mesmo que eles não se lembrem de nós. O fato de acreditarmos uns nos outros já é suficiente.

Sentados à mesa da cozinha, enquanto bebemos água eles nos contam que, quando fizeram a viagem no tempo, apareceram em Londres em 1991, exatamente no dia em que Kimberly nasceu em Chicago, mas descobriram isso muitos anos depois.

Barney e Catherine, que decidiram trocar seus nomes por Alfred e Johanna, durante meses, enquanto se adaptavam à época, venderam as poucas joias que ela havia trazido do passado para poder se manter e trabalharam em um lindo hotel da cidade.

Ao ouvir que haviam vendido todas as suas joias para sobreviver, eu me lembro de que trouxe algo para eles. Peço um minuto e, quando lhes entrego os brincos de safira que Barney havia dado de presente para ela quando ainda era um criado, ambos choram, emocionados. Eles me perguntam por que estavam comigo, e rapidamente revelo que os pedi emprestados a Catherine para uma festa e nunca os devolvi. Felizes, eles se olham e se abraçam, sorrindo. Estão emocionados por recuperar esses brincos, tão especiais para eles.

Já refeitos da surpresa, continuam nos contando que, no hotel em que haviam começado a trabalhar, imediatamente o profissionalismo de Barney foi reconhecido. Não tinha um só funcionário que fosse tão correto e especial como ele, e, um dia, um hóspede da aristocracia londrina lhe disse que um amigo seu, que vivia em Chicago, tinha uma casa no bairro de Belgravia e que queria colocá-la em ordem para suas futuras viagens a Londres. Esse amigo estava procurando um casal de confiança e com boas referências que pudesse cuidar da casa e mantê-la em sua ausência.

Quando souberam que esse amigo do hóspede era o conde de Kinghorne, parente de Catherine, e que a casa era a mesma onde ela havia vivido toda a sua vida, ficaram em choque.

Rindo, Johanna nos revela que seu sexto sentido desapareceu ao chegar ao futuro. Exatamente o mesmo que aconteceu com Kim quando viajamos ao passado. Parece evidente que, fora da época de cada uma, essa magia tão especial herdada de Imogen não funciona mais.

Emocionados, eles nos contam que, a primeira vez que viram uma fotografia de Kim, ficaram sem palavras. A semelhança entre a menina e Catherine, agora Johanna, era escandalosa, especialmente por sua rara cor de olhos. Nesse instante, Johanna soube que Kim era especial, assim como ela o foi.

Por isso, antes que Kim e seus pais voltassem a Londres, a primeira coisa que Johanna fez foi tirar as coisas de Imogen do piso do sótão e guardá-las atrás da parede falsa que ergueram. E a segunda, foi tingir o cabelo de uma cor mais escura e esconder seus olhos chamativos com lentes de contato. O mesmo que Kim fez ao chegar ao passado.

Esse curioso artifício das lentes de contato que ambas usaram em momentos diferentes da vida nos faz rir, especialmente quando contamos a eles o que aconteceu com a Catherine do passado quando Kimberly as tirou diante dela.

Depois, minha amiga pede a Johanna que tire as suas; ela as tira pela primeira vez. Alfred e eu nos emocionamos. Nossa, elas são muito parecidas.

Revelando seus segredos, eles nos falam da primeira vez que entraram na casa de Belgravia. Tudo, absolutamente tudo, estava igual a como recordavam, e assim foi mantido, com exceção das coisas que os pais de Kim lhes pediram para guardar no sótão, como o piano de Prudence e alguns outros objetos.

Durante quatro anos, várias vezes ao ano, Johanna e Alfred recebiam a visita de Kim e seus pais em Londres, e assim se criou uma amizade muito especial entre eles. Os pais de Kim, como viviam nos Estados Unidos, não eram rígidos, pelo contrário. E, ao ver o amor com que Johanna e Alfred os tratavam, cuidavam de sua casa e, em especial, de sua filha, consideravam-nos tão especiais que, sem dizer nada, colocaram ambos em seu testamento como executores testamentários e tutores de Kim caso acontecesse alguma coisa com eles.

Infelizmente ambos morreram, e Alfred e Johanna criaram Kim sem hesitar. Não teria sido necessário que os pais dela registrassem isso no papel, pois eles nunca a abandonariam. Cuidariam de seus interesses o máximo que pudessem.

Para eles, Kimberly, agora condessa de Kinghorne, era uma filha, mas diante dos outros tentavam guardar a devida distância. Por isso a grande formalidade. E, no dia em que Johanna teve certeza do sexto sentido de Kim, tentou fazê-la ocultá-lo. Não queria que enfrentasse os mesmos problemas que ela havia enfrentado.

Emocionadas, minha amiga e eu escutamos tudo que esse casal tem para contar. É uma história incrível, mágica e especial, e temos consciência de que vivemos, dentro de uma mesma vida, uma segunda linha do tempo na qual os problemas de Prudence e Abigail foram resolvidos antes de Catherine desaparecer, coisa que não aconteceu quando ela partiu.

Ela se surpreende ao saber disso. Não se lembra de nada a respeito. Então, Kim se levanta, faz um gesto com a mão para que esperemos e sai correndo. Não sei aonde vai, mas, quando volta com um livro, minutos depois, abre-o e a expressão de Johanna muda totalmente.

Nesse livro da família, no qual não se fala nada dela e em que algumas notícias continuam como estavam, algo mudou. Agora as páginas registram que Prudence e Abigail, no fim da temporada social de 1817, se casaram com o barão Randall Birdwhistle e o conde Edward Chadburn, respectivamente. A primeira teve sete filhos e a segunda seis, e ambas tiveram filhas cujos nomes foram Catherine, Celeste e Kimberly.

Ai, que fofas!

Johanna sorri, emocionada. A felicidade de suas irmãs era a única coisa que lhe importava quando ela partiu, e saber que conseguiram e que ficou registrada no livro de família é a melhor notícia que poderia ter recebido.

Enquanto os outros falam de tudo que aconteceu, eu folheio com curiosidade o livro de família e me pergunto se em algum momento mencionará Kenneth.

Há notas indicando que Bonifacia e Percival tiveram dois filhos no País de Gales. Será que eram do marido ou do sogro? Bem... melhor não indagar. O livro diz também que Robert se casou na Itália com uma jovem chamada Arabela, com quem teve três filhos. Sentida, acabo lendo as datas da morte de todos eles, incluindo lady Cruella e Aniceto. Isso me entristece, mas me entristece ainda mais não ver nada sobre Kenneth.

Deixo o livro sobre a mesa, e Kim e eu trocamos um olhar e sorrimos. A notícia seguinte que temos para dar será impactante. Divertida, ela se levanta da cadeira, abre a porta da despensa e pergunta:

— Desde quando este piso está aqui?

Johanna a encara com estranheza.

— Meu pai teve que trocá-lo em consequência de uma inundação que ocorreu. Então, se não me falha a memória, desde 1816.

— Mãe do céu! — murmuro, sorrindo.

— Há alguma picareta aqui em casa? — pergunta Kim a Alfred.

Ele e Johanna se levantam, mas, quando vão falar, Kim esclarece:

— Não enlouqueci, mas temos que quebrar o piso da despensa.

Eles se olham sem acreditar e perguntam por quê. Kim e eu não dizemos nada, pois queremos fazer surpresa. Quando por fim os convencemos e Alfred traz a picareta, Kim a arrebata das mãos dele e diz:

— Eu faço.

— Nada disso, milady — protesta ele.

— Quer parar de me chamar de "milady"?

— Não, milady — brinca Alfred.

Por fim, Kim dá o braço a torcer. Discutir com ele é impossível. Ficamos sentadas ao lado de Johanna, que está horrorizada.

— Calma, você já vai entender — garante Kim, pegando a mão dela.

Durante um bom tempo, Alfred, que recusa nossa ajuda, vai dando picaretadas, enquanto Johanna, Kim e eu conversamos.

— Milady, quando vi que vocês haviam encontrado as coisas de Imogen e feito a viagem, fiquei assustada — comenta Johanna. — A princípio eu não sabia se tinham uma ou duas pérolas. Depois fiquei mais tranquila ao ver que faltavam as duas na caixa, e soube que, aonde quer que tivessem ido, ambas poderiam voltar.

Kim, abraçando-a, sussurra, fazendo-a rir:

— Oh, céus! Quando vai parar de me chamar de "milady"?

— Nunca, meu amor — brinca Johanna.

Minha amiga e eu nos olhamos. Certas coisas nunca vão mudar.

— Sabe, Johanna? — diz Kim. — Acho que Imogen, a seu modo, quis ajudar nós duas.

— Ajudar nós duas? — pergunta a mulher.

— Quando Celeste e eu fizemos essa viagem ao passado — explica Kimberly —, realmente não sabíamos o motivo. O que começou como uma loucura difícil de entender, acabou se transformando em uma realidade que tenho certeza de que mudou nossa vida para melhor. E, agora que tudo acabou, concluo que Imogen queria que nós fizéssemos essa viagem ao passado para ajudarmos Abigail e Prudence a encontrar a felicidade e, consequentemente, para que elas nos ajudassem no presente com o que vamos encontrar debaixo desse piso.

— Mas o que é que há debaixo desse piso? — pergunta Johanna, cética.

— Algo que vai deixar você sem palavras — respondo, sem revelar o que é.

Ela pestaneja. Nesse instante, Alfred anuncia:

— Acho que há algo aqui!

Nós olhamos para o buraco. Ao ver um objeto que parece de metal, decidimos remover as pedras ao redor com as mãos. Pouco a pouco, vai ficando exposta uma caixinha de metal velha e enferrujada. Quando Kim a pega e a deixa sobre a mesa da cozinha, Johanna sussurra, emocionada:

— Esta caixinha era de Prudence!

Sem hesitar, Kim e eu assentimos. Se ela está dizendo, deve ser verdade.

— Abra — pede Kim a seguir. — O que está aí dentro é seu.

Com mãos trêmulas, Johanna toca a caixa com carinho. Vemos lágrimas rolando por sua face. Imaginamos que as lembranças bombardeiem sua mente. Quando por fim abre a caixa, retira um pano de seda e, ao ver o que há dentro, murmura, com um fio de voz:

— A gargantilha Babylon!

Kim e eu abrimos um sorriso. Alfred e ela se olham, boquiabertos, e Kim, que não consegue falar por causa da emoção, faz um sinal para que eu conte tudo.

— Ninguém a roubou — esclareço. — Foram Prudence e Abigail que a esconderam.

Eles se olham, sem poder acreditar.

— Naquela ocasião, seu sexto sentido não a alertou — afirmo.

Johanna assente, emocionada. Eu prossigo:

— Suas irmãs, ao saber que aquela Bonnie horrorosa ia usá-la no dia do casamento com seu irmão Percival, pegaram a joia e a esconderam. Antes de partirmos, Prudence nos confessou que Abigail e ela sabiam que Barney era seu amor secreto, mas que nunca lhe disseram. E afirmou que, se você não usasse essa gargantilha no dia de seu casamento, ninguém mais a usaria.

— Prudence... Abigail... — Johanna soluça, comovida.

Alfred sorri, abraça sua mulher e, com carinho, sussurra:

— Elas sempre a amaram e sempre amarão.

Kim e eu olhamos para Johanna, emocionadas. Então, respirando fundo, minha amiga diz:

— Essa joia era da família. Suas irmãs se arriscaram por você e só você pode herdá-la. É sua, lady Catherine!

Johanna, com o coração acelerado devido a tantas emoções juntas, assente. Pega a fina e delicada joia, tão familiar para ela, leva-a aos lábios e a beija. A seguir, sorri e sussurra, dirigindo-se a Kim:

— Como sua mãe que você sempre disse que eu sou, quero que esta joia agora seja sua.

Minha amiga se emociona, as lágrimas rolando pelo seu rosto.

— Se conseguirmos fazer esta joia ser exposta, não teremos que vender nem abandonar esta casa — diz. — Nossa casa! Viu como a felicidade chegou para nós graças a Abigail e Prudence?

Johanna assente, desmanchando-se em lágrimas. Emocionada, abre os braços e exige um abraço em grupo, que aceitamos, felizes.

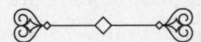

⸺◇⸺

À noite, quando vamos dormir, ao ficar sozinha em meu quarto, penso em Kenneth. Duzentos anos nos separam. Inconscientemente, toco o dedo onde sempre usei o anel de meu pai, que deixei com ele. Assim que acordar de manhã, com a ajuda de Kim, quero saber que fim levaram ele, sua família e Michael e Craig.

65

No dia seguinte, assim que acordo, a porta de meu quarto se abre e Kim entra com uns papéis na mão.

— Bom dia, lady Travolta.
— Lady DiCaprio... — digo, divertida.
— Trago notícias!
— Notícias?!

Minha amiga assente e se joga na cama comigo. E, olhando para mim, pergunta:

— Como você está?
— Meio estranha — respondo e, ao ver como me olha, acrescento: — Mas feliz por usar uma calcinha decente.

Nós rimos, divertidas.

— Esta manhã liguei para Gael — conta ela a seguir.
— E?!

Ela respira fundo e sussurra:

— Ele está na Irlanda.
— Nãããããããããããããoooo...
— Volta depois de amanhã, e eu disse que quero falar com ele. E sabe o que ele me respondeu?

Nego com a cabeça, e minha *amirmã*, sorrindo, sussurra:

— Disse que eu sou a mulher da vida dele e que ninguém no mundo o faz sentir a felicidade que eu o faço sentir quando olho para ele ou sorrio.
— E o que você respondeu?! — exclamo.

Kim sorri de novo.

— Por mais brega que pareça... nada. Não conseguia parar de chorar.

Ai, ai, ai! Nós pulamos na cama como duas menininhas. Quando nos cansamos, sentamos e Kim me mostra os papéis que tinha na mão ao entrar.

— Eu sei que você queria saber isto — comenta.

Sem entender, pego os papéis e, ao ler o título, levo a mão à boca, emocionada.

— Ao deixar de ser lady DiCaprio, recuperei meu sexto sentido — diz —, e ontem à noite percebi que você queria saber. Portanto, revirei tudo que pude e... aqui está.

Sem dizer nada, eu assinto. Ávida por saber, leio que, depois de vários anos de vida no mar à frente de diversos navios, e de ser condecorado por seu valor e heroísmo, Kenneth se casou em 1822 com uma mulher chamada lady Constanza McDougall, com quem não teve filhos. Saber que se casou com uma escocesa me faz sorrir.

O dado seguinte é sobre seu falecimento. Morreu em um 16 de abril, enquanto dormia, aos setenta e seis anos, em sua casa de Bedfordshire. Meu coração bate forte; é tudo muito estranho... Mas continuo lendo e vejo que a duquesa, avó dele, morreu aos oitenta e sete. Quanto aos filhos de Kenneth, Charles e Donna, descubro que ele não seguiu a carreira militar do pai, mas que foi membro da Câmara dos Lordes. Nunca se casou, também não teve filhos, e viveu em Old House até que um incêndio destruiu a propriedade. Donna, por sua vez, casou-se e foi mãe de seis filhos, sendo o primeiro um menino que batizaram de Kenneth e que herdou o título de duque de Bedford. Mudou-se com o marido e a família para a Califórnia, lugar onde atualmente vive o último duque de Bedford.

Quanto a Michael e Craig, leio feliz que a companhia naval deles prosperou e se tornou a maior de toda a Inglaterra e Escócia. Michael por fim se casou com sua amada Magdalene, com quem teve cinco filhos, e Craig, quando lady Alice enviuvou do velho, casou-se com ela e foram viver em Edimburgo, onde tiveram três filhos e foram felizes.

Fico emocionada. Kim me abraça e, durante um tempo, choramos desconsoladas. Até que o choro acaba, e ela diz:

— Quero te propor uma coisa.

Ao ouvir isso, sorrio e murmuro:

— Se vai me propor outra viagem no tempo, não esqueça que o espelho não existe mais.

Ambas rimos e, suspirando, digo:

— O que é?

— Acabo de falar com meu primo Sean...

— O conde de Whitehouse?

— Ele mesmo — responde ela, sorrindo, e pergunta: — Com anestesia ou sem?

— Sem anestesia. — Sorrio.

Kim respira fundo e dispara:

— Amanhã à noite ele vem nos buscar para uma festa em Hyde Park.

Ao ouvir isso, eu rio, e ela acrescenta:

— Eu sei, eu sei... vamos ser nomeadas rainhas dos bailes. Mas já tínhamos prometido... e não pude dizer não!

A cara que ela faz é engraçada. Lembro que havíamos prometido a Sean que o acompanharíamos. Dando de ombros, sussurro:

— Desde que não tenhamos que usar ceroulas e vestidinhos de musselina, perfeito!

— Menina, você ficava linda! — brinca Kim, a louca.

Divertidas, durante um tempo falamos sobre o que vamos vestir para a festa do dia seguinte.

— Eu prometi que te levaria à Escócia, especificamente a Edimburgo, mas você prefere isso ou irmos hoje a Bedfordshire?

Olho para ela sem poder acreditar. Ela disse "Bedfordshire"?

— Eu me informei; a casa que você e eu conhecemos hoje em dia é um museu com visitas guiadas — acrescenta com um sorriso.

— Visitas guiadas? — pergunto, de queixo caído.

Kim assente.

— A casa era uma joia digna de ser admirada, e os jardins, impressionantes. Lembro perfeitamente disso.

— O duque de Bedford, "O Cabeludo", como você o chama, mora na Califórnia, mas agora está em Londres. Parece que é viticultor em Santa Bárbara, assim como foram o pai e o avô.

Assinto. Saber que ele não é militar como foram Kenneth e seus antepassados me parece estranho, mas, sem hesitar, digo:

— Vamos a Bedfordshire.

— Certeza? — sussurra Kim. — Bedfordshire antes da sua amada Escócia?

— Absoluta.

— Quem é você e onde está minha *amirmã*?! — ela brinca.

Sorrindo, olho para ela. É a segunda vez que rejeito uma viagem a Edimburgo. Sem dúvida, estou perdendo a cabeça pelos ingleses.

— Então, ande — diz Kim. — Levante, tome um banho e o seu café, que em duas horas de carro estaremos lá.

Eu me levanto, feliz. O trajeto que antes levávamos quase um dia inteiro para percorrer de charrete agora se faz em duas horas. Viva o século XXI!

66

Os arredores de Bedfordshire estão diferentes de como eu os recordo. Em minha cabeça, passaram-se apenas alguns dias desde que estive aqui, mas, no tempo real, passaram-se mais de duzentos anos.

Nada menos que dois séculos!

Os quilômetros e quilômetros de campos que cercavam a casa já não são mais tantos. Agora, em seu lugar, há estradas, postos de gasolina, pedágios, condomínios e fábricas. Mas reconheço que, quando chegamos à casa e descemos do carro, a impressão que tenho é a mesma que tive então, apesar da ausência da fileira de criados à la *Downton Abbey*, como naquele dia.

Depois de deixar o carro em um estacionamento que antes não existia, Kim e eu nos dirigimos a um grupo parado em frente a uma espécie de guarita. Vemos que lá dentro há uma garota muito agradável que se apresenta como Wendy e diz que será nossa guia.

Entrar na casa, que continua exatamente igual a como eu a recordo, faz meu coração acelerar. Ver as escadas que eu desci e subi, ou as portas que abri e fechei, dá a sensação de que a qualquer momento a duquesa, Kenneth ou as crianças vão aparecer, e eu sorrio.

Wendy explica a todos os presentes as curiosidades sobre tudo que nos cerca. Algumas coisas eu sei, outras não. Ao entrar na sala onde a duquesa se sentava para ler, fico emocionada ao ver seu retrato. Ali está ela, tão majestosa como era, e com aquele sorrisinho de lado que seu neto herdou.

Sem ligar para quem me cerca, sussurro, tocando o quadro:

— Matilda, como lhe prometi se voltasse a Londres, aqui estou. Vim ver você.

Kim, que está ao meu lado, murmura com um fio de voz:

— Porra, Celeste, você vai me fazer chorar...

— Moça! Moça, por favor!

Essa voz me arranca de meus devaneios. É Wendy, a guia, que me repreende:

— Não pode ultrapassar o cordão azul, por favor. E lembre-se: é proibido tocar as coisas.

Emocionada, não respondo. E então vejo *Orgulho e preconceito* sobre a lareira. É um livro que, para mim, antes era simplesmente mais um, mas que agora se transformou em algo muito especial.

Kim, atenta a meus movimentos, sussurra ao ver para onde estou olhando:

— Lembra da duquesa falando sobre *spoilers*?

Ambas rimos entre lágrimas. Como poderia esquecer? Como esquecer a duquesa, Kenneth e tudo que vivemos aqui?

Instantes depois, quando abandonamos essa sala e vejo para onde nos dirigimos, meu coração dispara.

Mãe do céu... mãe do céu...

Vamos para o escritório de Kenneth. Emocionada, entro com os outros visitantes e meus olhos vão direto para um retrato. É ele, sentado em uma poltrona, com alguns anos a mais. Solene e sério. Cavalheiro e elegante. Seu cabelo louro agora é branco, mas ele nunca perdeu o desafio de seu olhar. Como era bonito!

Emocionada, estou olhando enquanto penso em suas últimas palavras. Ele disse que não sabia como, mas que me encontraria. E então reparo que em sua mão, especificamente no dedo médio da mão direita, está o anel de meu pai, aquele que eu lhe dei. Como que atraída por um ímã, eu me aproximo do retrato e levo minha mão à dele, acariciando-a:

— Olá, Kenneth.

Seus olhos e os meus estão conectados, e estou sorrindo quando ouço uma voz:

— Moça! Outra vez?!

Ao me voltar, vejo que é Wendy. Que saco, não perdoa uma.

— Já disse que não pode ultrapassar o cordão azul. E não se esqueça, isto é um museu, não pode tocar em nada.

Olhando para o cordão azul a que se refere, eu assinto. Eu me deixei levar pela emoção de novo. Ao ver que todos nos olham com reprovação, Kim sussurra:

— Como é desobediente, lady Travolta!

Wendy pede a todos que saiamos do escritório, mas, antes, eu tiro uma foto do retrato de Kenneth. Já tenho celular! Preciso dessa foto. Caso minha mente o esqueça com o passar do tempo, esse retrato me fará recordá-lo.

Passamos ao grande salão, onde aconteciam as recepções e os bailes, e Kim sussurra, emocionada:

— Nossa! Está igualzinho.

Encantada, me limito a assentir. Os lustres no teto. Os espelhos nas paredes. Os tapetes. Tudo está exatamente igual. Então, vou até uma janela e sorrio. Lembro que um dia, nessa mesma janela, Kenneth e eu nos comunicamos escrevendo no vidro embaçado e fizemos as pazes. Repetindo isso agora mesmo, escrevo ao contrário: "Olá!".

— Celeste!

É Kim quem me chama. Eu me volto e a vejo apontar para a mesa onde suturei o bracinho de Donna no dia em que se machucou. Rimos.

Quanta lembrança!

O grupo se afasta. Antes de sair do salão, olho para a janela de novo. De repente, noto que do outro lado algo está desaparecendo. Eu me aproximo e, em choque, vejo que é uma carinha sorridente.

Quem desenhou isso?!

Sem hesitar, mesmo sabendo que não posso tocar em nada, abro a janela. E, depois de colocar metade do corpo para fora e ver brevemente um homem de jeans e camisa preta dobrar a esquina, fecho-a de novo. Então, ouço a voz de Kim:

— Se Wendy te visse, acho que nos mataria.

Dou risada e, sem mais, corremos para alcançar o grupo, que está descendo para a cozinha. Depois, subimos ao primeiro andar. Wendy nos mostra da porta, pois não se pode entrar, o quarto da duquesa e mais outros. Que pena que entre os que não nos mostra está o de Kenneth... Do fundo do corredor vejo seu quarto, mas o cordão azul me impede de ir mais além, e tenho que respeitar.

Uma vez acabada a visita guiada, vamos todos aos jardins, onde podemos caminhar com liberdade. Como me recordava, está cheio de flores. Se Matilda fosse viva, ficaria feliz de vê-lo assim.

— As margaridas da duquesa — comento com um sorriso.

Kim assente com a cabeça e sussurra:

— Atrás dessa árvore eu flagrei você se pegando com o duque, cara lady Travolta.

Com o coração a mil, confirmo com um movimento de cabeça. As lembranças estão voltando; não digo nada. Se falar, vou chorar.

Um bom tempo depois, dando por satisfeita nossa curiosidade, descobrimos que ao lado do estacionamento há uma loja de presentes. Kim, que recebeu uma ligação do diretor de um museu de joias, me incentiva a entrar enquanto fala com ele. E eu, que sou muito obediente, entro e vejo, de queixo caído, que vendem ímãs de geladeira, camisetas e uma infinidade de coisas de Bedfordshire.

Sério que esse lugar tem até merchandising?

Se eu encontrar uma camiseta de Kenneth ou da duquesa, vou comprar!

Estou olhando umas com o escudo ou a silhueta de Bedfordshire quando, de repente, ouço algo metálico rolar e cair no chão.

Atraída pelo barulho, procuro de onde vem, e então vejo que algo vem até meus pés.

Surpresa, eu me agacho para pegá-lo e... e... Mãe do céu! Todo o meu corpo treme ao ver que se trata do anel de meu pai. Vou pegá-lo depressa e, nesse mesmo instante, ouço alguém dizer ao meu lado:

— Desculpe, esse anel é meu.

Quando ouço isso, levanto o olhar e meu coração quase para. Mãe do céu! Se eu não morrer agora, não morro nunca mais.

Putz grila!

O homem que está diante de mim e que me olha com esses incríveis olhos azuis que me perfuram é... é... igual a Kenneth! Mas tem cabelo comprido, está de jeans e usa uma camisa preta aberta de maneira informal.

Meu Deus... eu já vivi este encontro!

A primeira vez que Kenneth e eu nos encontramos foi quando meu anel caiu da minha mão... e agora cai da mão dele? Sério?

De queixo caído, como quem viu um fantasma: acho que é assim que estou olhando para ele com o anel na mão. E então ele pergunta, com o mesmo tom de voz de Kenneth:

— Você está bem?

Não sei nem como assinto, mas logo me dou conta de que estou fazendo um papel ridículo. Tenho certeza de que ele está pensando que sou a maluca do grupo. Estende a mão e me pede:

— Poderia me devolver o anel?

Eu assinto. Agora sim tenho certeza de que esse anel é o de meu pai. Adoraria dizer que é meu, que eu o dei de presente dias atrás a seu antepassado, mas, sabendo que se disser algo assim vão me pôr em uma camisa de força e me internar em um hospital psiquiátrico pelo resto da vida, eu entrego a peça e sussurro:

— É muito bonito.

Ele sorri igualzinho a Kenneth.

— Obrigado — ele responde. — Tenho muito carinho por este anel; é herança de família.

Abalada, só consigo concordar com a cabeça. É um prazer ouvir isso.

— É uma linda herança de família — elogio. — A propósito, eu tive um muito parecido.

— Não tem mais?

Acho engraçado o jeito como ele me olha e o fato de não ter formalidade alguma.

— Eu o dei de presente para alguém muito especial — conto.

Sem abandonar seu sorriso de lado, ele assente. E, surpreendendo-me, confessa:

— Eu te vi antes, durante a visita guiada com Wendy, e achei engraçado o seu "Olá!" escrito no vidro.

Pestanejo. Céus! É o mesmo cara que eu vi dobrar a esquina, porque está vestido igual.

— Foi você que desenhou a carinha? — pergunto.

Ele sorri; é muito mais risonho que Kenneth.

— Wendy não pode saber, senão vai brigar conosco — ele diz, baixando a voz.

Ai, Deus... Ai, Deus!

Outro momento que já vivi e vivo de novo com este...

Será que estou ficando louca?

Não posso deixar de sorrir, até que um homem se aproxima.

— Com licença, duque de Bedford — diz. — Consegui a ligação que o senhor esperava.

Ignorando que estou a seu lado, ele pega o celular que o homem lhe dá e começa a falar.

Abalado por esse encontro, eu me afasto uns passos para me recompor da surpresa inicial.

Sei que esse não é Kenneth. O Kenneth que eu conheci morreu há duzentos anos, mas sem dúvida é O Cabeludo, seu descendente.

Quando eu contar a Kim, ela vai pirar!

— Esse seu sotaque de onde é? — ouço de novo sua voz.

Ele está atrás de mim. Voltando-me, respondo sem mentir:

— Espanha.

— Você é espanhola?

— Sim.

Ele assente, e eu, totalmente focada nele, aponto:

— Ouvi que esse homem o chamou de duque de Bedford... É verdade? Você é o duque de tudo isto?

— Graças ao legado de meus antepassados, sim — sussurra. — Mas, cá entre nós, eu não fiz nada para merecer isso.

Adoro seu jeito despachado de falar. Com graça, ele acrescenta em tom jovial:

— Aliás, eu adoro a Espanha.

Agora quem sorri sou eu. E, me deixando levar, murmuro:

— E aposto que gosta de paella...

— Adoro! — afirma, divertido.

— E de gaspacho?

— Hmmm... delicioso — exclama.

— E de presunto cru ibérico?

— O melhor de todos — murmura, fechando os olhos.

Ambos rimos e, como se nos conhecêssemos desde sempre, conversamos descontraídos sobre a Espanha e sua deliciosa cozinha mediterrânea.

— Desculpe — ele diz em dado momento. — Não nos apresentamos. Sou Kenneth Rawson, e você?

Putz grila! Kenneth Rawson?!

Ele tem os mesmos olhos, o mesmo porte, o nome, o olhar, o sorriso de lado... mas tenho que reconhecer que essa espontaneidade e senso de humor são dele mesmo. Mesmo assim... Caramba, com todos os nomes que existem no mundo, seus pais tinham que escolher logo Kenneth?!

Tentando me acalmar apesar de estar à beira de um infarto, vou dizer que meu nome é Celeste Travolta, mas não digo. O que vivi é passado, e agora estou no presente. Respirando fundo, respondo:

— Meu nome é Celeste Williams.

Ele parece gostar, mas de repente pergunta:

— Williams? Não é um sobrenome muito espanhol.

— Meu pai era americano — esclareço.

— Isso explica tudo.

Encantada, eu assinto. Então, Kenneth, cravando em mim seu olhar azul do Homem de Gelo, diz:

— Celeste, eu sei que é estranho o que eu vou perguntar, mas por acaso nós não nos conhecemos de algum lugar?

Meu coração quase escapa do peito.

Mãe do céu! Mãe do céu!

Como dizer que nos conhecemos há duzentos anos e tivemos um caso durante uma temporada na Regência sem que ele pense que eu tenho três parafusos a menos?

— Quanto mais eu olho e falo com você, mais tenho a impressão de que te conheço — acrescenta.

Mãe do céu... que loucura!

Sem que ele perceba, belisco minha perna. Estou sonhando? Estou acordada? Confirmado, estou acordada!

As coisas que vivi com o Kenneth do passado passam pela minha cabeça na velocidade da luz enquanto nos olhamos nos olhos. E de repente pergunto:

— Você conhece a lenda japonesa da linha vermelha do destino?

Isso o surpreende, e ele responde:

— Você não vai acreditar, mas meu avô me contava que o avô dele sempre falava dessa lenda.

Que demais! Imagino que esse avô do avô dele seja o Kenneth que eu conheci...

Não consigo falar. A emoção não me deixa. Como se estivéssemos enfeitiçados, ficamos nos olhando. Sinto o mundo parar ao redor. Não sei o que Kenneth sente, mas eu sinto que só existimos nós dois.

Então, o homem que nos interrompeu antes volta. E desta vez Kenneth diz, dirigindo-se a mim:

— Preciso ir, Celeste, mas foi um prazer falar com você.

— Digo o mesmo, Kenneth — sussurro com certo pesar.

Com um sorriso afetuoso, nós nos despedimos. E quando ele vai sair pela porta, para e se vira. Como estou olhando e ele me flagrou, sem poder evitar, dou uma piscadinha. Ele sorri de novo.

Que gracinhaaa!

Instantes depois, ele sai da loja e eu fico ali, em choque.

Como aconteceu com seu tataravô (acho), a atração instantânea me deixou sem fôlego. Foi vê-lo e começar a flutuar de novo.

Kim, alheia ao que aconteceu, aparece ao meu lado.

— O que você vai comprar?

— Uma camiseta — digo sem pensar.

A partir desse instante, minha amiga fala de sua conversa por telefone com o diretor do museu onde possivelmente vão expor a recém-recuperada joia da família, a gargantilha Babylon. Mas quase não sou capaz de processar e entender, porque já tenho o suficiente para processar e entender meu encontro com o duque de Bedford.

É sério que isso aconteceu?

Conheci o tataraneto de Kenneth. Ele usa o anel que eu dei ao seu tataravô, e a conexão que foi criada entre nós instantaneamente foi como mágica.

Impressionante!

Estou pensando nisso quando Kim me dá um empurrão e eu perco o equilíbrio. Trombo com alguém e rosno:

— Ai, que gente grossa!

A expressão de Kim é de surpresa total. Então, ouço ao meu lado:

— Acabou de me chamar de "grosso"?

Ao ouvir isso, entendo a cara e o empurrão, e sorrio. Sei de quem é essa voz.

É sério que estou vivendo a mesma coisa de novo?

É verdade que o destino está repetindo as coisas para o caso de eu não ter me dado conta de que é Kenneth?

Eu me viro e olho para o Kenneth do presente e pergunto, sorrindo:
— Você não tinha ido embora?
Ele assente e, dando de ombros, responde:
— Não sem antes pegar o seu telefone.
Surpresa, levanto as sobrancelhas. Os tempos mudaram mesmo. O Kenneth do presente não é cheio de formalidades e rodeios. Se quer uma coisa, vai atrás. Quando vou falar, minha *amirmã* murmura:
— Putz grila!
Kenneth a encara e Kim me pergunta, de queixo caído:
— Desde quando vocês se conhecem?
Ele e eu nos olhamos, sorrimos e eu respondo:
— Faz cinco minutos.
Kimberly, completamente em choque, cumprimenta:
— Duque de Bedford, é um prazer conhecê-lo.
Ele continua a encará-la, surpreso; não sabe como o reconheceu, mas ela esclarece:
— Meu nome é Kimberly. Para que se situe... sou a condessa de Kinghorne e prima de Sean, conde de Whitehouse. Sei que vocês são amigos.
Ele assente, satisfeito, mas fica surpreso e pergunta:
— É você que Sean vai buscar amanhã à noite para levar à festa?
— Nós duas — responde Kim, apontando para mim.
Boquiabertos, Kenneth e eu nos olhamos, e a seguir ele sussurra:
— Você nem imagina como fico feliz por isso.
— Surpresa! — digo, tentando parecer divertida.
De novo nos olhamos. A magia deste encontro é incrível.
— Vou adorar ver você amanhã na festa. Vai ser na minha casa em Hyde Park — diz ele, então.
— Sua casa em Hyde Park? — replico, surpresa.
Kenneth assente.
— É a casa da família desde sempre, e eu a uso quando estou em Londres a negócios.
Feliz e confusa porque vou voltar lá, eu assinto. E então Kim comenta:
— Bem, se vocês não tivessem trocado telefones, amanhã se encontrariam de novo.
Kenneth e eu nos olhamos e sorrimos, e ele murmura:
— No fim, vou acabar acreditando na linha vermelha do destino.
Minha mãe do céu, o que foi que ele disse?

Eu rio e, sem hesitar, dou meu número a Kenneth. Ele digita no seu celular e, quando o meu toca, avisa:

— Agora estamos conectados.

Sorrio, pois algo me diz que estamos conectados por coisas mais fortes que um simples número de telefone.

— Amanhã à noite nos vemos em minha casa, tá certo? — diz ele, dando um passo para trás.

— Com certeza — afirmo, satisfeita.

— Gosta de dançar?

— Muito — respondo.

Kenneth sorri; que sorriso maravilhoso... E, aproximando-se de mim, sussurra:

— Então, milady, a última dança será minha.

Mãe do céu! Mãe do céu! Vou ter um troço!

Sinto um desejo incontrolável de beijá-lo, de abraçá-lo, de devorá-lo, mas tenho que me conter. O homem que está diante de mim, embora tenha o mesmo nome e seja idêntico ao que conheci, é outra pessoa. Estou pensando nisso quando ele dispara:

— Amanhã não precisa se arrumar para ficar bonita. Você já é linda.

Ouvir esse elogio tão próprio de seu tataravô, mas dito com a graça deste duque, me faz sorrir como uma boba. Sem dúvida, este Kenneth é a versão atualizada do que eu conheci. E quando, por fim, ele vai embora, Kim murmura, olhando para mim:

— Impressionante!

— Demais.

— Quando o vi, eu...

— Imagine eu. — Estou nas nuvens.

Instantes depois, saímos da loja. Comprei uma camiseta com as margaridas da duquesa estampadas e não consigo parar de sorrir.

A linha vermelha do destino, o anel de meu pai, a promessa de Kenneth quando nos despedimos e eu ter pronunciado o feitiço de Imogen ao voltar... está mais do que claro que tudo isso provocou este reencontro. Aconteça o que acontecer, quero aproveitá-lo.

Epílogo

Londres, um ano depois

Do jeito que Kim e eu adoramos uma balada, como poderíamos não estar em uma, se somos as rainhas dos bailes?

Vejo, feliz, minha amiga dançar com Gael no dia de seu casamento. Sim... sim... seu casamento!

No fim, deixando-se levar pelos sentimentos, Kim e Gael se casaram, imensamente apaixonados, e todas as pessoas que os amam estão comemorando.

Até minha yaya veio de Benidorm!

Encantada, curto a festança que Johanna, Kim e eu organizamos, com a ajuda de uma empresa de *catering*, no salão do casarão da Eaton Square, no bairro de Belgravia, enquanto posto uma infinidade de fotos e vídeos em minhas redes sociais, ostentando o momento feliz. Condes, marqueses e duques se mesclam na festa com gente comum. Aqui todos somos iguais. Uma maravilha.

Kenneth, meu maravilhoso, lindo e simpático duque de Bedford, está entre os convidados. Como ele diz, o título de duque foi herdado de seus antepassados, e, embora o ostente com orgulho, sua vida é outra coisa. Ser viticultor e viver na Califórnia o mantém afastado de protocolos e formalidades, e eu adoro isso. Gosto de ver e sentir que ele é livre e feliz.

Estou olhando para Kenneth, o homem que neste último ano me fez voltar a acreditar na magia do amor, quando minha avó se senta ao meu lado e sussurra:

— Essa faixa está me matando.

— Yaya!

— Está apertando meus pneus!

Dou risada.

— Não ria, minha linda, é verdade — insiste.

Encantada por tê-la aqui comigo, pego sua mão e a beijo. Como sempre, ela é meu ponto de apoio para tudo. Depois que tiramos uma *selfie* com meu celular, ela diz:

— A propósito, minha linda, esqueci de dizer que, no dia anterior à minha chegada, Encarnita, uma vizinha de Madri, ligou para dizer que os rapazes que compraram seu apartamento são encantadores.

Sorrio. Há dois meses minha yaya e eu vendemos o apartamento de Madri. Nenhuma das duas voltará a morar lá.

— Que bom que Encarnita tem bons vizinhos — comento, sorrindo.

Então, olho para ela e pergunto:

— Está se divertindo?

Minha yaya assente. Não duvido de sua resposta.

— Todos são muito agradáveis — comenta —, e cada dia gosto mais de Kennedy.

— Kenneth, yaya, Kenneth! — corrijo.

— Já disse a Kennedy que, quando vocês se instalarem na Califórnia, farei uma visitinha.

— Yaya... é Kenneth.

Ela assente e, como sempre, sem me dar a mínima, acrescenta:

— Ele é um bom rapaz, e está muito bonito com esse terno. Ele me lembra muito aquele ator de que nós tanto gostamos que faz o papel de viking. Já disse a ele que, depois, vamos tirar umas fotos para eu mostrar às minhas amigas de Benidorm. Elas vão morrer de inveja!

Encantada, olho para Kenneth e assinto. Viva nosso viking! Com esse terno cinza, meu duque está delicioso. E é verdade, lembra bastante a versão de Travis Fimmel com cabelão.

— Sim, yaya. Tire mil fotos e divirta-se mostrando todas.

— Você falou a Kennedy para amanhã ir almoçar lá em casa? Vou fazer croquetes — diz.

Divertida, respondo que sim, e ela acrescenta:

— Ele adora minhas *croquetas*...[12]

Assinto, pois ela tem razão. Se há algo que Kenneth adora é a comida de minha yaya. Verdade seja dita, é maravilhosa. E mais maravilhosa ainda é a relação que existe entre os dois.

Quando se conheceram, como aconteceu comigo e a duquesa, logo de cara se adoraram. A diferença é que a duquesa e eu nos entendíamos porque conversávamos no mesmo idioma, mas Kenneth e minha yaya não. Mesmo assim, eles riam com cumplicidade e de alguma maneira se entendiam.

Por isso ela se matriculou em uma escola de inglês em Benidorm. Desnecessário dizer que aprender, ela só aprendeu um pouquinho... mas se dedica muito.

---

12. Bolinho empanado, tradicionalmente recheado com creme bechamel e presunto ibérico, muito típico da culinária espanhola. (N.T.)

Kenneth, ao saber disso, não hesitou e começou a estudar espanhol. Se aquela mulher estava fazendo isso por ele, como ele não faria o mesmo por ela? E agora, quando se veem, morro de rir quando os ouço conversar daquele jeito peculiar; dizem cada barbaridade um ao outro que é assustador. Mas aí estão, felizes e se comunicando. O que mais posso pedir?

De repente, Alfred se aproxima e, pegando minha mão e a de minha yaya, tira as duas para dançar. Começa a tocar uma dança escocesa, um *ceilidh*, e eu, enlouquecida, pulo, bato palmas e danço toda animada com Kim. Adoramos dançar!

Enquanto isso, noto que Kenneth me observa. Ele me olha com a intensidade com que seu tataravô me olhava. Gosto disso; é pura genética.

Nunca contei a Kenneth essa história, nem creio que contarei. O que ele pensaria se eu revelasse que, graças a uma antepassada bruxa de Kimberly chamada Imogen, viajamos através de um espelho mágico ao século XIX, onde conheci seu tataravô e dizia me chamar lady Travolta, que tive um rolo com ele e que esse mesmo anel, que ele tanto adora e que me deu de presente, um dia eu dei de presente a seu tataravô antes de voltar ao futuro?

Pensando nisso, rio sozinha. Quem acreditaria?

Tenho certeza de que, se eu contasse, ele acharia que eu havia fumado uns vinte baseados ou que tinha batido a cabeça. Por isso, omito. Esse segredo vai morrer comigo.

Minutos depois, já esgotada de tanto dançar, decido ir ao bar que instalamos em uma lateral do salão. Peço ao garçom uma cuba libre. Estou morrendo de sede.

Estou observando as pessoas se divertindo quando Johanna se aproxima e, olhando para Kim, que neste momento está beijando Gael, murmura:

— Só espero que sejam tão felizes quanto Alfred e eu.

Com um sorriso, pego sua mão e afirmo:

— Tenho certeza de que assim será.

A música muda. As luzes do salão se atenuam e começa a tocar "Careless Whisper", a música de Gael e Kim cantada pelo nosso George Michael.

Observamos em silêncio os dois dançando agarrados e apaixonados ao som da linda melodia. Desde o dia em que se deram uma chance, tudo está saindo redondinho entre eles.

— Fico tão feliz por ver esse casamento cheio de amor... — murmuro.

— Eu também — afirma Johanna.

— Fiquei muito feliz por Kim ter conseguido tirar a gargantilha Babylon do museu para poder usá-la em seu casamento.

— Vê-la com a gargantilha é uma de minhas maiores alegrias — diz Johanna.

Sorrio. Ver a expressão de puro amor com que a mulher observa Kim é comovente. E, fitando-a, sussurro:

— A maior alegria para Kim seria que vocês parassem de chamá-la de "milady" de uma vez por todas.

Johanna sorri. Ela sabe que o que digo é verdade. E com um fio de voz, sussurra:

— Vou tentar... lady Travolta, mas não prometo nada.

Nós rimos muito! Então, ela acrescenta, olhando para mim:

— Vamos sentir sua falta, mas estamos felizes por saber que você vai viver com Kenneth na Califórnia.

Eu assinto, feliz. Posso dizer que vou largar tudo por amor.

Que loucura!

Kenneth me arranjou um emprego de virologista em um laboratório da Califórnia, e é para lá que vou com meu duque. Casamento é um tema que, por ora, não nos preocupa. Eu sei que Matilda, minha duquesa, ficará feliz por ver que estou com Kenneth e que faço parte de sua família, mas por enquanto evito ser oficialmente a duquesa irreverente. Se nos amamos do jeito que estamos, para que complicar as coisas?

Nesse instante, Alfred se aproxima e, estendendo a mão para Johanna, pergunta:

— Vamos dançar, minha linda?

É óbvio que ela aceita. E eu, com um sorrisinho bobo no rosto, observo os dois.

Como é lindo o amor quando é com alguém especial!

Busco Kenneth com o olhar e o encontro conversando com Sean. Com avidez, olho-o de cima a baixo e suspiro. Que maravilha de homem tenho ao meu lado... e não só por causa de seu corpo!

Como aconteceu com os recém-casados, desde que Kenneth e eu nos reencontramos em sua festa na casa de Hyde Park, um ano atrás, não nos separamos mais.

Foi curioso voltar àquela casa, e quantas lindas lembranças me trouxe... Contudo, diferentemente do casarão de Eaton Square ou de Bedfordshire, aquela casa mudou. O Kenneth de hoje em dia não gosta da sobriedade dos móveis ingleses, e a construção agora é moderna e contemporânea. Lindíssima!

Depois daquela festa em Hyde Park, onde a conexão entre nós foi brutal, durante os seis dias e noites seguintes que Kenneth passou em Londres não nos separamos nem um segundo, até que ele teve que voltar para a Califórnia.

De novo tive que me despedir dele!

Muito chato, horrível, porque, mesmo estando no mesmo século e no mesmo ano, nós dois morávamos terrivelmente longe um do outro. Ele na Califórnia e eu em Londres. De fato, ríamos disso porque ambos conhecíamos um filme sobre irmãs gêmeas, das quais uma morava em Londres e a outra na Califórnia.

Era doloroso pensar em me separar dele, sendo que havíamos acabado de nos reencontrar, mas tentei ser positiva e pensar que, se havia me despedido de Kenneth uma vez, poderia fazê-lo de novo.

E então, no aeroporto, aconteceu algo que me fez ver a diferença entre as duas despedidas. Na primeira, quando tive que dizer adeus ao maravilhoso Kenneth do passado, apesar da tristeza que sentia, foi por vontade própria e com o coração leve. Mas dizer adeus ao Kenneth do presente, literalmente, rasgava minha alma, porque eu não queria me afastar dele.

Mesmo assim, disfarcei, mantive a pose e não disse nada. Não quis demonstrar como ele era especial para mim porque ele não teria entendido e poderia pensar que eu era uma *groupie* louca, como aquelas que conheci na Regência, doidas para caçar um marido e serem duquesas.

Isso, nem fodendo!

Mas tudo mudou quando, dez dias depois, certa tarde, ao sair do hospital, encontrei-o me esperando na porta com um enorme buquê de margaridas brancas. Então, soube que ele sentia minha falta tanto quanto eu a dele.

Deus, foi maravilhoso!

Kenneth havia voltado, e era evidente que a linha vermelha do destino entrara em ação.

E assim ficamos um ano, viajando de Londres para a Califórnia e da Califórnia para Londres, passando de vez em quando por Benidorm para ver minha yaya e também por Bedfordshire, onde pulo todos os cordões azuis e toco em tudo que me dá na telha.

Como diz nossa canção, cada segundo do dia com ele é melhor. Não podemos passar mais de duas semanas sem nos ver, sem nos acariciar e nos sentir. A necessidade que temos um do outro é difícil de explicar aos outros, mas para nós é fácil de compreender.

Neste último ano com ele, posso dizer que conheci o amor de todas as suas formas. E na noite em que, depois de um jantar romântico à luz de velas na praia de Benidorm, ele pôs o anel de meu pai em meu dedo e disse que aquele anel era a prova de nosso amor verdadeiro, especial e único, nossa... quase tive um troço... Comecei a chorar de tal maneira que quase o matei do susto.

O anel havia voltado para mim porque a magia entre nós ainda existia!

No passado, quando me perguntavam o que significava para mim a palavra "amor", eu nunca sabia o que responder. Porém, se me perguntassem agora, eu diria que "amor" é Kenneth, porque conhecê-lo foi o que deu significado a essa palavra para mim.

Meu duque é carinhoso, romântico, atencioso, trabalhador e meio cabeça-dura, mas... bem, eu também não sou uma mocinha cheia de virtudes. Seu jeito de cuidar de mim e de me amar faz aflorar o melhor de mim, porque ele nunca se irrita, e às vezes eu mesma sou tão paciente que nem eu mesma acredito.

Sem dúvida, o amor nos deixa bobos... Sou a prova disso!

Além de um bom viticultor que cuida de suas terras e de sua gente em Santa Bárbara, descobri que ele gosta de cinema, de música, de motos, de futebol americano, de ler e, claro, do mar. Como não? Está nos seus genes! Mas ele não curte navios, e prefere surfe e jet ski.

Ele parece adorar tudo em mim, inclusive minha teimosia. É um anjo! E, se há uma coisa que mexe muito com ele, é me ver cantar e tocar o violão. Curioso, né?

Uma noite, na Califórnia, à luz da lua, cantei a canção que seu tataravô tanto adorava, do Dvicio, chamada "Casi Humanos". Foi mágico, porque não a havia cantado desde minha volta. Não conseguia. Mas naquela noite Kenneth a escutou com atenção e, quando acabei, com o gesto mais lindo e doce que já vi na vida, ele me beijou e disse que estava todo arrepiado, e que essa era nossa canção porque a letra éramos nós.

Dava para ser mais bonito?

Foi um momento que nunca esquecerei, porque, para mim, o passado e o presente se uniram para dar espaço a um maravilhoso futuro entre nós. Kenneth e Celeste. E, bem, a partir desse dia, essa linda canção não só se tornou nosso ponto de encontro, como ele me pede para cantá-la o tempo todo ou eu o ouço cantarolando.

Quero devorá-lo quando vejo!

— Ei, *amirmã*, pare de pensar e venha dançar!

É Kim, que me leva pela mão à pista de dança. Divertidas, nos jogamos em "Dancing Queen", do ABBA, sabendo que somos e sempre seremos as rainhas dos bailes.

A celebração continua durante horas. Kenneth e eu dançamos juntos até enjoarmos. Por sorte estamos no século XXI, e uma mulher pode dançar todas as músicas que quiser com um homem, e não "no máximo quatro", como tinha que ser no século XIX.

Dançamos juntos, assim como com outras pessoas, e nos divertimos muito, até que, às quatro da manhã, restam apenas dez pessoas no salão. Os convidados, esgotados, foram indo embora pouco a pouco, e, quando Kim e Gael, depois de se despedir de nós, vão para um hotel para sua noite de núpcias, damos por encerrada a festa.

Kenneth se despede dos últimos convidados na porta do casarão de Eaton Square, ao lado de sua moto. Agora é moto. Antes foi cavalo. Alfred, Johanna e minha yaya já foram dormir. E estou saindo de casa para irmos à de Kenneth quando percebo que esqueci a bolsa no salão.

— Amor, só um segundinho, esqueci a bolsa — digo.

Ele assente e eu, em silêncio, entro de novo nessa linda casa agora silenciosa.

Ao olhar para a escada, onde permanecem as lendárias cortinas, os retratos daquelas pessoas que conheci parecem me olhar. Sorrindo, dou uma piscadinha e contemplo o retrato de Imogen, que finalmente tem seu lugar de honra. Kim tirou o retrato de Bonifacia para pôr o dela, e também incluiu uma linda foto de nós duas empertigadas com a gargantilha Babylon, ao lado de Kenneth e Gael, Johanna e Alfred. Como era de esperar, quando o viram, estes últimos ficaram indignados. Mas Kim nem ligou. Tinham que ficar com o resto da família, e a fotografia continua ali.

Sorrindo, vou até o impressionante salão de baile onde celebramos a festa. Quando abro a porta e aperto o interruptor, os lindos lustres de cristal do teto se acendem, oferecendo seu magnífico esplendor, e fico toda arrepiada. Se esse salão pudesse contar tudo que já se viveu ali, contaria cada coisa...

Estou absorta em minhas lembranças quando as luzes se apagam de repente.

Putz grila!

A seguir, vejo a cortina de uma das grandes varandas se abrir de supetão e a luz da lua cheia entra para me iluminar.

Não me assusto. Sei que é Kenneth, ouço seus passos. De repente, pelas caixas de som instaladas para a festa, começam a tocar os primeiros acordes de nossa linda música romântica. Sorrio. Sem dúvida, continuamos nos queimando a fogo lento.

Meu lindo duque de lindos olhos azuis e sorriso de lado se aproxima e estende a mão, enquanto a mágica luz da lua que entra pela janela nos ilumina.

— Concede-me uma última dança, milady? — diz.

Passado e presente.

Presente e passado.

O destino quer que eu viva conjugando esses dois tempos, e eu aceito. Claro que aceito!

Satisfeita, começo a dançar com Kenneth, meu único e verdadeiro amor, ciente de que a mágica linha vermelha do destino voltou a nos unir, e nada, absolutamente nada, poderá nos separar desta vez.

Referências a canções

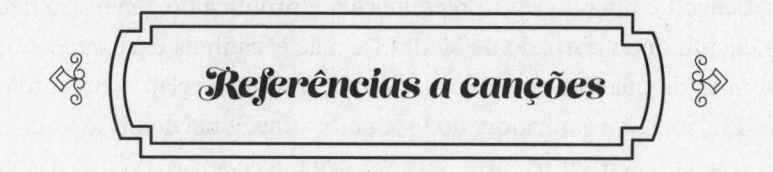

"Entre Dos Aguas", ℗ 1981 Universal Music Spain, S. L., interpretada por Paco de Lucía.

"Leave Before You Love Me", ℗ 2021 Joytime Collective, sob licença exclusiva de UMG Recordings, interpretada por Marshmello e Jonas Brothers.

"Vida de Rico", ℗ 2020 Sony Music Entertainment US Latin LLC, interpretada por Camilo.

"Heaven Must Be Missing an Angel", ℗ 1994 Unidisc Music Inc., interpretada por Tavares.

"Careless Whisper", ℗ 2011 Sony Music Entertainment UK Ltd., interpretada por George Michael.

"Morning Sun", ℗ 2015 Interscope Records/Star Trak Entertainment LLC, interpretada por Robin Thicke.

"Emocional", ℗ 2014 Sony Music Entertainment España, S. L., interpretada por Dani Martín.

"Waka (This Time for Africa)", ℗ 2010 Sony Music Entertainment (Holanda) B. V., interpretada por Shakira.

"Macarena", ℗ 1996 Serdisco, interpretada por Los del Río.

"Despacito", ℗ 2019 UMG Recordings, Inc., interpretada por Luis Fonsi e Daddy Yankee.

"Casi Humanos", ℗ 2017 Sony Music Entertainment España, S. L., interpretada por Dvicio.

"La Bamba", ℗ 2006 Rhino Entretenimiento, interpretada por Ritchie Valens.

"Dancing Queen", ℗ 2014 Polar Music International AB, interpretada por ABBA.

Megan Maxwell é uma escritora reconhecida e prolífica do gênero romântico que vive em um lindo povoado de Madri. De mãe espanhola e pai americano, já publicou mais de quarenta romances, além de contos e relatos em antologias coletivas. Em 2010, foi ganhadora do Prêmio Internacional de Livro Romântico Villa de Seseña, e em 2010, 2011, 2012 e 2013 recebeu o Prêmio Dama de Clubromantica.com. Em 2013, recebeu também o AURA, honra outorgada pelo Encuentro Yo Leo RA (Romance Adulto), e em 2017 foi vencedora do Prêmio Letras do Mediterrâneo na categoria Livro Romântico.

Peça-me o que quiser, sua estreia no gênero erótico, foi premiado com as Três Plumas como melhor romance erótico, outorgado pelo Prêmio Paixão na categoria Romance Romântico.

Você encontrará mais informações sobre a autora e sua obra em:
Site: https://megan-maxwell.com/
Facebook: https://es-es.facebook.com/MeganMaxwellOficial/
Instagram: https://www.instagram.com/megan__maxwell/
Twitter: https://twitter.com/MeganMaxwell

Acreditamos nos livros

Este livro foi composto em FreightText Pro e impresso pela Gráfica Santa Marta para a Editora Planeta do Brasil em agosto de 2022.